《人文》编辑部 编

人文

第七卷

中国社会科学出版社

图书在版编目(CIP)数据

人文.第七卷/《人文》编辑部编.—北京：中国社会科学出版社，2022.9

ISBN 978-7-5227-0684-9

Ⅰ.①人… Ⅱ.①人… Ⅲ.①中国文学—文学研究 Ⅳ.①I206

中国版本图书馆 CIP 数据核字(2022)第 144559 号

出 版 人	赵剑英
责任编辑	陈肖静
责任校对	刘 娟
责任印制	戴 宽

出　　版	中国社会科学出版社
社　　址	北京鼓楼西大街甲 158 号
邮　　编	100720
网　　址	http://www.csspw.cn
发 行 部	010-84083685
门 市 部	010-84029450
经　　销	新华书店及其他书店
印　　刷	北京君升印刷有限公司
装　　订	廊坊市广阳区广增装订厂
版　　次	2022 年 9 月第 1 版
印　　次	2022 年 9 月第 1 次印刷
开　　本	880×1230　1/32
印　　张	12.375
插　　页	2
字　　数	326 千字
定　　价	89.00 元

凡购买中国社会科学出版社图书，如有质量问题请与本社营销中心联系调换
电话：010-84083683
版权所有　侵权必究

人文 第七卷

目 录

思想史

张宝明　旧"问题"与新"论语"：关于中国近现代思想史学科主体性的思考..........1

王　锐　将"历史属性"与"思想属性"有机结合
　　　　——关于推进中国近代思想史研究的思考..........20

桓占伟　观念史方法与思想史研究的新趋向..........38

陈　明　启蒙的意义与局限
　　　　——思想史视域里的李泽厚..........56

王一方　"人文牌"医学
　　　　——我所见证、阐释的医学人文二十年..........68

施爱东　生肖属相的历史形成与时间节点..........91

叶嘉莹　略谈传统诗歌的赋、比、兴..........迦陵学舍 108

关键词研究

钟少华　"科学"概念在近代中国..........111

闵祥鹏 等　二〇二一年中国人文社科学术关键词分析报告..........126

张　辉　最完美、诸完美与世界中的行动个体
　　　　——莱辛《理性基督教》读解…………171
丁子江　对杜威美学思想复兴的再审思…………197

李　频　《当代》一九八一年第一期的第三种可能
　　　　——秦兆阳致谭元亨信释读…………213
李　敏　新写实小说·现实主义冲击波·非虚构写作
　　　　——文学期刊视野中的"写实"冲动及其可能…………225
金传胜　刘文静　姚雪垠集外诗文略说…………237
李雪莲　"复仇神"的正义与"复仇者"的悖论
　　　　——谈《日出》《原野》对希腊悲剧的化用…………251

鲁迅研究

李林荣　《阿Q正传》的叙述者和叙述方式…………265
刘运峰　关于鲁迅翻译小说《月界旅行》的校勘…………269

人文圆桌

姜异新　留日生周树人的外国文学阅读活动…………283
刘春勇　"反省的继承":鲁迅的阅读与阅读鲁迅…………290
宋声泉　鲁迅不是一个定义出来的"现实
　　　　主义作家"…………296

[美]阿卜杜·R.简默罕默德著　王银辉译
　　　　缺乏现实的尘世、作为家的无家可归
　　　　——对镜像型边界知识分子的界定…………298

学林

谷曙光　家常细语、心灵景观与学人志业:
　　　　日常生活史视域下的吴梅日记…………331

贾　涛　于安澜先生的学术人生……358

札记
温奉桥　对话与交响：舞台剧《活动变人形》……376

祝晓风　编后记……380

《人文》"思想史"专栏诚约稿件……388
《人文》学术集刊约稿启事……389

思想史

张宝明

旧"问题"与新"论语":关于中国近现代思想史学科主体性的思考

摘要:思想史研究已经成为热门学科,但是它在学科建设上目前还是显得有些"杂乱无章"。近些年,围绕"精英思想"和"民众思想"、主流与边缘、浓缩与扩张之"关系"等方面,形成了近现代思想史研究以及方法论的热点问题。应该看到,目前中国近现代思想史研究存在着研究对象、范围和方法的分歧,而且无限"扩张"领地的做法使得思想史研究更加尴尬。就目前思想史学科的情形而言,重要的不是领地、边界等外延的扩张与勘定问题。究其实质还在于其内涵建设。在这一层面上,收缩编制要比盲目跑马占地式的扩展更重要。批判性、吊诡性和当代性构成了作为思想史学科谱系的基本诉求,问题意识则是思想史研究者最基本的出发点和立足点,惟其如此也才能履行"为天地立心"的承诺。就此而论,思想史研究不存在"改写"抑或"重写"的问题,关键还在于如何在原有格局下实现符合内在质的规定性的转向与定位。

关键词:思想史;独立性;主体性;问题意识定位

作为拥有近百年历史的学科,中国近现代思想史研究已经取得了一定的成绩，但是作为一门独立的学科出现，无论是边界的划分、对象的选择还是理论的自觉，它自身的独立性和自主性都有待于讨论。尤其是在今天中国现代思想史研究呈现出多维视角、多种方法、多重交叉与多种路径之际，包括本人在内的一些躬耕于这块田园的学者都不免有无法靠岸的漂流感。在一块本不属于自己的领地的"荒原"上耕作，时时有"多间余一卒"的尴尬。与此同时，从事中国近现代思想史研究的学者在寂寞的思考中还平添了一份其他学者没有的"学籍"身份与凭证。这，无疑也是一个旧问题、老问题，但同时无疑又是一个新论语、新论域。于是也就有了以下不乏充满困惑和纠结的文字。

一 焦点：在思想史研究同仁之间

关于思想史的研究，无论是古代思想史研究还是近现代思想史研究，在学科意识上应该说都是相通的。应该说，古代思想史学科成熟的同时，也就意味着现代思想史学科的成型。这就如同中国古代史和中国现代史、中国古代文学和现代文学的关系。而当中国古代思想史这一学科没有"正式"挂牌的当口，近现代思想史自身的尴尬也就不难想象。"名不正则言不顺"。这就是思想史目前状况窘迫的原因。

为什么思想史这一热门学科会显得杂乱无章呢？根据笔者的观察，尽管其中的原因很多，但其根本原因还是一个理性自觉问题。不少思想史学者更多的是在方法论和研究对象以及材料取舍上花费心思和口舌，而对思想史究竟怎样取得与其他学科一样门户独立的地位则关心不够。当然，一味强调学科的地位并没有实际的意义，但涉及这一学科如何走好的问题却又不容回避。近年来，一篇关于"思想史的写法"的长文被炒得沸沸扬扬，虽然该文只是用"长时段"视角将古代、近代、现代的时段以"中国思想史"囊括，但它体现出的思想史研究的问题意识却是非常分明的,而且对中国现代思想史的学科建立与写作都具有重要的参照意义。值得说明的,近年来关于思想史学科独立性的探讨、范式建立和方法突破都与这篇长文息息相关。① 随着思想史研究问题意识的唤起,二〇〇二年九月二十七日中国社会科学院近代史所与《历史研究》编辑部合作召开的关于思想史方法论的讨论会再一次将问题引向深入。凡此种种,颇能反映思想史这一学科意识的升腾。

综观思想史研究者寻求突破的路径,可以看到其中对思想史边界模糊的共识。葛兆光先生自认为其《中国思想史》的创新主要来自对这一学科的外延和内涵的"改写"。他如是说:"至今,思想史仍是一个难以把握的领域,它的中心虽然清楚,但是叙述的边界却相当模糊,致使它常常面目不清,也无法像它的邻近学科那样清楚地确立自身的边界,比如它与宗教史、学术史常常关注相同的对象,以至于它们总是要发生'领土争端',比如它与社会史、文化史常常需要共享一些知识和文献,于是它们又总是要产生'影像重叠',比如它与政治史、经济史常常要建立一种互相诠释的关系,于是它们又总是要'互为背景',甚至产生了到底谁笼罩谁、谁涵盖谁的等级秩序问题。这导致了它作为学科的基础和规范难以确立,就好像一个历史上四处游牧的部落在诸国并峙的地界乍一定居,很难立即确立它的领土和法律,也很难约束它的国民越界犯规一样。"② 质而言之,究竟怎样处理或说划定思想史与其他学科领地的关系成为从事这门专业学者的难点。对此,郑大华也有同感,他在一篇论及深化思想史研究的论文中说:"对于中国近代思想史的研究对象与范围,中国近代思想史与中国近代哲学史、中国近代

---

① 葛兆光:《中国思想史·导论》,复旦大学出版社 2001 年版。
② 葛兆光:《中国思想史·导论》,复旦大学出版社 2001 年版,第 68 页。

文化史、中国近代学术史等其他中国近代史分支学科以及与中国近代政治思想史、中国近代文化思想史、中国近代学术思想史、中国近代经济思想史等其他专门思想史的联系与区别等等，都缺乏应有的讨论。直到今天，学者们对中国近代思想史究竟应该写些什么，没有统一的认识。"① 事实上，这里所谓的"联系与区别"在本质上还是思想史与其他学科的关系和界定问题。耿云志先生在论述"思想史学科不可能有大的发展"的原因时也曾这样陈言："至今思想史著作内容的主体范围还不够清楚，许多思想史著作写进哲学史的内容，学科界限混淆。"② 如果说为了确立思想史的学科独立性学者们在研究的对象和范围的亟待圈定上形成了共识，那么同样是围绕着研究对象和范围这一难点和焦点，更多的则是众说纷纭的目标设定。

值得注意的是，在这个歧义上，研究对象和研究方法被纠缠在了一起。诸多学者的兴趣或说注意力更多地集中于思想史新旧范式的转换。尽管其中有不少高见或说妙论，但笔者以为思想史研究者的讨论还是"散打"，思想史主体性建设问题还很遥远。

我们知道，无论是古代思想史的写作还是近现代思想史的研究，无论是研究对象还是研究范式，都是以思想家的思想为主体，从思想家的思想变化、影响入手来撰写思想史。对此，耿云志先生以有所指的批评态度直陈其见："近代有学者提出不同的看法，认为思想史不应只研究精英的思想，应当充分注意普通民众的思想观念，即便不是以普通民众的思想观念为主体，至少亦应给予与精英思想同等的重视。"他说："我个人认为，思想史的对象仍应以思想

---

① 郑大华：《如何进一步深化中国近代思想史研究》，《光明日报》2005年1月25日。
② 耿云志：《思想史研究方法发凡》，王中江主编《新哲学》（第1辑），大象出版社2003年版，第274页。

家的思想为主体。"① 在大陆，以葛兆光为代表的"知识、思想与信仰"的思想史写法将"边缘的、零散的资料，重新纳入思想史来考虑"，尤其重视民间资源和"空白点"，这就是他深受近代日本思想史研究方法"影响"的"影响论"。② 麻天祥也认为："毫无疑问，中国思想是世界思想文化之宝库。……然而遗憾的是，过去的思想史作，已有固定范式，难以有所突破，而且大多阀于正史和精英社会，往往忽略了在民间流布的平民思想。所以今后的思想史研究尤宜注视同日常行事密切相关的平民思想，而搜求于市井草莽之间，予以抉择综合，推陈出新。"③

正如我们看到的那样，前些年近现代思想史研究以及方法论所提出问题在今天还是高烧不下的，而且还有继续升温的趋势：诸如在"精英思想"和"民众思想"、主流与边缘、浓缩与扩张之"关系"上一直处于撕扯和紧张状态。④ 在笔者看来，思想史研究尤其是近现代思想史主体性和独立性的确立，需要研究者跳出过去的掌心：避免重蹈为讨论而讨论的覆辙。思想史学科的百家争鸣固然重要，但单纯的领地与方法的"丈量"与"立异"终归解决不了长期困扰我们的学科意识问题。

---

① 耿云志：《思想史研究方法发凡》，王中江主编《新哲学》（第1辑），大象出版社2003年版，第275页。
② 葛兆光：《什么可以成为思想史的资料？》，王中江主编《新哲学》（第1辑），大象出版社2003年版，第294—296页。
③ 麻天祥：《中国思想史研究的理念与方法》，《史学月刊》2012年第12期。
④ 参见王中江主编的《新哲学》第1辑和第2辑中关于"思想史方法论"的探讨，大象出版社2003年版和2004年版。另外，《思想史身份重定：问题及对策》中发表的许苏民、陈赟、方旭东等的一组笔谈值得注意，它们对思想史研究主体性的确立同样具有学术导向意义，参见《学术月刊》2004年12月号。

二 难点：思想史身份悬念的化解

归根结底，上面我们概括的三个焦点还是思想史的身份定位问题。依笔者之见，这三个问题的解决是近现代思想史学科主体性和独立性确立的前提。以下也是笔者对解决本论前提的管见。

首先，就中国近现代思想史研究在"精英思想"和"民众思想"之间的歧义而言，笔者以为这是一个切口问题。说到切口，就不能不注意到思想史在史学链条上的位置。如同一个高明的医生会在望闻问切后准确地把握住病灶所在一样，思想史家"写作"思想史也应该找到最适应的切口，不然就是隔靴搔痒、不得要领。与切口相连的一个词语是关口，思想史研究者面临的问题首先就是研究对象问题。在我，思想史研究还是应该注重精英思想的来龙去脉，其中包括个案、文本、群体等知识流向的考察和分析。要回答这个问题，我们必须厘清"思想"这个众说纷纭的概念。一种权威的词典曾这样诠释"思想"："客观存在反映在人的意识中经过思维活动而产生的结果。思想的内容为社会制度的性质和人们的物质生活条件所决定，在阶级社会中，思想具有明显的阶级性。"① 另一种权威的词典则是这样注解"思想"："客观存在反映在人的意识中经过思维活动而产生的结果，属于理性认识。它具有相对独立性，对社会存在有反作用。正确的思想一旦为群众所掌握，就会变成巨大的物质力量。"② 老实说，我对这两个词典的解释并不满意，至少它都有否定"思想"之共享之倾向。所谓"阶级性"无非是一种带有意识形态色彩的"政治"思想史；所谓"正确的思想"则是没有跳出非此即彼的"唯一"怪圈。应该说，这两种"思想"

---

① 《现代汉语词典》，商务印书馆1987年版，第1085页。
② 《现代汉语规范词典》，外语教学与研究出版社2004年版，第1235页。

状态都是思想史研究必须防范和警惕的。所谓"思想",无非就是某个人或群体对客观现实有独到而深刻的见解,而且这个见解不为一般人所有。这个见解不但可以为任何一个阶级或阶层所拥有,而且它不会一成不变,更难有绝对正确或绝对错误的判断。

"思想"的理性、科学以及逻辑思维特征告诉我们它演绎于精英的头脑。也正是在这个意义上,笔者更倾向于将"思想史"与英文的 Intellectual History 对应起来,而不是与 History of Idea 和 History of thought 相附会。当"关注民众观念世界"成为思想史研究领域中的呼声时,笔者甚是担心思想史研究会显得自作多情。一位学者完全从纯理论的思维视野出发倡导"民众观念"与"精英思想主体"的贯通。她说:"民众观念的这种文本和非文本载体所显示的思想符号,既然与精英思想符号之间有这么大的不同,它们两者之间便不可能直接对接,也不可能直接运用处理精英思想的方法来处理如此不同的民众观念。这就需要我们寻找和拓展新的研究方法,以适用于处理民众观念及其与精英思想对话这两个新的思想领域,并使其能够与原来的精英思想研究领域相贯通。"[①] 我以为,这已经不是思想史学科建设的份内问题。这比由近代日本学者以及现代中国学者葛兆光提出的"思想史写法"走得更远。这个注重民间资源的索取和"空白点"连接的思想史路径在笔者看来并不如"当事人"自己所说的是"顺着看"还是"倒着看"那样简单。[②] 事实上,过多的关注"来龙"之关口的前移与过于注重"去脉"的衔接,同样有"过犹不及"的潜在危机。这就又回到了前文所揭示的"切口"问题。不难理解,当我们需要解剖青蛙的标本时,你

---

① 李长莉:《关注民众观念世界》,王中江主编《新哲学》(第1辑),大象出版社2003年版,第290—291页。

② 葛兆光:《谁的思想史?为谁写的思想史?——近年来日本学界对日本近代思想史的研究及其启示》,《中国社会科学》2004年第3期。

却去死命关心小蝌蚪的身世,这样的做法虽然不能说是南辕北辙,但却可以说是事倍功半。反过来也一样。一部民众观念史无论如何难以成为地道的思想史,在思想史研究的领地中,它永远只能是一个"跑龙套"的配角。

其次,我们要讨论的是近现代思想史研究的主流与边缘问题。这是一个非常复杂的思想史话语。本来,主流与边缘的分解在思想史研究中并不严格。这里,我更愿意说不存在。在很多情况下,主流和边缘是相对的概念,甚至是交叉的、不可切割的。在历史上被认为是主流的,在现实中则可能被视为是边缘的;在一些人看来是边缘的东西,而在另外一些人那里则可能是主流的。即使是在同一位思想家身上此一时和彼一时的所谓"主流"与"边缘"的思想体现又是不尽一致的。以前些年关于近现代思想史上究竟是激进主义占据上风还是保守主义占据上风的问题讨论为例,双方各视其是,没有谁愿意放弃自我的立场,而且这个争论就出自两位对中国近现代思想史研究有素的名家之手。其实,这也是一个激进主义和保守主义究竟哪一个属于主流,哪一个属于边缘的命题。要知道,发生在章太炎身上的政治上的激进与文化上的保守如舟车之两轮,很难界定哪一个层面为主流或是边缘。

或许,我们的思想史研究者会说这里的主流与边缘主要是说"精英"思想和"大众"观念的关系。这就又回到了我们论及的上一个命题。这也是笔者最为焦虑的一个话题。如果我们承认一个时代有一个时代的中心的判断,如果我们愿意寻找"时代精神"史,那我们就有必要将所谓主流与边缘的地界涂抹。这里,笔者很不情愿提及一个包括我本人也很常用的词汇出现,那就是"互动"。一位论者为了给思想史研究注入活力,便有了这样的说法:"有一点我们首先应当承认,精英思想与民众思想不是分离的,应当有一种内在的本质的联系。具体说来,精英思想是从前人、从同时代人、从社会生活中获取思想资源的。从同时代的人和社会生活中获取思想资源也可能就是从民众中获取思想资源。民众思想可能构不成理论体系，但它仍是精英思想取之不尽的源泉。同时，我们还要注意到，精英思想又是如何扩散、渗透和影响广大民众的。精英思想和民众思想有一个互动的关系。正是因为有了这样的互动关系，把民众的思想意识纳入中国近代思想史的研究领域，是可以成立的。"在这样的前提预设和逻辑推理下，思想史研究就要到"田间地头"，利用"田野调查"的方法来解决以前没有解决好的思想史问题。[①]笔者不知道一位思想史研究者一生要用多长时间去化解"长时段"状态下的"接触"工作；更不理解既然要对非主流的"边缘"人物进行"采访"，何以还要"选择层次较高的民众"。笔者只是感觉到，"互动"的思想史研究法不但是对思想史主体性、独立性的消解，而且简直就是要让思想史这一学科从历史中消失。试问，这样标新立异的思想史研究究竟和社会史以及其他类型的"史"有什么质的区别呢？在这个意义上，如果硬要区分出思想史的主流和边缘，我还是倾向于"多研究些主流，少谈些'互动'"。如同下面我们将要论及的，无所不包的扩张其实正是自我消解的开始。

最后，在精英与民众、主流与边缘的数量和范围较量后就该是浓缩与扩张的"关系"紧张了。

一些思想史研究者认为，无论是古代思想史还是近现代思想史研究，边界的扩张势在必行，不然就难以以"新"制胜。当一些学者津津乐道于侯外庐先生的《中国思想通史》扩大了哲学史研究的对象时，笔者更多的不是欣赏，而是担心这种"扩大"背后的隐患。传统的思想史研究有"依傍"（哲学史）之嫌，当下的思想史

[①] 梁景和：《中国近代思想史研究对西方思想理论预方法的回应》，王中江主编《新哲学》（第1辑），大象出版社2003年版，第301页。

则有"越位"(社会史)的企图。以至于有人将其总结为"上天入地"的学问:"两个具有代表性的观点,只是分别强调了思想史的两条边界,一条是向上的、通向哲学、形而上精神的世界;另一条是向下深挖的、通向社会的、形而下生活的世界。合起来,可以叫做'上天入地'。由此看来,思想史的对象有一个大致的范围,即在现今常见的哲学史和社会史之间的大片腹地,都可以是思想史家驰骋的疆场。当然,这种见解多少局限于现代学术的分野,即以承认现代学术形态的合理性为前提。"① 我们知道,什么都可以成为自己领地的学科是不存在的学科。换言之,一味扩张的帝国总是要马失前蹄的。与20世纪90年代人文精神大讨论时的一个观点十分雷同——本来就没有什么人文精神又何谈失落(只是借用这个"模板"),如果我们思想史学科还没有堂堂正正的"合理性"地位,那又何以奢谈"驰骋"?

众所周知,思想史领地的开拓主要来自于日本学者丸山真男等学者的真传以及葛兆光的借鉴。② 但就是这位深受其益且把国内学者招惹得心绪难平的思想史家近来的心迹袒露足以让一边倒的学者们止步:"思想史的这种观念和方法的变化,已经有可能把很多东西,过去不曾使用的东西,都变成自己的资料。但是,问题也随之而来,现在我自己也感觉很困惑的问题之一,是思想史如何确立自我的边界,不至于一方面入侵其他历史领域,一方面守住自己的国土。有人说,这样的思想史太庞杂了,不像思想史了,这我不同意,因为谁规定了思想史是什么样子和多大领地?但是也有人因此说思想史可以横冲直撞,这也恐怕很麻烦,因为无限扩张的结果就

---

① 高瑞泉:《上天入地:思想史的边界与方法》,王中江主编《新哲学》(第2辑),大象出版社2004年版,第276页。

② [日]丸山真男:《日本政治思想史研究》,王中江译,生活·读书·新知三联书店2000年版。

是消解自身。有人提出，可以叫思想文化史或文化思想史，究竟怎么办，我也还没有想清楚。"① 对目前的思想史来说，确立自我的边界比盲目扩张要紧迫得多。固然，思想史的"样子"和"领地"没有人划定，也正因为如此，我们从事这项工作的人就有责任和义务首先圈定思想史的领地。这也是思想史这么多年来没有自我独立性和主体性的原因。无限制扩张的结果是：不但没有守住固有的领地，反而因为自我的膨胀失去了固有的地盘。正如笔者在与郑大华"关于近代思想史的研究方法"的学术对话中提出的那样："思想史的研究对象和范围已经决定了其目的和方法的有机统一之关系。如果将思想史的研究对象和范围无限扩大和膨胀，以至于混同了它与社会史等学科的区别，那所谓的方法自然也就只能是'方法盲'的到来。这样不但不是给思想史研究注入了活力，相反倒是给思想史添加了麻醉剂。"② 这还不是问题的关键，试问：面对一部"庞杂"的思想史，"天下何人还识君"？当饺子、包子、馄饨用一种"万能"馅儿包进去后，那它们三者区别究竟在哪里呢？同理，现代思想史扩张的结果还能让我们将其与中国现代史、社会史分门别类的对待吗？领地不详、边界模糊、无所适从的思想史，尤其现代思想史，岂不就是毫无个性、任人打磨的"墙头草"。

三　重点：独立性和主体性之学科体系的确立

中国近现代思想史地位的确立一直是困扰和制约着这一学科发展的瓶颈，也是本文论证的重点，就近年来本人研究中国近现代思想史的体会而言，尽管众说纷纭，但还是不能人云亦云，而是要从

---

① 葛兆光：《什么可以成为思想史的资料？》，王中江主编《新哲学》（第1辑），大象出版社2003年版，第296页。

② 张宝明、郑大华：《学术对话：中国近代思想史学科盘点之三——关于近代思想史的研究方法》，《郑州大学学报》（哲学社会科学版）2008年第3期。

本学科的实际出发,在"不破不立"的原则下进行。

其一,思想史要"破"的是"扩张"说。笔者以为,思想史要获得独立的学科地位,目前首要的任务不是"扩张",而是与之相对的"收缩"或说"画地为牢"。无论是从内涵还是从外延抑或从方法上说,思想史都没有"扩张"的必要。从内涵上说,中国近现代思想史到底是什么的界定并不清晰;从外延上说,思想史的研究对象、立论范围不甚明了;从论证方法上说,思想史还没有达到诸如其他人文学科炉火纯青的地步。郑大华曾这样评价葛兆光的"思想史"研究成果说:"直到今天,学者们对中国近代思想史究竟应该写些什么,没有统一的认识。葛兆光提出思想史研究的对象是知识、思想与信仰,并据此写成两卷本的《中国思想史》。该书出版后引起学术界的较大反响,赞扬者有之,批评者也有之。但就书中所涉及的晚清部分来看,似乎不太成功,至少它没有给读者提供一个晚清思想史发展的清晰脉络。又有学者提出中国近代思想史是研究这一时期各种思想观念,尤其是社会政治思想新陈代谢的历史过程及其规律性。还有学者提出近代带有资本主义倾向和性质的思想、观念和主张是中国近代思想史研究的主要内容。如此等等,不一而足。"[①] 这是思想史学者对思想史学者的批评,而且也是有代表性学者间的"对话"。虽然这段话不长,但其中涉及的问题都是带有针对性的,而且涵盖了中国近现代思想史研究对象、内容和方法等基本问题。也正是这段"对话"恰恰反映出思想史研究"深化"的艰难。在《如何进一步深化中国近代思想史研究》这篇带有宏观意义的"微作"中,郑大华提出了加强"思想史学科自身的研究"的设想:"中国近代思想史研究的主要内容就是研究各

---

① 郑大华:《如何进一步深化中国近代思想史研究》,《光明日报》2005年1月25日。

旧"问题"与新"论语":关于中国近现代思想史学科主体性的思考

个不同时期人们围绕民族独立和社会进步所提出的思想、观念和主张,这些思想、观念和主张提出后对社会所产生的实际影响以及是通过什么样的途径对社会产生影响的,并总结其经验和教训,从中找出规律性的东西。"应该说,总结"经验和教训"和寻找"规律性"不只是思想史这一学科的任务,而且也是整个史学学科的任务。笔者以为,这个设想还是有待于朝着可操作性的具体化方向演变。对此,我们可以从已有的思想史论著中汲取足够的教训。以二十世纪三十年代写就的《近五十年中国思想史》为例,即使出版社声称"选粹",也还是不能让人信服它是一部中国近现代思想史的典范之作。①

其二就是近现代思想史要"立"的成分。这里包括了内在规定性和外在可行性两个方面。

就前者而言,思想史带有与生俱来的批判性。它要求研究者的基本素质必须是保持心态独立的"自由"学者,而不是见风使舵的功利者。以近现代思想史上几个基本的命题而论,"改良"与"革命"的关系、激进主义和保守主义的关系、"新"与"旧"的关系都是中国近现代思想史没有处理好的关系论题。曾几何时,"革命"是唯一的价值标准。也还有另一种大幅度的摇摆:以"改良"为尺度的现代性演进又成为唯一框架。显然,这样非此即彼的思想史研究模式得出的结论不可能理性客观、科学可信。有幸而又不幸的是,这种情形到了二十世纪九十年代有了根本的改变,"改良"简直是"翻身"解放,一味肯定"改良""告别革命"者比比皆是。此情此景,"激进主义"也是每况愈下,"保守主义"则是行情渐涨。颉颃起伏的"思想史"俨然是政治气候左右下的骑墙者。看似相反的观点竟然都能成为思想史的"主流"或说"主潮"。显然,

---

① 郭湛波:《近五十年中国思想史》,人文书店 1936 年版。

这样的思想史研究应该是从事思想史研究者引以为戒的。对此，笔者曾在二十世纪九十年代出版的《启蒙与革命——"五四"激进派的两难》中给予了充分的关注，并进而指出了"改良"与"革命"各有不可取代的功能，彼此不可互相僭越。① 与批判性密切相关的思想史之内在规定性是其自身的吊诡（"两难"或说"悖论"），这也是笔者研究中国近现代思想史的一贯追求。如果我们承认思想史研究是一门思辨的学问，那么我们可以说以思想家及其引领的思潮对时代的影响和种种困惑为前提的思想史研究才算是思想史学者走对了门。思想家不是圣人，更不是上帝，因此他们的思想及其所引领的思潮都不免带有这样或那样的偏执，而这样或那样的偏执又是以与其所处的时代不可分割的，也与其所思想的价值不可分离的。我想，思想史抓住了这个中心也就抓住了学科的本质。如果说思想史学科和历史学的其他学科有什么不同的话，思想的吊诡乃为其大要。② 最后要说明的是，思想史研究还具有当代性的特点。思想史研究重视"思想"和"历史"的有机统一并不为过，但过分强调"历史"而忽视其作为一门学科的独立性和自主性并不利于其自身的成长与成熟。在某种意义上，当代性是近现代思想史研究之"个性"张扬的体现。一位以"近世"思想史研究著名的学者为中国近现代思想史研究提供了可资借鉴的路径："思想史研究的意义还在于它与当代思想文化的讨论也有密切的关联。"③ 毕竟，思想史研究讲求的还是"过去"与"现在"的衔接、"新"与"旧"之间的因果关系。所谓在"诠释"基础上的"百尺竿头"——"体认"

---

① 张宝明：《启蒙与革命——"五四"激进派的两难》，学林出版社 1998 年版。

② 张宝明：《自由神话的终结——20 世纪启蒙阙失探解》，上海三联书店 2002 年版。

③ 陈来：《中国近世思想史研究》，商务印书馆 2003 年版，序，第 3 页。

或"体验"——正是思想史"当代性"的另一种提法。① 在内涵层面上，批判性、吊诡性和当代性构成了作为思想史学科内倾、自敛的基本诉求。就此而论，思想史研究不存在"改写"不"改写"的问题，关键还在于如何潜心打造。

就后者而言，思想史外延同样也需要一种内倾、自敛的基本诉求。鉴于上面已经有思想史内涵的"规定"，笔者以为：思想史与哲学史的范畴比较起来，其领地不是更大，而是更小。哲学重在解释"现象"，而思想史则侧重于影响力或说"晕轮效应"。一些主张"上天入地"的思想史研究者以为将"哲学或哲学史的思想史"以及社会学和社会史的方法统统纳入思想史就万事大吉了，其实不然。思想史现在要的是"画地为牢"，而非"地大物博"。为了更好地让它从交叉与边缘的近亲学科中剥离出来，譬如与中国近现代文化史、中国近现代学术史、中国近现代政治史、中国近现代哲学史以及与中国近现代政治思想史等，中国近现代思想史学科建设的第一要义便是圈定内涵基线下的"外延"。笔者以为，这个外延主要还是思想史的对象涉猎问题。具体地说，人文关怀及其外化是思想史搜罗的重中之重。这也是思想史为何在今天呈现出"一石三鸟"格局的根本原因。人文学科中的文学、史学和哲学不约而同地钟情于思想史并害得它落个"一女三嫁"的恶名。当然，我们这样说并不是要反其道而行之，而是重在强调：从"文史不分家"到"文史也分家"，思想史研究的内在质的规定性时刻制约着也应该制约其外延的圈定。这就如同"向心力"与"辐射力"的关系，围绕着思想史内核的研究不但"神"不散，而且"形"也不散。② 陈

---

① 方旭东：《以意逆志 于心得之——中国思想史研究法的省思》，《学术月刊》2004年第12期。
② 张宝明：《从文学史到思想史》，《社会科学报》2004年8月26日。

来的界定不无参考意义："思想史要研究我们的前人对于自然、社会、人生、人心、知识、信仰的理解，研究他们表达或构成这些理解的概念、命题、体验、论证，研究文化的经典、对于经典的诠释以及各代人经由与经典的对话而产生的思想……研究这些思想内容才能帮助我们理解某一文化类型的理论思维特点，理解核心概念和价值对于文明的规范性作用，理解文明整体和文化传统的特质。"① 尽管这些说法尚嫌抽象，但它却能够至少在当下缓解中国近现代思想史研究之"杂乱无章"的压力。

毋庸讳言，思想史学科建设的独立性和主体性不可能一蹴而就，也不可能由一人之手炮制出一个人人赞同的方案，但就压缩编制、凸显个性的预设而言，这或许是对正在苦苦寻求思想史学科路径同仁的一个切实回应。

四 导向：问题意识是思想史研究的根本

问题意识既是我们思想史研究者最基本的出发点也是归宿点。问题意识如同"行船底方向"，"行船不定方向，若一味盲目的努力，向前碰在礁石上，向后退回原路去都是不可知的"。② 如果没有锁定问题的学术意识，那么我们的研究工作就会像一只在茫茫大海中漫无目的漂流的小船，变得可有可无。胡适曾在送别大学毕业生的演讲中，送给即将离开学校开始自己事业的毕业生三味"防身药方"，其中的第一味药也是"入世的第一要紧的救命宝丹"即是"问题丹"，在胡适看来，"问题是一切知识学问的来源，活的学问、活的知识，都是为了解答实际上的困难，或理论上的困难而得来的"，"只要你有问题跟着你，你就不会懒惰了，你就会继续有智

---

① 陈来：《中国近世思想史研究》，商务印书馆2003年版，序，第3页。
② 陈独秀：《主义与努力》，《新青年》1920年12月1日第8卷第4号。

识上的长进了"。① 同样，回归到学术研究上面，问题意识如同花果树上的"根"与"藤"。由此可以花开数朵，结出"数果"（硕果）。正如耿云志所说："我们应当不断增强问题意识。问题是思想的启动器，没有问题就不会引发思考。所以，问题意识非常重要。善于提出问题的人，也就是善于思考的人。一个没有问题意识的人，所见材料再多，却看不出材料的意义，看不到材料之间的内在联系，也就形不成任何思想。这样，材料对于他们便成没有意义的东西了。"② 不言而喻，问题导向这副解药既不是补药也不是泻药，而是以"意识"为主打的"主食"。进一步说，既是家常便饭，也是常规性必备"营养"。或许，从学科性学术转向问题性学术更能表达这一导向。

的确，面对浩如烟海的史料以及边界相对暧昧的思想史而言，如果没有问题意识，即使读书破了万卷也难以下笔有"神"。这个"神"就是纲举目张的关键拉手："此其中道，名曰文心。"进一步说，这个"文心"也是文章自身价值之所在，那属于立意和格调的范畴。③ 已经有学者指出，思想史有文学思想史、哲学思想史、史学思想史等等，思想史学科作为一个集大成的高端交叉学科，问题意识是构建在这一学科体系的支点。④ 在思想史不断以交叉的名义扩展着自己领地的过程中，诸如政治思想史、社会思想史、经济思想史、军事思想史、环境思想史、传播思想史、新闻思想史等等不

---

① 胡适：《一个防身药方的三味药》，欧阳哲生编《胡适文集》第12卷，北京大学出版社1998年版，第635—636页。
② 耿云志：《中国近代思想史研究的对象及发展的五个条件》，《吉首大学学报》（社会科学版）2005年第1期。
③ 吴芳吉：《三论吾人眼中之新旧文学观》，《学衡》1924年第31期。
④ 崔志海：《问题意识与中国近代思想史研究》，王中江主编《新哲学》（第1辑），大象出版社2003年版，第304页。

一而足的各类"新史"还会层出不穷。愈是这样，我们从事这一思考的学者就会越来越强烈的感受到思想史学科建设的时不我待。事实上，愈是学科领地蔓延，愈是要求内涵相对稳定。这个稳定也就是我们常说的学科的内在的质的规定性。当然，这个规定性不可能为每一位从事思想史研究者给出定制性的命题，但不能否认的是，由思想者走进一个思潮或说流派的心灵或说精神思想世界却是一个不折不扣的事实。也正是在这意义上，笔者还是想再度强调思想史研究对象主要还是对精英阶层尤其是知识分子的研究。如果再具体一些，知识分子指的是那些从事人文学科思考和活动的思想家。如果将诸如民间、坊间、底层等属于社会史畛域的问题移位到思想史领域，我们只能说那只是辅助和帮衬，构不成思想史研究的主体和主题。

另一方面，问题（意识）之摆也可以化解思想史研究中与其他学科之间的冲突。前面说过，不主张思想史学科独立性的丧失，而且也不主张思想史学科无边界的扩张，要潜心打造独立性和主体性的中国近现代思想史学科体系，但是这绝对不意味着思想史研究者就可以墨守成规、故步自封，否则就会有人为制造学科壁垒之嫌。这样的结局如同传统中"老死不相往来"的狭隘壁垒。不难想象，在狭窄的格局里坐井观天、闭门造车，又怎能和开放对话的系统比肩。必须看到，史学、文学、哲学以及心理学、人类学等学科在某种意义上都可以称作"人"学。问题意识是这些人文学科难以截然泾渭分明的原因。一部人类文明史就是一部人类认识自我的历史。作为人类认识自我之工具的文、史、哲与社会科学门类，它们将"他者"对象化的同时，其实也就是实现人文关怀的过程。对一个人文知识分子来说，我深信学术良知比启蒙本身更重要。人文学科的意义我可以用一句通俗歌曲的造句来表达："请让我来关心你，就像关心我们自己。"如果有了问题意识，我们所谓的学科也就没有了"各扫门前雪"的"怒目而视"。换句话说，只要有利于问题的解决，无论是哪一个学科的"专利"都可以援用过来。我们一切的工作都是围绕解决问题这个中心开展的，假如文学的问题用社会学或其他方法解释得更准确、更有力量，我们思想史工作者为什么要舍近求远抑或庸人自扰呢？在这个意义上问题之摆乃是思想史学科建设中的题中之义。

最后，对作为学科的思想史研究，我还有三个不成熟的建议：一是要处理很好一与多的关系，二是要处理好小与大的关系；三是要处理好长与短的关系。第一个关系指的是个人对历史上林林总总人物。优秀的思想史作品总是个性化的产物，即是个人思考的结果，是一个体系的生成。而历史上林林总总的历史人物和学派以及思潮，又呈现出庞杂的面相。关于第二个关系，思想史研究应该从小处着手、大处着眼。只有小题目没小学术。这一点对思想史学科建立尤其重要。只有从小题、小问题入手，思想史研究才能长成根深叶茂的繁荣景象。而这个大还有大视野、大境界、大胸怀的意思。人文学中常说的"同情之理解"也不乏其意。第三个关系就是短时段与长时段的关系。在前者，是具体、偶然甚至是瞬间；在后者则是抽象、必然抑或规律。只有在"短"中才能见"长"。也只有有"长"才能补"短。"就此而言，思想史学科体系还很年轻。在此，笔者只能挂一漏万。还有很多问题需要我们诸位同仁做进一步的思考。匆匆写来，以此就教于方家。

2021 年 7 月 2 日修订于开封
（张宝明，河南大学历史文化学院教授）

王 锐

将"历史属性"与"思想属性"有机结合
——关于推进中国近代思想史研究的思考*

摘要：在今天，推进中国近代思想史研究，既需要遵循历史学的一般特征，夯实、丰富中国近代思想史的"历史属性"，加强吸收中国近代史其他领域的优秀成果，避免流于脱离历史脉络的空谈；又需要基于研究者自身的理论素养与问题意识，在尽量呈现历史本相的同时，挖掘历史流变中呈现出的思想问题与思想资源，将思想观念的来龙去脉与现实所指揭示清楚，在此基础之上探讨如何形成新的思想之契机，不断提升中国近代思想史的"思想属性"。其理想状态或许是形成一种具有史实根基与思想深度的历史研究，或者说在历史流变中展开古今之间的思想对话。

关键词：中国近代思想史；"历史属性"；"思想属性"

马克思曾说，考察社会历史变革之时，必须正视"人们借以意识到这个冲突并力求把它克服的那些法律的、政治的、宗教的、艺术的或哲学的，简言之，意识形态的形式"。[①] 之所以如此，正如

---

* 本文为国家社科青年项目"'文明等级论'在近代中国的传播、影响与批判研究"（项目号：20CZS046）的阶段性成果。

① ［德］马克思：《〈政治经济学批判〉导言》，载《马克思恩格斯选集》第 2 卷，人民出版社 2011 年版，第 3 页。

阿尔都塞对这段话的阐释："人们正是在意识形态中获得对自己利益的认识，并将自己的阶级斗争进行到底。"① 如果我们顺此思路来考察现代史学门类的话，那么在中国近代史的研究当中、在当代中国思想学术场域里，甚至在大众文化领域里，中国近代思想史都具有极为重要的位置。关于这个问题，笔者在其他地方曾谈及：

> 在现代史学门类中，以研究某一时期的学说、思潮、意识形态、政治经济话语等内容为职志的思想史有着极为特殊的作用。不少论者已经观察到，在当代中国，思想史于大众层面颇为流行。这里面的根本原因在于，中国思想史的内容大多为对安邦济世之道的探讨，所讨论的问题与对象，往往关系到大多数人的生活，因此现实感非常强。很大程度上，谈论这些思想史的内容，就是在谈论中国的政治、经济与社会问题。加之在现代中国，不少知识分子对于中国未来发展道路的辨析，很多时候是由认识与评判各种古今中西之学说为起点，这就使得有关此认识与评判的各种言说，成为后来者进一步思考相关问题的重要参考。更为关键的是，现代世界可以说是一个意识形态盛行的世界，不同的意识形态影响着不同的道路选择，因此不同的意识形态之间的激烈论争是现代政治活动的重要组成部分……了解中国现代思想史，就是为了更好地认识现代中国走过的历史道路，提高认识历史与现实的理论水平。②

就此而言，随着相关史料的不断被整理，临近学科与领域的不

---

① ［法］阿尔都塞：《论再生产》，吴子枫译，西北大学出版社2019年版，第305页。

② 王锐：《中国现代思想史十讲》，广西师范大学出版社2021年版，第5—6页。

断推进，研究者时代意识与综合学术素质的不断提升，在中国近代思想史研究当中，一方面需要秉持"先因后创"之道，充分继承前贤研究的优良传统与学术成果，另一方面，如果想在研究质量上做到推陈出新、更上层楼，就不能仅停留在重复过去的话语、套用先前的框架，而须加强研究者自身的理论素养与知识储备，进一步深化、细化研究对象，完善对于整体历史图景的把握，在此基础上形成丰富而自洽的问题意识。本文即从中国近代思想史的"历史属性"与"思想属性"出发，对此问题略作探讨。野人献曝，以期对于不断推进中国近代思想史的研究或有助益。

一 正视中国近代思想史的"历史属性"

按照历史唯物主义的观点，一定的思想观念产生于特定的经济生产方式，以及由此而生的经济生产关系与社会结构之中。正如恩格斯所说："世界不是既成事物的集合体，而是过程的集合体，其中各个似乎稳定的事物同它们在我们脑中的思想映像即概念一样，都处在生成和灭亡的不断变化中。"① 其言下之意，就是强调随着经济生产方式在历史变迁过程中的变化，包括思想观念在内的属于"上层建筑"的部分也会随之变化。但另一方面，一定的思想观念又会在特定的历史条件以不同的形式来影响着生产力的变迁与生产关系的形成，甚至影响一场政治变革的成败。这既体现出作为历史行动者的人的主动性或能动性，又彰显出那些在历史变迁过程中长期存在、辐射甚广的思想与观念的巨大影响力。②

---

① ［德］恩格斯：《路德维希·费尔巴哈和德国古典哲学的终结》，人民出版社2014年版，第40页。

② 关于这个问题，比较有代表性的学理解释当属阿尔都塞对历史变迁中矛盾的多元决定的分析。参见［法］阿尔都塞《保卫马克思》，顾良译，商务印书馆2010年版，第76—120页。

将"历史属性"与"思想属性"有机结合

关于这一点，最为明显例子的大概就是如何看待中国传统思想在近代中国的复杂面貌。马克思指出："人们自己创造自己的历史，但是他们并不是随心所欲地创造，并不是在他们自己选定的条件下创造，而是在直接碰到的、既定的、从过去继承下来的条件下创造。"① 作为马克思主义史学家的侯外庐也曾指出："思想的继承性是思想发展自身必不可少的一个环链……历史上有建树的思想家总是在大量吸收并改造前人思想资料的基础上，形成自己的思想学说。在中国思想史上，思想的继承性表现得特别明显。"② 因此，必须重视中国传统对近代中国政治与社会的影响。从学理层面而言，传统既是历史流变过程中业已形成的某些固定的、具有影响力的内容的综合，又离不开后人从不同的现实情境出发对其展开各种阐释。因此，不同类别的历史行动者如何定义传统、如何看待传统、认为传统的哪些部分值得在当下社会里提倡、提倡某些传统所依据的历史经验与理论基础是什么，这些因素对于认识传统在近代的不同表现形式极为重要。也正是由于这样，关于中国传统的定义权、解释权、表现形式、适用范围的论争，就成为中国近代思想史上一个持续不断的重要议题。

不过，无论是强调随着经济生产方式的变迁，思想观念亦会随着变化，还是强调在特定的历史时刻思想观念有着不可替代的作用力，会对历史行动者产生特定的影响，都不能忽视其中的"历史属性"，即历史变迁的整体状况，不同历史时期具体的政治、社会与经济现状，处于重要历史变革前夕不同的政治与军事力量的分野和性质，以及在特定历史时期活跃于时代舞台上的不同群体的基本特

---

① [德]马克思：《路易·波拿巴的雾月十八日》，人民出版社2015年版，第9页。
② 侯外庐：《我是怎样研究中国思想史的》，载张岂之主编《侯外庐著作与思想研究》第24卷，长春出版社2015年版，第739页。

征与彼此关系。特别是中国的思想传统向来重视对现实问题展开探讨，许多涉及性与天道的议题最终落脚点也是思考如何处理现实政治与社会当中的各种问题。在近代中国，由于西方势力入侵而造成的巨大危机，让大多数士人与知识分子不能忘怀如何寻找各种理论资源来解决时代困局。因此，这就要求研究者需对宏观的历史背景与具体的历史语境有清晰而自觉的认识。更有甚者，历史的进程本身并未替后世研究者划分界限分明的区域——哪些属于政治史、哪些属于经济史，哪些属于思想史，而是要求研究者尽可能地大量阅读史料，多识前言往行。掌握越多史事，越能看出历史的本相。

关于这个问题，前贤学术遗产实有不少可供资取之处。陈寅恪尝言："夫圣人之言，必有为而发，若不取事实以证之，则成无的之矢矣。圣言简奥，若不采意旨相同之语以参之，则为不解之谜矣。"[1] 他研究魏晋清谈，认为当时士人对于玄言的取舍与辩论，背后乃是有着具体的政治立场之分野，代表着当日政治上之实际问题，不可单纯以口头虚语视之，这便是将古人言行置诸具体的历史场景之中进行论述。[2] 此外，他研究曹操在建安年间所颁布的求贤令，指出在门阀世家已然兴起之际，东汉期末士大夫多出于儒家大族，为巩固其家族权势，故强调道德，严于修身，力倡仁孝廉让。而曹操出身卑贱，欲有所作为，必须摧破前者所奉行之信条，于是强调才能为要，不计德行，以期打破豪族世家对政治资源的垄断。由此路径展开分析，其所颁文告背后所蕴含的本旨方能显露出来。[3]

---

[1] 陈寅恪：《杨树达论语疏证序》，载《金明馆丛稿二编》，生活·读书·新知三联书店 2001 年版，第 263 页。

[2] 陈寅恪：《陶渊明之思想与清谈之关系》，载《金明馆丛稿初编》，生活·读书·新知三联书店 2001 年版，第 201—229 页。

[3] 陈寅恪：《书世说新语文学类钟会撰四本论始毕条后》，载《金明馆丛稿初编》，第 49—51 页。

相似的，他分析近代变局之下的思想意识变迁，强调："吾中国文化之定义，具见于白虎通三纲六纪之说，其意义为抽象理想最高之境，犹希腊柏拉图所谓 Idea 者……近数十年来，自道光之季，迄乎今日，社会经济之制度，以外族之侵迫，致剧疾之变迁，纲纪之说，无所凭依，不待外来学说之抨击，而已消沉沦丧于不知不觉之间。虽有人焉，强聒而力持，亦终归于不可救疗之局。"[①] 其引申之义就是，一种长期处于支配地位的意识形态，必定是以一定的经济生产关系为依托的。后者一旦发生剧烈变化，特别是遭受能够"按照自己的面貌为自己创造出一个世界"的西方资本主义所冲击，那么这样的意识形态必然也会发生动摇，致使其内部的话语逻辑难以自洽，难以有效因应世变，更让不少过去通过奉此意识形态为圭臬而获得相应社会经济地位的人开始放弃对它的基本信仰。[②] 这样的研究思路在今天的中国近代思想史的研究当中同样需要予以借鉴。

为什么要强调这些？据笔者观察，一段时间以来，在中国近代史研究领领域，思想史研究往往处于比较比较尴尬，或者说得更直白一点——比较"低端"的层次。相比于需要搜集、整理、比勘大量文献史料，需要考证各种历史细节，需要梳理不同方法的研究前史，需要从不同角度考察相关史事之来龙去脉的政治史、经济史、社会史、国际关系史研究，思想史往往给人一种既不需要掌握大量材料，又不需要关注各种研究前史，更不需要从多重角度重建复杂

[①] 陈寅恪：《王观堂先生挽词并序》，载《寒柳堂集·陈寅恪先生诗存》，上海古籍出版社 2019 年版，第 6—7 页。

[②] 陈寅恪自言其"在宣统三年时就在瑞士读过《资本论》原文"（陈寅恪：《对科学院的答覆》，载《讲义与杂稿》，生活·读书·新知三联书店 2015 年版，第 464 页）。可以认为，具有这样的理论视野，对他研究历史问题颇有影响。关于这一点，参见胡逢祥等《中国近现代史学思潮与流派（1840—1949）》中册，商务印书馆 2017 年版，第 668—669 页。

历史图景，只需要将某一类历史文献反复揣度，归纳总结要点，铺陈叙述其主要观点就可以了。这样的工作显得非常轻便，甚至非常简单，一度成为研究者不愿意接触大量史料，不愿意关注复杂历史图景的遁词。等而下之，甚至给人一种研究思想史好比做中学语文考试试卷里的阅读理解题一样的感觉，沦为一种不读书而好发议论的典型案例。而一些狡黠的自我辩护，则称如此这般是为了彰显所谓"人文精神"，是在表彰"士人风骨"。说得直白一点，那些秉持这样研究路径的论著——即略去放眼读书，广览史事，夯实基本功，仅对某类历史文献做各种不同的阅读理解，让人看上去颇有"两小儿辩日"之感。

因此，为了提升中国近代思想史研究的整体质量，使研究成果真正有助于丰富人们对于中国近代整体变革的认识，提高理解历史问题之时的思维水平与理论深度，就需要切实加强中国近代思想史研究当中的"历史属性"。具体来说，就是不能将中国近代思想史视为脱离于政治史、经济史、社会史、国际关系史而能独立存在的领域，而是将其定位为在尽可能的掌握中国近代政治史、经济史、社会史、国际关系史的相关史料文献与重要研究论著的基础上，对历史变迁进行带有理论升华意义的研究。如果不具备这样的基础，那么所谓"升华"将无从谈起。而在操作层面，或许需要将那些具有思想与学术论辩特征的文献，视为从抽象的、学理的角度折射、反思、探讨近代中国各个历史面向的材料。甚至可以认为，只有对复杂的历史图景有深入而完整的认识，才能对这些属于思想史研究范畴的文献进行有质量分析与解读。

比如面对从辛亥革命前夕到民初的地方自治思潮，除了要熟悉其基本话语与传播路径，更需对当时的政治变革大势有所掌握。例如辛亥革命前夕四川、浙江、湖南等地出现的反对铁路国有化风潮，虽然从表面上看是在维护本地政治经济精英的利益，反对由清政府主导铁路建设,但从话语逻辑来看,当时大多数奔走其事者并非抽象的反对国有化,而是反对清廷借铁路国有化之名,转手将路权卖与外国人,导致帝国主义者掌控中国铁路,遏制中国经济发展。就此而言,各省保路运动虽然形式上显现出地方对抗中央的态势,但实质上仍属近代中国救亡图存运动的组成部分,同样是为了更好地保卫国家主权。相似的,二十世纪二十年代风行一时的联省自治思潮,其鼓吹者中固然有一部分是受到以美国为模板的联邦制国家的影响,但也有不少知识分子参与其事的一个重要原因就是他们觉得当时的北洋政府不但未尽基本职责,反而时常做出卖国勾当,中央政府沦为军阀用来行私欲的工具,如此一来,反不如让地方自治,为国家保持一些元气。在这个意义上,表面上主张"分",是为了将来实现更好的"合"。

在这样的背景下,所谓"各省门罗主义"就只能成为实现终极目标的暂时手段,而不会变成常态,更不能将其本身视为终极目标。[①] 一旦新的政治力量出现,对于国家统一的诉求就会变得越来越强烈。更为重要的是,虽然在辛亥革命前后的政治变化为北洋时期的地方割据埋下伏笔,但这并不表示一个统一意象的中国从此不再为人们所向往。首先,作为一种民族文化心理积淀,"大一统"传统对中国的政治与文化精英有极强的影响。"天下恶乎定,定于一。"《孟子》里的这段话成为历代大多数政治家与士人心中主要的政治文化意识。这样深厚的政治传统不是某些域外观念在短时间内就可以消释的。其次,清末以来引进各种现代性事项,基本上都以救亡图存、实现富强为旨归,因此,保证主权与领土完整,在列

[①] 关于民国初年兴起的各省门罗主义,参见章永乐《此疆尔界:"门罗主义"与近代空间政治》,生活·读书·新知三联书店 2021 年版,第 211—278 页。

强环伺的世局下得以生存自立,就成为绝大多数政治参与者的共识。只是在手段与形式上,由于个人见识与利益诉求的不同而各有差异。因此,如果忽视这些历史背景,而从一种阅读理解的角度出发,在相应的历史文献中寻找所谓"另一种历史可能性",进而用反历史的态度将其放大拔高,这样的研究方法恐怕很难具备严格意义上的"史"的内涵。

总之,我们固然不能陷入实证主义的迷思,将繁琐考证等同于历史研究,但同时仍需意识到,作为一个研究领域,中国近代思想史首先得要有"史"的基本面貌。它的思想特征是建立在"历史属性"之上的。一旦根基不稳,则很难将研究向前推进。

二 提升中国近代思想史研究的"思想属性"

中国近代思想史除了属于中国近代史这一学科,因而具有"史"的基本属性之外,同样不能脱离广义的思想史范畴。因此,从思想史自身的特征出发,良好的中国近代思想史研究不但具有"历史属性",还应彰显"思想属性"。

在当代学术讨论里,何谓思想史,如何研究思想史,思想史与哲学史、观念史有何异同,一直以来聚讼不休,难有定论。但从研究经验出发,笔者更为认同日本学者丸山真男对于思想史的描述。丸山认为:

> 与音乐演奏一样,思想史家的工作不是思想的单纯创造,而是双重创造。
>
> 就是说,假借东西古今的思想家来展开自己的思想的做法不能算思想史,但仅仅把思想排列在历史的顺序中的做法也不能算思想史。与一般的历史学或政治史、经济史的研究一样,确定某些事实或命题的操作也是思想史学家的必须作业。不用

说，即使在一般历史学中，完全排除历史叙述者来自主体的构成的因素的"实证"主义，实际上是不存在的。由人来叙述的历史与由事件构成的客观历史本来不可能相同，它多多少少包含有撰写人主体的结构。在思想史中，这种主体的结构具有决定性的重大意义。比如不可能有康德思想的单纯的忠实再现，其结果必然只能是叙述者自己思想支配下的对康德的解释。反过来说，即在对康德的解释过程中，必然渗入自己的思想创造。因此，正如牡蛎附在船肚上一样，只对纠缠史实关心的人，往往不会对思想史感兴趣。然而与之完全相反、不能忍受史料的客观制约，不能忍受历史对象本身的结构严格制约的"浪漫主义者"或"独创"思想家，也不会对思想史感兴趣。思想史家的思想毕竟是过去思想的再创造的产物。换言之，思想史家的特征是：埋没于历史中时表现得傲慢，从历史中脱出时表现得谦逊。一方面是严守历史的拘束性，另一方面是自己对历史的能动工作（所谓"对历史"，并不能误解为对现代，这是指自己对历史对象的能动工作）。在受历史制约的同时，积极对历史对象发挥能动作用，在这种辨证的紧张关系中再现过去的思想。这就是思想史本来的课题，也是思想史之妙趣的源泉。①

换言之，我们可以把思想史理解为在尊重基本史实的前提下，研究者与研究对象之间就某一观念或议题展开的古今"对话"，在尽量呈现历史本相的同时，挖掘历史流变中呈现出的思想问题与思

---

① ［日］丸山真男：《关于思想史的思考方法——类型、范围、对象》，区建英译，载《福泽谕吉与日本近代化》，学林出版社1992年版，第191—192页。

想资源，将思想观念的来龙去脉与现实所指揭示清楚，在此基础之上探讨如何形成新的思想之契机。所谓"思想属性"，正是在这个意义上而言的。借用丸山真男的话，就是要在思想史研究当中"注重观察思想创造过程中的多重价值，注目其思想在发端时，或还未充分发展的初期阶段所包含的各种要素，注目其要素中还未充分显示出的丰富的可能性"。①

而要想实现这一目标，首先自然需要熟悉相关历史文献，特别是关于研究对象的核心文献与那些能够彰显出某个时代基本思想面貌的重要史料。比如说研究章太炎与严复这样级别的历史人物，首要任务就是熟读他们的论著。研究辛亥革命前十年间的思想史，需要对《新民丛报》与《民报》这样影响极广的报刊比较熟悉。研究五四新文化运动，需要熟悉《新青年》《新潮》《学衡》等具有典型代表性的刊物。对这类核心材料不熟悉，极有可能会影响到后续具体研究目标的展开。毕竟所谓对话、所谓阐释，必须建立在对研究对象十分熟悉的基础上。如果还存在陌生感，那么难免产生误读或曲解。

此外，中国近代思想史的一个基本特征就是处于古今中西交汇、碰撞的背景之中。许多思想命题的背后除了对于现实状况的各种反思与剖析，很大程度上既包含着中国传统思想的因素（无论是正面的还是负面的），又受到各种域外思想学说的影响。而所谓"域外"，既包括了英国、法国、德国这样的欧洲国家，又包括日本这一在辛亥革命前十年间作为西方思想进入中国的"中转站"，还包括了在"北方吹来十月的风"的背景下大量传入中国的社会主义思潮，甚至印度、美国等国家的思想因子也在不同时期影响着中国

---

① ［日］丸山真男：《关于思想史的思考方法——类型、范围、对象》，区建英译，载《福泽谕吉与日本近代化》，第195页。

知识分子对理论与现实问题的思考。因此，至少在知识积累上，就要求研究者不能仅以掌握中国近代思想史上的关键材料为满足，还需对中国古代思想史和西方（包括日本）近代思想史有所了解，这样方能更为清晰而全面地认识到近代中国不同思想观念与意识形态话语的渊源流变与基本形态，避免将原本就是简单参考域外理论的思想命题视为独到之见，①或将对中国传统的创造性转化之语视为不甚重要之物。②

值得注意的是，最近三十余年来，随着"全球化"思潮在人文学科有了越来越大的影响力，那些旨在打破以国家为分析单位，强调要关注思想观念在不同地域之间的流动性传播的思想史研究开始在中国流行起来。这样的研究方法有助于人们更为清晰的理解思想观念的传播与流布，打破过去认识论上的各种条条框框，形成广袤的全球视野。不过，如果我们将有无"思想属性"作为衡量思想史研究的主要标准，那么在中国近代思想史的研究当中，在考证、梳理、勾勒作为思想学说载体的图书、报刊的发行、刊刻、传播、阅读群体的基础上更上层楼，分析思想观念本身在不同地域与不同政治经济斗争场域里的不同表现形式，以及如何作用于具体的历史变迁过程之中。毕竟，所谓的了解域外思想，不能仅停留在从文献学、版本学，甚至是掌故学的意义上研究书籍形式、作者生平与印

---

① 当然，这并不是说近代西方思想传入中国仅是单方面的作用。其实近代中国知识分子面对纷至沓来的西学，也在发挥自己的主动性对之进行改造与再诠释。因此，需要注意到"西方"在近代中国的复杂形象。关于这一点，笔者在别处曾进行分析。参见王锐《中国近代思想史论述中的"传统"与"西方"——一个回顾性的分析》，《杭州师范大学学报》（社会科学版）2020年第1期。

② 关于中国传统思想在近代的复杂面貌，笔者在关于章太炎的研究当中已有详细说明，在此不再重复。参见王锐《自国自心：章太炎与中国传统思想的更生》，商务印书馆2019年版。

刷机构的阶段，而是需要了解思想观念自身的基本内容与内在逻辑。这样才有可能在全球视野之下叙述具有鲜明"思想属性"的思想史。

对此，西人研究世界近代思想史的论著能给人不小的启示。比如霍布斯塔特研究斯宾塞的学说对十九世纪下半叶美国社会的影响，分析美国的新兴富豪阶层如何将斯宾塞思想当中强调生存竞争与优胜劣汰的思想作为自己的行动指南，并以此为自己剥削劳动者做辩护。此外，还剖析斯宾塞的社会达尔文主义如何成为美国殖民扩张意识形态的一部分。总之，通过这一研究不但可以更为全面地认识美国近代思想史，甚至对理解美国社会也颇有助益。① 相比之下，一些研究将搜集、介绍斯宾塞著作的不同译本等同于研究斯宾塞思想传播的做法就显得颇为"低端"。又比如安德森研究十九世纪末无政府主义思潮在全球范围内掀起的巨大影响，揭示了无政府主义思想如何在不同国家和地区传播，成为一股批判帝国主义与殖民主义的重要力量，其行动力不容小觑，呈现出一幅不同于当时政治与经济支配力量所主导的全球化图景。② 这些研究对于加强中国近代思想史研究当中的"思想属性"，或许能起到他山之石的作用。

最后，既然中国近代思想史研究当中的"思想属性"体现在研究者与研究对象之间的"对话"，挖掘研究对象的思想遗产，呈现其思想所能呈现出的可能性，这就需要研究者自身具有较强的理论功底与理论自觉。居于今日，解释近代出现的各种思想学说与思想现象，自然离不开借用产生于当代学术语境下的各种概念工具。不

---

① ［美］霍夫斯塔特：《美国社会思想中的社会达尔文主义》，郭正昭译，（台北）联经出版事业公司1981年版。

② ［美］本尼迪克特·安德森：《全球化时代：无政府主义者与反殖民想象》，董子云译，商务印书馆2018年版。

同的概念工具，多源于相应的人文社会科学理论。而在现代世界，大多数人文社会科学理论与一定的时代政治、经济与社会变动息息相关。或者说，正是由于后者的存在，才会有人文社会科学理论的更新换代。就此而言，所谓现代人文社会科学理论，一定程度上都与二十世纪流行的各种意识形态话语关系紧密，或是对相应的意识形态话语进行补充、引申，或是对之进行反思、检讨，并与新出现的现实变动相结合，成为某种新的意识形态话语。① 在此背景下，就要求人们在选择某种概念工具或者理论方法进行研究时，不能仅将一些概念工具或理论方法视为类似于技术层面之物，不能忽视对这些概念工具或理论方法背后的意识形态意涵的认识。用中国传统的术语来讲，就是应该因"道"而择"术"，使"道术一体"，避免以"术"为"道"，导致运用之时颇显方枘圆凿。

比如说，布迪厄的"象征"理论与他对法国资产阶级长期垄断文化话语权，导致形成新的"政治—文化"权势集团的批判紧密相连，体现着西方马克思主义将对资本主义的剖析从政治经济学扩展到文化活动领域。② 如果无视布尔迪厄这一理论背后的意识形态特征，而用此理论去论证清末士绅阶层因掌握"象征资本"而得以支配地方，从而形成某种对抗"国家"的现代性政治诉求，并表彰其通过"象征资本"来维系地方社群的正常运作，以此凸显现代中国国家建设的所谓"另一种方案"。如此这般的将"象征资本"这一原本是在批判等级制的理论用来论证某种传统等级制度的合理性，使得整个研究过程让人觉得颇为诡异。

---

① 在马克思那里，"意识形态"时常指的是对现实的"扭曲"与"颠倒"，是唯物主义需要予以批判的。但本文所用的"意识形态"，主要指一种具有极强行动力，内容上强调对人文万象进行整体性描述的思想元素。

② ［法］布迪厄：《实践感》，蒋梓骅译，译林出版社2012年版，第161—174页。

与之相关的，就是需要对某些表面上意思相近，但内涵上已有明显差异的意识形态话语有较为清晰的判断。在这个问题上，比较明显的例子就是对于中国近代史上的自由主义思潮的理解。十九世纪末期开始，随着资本主义工业化带来的贫富差距不断扩大，资产阶级和无产阶级之间的矛盾愈发深化，人们意识到需要反思古典自由主义本身所蕴含的巨大局限性。在英国，一种吸收了不少社会主义元素，强调共同体利益，主张国家应该担负起基本的公共建设与公共开支的进步自由主义思潮开始流行起来。[1] 而到了二十世纪二十年代后期，酿祸于全球的资本主义经济危机更让人们进一步认识到古典自由主义的弊病，加上苏联的工业化建设取得明显成就，凯恩斯主义、社会民主主义等思潮在资本主义国家日渐成为主流。而从二十世纪七十年代开始，英国、美国、智利等国家开始在国内进行大范围的新自由主义实践，进而风行全球。新自由主义的核心要义就是宣称各国政府应从经济领域退出，最大程度减少对于金融资本的管控，将国有企业私有化，将住房、医疗、教育、电力、水利等关乎民生的领域交给"市场"，让"市场的逻辑"来"分配"这些资源。由国家来维持公共资源与民生资源的分配，会造成经济发展的滞后。按照新自由主义的说法，政治权力从这些领域的退场实为保证"自由"的必要条件，否则就会慢慢的"通往奴役之路"。而新自由主义的兴起，一个很重要的批判对象就是吸收了不少社会主义元素的进步自由主义，以及属于温和改良立场的民主社会主义。从表面上看，奉行新自由主义的国家的政治权力覆盖范围确实是在缩小，但是如此这般的结果却是全球范围内的贫富差距进一步加剧，巨大的经济不平等成为当前许多国家政治与社会

---

[1] 关于"进步自由主义"的详情，参见［英］迈克尔·弗里登《英国进步主义思想：社会改革的兴起》，曾一璇译，商务印书馆2018年版。

断地通过大量阅读来完善研究者自身对"历史属性"与"思想属性"的把握。总之,思想史研究不能忽视历史上的关键问题。讨论研究范式、拓展研究思路、丰富研究内容,皆应以此为思考的起点。

(王锐,华东师范大学历史系副教授)

桓占伟

观念史方法与思想史研究的新趋向

提要：思想史作为历史学重要的分支学科之一，长期与哲学史、学术史学科存在交叉重叠。自二十世纪八十年代以来，观念史方法开始影响思想史学术研究，并实际上促使思想史的学术对象从系统文本聚焦至观念语词，关注重心从精英思想转向为社会观念，研究资料从传统文献扩充至物质遗存。这些新进展突破了思想史研究的惯常视域，展示出新问题意识、新研究方法和新学术空间，使得思想史的研究视角更加丰富，跨学科特征更加明显，研究理念更有特色，与哲学史、学术史的学科分野也更趋清晰。

关键词：观念史方法；思想史；跨学科

思想史作为历史学科中极具魅力的领域之一，吸引着学界众多一流学者投身其中，积淀了门类丰富、特色鲜明的研究成果。不过，长时间以来，思想史与哲学史、学术史的关系处于漫漶不清的状态，学界虽然开展了深入讨论，但至今仍未达成共识性的认识。相关的学术总结与检讨，前贤多有确当之论。[①] 二十世纪六十年代，

---

① 代表性论著如钱穆《中国思想史》，九州出版社 2012 年版；侯外庐等《中国思想通史》，人民出版社 1957 年版；葛兆光《思想史的写法》，复旦大学出版社 2013 年版；汤一介《中国哲学史与中国思想史》，《哲（转下页）

美国哲学家诺夫乔伊开创了观念史研究方法。他以"单元观念"为主要对象,重点关注"一个时期或一种运动中的神圣语词或成语",[①]逐渐发展为一套独立的方法论体系。自二十世纪八十年代以来,观念史研究方法不断影响思想史研究,促使这门学科形成了不同于以往的学术对象、关注重心和研究资料,取得了前所未有的新进展,并在一定程度上反映了思想史学科的整体发展趋势,似有必要做出初步梳理。

一 学术对象从系统文本聚焦至观念语词

传统意义上的思想史研究,主要集中在哲学思想、学术思想、社会思想、政治思想、伦理思想、宗教思想等领域,整篇整部的系统文本所蕴含着的学派或思想家的思想体系被视为天经地义的研究对象。这容易使思想史与哲学史、学术史交叉重叠,学科边界模糊不清。葛兆光先生在一篇探讨思想史与哲学史分野问题文章的结语中指出:"思想史是一个边界并不清楚的领域,它能够与哲学史有一个明确的分野么?这是还没有结论的一个大问题,还需要深入讨论。"[②]时至今日,发表在各种期刊上的思想史论文还多被归入哲学史条目之下。不过,在观念史方法的影响下,思想史研究领域表现出越来越明显的差异性,学术对象从系统文本聚焦至观念语词,就是这种差异性的突出表征。

(接上页)学研究》1983年第10期;张岂之《试论思想史与哲学史的相互关系》,《哲学研究》1983年第10期;李锦全《试论思想史与哲学史的联系与区别》,《哲学研究》1984年第4期;李维武《哲学史与思想史关系的重构以及思想史空间的拓展》,《中山大学学报》2006年第1期;祁琛云《思想史的学科定位及对高校中国思想史课程教学的影响》,《历史教学》2011年第12期等。

① [美]诺夫乔伊:《存在巨链:对一个观念的历史的研究》,张传有、高秉江译,江西教育出版社2002年版,第14页。

② 葛兆光:《一般思想·写法·思想史与哲学史的分野》,《中国图书商报》2000年12月19日第006版。

观念语词是社会意识形态的高度浓缩，大多以单字或双字词形式出现，其看似是难以拆解的文献碎片，实则包含着非常丰富的历史信息。例如，中国先秦时期形成的各种思想观念，几乎都可以用高度凝练的观念语词来表达。如《礼记·表记》载："夏道尊命……殷人尊神……周人尊礼尚施。"[①] 孔子用"命""神""礼"三字就高度概括了夏、商、周三代的核心观念；春秋战国时期，诸子百家的思想精华也多可总结为单字或双字词：如儒家之"仁""义""礼"、道家之"道""自然"、法家之"法""术""势"、墨家之"兼爱""尚贤""非攻"等。这些最简单的观念词却往往包含着最复杂的内涵，尤其是那些形成时间早，生发作用强，历史传承久的核心观念语词，不仅具有哲学、宗教、政治和伦理内涵，甚或同时具有天文、经济和法律内涵，需要具备不同学科的知识背景才能较全面地认识和把握。当然，观念语词在传统思想史学科中的地位也相当重要，但其一般被视为研究某家某派思想的素材，正如同研究儒家必论及"仁"、研究道家必论及"道"、研究法家必论及"法"一样。这种学术范式长期占据主导地位，对观念语词开展研究被视为厘清不同学派思想差异性的重要途径。

二十世纪八十年代初，阎步克先生首次把传统认知中的伦理之"信"视为一个独立的历史观念加以研究，标志着观念语词开始成为独立的研究对象。[②] 大概阎先生写作这篇论文的时候，并没有产生把观念语词作为主要研究对象的学术自觉，然而，他却在无意间打开了一个全新的学术窗口。自九十年代以来，以观念语词为主要对象的思想史研究进入快速发展阶段，在中国古代、近现代思想史

---

① 《礼记正义》，阮元十三经注疏本，中华书局1980年影印本，第1641—1642页。
② 阎步克：《春秋战国时"信"观念的演变及其社会原因》，《历史研究》1981年第6期。

学术领域中，观念语词几乎同时凸显为主要研究对象。中国传统伦理观念、政治观念、宗教观念和哲学观念都受到了充分重视，出现了基于仁、义、利、礼、智、忠、信、道、德、孝、法、公、私等观念语词的研究热潮，形成了难以准确统计的大量论著。其中，晁福林先生的研究最具代表性。晁先生依托深厚的古文字学功底，在对古代核心观念语词正本清源的基础上，开展了王权观念、神权观念、德观念、帝观念、天观念、天命观念、宗法观念、祭祀观念、鬼神观念、忧患观念、地观念等系列研究，先后发表此领域的学术论文数十篇，出版专著两部。① 在这些论著中，晁先生发前人所未发，提出了许多学术创见，并注重以点带面，从观念语词的微观入口引出宏大叙事，考察大历史尺度的社会意识形态。他还以专文总结了自己的研究心得："经过漫长时间筛选而存留下来的吉光片羽，

---

① 晁福林先生的代表性论文有《"共和行政"与西周后期社会观念的变迁》（《北京师范大学学报》1992年第2期）、《春秋时期的鬼神观念及其社会影响》（《历史研究》1995年第5期）、《战国时期的鬼神观念及其社会影响》（《中国史研究》1998年第2期）、《先秦时期"德"观念的起源及其发展》（《中国社会科学》2005年第4期）、《从先秦历史观念的变化看中国古代人类精神的觉醒》（《河北学刊》2006年第3期）、《"时命"与"时中"：孔子天命观的重要命题》[《清华大学学报》（哲学社会科学版）2008年第5期]、《从"民本"到"君本"——试论先秦时期专制王权观念的形成》（《中国史研究》2013年第4期）、《"五刑不如一耻"——先秦时期刑法观念的一个特色》（《社会科学辑刊》2014年第3期）、《从商王大戊说到商周时代祖宗观念的变化——清华简〈说命〉补释》（《学术月刊》2015年第5期）、《〈山海经〉与上古时代的"帝"观念》（《中国史研究》2016年第2期）、《〈山海经〉与上古时代的"天"观念》（《中原文化研究》2016年第1期）、《说商代的"天"和"帝"》（《史学集刊》2016年第3期）、《从甲骨文"㝵"字说到殷人的忧患观念》（《文史哲》2018年第4期）、《〈礼记·礼运〉篇"殽地"解——附论"地"观念的起源》（《人文杂志》2019年第1期）等；代表性专著有《先秦社会思想研究》（商务印书馆2007年版）、《天命与彝伦：先秦社会思想探研》（北京师范大学出版社2012年版）等。

是历史研究的珍贵资料。通过对这种历史碎片的研究、对个案的探讨，可以找到阐释历史的新角度……一些历史碎片往往承载着丰富的历史信息，捕捉这些信息，认真研究它，就会推动相关研究的深入。"[1] 晁先生的研究心得源于自身丰富的研究实践，具有重要的指导作用和启发价值。

方金奇先生从方法论的角度，把古代观念语词的研究视为"考辨的观念史"，指出其继承了中国"训诂""考据"的传统，通过追溯观念的源流，考辨观念的语义变迁，展现人们意向世界的历史及其赖以产生的社会生活的历史。[2] 实际上，相关研究视域已远远超出了对观念语词的考辨，对观念语词的字源性研究和语义变迁研究仅被当作研究起点，专家们更注重对其开展关联性和历时性研究。关联性研究不仅关注观念语词在特定时期观念丛和观念集群中的地位，而且注重考察其在不同社会领域中的价值表现，力图弄清其所处的复杂空间结构及其在此结构中发挥的功能；历时性研究主要从动态纵向角度考察观念语词在历史进程中的发展演变，在较长历史时段内研究其内涵变迁、作用对象和影响范围的转化，以及其对宗教、政治、伦理、艺术等社会文化领域所产生的综合影响。字源性研究、关联性研究和历时性研究的结合，使人们通过历史碎片也能探讨宏观和连续意义上的社会意识形态。

利用电子数据库对观念语词展开系统研究，金观涛先生可谓有开创之功。他的《观念史研究：中国现代重要政治术语的形成》一书借鉴了西方观念史研究方法，首次对"观念"的概念做出了明确界定，形成了一套较为完善的方法论体系，使他的观念语词研究具

---

[1] 晁福林：《发挥好历史碎片的大作用》，《人民日报》2015年7月20日第16版。

[2] 方金奇：《观念史研究的几个问题》，《江西科技师范大学学报》2017年第4期。

备了更强的理论色彩。金观涛认为："观念是用固定的关键词表达的思想，它比思想更确定，可以具有更明确的价值方向……观念可用相应关键词或含该词的句子来表达……观念是组成思想体系的基本要素。"① 他进一步指出："之前研究者必须通过历史文本来分析历史上出现的观念语词的形态，随着历史文献的数码化，各种不同的电子数据库得以建立，研究者通过这些数据库进行关键词检索，就可以穷尽所有使用过该关键词的历史资料，再通过核心关键词的意义统计分析来揭示观念的起源和演变。"② 金观涛先生言下的关键词与观念语词名异实同。他认为"历史沉淀于词汇"，采用了"以包含关键词例句为中心的数据库方法"，建立并利用了含一亿两千万字文献的"中国近现代思想史专业数据库（一八三〇——一九三〇）"，以关键词如权利、个人、公理、民主、科学、经济、革命等政治术语的统计分析为基本素材，各辅以相关的统计图表，探讨他们对应的西方现代政治观念在中国的引进、演变以及定型过程。金观涛在观念语词研究方面的突出成绩，不仅仅在于他开风气之先，写出了第一部真正意义上的观念史著作，更体现在他驱除了西方柏拉图主义和德国观念论的神秘外衣，指出观念是指人用一个或几个关键词所表达的思想，可以用关键词或含关键词的句子来表达。从此之后，思想史研究的基本单元不再是文章和人物，而是句子中的关键词，这正如他自己总结的那样："从此可以突破以往用个别代表人物和代表著作的局限，并使思想史研究成为可以检验的。"③

---

① 金观涛：《观念史研究：中国现代重要政治术语的形成》，法律出版社2010年版，第4页。
② 金观涛：《观念史研究：中国现代重要政治术语的形成》，法律出版社2010年版，第5页。
③ 金观涛：《观念史研究：中国现代重要政治术语的形成》，法律出版社2010年版，第7页。

以往开展思想史研究需要丰富的资料积累,史学家只有经历艰辛漫长的资料搜集整理过程,方能具备开展研究的基础条件。而在观念史视域下,大数据时代的电子数据库具备快捷检索功能,能够在海量数据中极快穷尽相关资料。资料积累的丰富性与资料收集的迅捷性这种过去不能两全的困境很大程度上得到解决。通过关键词检索,也更容易发现观念语词在不同社会层面和社会领域的价值表现,可以让历史的细节内容越来越凸显。这是一把"双刃剑":一方面,思想史研究将更具深入性和多元化;另一方面,碎片化问题也将更加突出。假如我们不能从初始的极狭入口突围至豁然开朗之境,就极有可能迷失在微观空间内,丧失从整体上描述历史的能力。

二 关注重心从精英思想转向为大众观念

传统思想史重点关注精英思想。而精英思想存在的主体性和时代性限制,决定了哪怕是获得最广泛认同的思想,也不大可能在历史时空中产生普遍影响。在观念史方法运用的实践中,越来越多的学者清醒地认识到,用少数精英思想家来表述某个时代大抵是行不通的,而那些在大众中普遍通行的观念虽然缺乏理论性和系统性,却能在祖祖辈辈的生活中代代相沿。马克思指出:"人们自己创造自己的历史,但是他们并不是随心所欲地创造,并不是在他们自己选定的条件下创造,而是在直接碰到的、既定的、从过去承继下来的条件下创造。一切已死的先辈们的传统,像梦魇一样纠缠着活人的头脑。"[①] 马克思言下"一切先辈们的传统"显然是指历史上形成的具有普遍性的社会观念。实际上,历史上的精英思想大多已经失去了思想属性,成为著之于书帛的知识,对今天社会产生的影响

---

① 马克思:《路易·波拿巴的雾月十八日》,《马克思恩格斯选集》第1卷,人民出版社2012年版,第669页。

力相当有限,而那些代表了"沉默的大多数"的社会观念则与历史进程相表里。其不因王朝的更替而消失,不因社会的发展而衰微,也不因时代思潮的变化而变迁,始终对中国的文明进程发挥着重要影响。

早在二十世纪五十年代,侯外庐先生率先对中国社会思想开展研究,出版了五卷本《中国思想通史》,这是至今也难以超越的经典之作。这部巨著的一大特色就是注重社会史与思想史的联动,并且能够"一以贯之",始终把不同历史时期的社会思想及其发展演变进程作为关注重心。侯先生强调指出:"哲学史不能代替思想史,但是思想史也并不是政治思想、经济思想、哲学思想的简单总和,而是要研究整个社会意识的历史特点及其变化的规律。"① 需要指出的是,侯外庐先生的社会思想研究主要还集中在占统治地位的社会意识形态领域,研究重心主要是精英思想而非社会观念。从葛兆光先生开始,思想史研究的重心才逐步下移。一九九八年,葛兆光出版了两卷本的《中国思想史》,二〇〇一年增为三卷本再版后,在国内外学术界引起了很大反响。在第一册《思想史的写法》中,葛兆光阐述了全新的思想史研究理念,把思想史从精英思想史下移至"一般知识、思想与信仰的世界":

> 真正绵延至今而且时时影响着今天生活的,一是几千年来不断增长的知识和技术,前人的智慧和辛劳积攒了许多生活的知识和技术,使后人得以现成享用,也使后来的人们可以把前人的终点当起点,正是在这里,历史不断向前延续;一是几千年来反复思索的问题以及由此形成的观念,多少代人苦苦追寻

---

① 侯外庐:《侯外庐史学论文选集》(上),人民出版社1987年版,第11页。

的宇宙和人生的意义，多少代人费尽心思寻找的有关宇宙、社会和人生问题的观念和方法，影响着今天的思路，使今天的人依然常常沿着这些思路思索这些难解的问题，正是这里，历史不断地重叠着历史。这就只能属于思想史。[①]

在人们生活的现实世界中，还有一种近乎平均值的知识、思想与信仰作为底色或基石而存在，这种一般的知识、思想与信仰真正地在人们判断、解释、处理面前世界中起着作用，因此，在精英和经典的思想与普通的社会和生活之间，还有一个"一般知识、思想与信仰的世界"，而这个知识、思想与信仰世界的延续，也构成一个思想的历史过程，也应被纳入思想史的视野中。基于这样的学术理念，葛兆光先生创造性地提出了思想史研究的新方法论，摆脱了传统思想家或经典思想史的老路子，把思想史的研究重心定位于精英经典思想与普通社会生活之间的"一般知识、思想与信仰的世界"。葛兆光先生对思想史研究的方法论精研覃思，力图把思想史从精英思想的星空拉向大众观念的地平线。这是了不起的学术贡献，某种意义上讲，这也是葛兆光先生把观念史方法运用于思想史研究的一种尝试。毫无疑问，这种尝试把思想史研究推向了一个新的学术空间。

在思想史研究更注重现实意义的背景下，面对大众、关注大众成为学界共识。专家们更多运用观念史的方法研究那些具有普遍性、统领性和共识性的社会观念，探寻中华文化绵延不绝的内在动力，揭示中华民族一脉相承的主流精神和文化基因。二〇一四年十月，在昆明举办的首届中华思想史高峰论坛上，与会专家一致认为：思想是人民创造的，要重视普通人民群众的社会思潮、文化倾

[①] 葛兆光：《思想史的写法》，复旦大学出版社2013年版，第1页。

向、情感诉求和价值取向，把思想的历史还给人民，写出一部真正代表人民群众的思想史。① 在这种研究理念指导下，运用观念史方法，对不同历史时期形成的社会观念开展研究，必然日益凸显其学术价值。

在一般社会观念受到重视的同时，以文化潜意识形态存在的观念也开始纳入研究视野。专家们充分借鉴了西方观念史研究方法，使思想史研究深入到民族文化心理的隐性层面。在西方观念史视野中，"观念"一词具有内隐性。观念史研究开创者诺夫乔伊认为："有一些含蓄的或不完全清楚的设定，或者在个体或某一代人的思想中起作用的或多或少未意识到的思想习惯。正是这些如此理所当然的信念，它们宁可心照不宣地被假定，也不要正式地被表述和加以论证，这些看似如此自然和不可避免的思想方法，不被逻辑的自我意识所细察，而常常成为哲学家的学说的最明显特征，更为经常地成为一个时代的主要的理智的倾向。"② 海德格尔把观念视为"未思之物"，包括人们头脑中模糊的想法和人们可能从未实际思考过的想法，但这些想法却对人们如何看待这个世界和如何在这个世界中行动产生了巨大影响。③ 丸山真男把观念喻为"古层""执拗低音"，指出其具有强大的历史惰性，是标识民族性的最强固、最鲜明的特征。④

诺夫乔伊的"含蓄的设定"、海德格尔的"未思之物"、丸山

---

① 张春海：《撰写属于人民的大思想史》，《中国社会科学报》2015年10月28日。
② [美]诺夫乔伊：《存在巨链：对一个观念的历史的研究》，张传有、高秉江译，江西教育出版社2002年版，第5页。
③ [美]阿兰·梅吉尔、张旭鹏：《什么是观念史——对话弗吉尼亚大学历史系阿兰·梅吉尔教授》，《史学理论研究》2012年第2期。
④ [日]丸山真男：《原型·古层·执拗低音》，《丸山真男集》第12卷，东京岩波书店1996年版，第149—153页。

真男的"古层"和"执拗低音"学说，不同程度地启发或深化了中国学者对隐性观念的认识。许苏民先生指出，观念史研究就是要追问究竟是一些什么样的观念造成了如今的中国与世界，支配了漫长的中国社会历史变迁，又是一些什么样的因素制约着观念的变迁并支配着人们的生活和实践，观念史的任务就是去探询那些深藏在我们民族心灵中的年深日久的观念如何产生、如何演进、如何支配着中国社会历史发展的进程。① 在这个研究领域，高瑞泉先生的《平等观念史论略》堪称代表性论著。高先生对观念史方法独特的学术价值极为重视，指出"一种新的观念，它真正具有改变世界的力量的时候，并非只停留在哲学家或思想家的书本里或讲义中，而要通过社会政治法律制度和教育活动，进入社会风俗，并最后积淀为社会心理……以力求探询在漫长的精神变迁中我们文化的某些中心观念的产生和发展过程为己任的观念史研究，由于其批判的讨论活动，而成为认识社会和我们自己的一种途径，并进而可能变成改变社会的力量"。②

在观念史方法的影响下，思想史关注的重心正处在不断下移与扩展的进程之中。这正如葛兆光先生所指出的那样：思想史研究已经从"注意中心"到"注意边缘"，从"注意经典"到"注意一般"，从"注意精英思想"到"注意生活观念"。③ 研究重心从精英思想到社会观念的转向，既有时代对思想史研究的新要求，又取决于思想史学科自身深化发展的内在张力。从时代角度而言，中国的发展需要思想史提供历史动力；从学科发展的角度看，研究重心从精英思想到"一般知识、思想与信仰世界的历史"，再到普遍性的

---

① 许苏民：《观念史研究如何求真——评高瑞泉著〈平等观念史论略〉》，《哲学分析》2014 年第 3 期。
② 高瑞泉：《平等观念史论略》，上海人民出版社 2011 年版，第 39—44 页。
③ 葛兆光：《思想史视野中的考古与文物》，《文物》2000 年第 1 期。

内隐性的社会观念,处于不断下移和深化的进程之中,彰显着思想史学科发展的内在张力。在这种内在张力的支配下,一些以往较少关注的颜色观念、鬼神观念、祥瑞观念、生殖观念等也开始受到学界重视。在学者们看来,这些社会观念同样深刻影响了今人的思维方式和行为方式,也应纳入到思想史的视域之中。

三 研究资料从传统文献扩充至物质遗存

相对于历史学其他分支学科而言,思想史研究的资料范围较为固化。葛兆光先生指出:"整个二十世纪,从谢无量、胡适、冯友兰、侯外庐到任继愈,哲学史或思想史一部接一部,但是在历史资料的使用范围上面,似乎还没有看到根本性的变化,通常只是由于评价尺度和政治立场的变化,发现了更多的可以入史的文集和著作。"[①] 百年思想史研究历程中,虽然资料范围在扩充,但仍然是同一性质的文献资料,即把更多的不太知名的思想家著作纳入到了研究视野中,并未从根本上超越经子之学的范畴。二〇〇六年,雷戈先生的《秦汉之际的政治思想与皇权主义》一书出版,李振宏先生指出,雷戈创立了一种"历史—思想"研究法,使得原来的经书、子书无力支撑,主要的资料依据变为一般历史研究所依赖的正史,从而使正史和诸子具有相同的思想史价值。[②] 可见,官修正史进入思想史学者的研究视野,也才不过十几年的时间。

思想史资料的长期固化与思想史研究的方法论缺乏突破有关。当思想史的书写方法一直处于心照不宣的常识状态,经子之学也就自然成为人们长期沿袭的主要资料,直到葛兆光先生提出"一般知

[①] 葛兆光:《什么可以成为思想史的资料》,《开放时代》2003 年第 4 期。
[②] 李振宏:《中国思想史研究中的学派、话语与话域》,《学术月刊》2010 年第 11 期。

识、思想与信仰世界的历史"的研究理念,这种状况才开始有了变化。葛兆光把传统处于"边缘处"和"间接处"的资料纳入资料范围,并大体分成了六大类,分别是历书、类似《营造法式》《匠作则例》一类的科技史著作、各种图像、各种档案、类书蒙书手册读本和流传的小说话本唱词。[1] 毫无疑问,这是重大的学术创新,思想史研究的资料范围实现了空前突破,使那些过去没有被关注和使用过的"间接""边缘"资料也能像煤炭一样熊熊燃烧,放射出思想的光彩。而这种突破也使葛兆光的思想史研究走出了新路径,取得了非凡的学术成就。值得关注的是,葛兆光先生对图像资料也相当重视,他不仅利用历史图像做出了高水平的研究成果,而且提出了运用图像资料开展思想史研究的方法论,指出图像也可以给思想史增添新的视野。图像资料的意义并不仅仅限于"辅助"文字文献,也不仅仅局限于被用作"图说历史"的插图,当然更不仅仅是艺术史的课题,而是蕴涵着某种有意识的选择、设计和构想,隐藏了历史、价值和观念,可以诠释古代中国很多普遍的隐藏的思想。[2] 这种提法不乏学界共鸣,赵世瑜先生指出:

> 当人们有能力用文字记事的时候,图像的功能是什么呢?仅仅是用于美观的雕饰吗?即使是,这些特定历史时期制造的雕饰传达了哪些历史信息呢?当然,除了这些"无意地"传递历史信息的图像之外,也存在"有意地"传递历史信息的图像,也就是有意利用图像的形式、而非文字的形式来记录或者表达自己的观念。为什么要用图像的形式呢?自然有其意图。

---

[1] 葛兆光:《什么可以成为思想史的资料》,《开放时代》2003年第4期。
[2] 葛兆光:《思想史研究视野中的图像——关于图像研究的方法》,《中国社会科学》2002年第4期。

因此既存在表达图像制造者、如画家、画匠、建筑师自身观念的图像,也存在表达命人制作图像者、如皇帝、和尚、供养人观念的图像,还存在同时表达上述二者观念以及他人观念的图像,等等,表明图像研究不仅是对客体的研究,更是对主体的研究。①

在赵世瑜看来,图像对思想史研究的意义在于为理解特定时代的一般观念提供了新的"思想史资料"。二〇一一年,中国社会科学院历史所的《形象史学研究》创刊,首次系统实现了图像资料由研究证据向研究对象的转换。孙晓先生在创刊词中提出,"形象史学",是指把"形"与"象"作为史料,用以研究历史的一门学问。② 张弓先生认为,形象史学研究的根本旨趣,在于更全面更深刻地揭示中华历史文化遗存之万千"具象体"中,天然"内蕴"的中华传统文化理念、传统文化精神。③ 形象背后隐藏的观念世界开始体现出非同寻常的学术魅力,引发了更多专家的研究兴趣。

以上所述之思想史研究资料,无论文本文献还是形象图像,从资料属性上主要归属于精神性遗存。而思想史研究的新进展,使一些较以前更不可思议的物质遗存也开始纳入研究视野,各种器物与遗址遗迹背后的观念世界引发了学界的研究兴趣。专家们意识到,人类创造的一切物质文化,都是在特定思想观念的支配下形成的,思想史尽管是一门时间的学科,但思想也会沉淀在空间的物质遗存中。形而上者谓之道,形而下者谓之器。形上之道汇集为历史文本,是为精神遗存;形下之器遍布地上地下,是为物质遗存。无论

---

① 赵世瑜:《图像如何证史:一幅石刻画所见清代西南的历史与历史记忆》,《故宫博物院院刊》2011年第2期。
② 孙晓:《前言》,《形象史学研究》2011年。
③ 张弓:《从历史图像学到形象史学》,《形象史学研究》2013年。

精神遗存还是物质遗存，本质上都承载着全息的历史信息，只要我们认识到"道以成器""器以体道"的辩证关系，并充分利用先进的科技手段，再运用恰当的研究方法，就有可能发现物质遗存中隐藏着的社会意识形态图景。

新石器时代的精神考古已开始关注物质遗存背后的思想观念问题，这使得精神考古与思想史研究越来越趋向一致。考古资料的证史功能由王国维先生的二重证据法而系统化和理论化，曾在中国古史研究中发挥了重要作用。随着考古学的研究进展，传统仅对物质遗存进行科学描述的考实性研究越来越表现出其局限性，人们已经不满足于发现了"什么"，而是要了解"为什么"，物质遗存背后有着什么样的精神力量存在，是受什么样的观念支配才形成了这些物质遗存。日本学者宫本一夫先生指出：

> 要想了解没有文献资料的时代的精神世界，是一件困难且难以超出臆测的事。然而物质文化却是以社会群体和个人达成默契的精神世界为背景才得以造就。所以根据物质资料，应当也可以复原其中所包含的人们在默契中达成认同的精神世界。根据物质文化的形态及纹样上的特色，我们还可超越单纯的区域特征的解释，进而把握其内部所包含的人类精神生活的特质。①

考古出土资料是历史的物质遗存，新石器时代中华文明的历史能够遗留到当下的，也只能是这些残缺的不完善的物质遗存，通过对这些物质遗存的分析，可以推定中华上古文明的思想观念，其史料价值无论如何是要认真对待的。对物质遗存背后隐藏着的思想观

---

① ［日］宫本一夫：《从神话到历史：神话时代、夏王朝》，吴菲译，广西师范大学出版社2014年版，第281页。

念开展研究,何驽先生的《怎探古人何所思》堪称开山之作。何驽指出,在没有文字记载的史前时期,人们的精神文化就已经存在,通过对新石器时代典型物质遗存的解读,可以研究当时的自然观、宗教观、符号与文字、社会观和艺术观诸观念,从而对这个没有文字记载时代的精神世界提出系统认识。① 何驽先生对精神考古筚路蓝缕式的掘进,对思想史研究资料范围的拓荒式扩展,具有不可忽视的开创之功。

近年来,中国新石器时代的思想观念研究开始成为学术论点。专家们要开展这一领域的学术研究,首先就需要在资料选取上形成突破,必须通过各种考古出土的物质遗存,逆推其背后所隐藏着的思想世界。王震中先生主张将中国史前考古发现转换为对中国原始社会思想史的研究,他指出:"中国史前考古的一些重大发现,不但对探索原始科学技术、天文历法等有进展,而且通过它们也可以对考古学资料所反映的精神现象、思想意识形态、原始宗教思想等进行研究。凌家滩玉版、鹿台岗的'十字形'建筑物、陶寺的观象台建筑和圭尺,就是研究史前社会宇宙观、八卦起源和'地中'观念的珍贵实物资料。"② 目前,有关新石器时代时空观念、礼制观念、地中观念和祖先观念的研究已经取得了较大进展。不过,这毕竟是一个刚刚起步的新领域,由于时代久远,还有大量的远古物质文化遗存难以从功能上复原,如三星堆文化、良渚文化、石峁文化、陶寺文化、龙山文化、红山文化、二里头文化等遗址出土的大量青铜器和玉器,其功能至今仍然是待解之谜。我们相信,随着精神考古的研究进展和科学技术的突破,我们会弄清更多物质遗存中

---

① 何驽:《怎探古人何所思——精神文化考古理论与实践探索》,科学出版社2015年版,第 Xi 页。
② 王震中:《建立中华思想史之当代中国学派》,《光明日报》2016年8月1日。

蕴含的思想观念，使思想史从文本文献资料的学科走向整体历史资料的学科。

四 结语

观念史方法对思想史研究的影响是多维度和全方位的。思想史研究对象由历史文本聚集至观念语词，其实是研究重心由精英思想向社会观念递嬗的自然选择，而研究重心由精英思想向社会观念的递嬗，又促进研究资料由传统文献扩充至物质遗存。三者之间交互影响、层层递进，共同显示出思想史学术发展的新动向。

首先，新动向展示了思想史研究出现的新问题意识、新研究方法和新学术空间。形象地说，出现的新问题意识在于从关注星光到关注天幕。精英思想的星光逐渐归于哲学史家解读，社会观念的天幕正由思想史家徐徐拉开：社会观念究竟有着怎样的基本内涵、发展进程和历史规律？为何会形成一个民族独特的思维模式和行为模式？有哪些核心观念构成了中华民族的文化基因？等等。要解决这些新问题，就需要采用观念史方法。而电子数据库所带来的"单元观念"检索的准确性、便捷性和彻底性，也决定着观念史方法会越来越多地被思想史家所运用。新研究方法又需要新的研究资料，这促使研究资料从以文字图像为主的精神性遗存扩充至器物、遗迹、遗址等物质遗存。研究资料的扩充使思想史的研究上限拓展至新石器时代，研究范围拓展至立体的历史空间。在观念史方法的影响下，思想史学术领域正在形成时间和空间上的双重突破。

其次，基于观念史方法的思想史研究与传统研究表现出明显差异。研究对象的聚焦使观念语词不再被视为精英思想家的思想成分，而是被当作独立的研究对象；研究重心的下移使精英思想由焦点而边缘，而社会观念则由边缘而焦点；研究资料的扩充使思想史研究不再由文本一统，器以藏道、以器体道成为新研究理念。这些新主体、新焦点、新理念使得思想史的学科定位更加明确，学术空间更加独立，研究理念更具特色，与哲学史、学术史的学科分野也更趋清晰。

最后，这些新视角也显示着思想史跨学科的学术走向。思想史的学术对象更加复杂，研究资料更加丰富，研究任务也更加综合，这都使传统基于文献资料分析的方法日渐捉襟见肘。要想完成研究目标，就不仅要在各种文本文献中寻找写作内容，而且必须解读甲金文字，考察天文地理、石刻雕像、城址遗址、玉器陶瓷、律令条例、宗教礼仪等多元的内容，在它们背后探寻共同的观念世界。而要把这些看似互不相干、杂乱无章的细枝末节融为一体，就必须对特定学科理论范畴和研究方法的局限性保有足够警惕。彭刚先生指出："来自不同学科的理论范畴和研究方法，为历史学提出问题和进行解释提供了不同的视野和工具，历史学需要更多的自信来张开怀抱、吸纳与利用各种理论和方法，以求对人类的过往达成更丰富、更多元、更深入的理解。"[1]

可以预见的是，观念史方法会继续给思想史研究进展带来新气象，促使这门学科的内容更丰富，边缘更清晰，问题更集中；同时，它也将使未来的思想史研究更具挑战性。

（桓占伟，河南大学人文社科研究院教授）

---

[1] 彭刚：《事实与解释：历史知识的限度》，《中国社会科学评价》2017年第3期。

陈　明

启蒙的意义与局限
——思想史视域里的李泽厚

从八十年代说起

八十年代多重要，李泽厚就多重要。

中国社会在"文革"极"左"的封闭停滞之后于八十年代重启前行。邓小平的社会主义初级阶段论将不切实际的乌托邦目标悬搁，执政党的工作重心转向经济发展，西方思想也就随着科学技术一起进来。李泽厚敏锐，率先喊出"要康德，不要黑格尔"。康德、黑格尔是具有象征意义的符号。黑格尔的体系以绝对理念为中心，将历史视为绝对精神的呈现过程，是即精神现象学。这一所谓客观唯心主义的体系，更像是一种理性神学。康德则持人类中心立场，因为理性有限，物自体不可知，人于是成为立法者，成为世界建构的起点和目标。康德哲学作为法国启蒙运动的回声，正好跟中国八十年代的社会需要相符合。黑格尔正是看到康德的抽象个体无法描述更无法解释人类文明才批判康德，建构起一个以绝对精神为中心的庞大体系。另一方面，对于中国来说，康德对黑格尔那样一个有着严重历史决定论色彩的目的论体系同样也有批判或解构的作用。因此，李泽厚在"要康德不要黑格尔"的选择下建立的人类学历史本体论，对于后"文革"时代的中国自然有着很大的吸引力、很大的意义。

李泽厚去世后很多人写文章，或抒情怀旧或借机吐槽，但真正有分量的几乎没有。他首先是一个思想史上的人物，其次才是谁谁谁的老师、朋友，所以，最好的怀念应该是把他的离开视为一个思想史事件，需要从思想史、从他与时代的关系去讨论他的思想。我在一九八四年与他通信，一九九四年见面成为忘年交，他去世前一个月还在微信上互动，各种细节历历在目。二〇一六年纪念庞朴的座谈发言中我说庞已经是儒家，李泽厚他们都还是"五四"下的蛋。庞很早就有对"五四"的反思，在我的博士论文评阅书中说我的论文标志着"五四"以来那种反传统写作的终结。崔健有首歌叫"红旗下的蛋"，我借用这个意象指称那些思维方式、精神价值打着"五四"烙印的诸多人物。一九九四年《原道》创刊时我撰"启蒙与救亡之外：中体西用在近代的展现"给刊物定调，李泽厚就很不以为然。当这话传到波斋，他脱口而出"我要是五四下的蛋，他陈明就是张之洞放的屁！"

近代、"五四"和八十年代这些时间节点在不同的话语里被编织成不同版本的宏大叙事，李泽厚自然是其中最为重要的一家之言。

"启蒙与救亡的双重变奏"

八十年代湖南教育出版社推出了一个叫《新启蒙》的刊物，李泽厚"启蒙与救亡的双重变奏"就发表在上面，完美诠释了刊物名称："五四"是一个启蒙运动，后来被救亡压倒，今天需要重新启动将未完成的启蒙进行到底。但是，"新启蒙"三字并不新，早在三十年代就在延安出现，陈伯达、艾思奇等认为"五四"的启蒙是资产阶级倡导的因而是旧的，需要被无产阶级领导的新启蒙替代。《新启蒙》的"新"是继续、承接前者的意思，而"新启蒙"的"新"则是超越、覆盖前者的意思。这既是"五四"启蒙说的发生学起点，也是近代历史叙事被改变的起点。

启蒙的本义是点灯照亮，由黑暗变为光明，Enlighten，启蒙运动则是 Enlightenment。康德说启蒙就是使用理性走出不成熟状态。启蒙运动则不仅是思想性的，也是政治性的，主要是基于个人权利的反封建专制，崇尚理性作用，强调民主制度等内容。据此或许可以讨论："五四"是不是这样的启蒙？是不是这样的启蒙运动？

"五四"明显分为两个阶段，《新青年》杂志为中心的新文化运动和反对巴黎和会的"二十一条"而起的街头抗议运动。后者很明显是一个反帝的爱国的运动，前面的新文化运动讲白话文，反传统，逻辑是鲁迅所谓"要我们保存国粹先得国粹能够保存我们"，言下之意"打倒孔家店"乃是因为它不能"保存我们"。"保存我们"就是救亡，只是相对康有为"保国会"章程里的"保国、保种、保教"，孔教被新文化即德先生、赛先生替代。从这里看，"五四"跟启蒙运动多少存在某种交集。但需指出的是，当时还有"科学救国"、"民主救国"跟"教育救国"、"实业救国"甚至"宗教救国"诸口号，这意味着科学、民主的引入乃是作为救亡的方案、手段被提出或引进的。这意味着救亡与启蒙并不是同一层面的并列概念，而是存在目的和手段的关系区分。因此，"救亡压倒启蒙"的命题从历史的角度说并不成立。目的和手段的结构关系决定了启蒙服务于救亡，真正的谬误只可能会是启蒙吞噬救亡，而不可能是什么救亡压倒启蒙。新文化运动的两个刊物，《新青年》是"新"，《新潮》也是新，前一个是相对传统之旧而言，后一个则是指旧传统的复兴，因为《新潮》的英文就是 Renaissance。新的青年还是中国人，新的潮流更是传统的复活，目的都是振兴中华，而"振兴中华"最初就是当年孙中山成立时"兴中会章程"的宗旨。

李泽厚的"救亡压倒启蒙"说将两个概念并列意味着启蒙从手段到目的的改变，意味着对"五四"呼唤民主、科学之救亡语境的抽离。陈伯达他们的新启蒙说包含启蒙、资产阶级与无产阶级（旧和新）两组概念，一个属于以个体为主词的资产阶级思想论述，一个属于以阶级为主词的无产阶级思想论述。"新启蒙"意在强调"新"，即无产阶级这一个欧洲非主流话语的意义，李泽厚等接过话头，则是为了强调"启蒙"这一欧洲主流话语的意义。抛开二者政治上的对立，陈、李的共同之处都是试图借助西方的"普世话语"来解释中国近代历史事件，将中国社会的发展引入了西方中心的单线进化论所规划的历史轨道。这不仅意味着历史哲学上的变化，也意味着政治哲学上的变化，使得中国文明作为一个独立个体的内在性和整体性不仅得不到尊重，反而被视为非典型个案加以规训改造。

"五四"的启蒙符号化就是一个例证。无论前期的新文化运动还是后期的街头运动都是一种民族自救和奋起抗争的活动形式，跟洋务运动、戊戌变法、辛亥革命一样，主题都是救亡，主词都是中华民族。我曾在《反思一个观念》的文章中批判那种用变技、变制、变教的递进来整合这一进程的理论（殷海光等）。因为按照那种逻辑，不变制、不变教就无法救亡图存，但事实上我们从救亡到复兴主要靠的是工业化和制造业，靠的是大一统的制度结构及其组织能力，在此基础上传统文化也越来越成为文化信心的支撑和文化认同的依据。在革命叙事里主词是阶级，在启蒙叙事里主词是个体。它们对中华民族的替换或改变是根本性的，因为不仅改变了近代史的性质，将其从振兴中华的救亡图存改变成了阶级解放与个性解放追求，而且转换了这一历史过程和事件中的中西关系性质——殖民与反殖民、侵略与反侵略关系中政治、军事对手的基本关系，被科学技术上的学习者或模仿对象的关系替代……

"五四"启蒙说提出后将其发扬光大的乃是自由主义者。在各种证据表明《新青年》和《新潮》很难支持这一说法的时候，高全喜还找到了《学衡》杂志，认为它"昌明国粹，融化新知"的宗旨与苏格兰的启蒙精神或气质一致。用学衡派来挽救"五四"的启蒙地位意味着以《学衡》为新文化运动的旗帜标杆，而它原本是与《新青年》与鲁迅、胡适、陈独秀分庭抗礼的对台戏。主编吴宓认同的是曾国藩、张之洞"中学为体，西学为用"的儒家主张，许多孔教会的人都被他拉进去充实阵营。启蒙说的维护抢救如此艰难，说明它原本就是一种理论虚构一种意识形态幻觉，说明西方中心的单线进化论思维方式随着时间的推移日显荒谬。

当然，两种叙事的产生、传播和被广泛接受说明它们自有其历史与现实的根据与意义，说明历史的复杂社会的多元，不同的叙事多元共存将是常态——必须承认个体价值的凸显和政党组织的确立已经成为中国社会的内在构成和支撑。但作为理论话语，它们之间前提和目标上的紧张也是毋庸讳言的，思想界有必要对相互间的关系进行梳理，对阶级解放的革命话语、个性解放的启蒙话语、救亡图存复兴话语三者的理论关系、实践次第，尤其是现实中如何定位结构进而形成良好思想生态加以讨论。"救亡压倒启蒙"暗含的结论是启蒙乃历史的应然或目标，现在需要补课；"无产阶级只有解放全人类才能最后解放自己"的口号则暗示着另一种答案。

今天也有人呼吁"通三统"。从儒者角度说，首先需要做的或许是以儒学精神建构以中华民族为主词的复兴叙事，为左邻右舍及各种思潮的积极互动提供一个基础平台，因为今天的各种发展都可以视为中华民族历史生命的新形态。八十年代诚然重要，但它终将只是作为精彩一章镶嵌在五千年的历史册页之中。

关于"西体中用"

"西体中用"来自"中体西用"。张之洞在《劝学篇》里提出"旧学为体，新学为用""中学为内学，西学为外学，中学治身心，西学应世事"。体和用这一对概念，有实体与功能、主与辅、本体与现象多种不同含义,这里主要是主与辅的意思。从消极的角度说它是对顽固派对立西学与中学的回应,积极的角度说则是对本土文化观念与外来思想观念作出的结构定位。如果启蒙与救亡的双重变奏暗含的启蒙话语可以表述为个体叙事,陈伯达新启蒙中的革命话语可以表述为阶级叙事,那么基于近代救亡语境和主题的中体西用论或许可以叫作民族叙事。

中体西用的论域里,代入"启蒙与救亡的双重变奏"对启蒙为人类社会发展必经阶段的预设,李泽厚西体中用说的意思就十分显豁了。体与用的三层意思,实体与功能、主与辅、本体与现象,他选取的是实体与功能,substance 和 function 义项;所谓西方的实体就是科学、技术、制度、文化。西方的这些东西中国人拿来用,就叫"西体中用"——这是他"西体中用"的另一种说法,非正式却更能体现其思路。

有段时间他总是要我向他投降,根据就是中体西用来自张之洞,而张的《劝学篇》里有"教忠篇",讲国家如何爱民,人民为何应该爱国。中国政治思想没有国家社会二分的预设,《孝经》说"孝始于事亲,中于事君,终于立身",而"天地国亲师",李自己也不反对,因此我不接招。就西体中用而言,他的实体—功能选项偏离了体用概念的传统哲学属性,反而是"西方的东西中国人拿来用"的说法存在进一步诠释空间。"用"是使用或采用的意思,这就预设或承认了中国人作为使用、采用西方之体(科技制度文化等)的主体地位,而这个主体之所以如此是因为这个"体"对自己具有有用性,这种有用性的判定依据则是中国人价值目标与功能需要。于是,他的西体中用就可以转换为中国人的意志为体,西方的科技制度文化为我所用了。"这就是即用见体,回到了张之洞",我说。

他反对。因为他还有这样的理论阐释:"'学'(学问、知识、文化、意识形态）不能够作为'体'；'体'应该指'社会存在的本体'，即人民大众的衣食住行、日常生活。""在这个最根本的方面——发展现代大工业生产方面，现代化也就是西化。我提出的'西体'就是这个意思。""如果承认根本的'体'是社会存在、生产方式、现实生活，如果承认现代大工业和科技也是现代社会存在的'本体'和实质"；那么，"生长在这个'体'上的自我意识或'本体意识'（或'心理本体'）的理论形态，即产生、维系、推动这个'体'的存在的'学'，它就应该为'主'，为'本'，为'体'。这当然是近代的'西学'，而非传统的'中学'。所以，在这个意义上，又仍然可说是'西学为体，中学为用'。"

将现代化等同于大工业生产、等同于西化，早期现代化理论和经典马克思主义的影响十分清晰，无法争论。但不能不指出，这完全消解了中体西用命题所对应的历史语境，也无法解释冷战结束后的身份政治以及并非虚构的文明冲突、大国博弈等严峻问题。

他的"中学为用"是指在私人领域发挥辅助性作用，因为它不适应现代化的普遍主义的西学之体——"启蒙要落实在制度上，才算完成"。那么，被边缘化的中学究竟栖身何处？作为文化心理结构积淀在心里，像儒家的东西就是作为私人道德存留在私人领域。我一直追问他愿不愿意说自己是儒家？他一直回避。今年（二〇二一年）夏天的一次电话中他突然说了一句自己是儒家，但当我追问这是什么意思的时候，他又反悔了。《人类学历史本体论》出来后，他的学生写了个书评，我问感觉如何？他说不怎么样。我说是不是因为把你放到了历史唯物主义谱系而你心里是希望接到传统接到儒家？他笑而不答。

可以肯定他的心里是装着中国的山川大地平民百姓的伦常日用的，所以才把穿衣吃饭看得很重要，高度评价改革开放，甚至对秦始皇也多有肯定。只是他的思维被深度启蒙，即使在他的私人领域儒家文化因子也踪迹难觅。中体西用、西体中用作为不同的两种现代化理论今天或许已经见出分晓,但作为一种中西文化关系的安排原则落实于个体之身,其间的得失长短以及可信可爱的理智情感之纠结是国人近代普遍的难解心结。他的纠结或许也是来自这里。

关于巫史传统

二〇〇四年《原道》创刊纪念时我访谈李泽厚。他问"你这十年原出个什么道来没有?"我觉得这话像调侃,就反问那你这么多年又原出个什么道来了没有?他说有啊!是什么?答曰"巫史之道"。

余英时讲古代中国思想起源的《论天人之际》完全不提李著,当时我有点不可解,现在看很正常。余是援引帕森斯哲学突破的概念讲理性化、伦理化,目标是把中国文化纳入世界体系;李则是讲历史发展的连续性,在中西文化比较的视域里要给出中国文化的知识描述。虽都讲思想起源,余以伦理化讲突破,朝向现代的普世价值;李以巫史讲根源,要以中国的 becoming 与希腊的 being 相区别,强调讲中西之异。这种追求对于被各种宏大叙事遮蔽的中国历史和文化来说有着打开一扇窗户发现本地风景的特殊意义。

一九九九年他说自己以前曾用实用理性、乐感文化、情感本体、儒道互补、一个世界描述中国文化,"今天则拟用巫史传统一词统摄之,因为以上概念其根源在此"。巫史传统可以统摄实用理性、乐感文化、儒道互补等一干概念,可见他是以此定义中国文化的整体特征。具体什么意思?他说:"原始巫君所拥有的与神明交通的内在神秘力量的德,变而成为要求后世天子所具有的内在道德品质操守。""周公制礼作乐完成了外在巫术礼仪理性化的过程;孔子释礼归仁,完成了巫术情感理性化的最终过程。巫术礼仪内外两方面的理性化,使中国没出现西方的科学与宗教。"其实,在

《〈论语〉今读》里，他就曾写道："远古巫史文化使中国……伦常、政治均笼罩和渗透在神圣的宗教情感之下。由畏（殷）而敬（周）而爱（孔子），这种培育着理性化的情感成为儒学的主要特征。"

就像从文化心理结构讲孔子的意义一样，这种儒学解读更接近儒学在历史和现实中真实作用和地位，使我们意识到儒学不只是所谓的哲学或概念知识，而是我们生活和生命的文化经验。但是，在中西比较视域，将它作为中国文化的本质整体去与西方对照，就显得不太妥当了。为什么？首先，它们只是儒学的一个方面，是儒学系统的某种社会、历史的呈现，在它的背后有一个更为基础的系统。要对中国文化进行描述并与他者进行比较，仅仅在这一层面浮光掠影是根本不够的。既然巫史传统使中国伦常政治笼罩和渗透在宗教情感之下，那么，难道不应该去讨论这个宗教到底是什么？其次，把它当作区别于西方文化的特征去进行比较，也大可推敲，因为所谓特征本就是比较的结果，而真正的比较应该是系统性的，即基于儒学的整体把握，在最高范畴的统摄下，也就是从儒教的世界图景、存在秩序以及发生背景等进入。此外，比较得以成立的前提是双方具有可比性，如筷子和叉子，都是一种用餐工具，虽然二者存在种种不同，但基于人都需要饮食这一基础，就是说差异后面的某种人性需求乃是相同的。如此，比较才不是执着于分别心以差异为本质，而是根据心同理同的人性理解进入历史理解自我与他人，思考文明形态的多元性与开放性。

李泽厚的情本体以"畏""敬""爱"为轴线展开。殷商时期的"畏"指饕餮纹的狞厉之美所体现出来的恐惧心理，与超验的神秘力量对应；敬，体现在周公的敬德保民原则里，因为小邦周代大国殷意味着"皇天无亲，惟德是依"；爱，来自孔子的"仁者爱人"，而仁是"天心"。总而言之，三者都有一个超验存在的前提。但李对这个前提不加深究，仅仅只是从经验个体轻描淡写，并据以建构人类学历史本体论，自然不会去在个体之外承认、追问、预设情感的绝对主体和最终根源即天了。事实却是，《易传》本于元亨利贞之四德，讲"与天地合德"，讲"君子体仁足以长人，嘉会足以合礼，利物足以和义，贞固足以干事"。天地之大德曰生，这个德不是伦理或道德之德，而是作为生物之心的仁。比照基督教的神圣之爱（Agape），道家的"天地不仁以万物为刍狗"，对此可以获得更深层次的理解。

再看李的对比结论：西方由巫脱魅而走向科学与宗教；中国则由巫史而直接过渡到礼（人文）、仁（人性）的理性化塑造。把西方文化说成希腊的理性精神与希伯来的宗教情感的二元结构，应该是十分晚近的事，而巫史传统讲的是起源问题、早期论域。即使忽略时间维度，希腊的罗各斯精神作为米索斯的对立面出现代表着理性，某种程度可以说是一种科学的精神（虽然被培根的《新工具》替代），但这很难说就是一个脱魅的问题——这个词作为理性化的内涵述指的是现代性本质或者起点。源于近东的基督教产生在罗马帝国——希腊因为氏族社会城邦化原始宗教如祖先崇拜等被替代，而帝国需要统一的精神图腾，万神殿难担此任；城邦与帝国是西方文化演进的现实背景。比较的系统性，还包括对思想与这些历史环境互动关系的考量。从这一视角看，周公所制定的礼乐，不只是人文（humanity）意义上的人或文，更是一种礼乐形式的政治制度。

李泽厚坦承自己论述很粗疏。其实，对于一个具有宏大叙事规划的原创性思想家来说粗疏不仅不应苛求，还可视为原创性的标志。只是在我看来，这里指出的问题并非粗疏之失，而属于方法论内伤，是启蒙叙事、西体中用之现代性视角和立场的先天缺陷。因为它预设了西方的普遍性，选取的是一种现代性的个体论视角，有意无意之间遮蔽抹杀了中华文明的整体独立性。与钱穆、徐梵澄等人晚年感叹中国文化的奥义与妙处在天人合一不同，李泽厚一再引用格尔兹的话"成为人就是成为个体"。这一点加上"五四"时期中国无宗教论以及宗教落后论的影响,也就导致了第二点,即对天的漠视。法国社会学家孔德"五四"时影响很大,他认为人类的文明第一个阶段是宗教,第二个阶段是哲学,第三个阶段是科学,换言之宗教在道德和知识上双重落后。这或许就是美育代宗教、道德代宗教、科学代宗教种种聒噪的认知原因。李泽厚对儒教是一有机会就嘲笑,还有"儒教报废"的打油诗。其实讲不讲儒教或用不用宗教这个名词并不重要,关键是天这个终极概念无法回避。将它报废解构,儒学就只能是一地的人类学碎片,乾父坤母的世界图景也就随之土崩瓦解。他讲礼着重伦理内涵,但在《礼记》礼乃是"本于太一"的"天地之序"。夫子自道与巫史同途而殊归,追求的是天之德义。一个人思想的性质和价值应该是由其起点还是由其所追求的目标归宿决定?答案当然只能是后者。为什么在捕捉到诸多现象后需要更上层楼打开向上一机之时,李泽厚却要背道而驰退回巫史错过峰巅之上的无限风光?因为他对人的理解是个体性、肉身性的。他说不再搞美学是因为生物科学不够发达,儒学四期最终归于"情欲论"的情本体,都是这样一种还原论思维——用荀子的话说就是"蔽于人而不知天"。

  此外,还可能因为他对儒学的理解主要是基于四书的系统,而对经学却因拒斥而陌生——这也是"五四"的后遗症,更远则可以追溯到朱子的"以理代天"。李泽厚曾嘲笑牟宗三注释康德而不愿用心于儒门经典,因为他自己撰有《〈论语〉今读》。其实,《论语》只是孔门子弟对孔子言论的回忆记录,孔子自己的著述是《易传》和《春秋》,《易》为群经之首,而《春秋》则孔子说"知我罪我其惟《春秋》"。一个佐证是,李泽厚虽然重视汉代,但却以汉学为荀学。汉代儒学显然是经学,荀子思想如果有所体现,那也是作为经学元素进入发用。作为汉儒之宗的董仲舒,其《春秋繁露》推天道以阐人事的天人之学才是孔门之正。

对一位思想巨匠的纪念文字不仅理性平视，甚至近乎酷评批判，为什么？首先，因为我一直就是以这种直率的方式与他交往。事死如事生，我相信老人家的在天之灵仍然希望看到我的快人快语，只是我再也听不到他的反驳了——以前每次争论的最后一句话都得是由他说，当时很是不忿，如今思之不禁泫然泪目！第二，我自认儒者，他虽然与儒家儒学有很多交集，但思想学术上主要还是个自由主义者、马克思主义者。井水不犯河水干卿底事？我在与他聊起身前身后名时，他曾说自己可以排在康有为之后，后来甚至要直接上承朱子。既然如此，那就不得不春秋责备贤者，尽一个儒者提问的本分。最后也最有意义的一点是，讲中国文化，他勾勒了一个轮廓，开了个头，但准确度如何？深度怎样？既关乎社会科学知识，也关乎文化自信、文明自觉。就此展开对话，深化论题，应该才是对作为思想家的他老先生致敬的最好方式。

（陈明，碧泉书院研究员）

王一方

"人文牌"医学
——我所见证、阐释的医学人文二十年

在二十一世纪初叶的二十年里,科学文化运动可谓惊涛四起,但在这片片潮声中,医学人文算不上是主潮,这是因为医学根本算不上纯粹意义上的科学,医疗的进步也全仰仗理化、生物技术成果的借鉴与移植,但缘于医学的"顶天立地"特征,一方面抵近生命科学的前沿地带,呈现强烈的先锋性,另一方面又贴近百姓的医疗保健生活,表现出强烈的世俗性,且生老病死之思铸造每一个人的疾苦观、死亡观、救疗观、健康观,"要么在医院,要么在去医院的路上",没有人能躲得开。从传播学的意义上看,医学人文对于科学人文进程的高下、开阖、进退具有普适性、经验性的默会影响与具身领悟的思想价值。

作为世纪之初的二十一世纪前二十年,无论是科学文化,还是医学人文,都面临着双重使命,任务之一是盘点、反思二十世纪下半叶(战后)的医学价值理性,彰显学科批评意识的崛起与系统批评的胸怀、格局,其标志性事件有五,一是杜博斯等对"医学良知"的吁请(一九六〇),二是芝加哥大学等十院校对"医学与人类价值"的系统开掘(一九六九);三是伯格为质疑新技术"应然—必然"逻辑而召开的"阿西洛马会议"(一九七二);四是恩格尔倡导躯体—心理—社会三元一体的"新医学模式"(一九七七),

五是卡拉汉重新叩问"医学目的"（一九九四），还有关于反思的反思（反批评），如循证医学对于证据主义的重振，精准医学计划对还原论的复活，以及叙事医学对循证医学的挑战。任务之二则是重启二十一世纪的新征程，开启新的话题谱系，提升原有话题的精神与价值海拔。开启亦开阖，提升即提撕，整个历程不仅是探索性的，也是自我反思式的学术蜕变，思想淬火。

一

二十一世纪初始的二十年，对于我的职业生涯来说，可以分为两个阶段，前十年，我以出版人、专栏作家、电视嘉宾的身份参与医学人文主题图书、前沿话题的策划与写作，二〇〇四年，受吴明江先生（时任中华医学会秘书长）邀请为中华医学会会刊《中华医学信息导报》撰写了三年的"医学人文"专栏，主题自定，常常源自医学人文新书，或者某一媒介事件，集腋成裘，居然超过百篇，后结集为《人的医学》。二十一世纪初叶，中国最大的医学媒介事件莫过于SARS（"非典型肺炎"）的突袭，这一事件对于医学人文运动具有强力的挤压与托举效应，二〇〇三年二月至五月间，我的名字与身影频繁出现在《光明日报》《健康报》北京电视台凤凰卫视。编辑给定的角色都是"从医学人文角度审视萨斯事件"，我想，在当时，为数不多的医学人文学者都有相同的经历与体验。后十年，我则以北京大学医学人文教师、研究者、传播者的身份参与医学人文谱系的拓展与体系的建构，不仅与同事一起开设了受学生欢迎的医学人文课程，还为近六百所医院进行了医学人文巡回培训，策划主编了一系列"医学人文丛书"，有些挤入了超级畅销书的排行榜（如《最好的告别》），还为六十余种医学人文主题图书撰写了序言与评论，为撬开医院人文静谧的门扉，接连在《中国医院院长》杂志开设了"画布上的医学""电影屏幕上的医学人文"

（后结集为《白色巨塔：屏幕中的疾苦与拯救》）、"医学的哲思"三组专栏，还在《医学与哲学》开辟"医学思想史"专栏；《读书》杂志上连续刊发的医学现代性反思主题随笔（后结集为《该死，拉锁卡住了》生活·读书·新知三联书店，二〇一六）；对众多突发医学媒介事件作出"近距离观察、远距离思考"的医学社会学透视（后结集为《中国人的病与药》，当代中国出版社，二〇一二）。先后策划、举办了"北京大学健康中国论坛""医疗影视剧创作座谈会"，组织了以死亡教育与辅导为主题的"北京大学清明论坛"，邀请韩启德、葛剑雄、罗点点等社会名流演讲，唤起全社会对生死、苦难的豁达应对，曾经连续引起媒介的热烈关注。凭栏回望，壮年笔健，挥斥方遒，如今鬓须斑白，心有所戚，无疑，出版（媒体）机构、大学讲坛，可以说是两个绝好的传播平台，让我深度参与见证了新世纪医学人文的曲折前行。尽管人菲言薄，也收获了个人在医学人文蝶变中从自发到自觉、自然到必然的精神发育。出版了医学人文三部曲《医学是什么》（二〇二〇年，二版）、《医学人文十五讲》（二〇一九年，二版）、《临床医学人文纲要》（二〇一八年，一版）。难得自知之明，这些作品在中国医学人文二十年的演进长河里，不过是星星点点的思想火花。从传播学看，的确是留下一些雁声，但从思想史积淀角度考量，则还十分浅薄。

说起医学人文，人们印象中只不过是一个朴素的非技术旨向与朦胧的反思意识，医学人文给人以空壳化，模糊化、朴素化的印象。在西方曾经是一件"空雨衣"，在中国则是叶公眼中的"蛟龙"，医学人文只是客厅里供观赏的花瓶，是人人都觉得应该读却人人都不读的名著，是百无一用的屠龙之术，是医院管理的杂物筐，什么都往里面装，充满尴尬与无奈，更难的是揣着明白装糊涂，身居边缘，仍然怀抱不屈不挠的呆气负重前行。

从历史角度看，医学人文脱胎于人文主义渊薮，近代人本主义思潮，现代人道主义的拓展，尤其是二战之后的"恶行反省"。于是，医学人文运动有两个旨归，一是回归传统的仁慈、优雅，二是穿越时代的价值风洞，调适好技术与人文的张力，在技术化的医学飙升之时，凸显医学的人本特质，在诊疗活动中唤醒、打捞人性、人道、人伦，创造和谐的学术生态。一般来说，它可以理解为一个教育、出版主题、学术研究方向，也可以理解为一个学术范畴，或学科群（建制），"大医学人文"（相对于文史哲、语言、艺术、宗教的经典人文学科界定）是一个学科集合体，包含医学史、医学哲学/辩证法、生物/医学伦理学、医学心理学、医学社会学、医学人类学、卫生法学、医学与文学、健康传播、医学教育学、医学美学/美育等人文学科及社会科学，很长一段时间里，既没有建制化的学术机构、学会社团的支撑，也没有严格、规范的学科谱系。面对这么一大摊子学科，谁也不敢自诩自己是通家，能知晓其中的奥秘，人们各自为念，信马由缰，有人把"医学伦理"，也有人把"医学史"作为医学人文的主旨与龙头，还有人把"医患关系/沟通"作为医学人文的主要抓手。虽然剑走偏锋，其中也或隐或现地展现出医学人文的范式突围，新视角的开辟的逻辑理路，传统的医学史、医学伦理学、医学哲学三剑客再磨锋出鞘，新的认知与批评（反思）范式登场，以传播学为特征的思想史、现代性批评（循证医学批评），以文学叙事、现象学哲学，人类学田野研究为特征的叙事医学纷纷登场。直抵人类母题的审视与关系的思考：科学不是独步天下的命运之神，必须深入思考自身的境遇，科学与人类文化，作为文化的科学，以科学为特色的文化，科学与人文的互掐与互洽。

二

二〇〇〇年，北京大学与北京医科大学分开办学近五十年后重新合并，组建包含医科的新北大，新北大对于北京医科大学的原建制基本尊重，但将原北京医科大学的社会人文部（简称社文部）扩大整编为"公共教学部"，强化以"博雅"（通识）为诉求的医学人文教育，经过一段时间的沉淀，尤其是二〇〇三年SARS的流行与防控的洗礼，疫病中的人文因素、范畴一度被媒介放大（如罪与罚，辜与伐，征服与敬畏，管制与自由，歧视与欺瞒，医患共感），引发诸多医学人文话题的思辨与争论，全社会的医学人文意识有了空前的觉醒。二〇〇八年四月，北京大学在时任医学部主任韩启德院士、常务副主任柯杨教授的运筹下，决定在"公共教学部"基础上组建医学人文研究院（下设"医学人文学系"，张大庆教授出任首任院长），每年还出版一期《中国医学人文评论》（丛刊），该院以学科齐全、研究人员众多，学术成果斐然，成为全国医学人文的重镇。自此，"医学人文"成为有建制化支撑的学术主题，也开启了波及全国的易名风潮，随后，全国大部分医科大学相继效仿，成立"医学人文中心（学院）"，二〇〇七年，北京大学出版社的品牌丛书"主题学术十五讲"在温儒敏教授（时任北京大学出版社总编辑）的力主下增列"医学人文十五讲"主题，以讲座体的散点透视模式回答了医学人文的核心主题及关注谱系。二〇一三年，科学出版社出版了北京大学医学人文研究院张大庆教授的《医学人文导论》，该书回顾了医学人文学科的兴起与发展历程，分析了医学人文学科在医学教育、研究、临床以及卫生政策领域的作用与价值，探讨了解决当代医学技术和医疗卫生服务面临的社会伦理难题的可能路径。二〇一六年，北京大学医学出版社出版了"北京大学医学人文译丛"四种，包括后来在临床医学人文领域里产生巨大影响的《叙事医学》（丽塔·卡伦著，郭莉萍等译）以及医学思想史名著《当代医学的困境》（卢森伯格著，张大庆译）、《医学的文化研究：疾病与身体》（黛博拉·乐普顿著，苏静静译）、《临床医患沟通艺术》（皮特·沃舍著，王岳译），二〇一五年，中国医师协会组建医学人文专业委员会（高金声出任首任主委），并推出了《中国医学人文杂志》（月刊，张雁灵主编，王德执行主编），原来的学科性的医学人文期刊《医学与哲学》《中国医学伦理杂志》《医学与社会》也纷纷开辟"医学人文"专栏。二〇一八年，北京大学医学人文研究院更名为"北京大学医学人文学院"（周程教授出任首任院长）。在周程院长任上，他极力推动医学人文的学科建制化，经过不懈努力，终于出现了一个重要的建制化拐点，二〇二〇年，国务院学位评议委员会对北京大学领衔提出的关于设立"人文医学"一级学科（此前"医学人文"寄居于医学总论 R_0 门下，限制了医学人文的学科发展）的提案进行了评议，这项评议工作的召集人是刚卸任的教育部副部长林蕙青，她早年毕业于北京医学院公共卫生专业，曾主管高教司属下的医药教育序列，熟知医学中技术人文双轨运行的机制，洞悉医学教育中亟待改变的重技术、轻人文的状况，在她的理解与支持下，二〇二一年六月十七日，医学人文一级学科在教育部医学门类专家论证组中通过（最终还需国务院学位办公室认定），从此，中国医学以及医学教育的版图中将创造性地增添人文医学模块，这对于未来医学的平衡发展具有里程碑式的意义。

医学人文学科集束之后，产生了自己的学术版图与分化逻辑，包括学术范式的医学人文（人文医学），临床医学人文（人文医疗），医院管理中医学人文（医院人文、人文医管），医学教育中的医学人文（人文医教），医改中的医学人文（人文医改），中西医比较（对话）语境中的跨文化医学人文，这样的分化凸显了时代标签、实务导向，中西医人文对话模块的探索明显强化了中国语境与中国特色。

医学人文概念的背后是人文学术的交叉、集成，第一个"集束"效应是传播学意义上的，在医学人文旗下，学科还是那些学科，集聚起来，就产生了人文连线、人文学科阵营的规模效应、边际效应。同时也开启了医学人文的母题思考（公众理解/误解医学的二元性），一是医学的学科审视，如医学究竟是什么？医学是科学，还是人学？奥斯勒命题/医学二元性的再审视；二是医学的现代性危机（现代性魔咒）探源，运用多学科视角回应医学的现代性危机，尤其是医患关系的恶质化命题。三是患者主体与平权意识的崛起，塑造患者至上文化，四是健康命运共同体的递进，由利益共同体逐渐演变为情感共同体（共情）、道德共同体（共担）、价值共同体（共荣），最后抵达命运与共（共享、共生）的互治关系。

中国特色的医学人文无法割舍马克思科学观、技术观的精神脐带，与自然辩证法的课程建制化有着不解之缘，因为从事医学人文教学的师资许多都是原来的"医学辩证法"专任教师，且该课程至今仍是必修课程。马克思的启示有二，一是异化理论与现代性批判，二是人的全面解放，全面发展诉求，均对医学人文有愿景上的牵引、价值上的推助。马克思以其非凡的历史洞察力、尖锐的社会批判眼光，尤其是异化理论为医学的现代性反思提供了思想武器和分析途径。马克思人的全面解放/发展的诉求为医学的现代性超越提供了思维坐标，现代医学中人的地位、人性的复归是现代性反思的核心，也是理想医学的原点。对待他人，尤其是对待弱者，马克思具有强烈的平等意识，他认为："一个人不可以俯视他人，除非你俯身去帮助他。"（One has the right to look on someone only when he is about to help them bock up.）

众所周知，现代性迷失的基本特征就是漠视人，轻慢人。医学的现代性反思就是重新定位医学中的四对核心关系：一，人与病（公共性与个别性，生物学与社会学，躯体与灵魂，观察与体验）；二，人与机器（工具与理性）；三，人与金钱（生命价值，神圣的确认）；四，人与人（医患关系，尊严与选择）。

在《一八四四年经济学哲学手稿》中,马克思提出四种异化类型,其一,劳动产品的异化(人与机器,人与金钱),技术理性的惯性与滥用,如计算机对于人的奴役。将生动的活法变成刻板的算法,拉美特利的"人是机器"命题(可以通过机器放大延伸人的功能)也意味着逆命题"机器是人"的成立(机器将全面取代人的功能,继而取代人的地位,剥夺人的价值)。其二,人的生命活动的异化(人与身体的冲突),如癌细胞的畸变,个体从成长、成熟过渡到衰老过程的负熵特征。其三,人同他的类本质相异化(人与本我,人与自我):性本善的恶行,性本恶的良心发现;从劳作与快乐(幸福)到共情与职业耗竭,职业与不幸;干预成瘾症者,一个人手中有榔头,觉得到处都是钉子;如手术医生发展到"嗜血",见到血就兴奋,就要安排手术;支架医生发展到"嗜支架",人人都是支架的适宜对象,都可以通过装支架改善供血功能。其四,人与人相异化(人与人):一种相爱相杀的畸形之爱,如恋人之间爱恨情仇,医患之间关怀与怨恨(以怨报德)的转化。关怀—感恩机制的异化。技术进步与道德滑坡,高技术与低满意度。技术制高点与价值制高点。一八四五年之后,马克思逐渐形成历史唯物主义的异化概念,异化是指主体活动及其产物成为独立于主体,在主体之外的客观力量,这种力量不受主体的控制,反过来,主体受到这种力量的控制,譬如"弗兰肯斯坦"(被人制造出来的人),影像技术,高智能的人工机器人。犹如技术的双刃剑效应,物化也具有两面性。在马克思眼里,有两个物化,一是自然境遇的(适宜)物化,一是被异化的(过度)物化。揭示了物化与异化的关系。为破译、破解消费主义(商品拜物教)与技术主义(技术拜物教)的合流带来有益的启示。

对医学人文概念的哲学修辞分析,还导致了对称性(互文性)思考,产生了第二个传播学意义上的溢出效应,既然非正常状态的疾苦、衰弱、失能、失智、死亡、救疗（救赎）中离不开人文的眷顾，那么，正常境遇的健康、和谐、平衡、增强中是否也有人文介入问题，医学人文是否覆盖了健康人文的内涵？也就是说医学人文与健康人文的半径是否一样长？段志光教授（时任山西医科大学校长）领导的山西医科大学医学人文团队率先提出这样诘问，并开启了"健康人文"的新谱系探究，推出"健康人文丛书"，并提出"大健康人文：医学人文和健康人文的共同未来"的新观点。在作者看来，医学人文作为一个多学科和跨学科领域，越来越复杂，也越来越显得鞭长屋窄。健康人文则有更自主、立体的理论建构和观念自洽，大健康人文是对人的健康境域和生命过程优化中的影响因素，给予个体或群体全方位、全流程、全要素的健康促进和凸显人性的关怀。它更能从全人、全社会和全球角度引领健康，是一个比医学人文和健康人文在严格意义上更好的概念阐释，更富有包容性、开放性、实践性和时代性；可望打造成"健康中国"和全球健康治理中的纲领性概念。

无疑，医学人文的初心是激发缘自人性的职业关怀，而传播学的一个鲜明特质是贴近公众关切，尤其是终极关切，于是乎，传播学语境中的医学人文使命产生一个巨大的转身，那就是从关怀原则走向关怀境遇，回应人们对苦难、死亡、诱惑（求生欲，爱欲与求不得困境）的呼告，从而将医学人文的关怀理念宣导变为生命境遇的共感、共情、共鸣，更加接地气（俗世化、生活化）。抵近人生的终极困境，深度拓展医学与健康的价值内涵，不仅执着于救死扶伤，也应该回应人类苦难，还应该努力去缓解人们内心无边的欲念张扬（不病、不痛、不老、不死）。有节奏、有意识地完成生命教育、疾苦挫折教育、安宁疗护、死亡辅导、哀伤抚慰、灵性照顾等人生必备技能，为技术时代也是消费时代、长寿时代也是慢病时代里的灵魂纤弱补上人生哲学、苦难哲学、死亡哲学、宗教哲学的精神钙片。

三

医学人文的集束效应投射在医学教育上，产生了巨大的价值与行为变迁。人文教育的基本诉求在于弥合技能提升与价值塑造，智商与情商，智慧与德慧，学历与阅历的剪刀差，最大限度地解放学生，调动他们的主动性、主导性，学生变从属为主导，变被动为主动，成为教与学的主人。医学人文主题与案例的导入也有助于改善单纯知识、技能教育的沉寂，美国哈佛大学医学院始于二十世纪八十年代的"新路径"教改，以改进医患交往作为主要目标，努力提升临床人文胜任力；哥伦比亚大学在医学教育中引入叙事医学理念，帮助医学生建构叙事能力，更好地走进患者的苦难，实现共情、反思，继而缔结和谐医患关系；近年来教育部"新医科"理念（倡导使命感的学习，发展问题导向与实践体验的学习）的提出都在试图强化这一教改进程。不过，人文课程的饱和度、亲和度、课程黏性都有待提升，技术与人文融合的双优课程模式更有待探索。

医学教育具有很强的层递效应：在学历教育阶段，从预科到基础课程、专业课程，再到技能操练，从大纲、教材的知识版图更新，到教法、教案的课堂效果优化，都隐含着教育观念的嬗变与突围，都是教师学术积淀与人文素养的自然流淌，北大、协和、复旦、中山等名校的选修课谱系中大量开设人文主题课程，如医学与人类价值、叙事医学、医学与文学、医学名著精读、医学与绘画、医学（伦理、法律）与电影，医学与美学，医学人类学等，这些课程隐含着思想的开放性，精神的丰富性，教养的广泛性，都凝聚着医学人文的价值引领，必然要直抵医学高等教育的基本范畴：物理（无机）与生理（有机），生物（躯体）视野与生命（身心社灵）视野，问题与方法，前沿关注与母题凝视，知识增长与精神发育，专业教育（教练—教学）与博雅教育（教育—教化）兼容，工具理性与价值理性兼备，循证教育与叙事教育兼备，实验室境遇与临床境遇的迥异，还有知识生产力与职业体验驾驭、技术腾飞与人格低俗的落差。究其真谛，无时不在撞击着从医的动机，叩问着职业的初心。

近十年来，医者人文素养的自我发现（职业神圣、行为自省、伦理自觉、道德自律），临床人文胜任力的系统培训（导入、考核、评价）已成为毕业后人文医教的两大任务，已经纳入住院医师与专科医师规范化培训的课程模块，在郎景和、裘法祖、凌锋、胡大一等临床大师的倡导下，通过积极摸索，派生出肿瘤人文、安宁疗护人文、护理人文、麻醉人文、双心人文、消化科人文、神经外科人文、儿科人文、妇科人文、口腔人文等专科人文模式与路径，疗愈与陪伴、见证、抚慰、安顿并行，贯穿于临床细节之中，医患沟通已经从技能提升为人格养成，共情、关怀、反思、精神阅读、生命教育成为新的临床技能，旨在丰富职业技能，内化职业精神，深植利他情怀，开启职业幸福。应该指出，一方面，医学人文具有系统性、整合性、渐进性、学以致用等规律。另一方面，医学人文又不同于临床"三基"培养模式与训练路径，具有杂合性（技术＋人文）、阅历型、默会型、横断型、隐匿型、模糊（混沌）型、哲理型等人文学科养成的特征。人文素养的测评、认证具有很高的难度，尤其是默会知识与技能的养成，如何模式化、标准化？不容易达成。而且成本很高（多对一）。目前，与西方毕业后教育的境遇相比，我们在职业耗竭源头治理，问题医生提前预警与适时处置方面还缺乏有效的丰富与途径。

四

医学人文的深水区是临床医学人文。众所周知，伦理与道德、法律与人性冲突集中爆发于医院。二十年来扎眼、扎心的恶性医患冲突案不少,噱头无非都是"天价药品""弑医伤护""谋财害命""恩将仇报",有好事者,希望"每天给我一桩伤医案"。除此以外,还有伦理悬空的高技术疗法(如源自牛基猪因的跨种类基因植入,未经伦理许可的基因编辑、细胞免疫治疗,从换角膜、换肾、换心、换肝到危险动机的换脸、换头术,从母亲代孕引发的同宫异代困境),引发社会的质疑与公众的愤懑。无疑,医患关系是世界上最复杂的人际关系,萍水相逢,却性命相托,利益博弈,又命运与共,代理决策与不充分的知情同意,注定烧成一锅夹生饭。医患斗眼、斗气、斗嘴、斗力、斗法的背后是生死观、疾苦观、医疗观、健康观的分歧与角力。二十年来,我应约对许多恶性伤医案进行评述,但事后总觉得一事一议的评说难以解开医患关系的死结。

很长一段时间里,临床医学人文的发力点集中在医患沟通技巧的改进上,不能说没有效果,但境界不高,是叙事医学的兴起带来医患关系的新气象。叙事医学(Narrative Medicine)源自丽塔·卡伦(Rita Charon,卡伦的词义为冥河摆渡人)的精神发育与临床彻悟。她将虚拟、虚构的价值引入医学,挑战了实证主义的传统,她拓展了求真务实基本诉求之外的医学价值,构成与循证医学的对垒、互补情势。它给临床医生带来种种新境遇,将临床技术生活与文学阅读(精读)、反思性写作,人类学路径,哲学洞识套叠起来。丽塔·卡伦这位消化科资深大夫从脑肠轴的现象中悟出胃肠不仅是消化器官,还是情绪器官,也深感临床大夫困于事务性工作,在医患交往中常常表达、聆听不能,继而共情不能,她在医学教育之后,系统进修了文学课程(获得文学博士学位),她最早在美国哥伦比亚大学医学院把文学叙事纳入医学教育,引导医学生倾听病患的故事,更敏锐地共情—反思、走进疾苦世界。她大胆地重新定义了医学的目的,不仅只是救死扶伤,还是回应他人的痛苦,继而解除疾病带给患者的痛苦，通过照护让他们重新获得尊严。叙事医学十分重视医患之间的相遇，通过相遇，更加全面深入地认识患者，尊重并见证（医护/亲人在场，陪伴，共情、抚慰）他们的痛苦，给医学带来更多的尊严与公正。医学无法承诺治愈、康复，但是可以承诺倾听，尊重，见证与照护。她致力于弥合循证医学的缺损配置，打捞真实世界的情—理关系（证据—故事），借助于文学（即生活）路径、人类学路径（质性）来补充实验室（量性）路径，以现象学哲学补充实证主义哲学。从而推动临床医学转身：医学思维从一元到多元（全人），临床医学从事实描述、证据采集到疾病意义的诠释、建构，从追求科学，崇尚技术到彰显人文、人性，研究者从客观性到主体间性，临床医生从价值中立到参与、对话、体验、移情。叙事医学着眼于医学叙事的能力与境遇再造，赋予了更高的感性（文学）与理性（哲思）诉求，开启医学人文2.0境界。丽塔·卡伦叙事医学"五性"（时间性、独特性、因果—偶然性、主客间性、伦理性）的背后潜藏着新的理性维度。如一，哲学化叙事（现象学、死亡/苦难哲学……）；二，伦理化叙事（境遇伦理，而非原则伦理）；三，社会化叙事（社会文化心理多元投射）；四，传播中的叙事（公众理解/误解医学）。

叙事医学完全是新世纪的医学突围，丽塔·卡伦的两篇核心文献都发表在二〇〇〇年，经过十年的积累，二〇一一年十一月，韩启德院士在北京大学召开了第一次叙事医学座谈会，拉开了叙事医学在中国普及与发展的序幕，如今，临床叙事的谱系围绕以下范畴大大拓展：如躯体（形态、功能、代谢）失序与全人（心理、社会、灵性）诉求，标准（技术化）病理与平行（人文化）病历；疾病与疾苦，观察与体验，证据与故事，技术干预与共情、关怀，因果必然性与因果偶然性，客观性与主观性（主客间性），医生时间与患者时间（度日如年），派生出癌症叙事、安宁疗护叙事、

ICU叙事、志愿者叙事、护理叙事、生殖叙事，颐和善寿叙事、疫病叙事、医护职业化叙事、中医叙事……不一而足。

叙事医学的中国化进程离不开对丽塔·卡伦原创理论体系的系统温习与深刻领会，需要搭建一个文献与交流的桥梁，在译介丽塔·卡伦专著与邀请她来华参访、演讲方面，郭莉萍教授功不可没，她领衔翻译了《叙事医学：尊重疾病的故事》（二〇一五，北京大学医学出版社）《叙事医学的原则与实践》（二〇二一，北京大学医学出版社）两部经典著作，二〇一七年，郭莉萍率团赴哥伦比亚大学参访，拜会了丽塔·卡伦教授，二〇一八年十一月，受郭教授邀请，丽塔·卡伦来京参加"北京大学医学人文国际会议"，促成了丽塔·卡伦的中国之旅，许多中国叙事医学研究者与其有了直接的请益与交流。同时，她还大力推动了叙事医学教学与研究的建制化，在北京大学医学部成立了"叙事医学研究中心"，不仅有理论工作者主导，还吸收了北医三院、北京积水潭医院、北京首钢医院的医护人员参与，将在叙事医学理论、叙事医学实践、中国叙事医学、国际叙事医学、比较叙事医学五大领域深入开掘，努力建构叙事医学的中国学派。南方医科大学的杨晓霖教授率先在顺德医院创立"叙事医学分享中心"，她不仅是当前发表叙事医学专著、论著最多的学者，还在全国推动"叙事医学分享中心"模式的建制化，推动这项工作融入临床。宣武医院从院长到主任，从教授到住院医生，全员参与撰写平行病历，如今积累了近四千份平行病历，还萃集失治（失败）病历出版了反思性的叙事医学专著《用心》；海军军医大学的姜安丽教授，华北油田职工医院的李春护师在叙事护理的理论与教育、培训方面都有非凡建树。

回望叙事医学在中国十年的传播路程，昭示了临床医学的本质特征是技术—人文的并包，要洞悉人类疾—苦，就应该将疾病—苦难、病人—患者两分，融合内—外感受的，打捞主—客间性的。导向循证—叙事一体化，观察—体验（目视—心悟）一体化。外在化—内在化，客体化—主体化的统一。明白一个朴素的真理：临床上仅有证据是不够的，故事也是证据，仅有技术是不够的，人文也是技术。

未来，叙事医学将走向复调叙事，一是疾苦叙事的内在化：通过平行病历等疾苦叙事形式解决苦难还原问题，实现技术人文双轨临床（平行病理，平行干预）。二是职业精神（职业幸福）的叙事赋能：通过医者共情、反思叙事解决道德与学术、智慧与德慧的价值断裂问题，打造德艺双馨，具有利他快感的医护团队。三是助推医院新文化建设：通过医生职业精进叙事、科室同舟共进叙事，医院场所精神叙事，解决作风—科风—院风的同频共振问题。

五

医学人文兴起的二十年带来了医患和谐的新局面，如果说医患和谐1.0版本局限于个体医生—患者之间，那么医患和谐2.0版本就是医院—社会、医学—公众认知的高度和谐。就是医院人文的提升蜕变。无疑，医院人文近二十年来逐渐成为显学，成为院长圈子里热议的话题，推动这一进程的是一会一刊，一会是"中国医院协会"，其中具体发力机构为"医院文化委员会"（一度十分活跃，近年来沉寂了），一刊是《中国医院院长》杂志，灵魂人物为单书健先生（二〇一八年五月仙逝），不仅每一期都有医院人文的专栏，封面文章还不断推出医院人文的焦点话题（如职业真谛探寻、职业精神锻造、职业幸福品味、服务至上文化、科室文化建设、医院志愿者、患者组织、医院场所精神等）与领军人物的医院人文观，一年一度的院长年会上，医院人文分论坛都是热门场所，是他与他率领的团队持续地聚焦于医院人文话题，不断开启新思路，是他们的坚持，才迎来了二〇二〇年"医院新文化建设"的高峰时刻。

要深入认识医院人文，还必须从医院的特殊地位说起。人类卫生健康事业离不开医学、医院、医生三个核心要素，其中医院是价值枢纽，医学需要通过医院展示其功能，医生需要在医院的服务平台上展露其风采，可以说，现代医学就是医院医学为主导，家庭医学、个体保健为补充的医学体系。如果说医学是医生以健康文化为画布绘出的健康生命图景（西格里斯的名言），医院文化就是生命文化、健康文化、疾苦文化、死亡文化、救疗文化的大舞台，崇尚人道主义的职业精神、场所精神、志愿者精神，弥漫着利他主义的道德与人格魅力，也充斥着技术主义的傲慢与偏见。今天，医院也是医改的主战场，医疗服务模式、水准、医疗费用的消耗与控制都发生在医院里，医患关系的紧张与和谐也通过医院来显露。医院还总是暴露在新闻的聚光灯下，生老病死是人们关注的热点，也是媒体永恒的主题。褒扬也好，针砭也罢，总是带着价值与道德的锋芒，而非技术与金钱的考量。

医院人文建设是基于医院人文认知、人文境遇与组织运作的独特性所产生的原则性、实操性，集科学因素、企业因素、机关因素、学院因素、宗教情怀因素、人性因素于一炉。如前所述，医院文化是有根的（厚重、厚实、厚道）管理，有丰富、扎实的理论基础，它是什么，文化中有科学内蕴，文化与科学有互洽性，也有类型差异，不完全是互文关系，也不完全交集，因此可以借鉴科学管理中的Z理论、组织行为理论、马斯洛的需求层次理论、企业文化管理学说（基于丰田、京瓷公司的经验）。

医院人文具有横断性、哲理性两大特点。它牵系医院的办院宗旨、精神气象，是旗帜，是纲领。急火猛烧无法解决好医院人文建设的使命，需要久久为功的韧劲，这对领导力、管理艺术也是一个测试。众所周知，医院管理头绪多而繁，管理者们的核心关注有很多，如医疗安全、学科建设、团队建设、医院品牌、美誉度、患者口碑、满意度，背后都有医院文化的支撑。譬如，北京协和医院的安全文化就是提供一整套"容易做对，不容易做错"的长效制度、文化、心理、行为选择，包括部门安全环境的内部即时评估机制、药品入场遴选的廉政长效机制、药品安全使用的路径约定、手术安全的避险纠错网络、不良事故第一时间（主动—免责）通报—处置制度、医院感染防范的多学科诊疗（MDT）会商机制（安全办—院感办—护理部—检验科微生物检验分部—药剂科—感染科参加的联席会议）。

衡量领导力的标志在于具备非凡的洞察力，能把握务虚与务实的张力。面对高新技术的不断涌现，医院文化也在一些管理者的那里遭遇着认知上的遮蔽，一方面是认知偏狭，表现为重技术，轻人文，重项目管理，轻文化管理，根源是重物化，忽视人的价值，久而久之，就会在不断的物化中迷失人道主义的终极目标；成熟的医院管理者必须直面医院管理中文化建设的难点、痛点，以新文化建设为引领，以价值工程为抓手，纾解当下办院的各种压力，包括医院运营的经济压力，如财政公益性不足的情形下的医院创收、盈亏、费用问题；办院的学术压力，如实力、排名；办院的社会（体制、机制）压力，如医改的诉求与标尺、医患共同体的认同与认可、各种满意度考核；办院的媒体压力，如在自媒体环境下如何弘扬正能量，减少负面报道与针对医生的妖魔化、医学的污名化；办院的道德压力，如道德旗帜的树立、典型人物的甄选、服务明星/楷模的宣传；办院的名誉压力，如美誉度、口碑传播；办院的制度压力，如管理水准、员工的顺应性；办院的队伍稳定性压力，提升凝聚力。从这个意义上看，医院文化就是统筹、平衡、驾驭各种复杂局面的智慧。

医院文化是领导人文化性格的呈现，一个医院的精气神折射出主要管理者的价值取向、精神追求、人格魅力、管理艺术。无疑，医院文化的定位与领军人物的立场、姿态、文化魅力息息相关,考量他们以怎样的价值追求来创办、管理医院。是价值观办院,还是唯技术路线办院?其实,实践中并不是单一的"优先论",而是多元、多路径的叠加,兼容并包。其一,必须倡导政治家办院,把"健康中国"使命扛在肩上,最大限度满足人民群众的健康、医疗需求。其二,应该倡导经济学家办院,把医院经济规律的探索与驾驭作为中心任务。将各种保险思维、机制为特色的运营机制探索作为中心任务。其三,应该倡导管理学家办院,把医院运营、管理的最优化作为中心任务,提升医院品牌、品质、品位。其四,作为专业性很强的服务机构,应该倡导临床、技术专家办院,把占领医学前沿、培育特色技术、发展优势学科作为中心工作。其五,应该尊重医院的历史传统,倡导慈善家办院,把患者苦难的眷顾以及医护的慈悲、悲悯、关怀能力建设作为工作重心。应该呼唤并造就一批有魅力的管理高人,只因医院里聚集了一群特别有魅力(技术魅力、人格魅力、道德魅力)的人,领头雁尤其要有魅力。

在现代医院管理的谱系与流程中,无疑要重点强化制度规范(责罚杠杆),但过分强调规则,过于刚性,缺乏人情味。同样,医院管理者运用好手中的物质激励(奖金杠杆)很重要,但过分强调则流于物欲化,缺少精神动力。因此,医院文化的核心是价值领航(精神感召、典范引路),但当下还缺乏润物细无声的内化机制,未能做到以柔克刚。好的医院文化境遇中,价值引领促进个体道德自律(行为内省—规训),如果这些隐性修养缺位,就不算是有"有根"的管理。卓越的领导人都追求有根的管理,其真谛是立规—树德、立威—布德,如果把管理比喻成一棵大树,立规令其枝叶繁茂,树德才能根脉深广,在医院管理的实践中,立规快、树德慢,立规易、树德难。管理的根是德行、德性,是职业信仰—职业精神—职业信任,是对国家/医院的忠诚,信念的坚定性,向善的执着,培育耐性与耐心，抵制立竿见影的功利观。因此，医院文化建设可以具体理解为学风、院风、科风、作风的全面升华，创造风清气正的良好氛围，其中领导人的率先垂范十分关键。

医院人文，抑或是人文医院，有两个基本内涵：一是服务中的以人为本，无论是"以患者为中心"，还是"以员工为主体"，都是更加重视人的顺应性（依从性）、能动性；二是管理流程中与人为善，以关爱、关怀、支持为手段，管少理多，心诚悦服地接纳管理并延伸管理。其理由有二：①患者是身心蒙难的弱者，不仅需要躯体层面的关怀、疗愈，更需要心理、社会、精神层面的眷顾、支持、照护、抚慰、安顿。②医院的主体是医护人员，作为知识型员工，其精神和情感层面的需求更丰富，他们的岗位和工作有更严格的规范化、标准化要求。简单的行政命令、粗暴的支配式管理、生硬的规章制度、纯粹以经济杠杆衡量的目标责任制，都不是最好的管理形式。

总之，医院文化旨在推动"四风"（行风、院风、科风、作风）的持续优化。追求患者—员工双满意度，开创新时期医院服务模式、服务品质的新格局。更深入地讲，"四风"俱佳的人文化管理本质上是人性的修炼，灵魂的修补，让医院的每位员工都能在诊疗现场倾听到崇高生命价值的呼唤，领悟到生命神圣、医学神圣、医者神圣，置身于医院救治、照护的境遇中，时时刻刻在意自身的品德、品行、品格、品位，并时时刻刻反省自身的缺失，不断磨砺心灵与意志，工作中不满足躯体的劳作，还汲取心灵成长的智慧，学会在职业挫折中修补人格、修炼意志，在高洁的白大褂之下寻求安身立命之本，以知足之心驱动利他之志，抵达人生圆满。

六

二〇二〇年初，一场突如其来的新型冠状病毒感染席卷武汉，中国医学界临危受命、白衣执甲、逆风而行，四万二千七百位勇士组成的援鄂医疗队闻令出诊，上演了一场世纪抗疫的大戏，无疑，这是一场百年未有之大疫情，是一百年前西班牙流感之后规模最大的一场瘟疫，人们透过这场瘟疫体会到一个深刻的道理，一个新病毒可以窒息一个国家的经济与社会，击垮一个民族，一个（医学）学科可以救助一场突如其来的灾难，迎来一个全新的格局。这也是一次医学人文的"白鹤亮翅"，白衣战士身上展现的不仅是救死扶伤的道术，还有大爱无疆的仁术；不只是精湛的学术，扎实的技术，还有共情的艺术，媒介驾驭艺术，以及国际救援的胸怀。

抗疫之战分明是技术与人文的双重变奏，与当今世界最狡猾的病毒周旋，没有现成的成熟技术应对，呈现硬核（技术）不硬（当时无特效药，疫苗滞后），软件（人文）不软，在武汉，有最周密的社会关怀与支持系统，有义薄云天的全国救援，有医护与病魔的舍命、拼命相搏，技术与人文的协同发力显得十分重要。这场新冠疫情，映照着医护神圣，他/她们哪是什么天使，不过是一群穿了白大褂的凡人、孩子。他/她们最焦心的事情是在自己的病房里送别另一位同行……他/她们最遗憾的事情是告诉自己的患者，我也被感染了，但康复之后还将回来……他/她们始终把职业使命当执业责任，以自身的拼命为患者而搏命。他/她们追求职业神圣，时刻保持敬畏，不是英雄，胜似英雄，却从不逞英雄。他/她们直面生死无常与医学的不确定性，心有余而力不足时，依然满面春色，满眼温暖，满心爱抚。他/她们虽苦犹荣，因为做自己真心想做的事情不苦，做自己真心喜欢做的事情不累。

新冠病毒的传播与防控是一次特别的遭遇战、阻击战，该病毒R_0值传播指数并不高，专家评估其传染力为中等，致死率也并不高。但其传播速率却十分惊人，且次生伤害的程度却异常严峻，社交媒体让新冠病毒已演化成信息疫情，导致社会恐慌和种族主义泛滥。在人的心灵深处，命运多舛总会激起罪与罚，蛊与惑，辜与伐的生死纠结，实务层面看，快速高效的医疗应对，卫生资源分配公平，如何化解医疗资源短缺之困的治理水平大考，摆脱无序医疗与医疗挤兑，激发社会细胞的高效组织系统与强力治理体系。

从医学人文角度看待这次抗疫斗争，搬家式救援的背后是强大的动员能力，是义薄云天的集结与驰援，不只是命令，而是职业精神的感召。是从内心深处迸发出来的大爱无疆的仁心与仁术，爱与智慧有多大，疗愈的希望就有多大。医患之间，徜徉着心心相通的同情与共情，情有多深，胜利的曙光就有多近。急诊、重症病房里，充满着情系魂牵的陪伴与呵护：有白衣战士在，希望的灯就亮着……

此次，中国医学界不仅在临床救治上占据制高点，还在舆情驾驭上赢得主动权，为社会充分解读了病毒的传播指数（R_0）、感染率、危重症率、病死率、医疗挤兑境遇的由来与变化，帮助公众理解疫情的传播规律，把握好相对风险与绝对风险，保持社交距离与强制隔离、封锁的张力。同时，尊重疫情传播的"过山车"规律，充分认识到疫情谣言导致的恐慌、污名比病毒更可怕，必须以科学知识对冲谣言误解，进行社会心理抚慰，有效应对疫情期间的社会情绪波动。

医学界时时坚持真理，没有随波逐流，坠于理想主义的虚妄臆测中，幻想着一场疫情袭来，会有零感染、零风险、零死亡的"奇迹"，也不相信一切危险都可以通过未雨绸缪的"先手棋"扼杀于萌芽之中。疫情提前"吹哨"固然好，但要衡量"散发"与"流行"，再判定"爆发"，都需要严谨的科学证据支持，究竟是流感病毒感染，还是冠状病毒感染，是老冠病毒作乱（SARS），还是新冠病毒肆虐，也需要实验室里的基因测序来甄别定案，不能见风是雨，轻易地将"散发"作为"流行"来预报，更不会选择"半夜鸡叫"式的预警。

医学界还必须实事求是地报告诊疗的高难度，临床上，重症新冠病毒感染的归宿不是单器官危象，也不局限于肺部，而是多器官衰竭，他们应对的不是一只黑天鹅，而是一群黑天鹅，朝他们冲过来的不是一头灰犀牛，而是一群灰犀牛。在医护的职业训练中，不确定性、偶在性、偶然性、独特性都是无法逾越的潜流与暗坝，他们虽有拯救万民于水火的悲悯情怀，他们却无逢凶化吉、遇难成祥的万能灵药。确有一些情形下，高龄患者遇救，年轻病人却不治，这不是老天不公，更不是医生不公，而是宿命的纠结。新冠救助的境遇中，危症床前无亲人，患者处于失亲、思亲不得的状态，医护人员必须在技术角色之外，扮演亲人般的料理、陪伴、抚慰、安顿角色，这种职业角色的泛化必然带来劳作强度的倍增，还带来责任伦理的延展，关怀伦理的拓界。

新冠肺炎暴发初期，仅武汉地区就有三千余位医护被感染，截至二〇二一年三月，全国共有六十三位白衣战士殉职于抗疫一线。平时，医患的角色是两分的，一个是医疗服务者，一个是医疗服务的接受者，新冠肺炎疫情使得医患角色融合了，医生变得既是观察者又是体验者，既是服务的提供者又是享用者，既是医疗规律的认知者又穿越疾病蒙难程，获得情感、意志、道德的升华。从而获得双重体验，双重理解。医患共感体验的道德意义在于唤起医生内心深处的道德崇高与利他意识，对他者—自我一体痛苦的领悟、理解、实践，完成利他主义的道德内化。

抗疫的使命终归是阶段性的，技术人文双轨并进的体验、感悟是永恒的，因为，没有理想的医学职业生活是平庸的，没有人文滋养的医学科学是单翅鸟，没有人性温度的医疗技术是无花果。

二十年，对于一个人来说，可能是其职业生涯中的浓墨重彩，但对于一个时代来说，只是惊鸿一瞥，因此，大众传播学的"连台折子戏"（竞争—征服—加冕—狂欢）模式如果不加入哲学的反衬（竞合—敬畏—反思—宁静），似乎并不能洞悉其内在的精神脉络与价值理路，而再鲜活的见闻也只是惊艳一时，唯有思想史的加持，见闻才能嵌入历史，化作永恒，作为传播学的新信条：传播即思想，似乎可以成立。传播是绚烂的花朵，思想才是沉甸的果实，无花果会显得沉寂，有花无果更是人生落寞。从这个意义上看，我亲历、见证、感知的医学人文二十年，也是我一个人的医学思想史演进的二十年。

（王一方，南方科技大学人文科学中心教授，北京大学医学人文学院教授）

施爱东

生肖属相的历史形成与时间节点

在中国文化走向世界的历程中，十二生肖大概是当代文化输出最成功的案例，世界各国越来越多的人逐渐了解并且喜爱上了以十二种动物来标记年份的生肖文化。二〇二〇年是鼠年，二〇二一年是牛年，二〇二二年是虎年，这对外国人来说，就是有趣。可是，对于中国人自己来说，问题反而没这么简单。

拿我自己来说，我生于一九六八年一月十五日，农历是腊月十六，那么，我该属羊还是属猴？许多人会说，你生日那天还没过年呢，应该属羊。所以，每当有人说我"猴头"的时候，我都会很谦虚地纠正一下："很遗憾，我羊尾。"每次都会让人先愣后笑，会心一笑。可是，我一位同行好友是一九六六年一月二十三日出生，他出生这天已经是农历新年的正月初三了，那么，他该是属乙巳年的蛇呢，还是丙午年的马？如果属蛇，他就是蛇尾，如果属马，他就是马首。他一直认为自己是马首，但老有人指出他是蛇尾，这是一个令人郁闷的问题。

这个问题终于在公共媒体引发了一场激烈的争执，并且从大批网友的争执，转向了民俗学界内部的互不服气。二〇〇六年初，新华社转发《羊城晚报》一则新闻称："今年2月4日是农历初七，立春，狗年应该从这一天开始算起——著名民俗学家叶春生教授提醒公众，生肖是从立春而不是从正月初一开始算起的。"

各大媒体迅速抓住这一话题，各地民俗学者纷纷被邀发言。不出意外的是，大部分民俗学者都反对叶春生的说法，上海民俗文化学会会长仲富兰教授甚至激动地说："这是一种混淆视听的错误说法，它把'生肖'与'节气'两个不同的系统给混同起来了。"甚至连中国民俗学会名誉会长乌丙安教授，都认为叶春生的言论是"违背科学、违背民俗、违背历史"。

但是，《新民晚报》开通的"962288新闻热线"却显示，居然有超过百分之五十的读者支持叶春生教授"生肖从立春算起"的说法。这是怎么回事？

北斗"建正"与十二支的关系

在乡土社会的民众生活中，纪年并不重要。早期的民俗学田野调查证明，偏远地区的老人，多数都说不出自己的准确年龄，有时儿子自报的年龄比父亲自报的年龄还大，但这并不妨碍他们的日常生活。

对于一个国家的时间系统来说，纪年却是一个大问题。

汉代以前，多沿用帝王名称加上执政年份来纪年，有时也用太岁纪年，西汉末期才由太岁纪年转为干支纪年。

说到太岁纪年，我们还得从"观象授时"说起。古人为了观测星象，首先得对天空划分"坐标"，每个坐标给出一个名称，这样才能够给星宿进行定位，观测它们的位移。我们现在所知的十二地支，子、丑、寅、卯、辰、巳、午、未、申、酉、戌、亥，就是周天360度的十二个坐标（方向），由于北斗星在天空旋转一周就是一年，所以，我们就可以根据北斗斗柄的指向，来确定节气月的起讫。

这里我们先插入一个题外知识。如果我们将天空假定为一个圆形的平面，那么，就需要一个二维坐标来对其中的星星进行定位，正如理想平面既要有横坐标，也要有纵坐标。所谓十二支，等于从一个虚拟的圆心向外射出十二根射线，但这只是坐标中的一维，它

生肖属相的历史形成与时间节点

可以用来描述某某星在什么方向,却无法描述这个星具体在什么位置,因此还得有一个坐标才行。我们的先人很早就找到了这个坐标,他们发现在黄道附近,有二十八组恒星的位置是基本不变的,于是,古人就将之命名为"二十八宿",宿的意思是星星栖宿的场所。有了这两组坐标,我们就可以对天上的任意星星进行位置描述,还可以描述它在某一时间段的位移。

回过头再看十二支,如果我们将冬至的斗柄指向定义为"子",那么,一个节气月之后,大寒的斗柄指向就是"丑",到了立春,斗柄指向大概到了"寅",依此类推,二十四个节气轮完,斗柄又回到了"子",如此周而复始,年复一年。古人利用这种直观的比附,就将十二支这样一个空间概念,直接转换成了我们生活中的时间概念,为后世用天干地支作为纪时单位奠定了一个天文学基础。

接着再说一个天文学概念"建"。斗柄指向的变化对月份安排的指导作用称作"建"。斗柄在天上旋转一周,依次指向十二辰,对应着时间上的十二个月,古人称为"斗建",又叫"十二月建"。古代新君登基之后,常常要改历法,他们将新年第一个月(正月)的北斗指向称作"建正",如果确定子月为正月,就叫"建子",如果确定寅月为正月,就叫"建寅"。

我们前面说过,自汉武帝"太初改历"之后,中国历法一直以"太初历"为基础,沿用了两千多年。那么,"太初历"是以哪一个月为岁首呢?

司马迁《史记·历书》记载:"至今上即位,招致方士唐都,分其天部;而巴落下闳运算转历,然后日辰之度与夏正同。……其更以七年为太初元年,年名焉逢摄提格,月名毕聚,日得甲子。"所谓"日辰之度与夏正同",意思是说采用了夏正历法,该历法以寅月为正。

"年"与"岁"的区别

接下来,我们解释一下《史记》中的"年名焉逢摄提格"是什么意思。

要理解这句话,得先说说"岁星",也就是太阳系八大行星中的木星。大约在公元前五世纪左右,古人就发现岁星行天一周的时间是十二年(实际是 11.862 年),他们将岁星的运行轨道划分为"十二次",这样,岁星每向前移动一次,就相当于地上一年。他们还将每一次都进行了命名(见以下对照表),于是,这些次名也就可以用来代表年份。"岁次"这个词就是这么来的。

但是,岁星的实际观测有个麻烦,因为岁星在星空背景下的视运行并不是匀速的,而且运行轨迹与十二辰的排列顺序是反着的。为了调整这种视差,古人假想有一个顺着十二辰方向匀速运行的理想天体,叫做"太岁"。实测岁星每前进一次,虚拟太岁也在反方向上前进一辰,两者有固定的对应关系。这样,只要把岁星的初始位置和太岁的对应关系规定好,就可以用太岁来进行纪年。

大概是考虑到"次"和"辰"的时间长度不一样,古代天文家并没有直接套用十二辰作为太岁的坐标,而是另立了一套古怪的专名"十二岁阴"。比如,岁星实际位置在"星纪"时,古人规定对应的太岁处在十二辰中的"寅"位,可是他们又不直接以"寅"为名,而是另外取一个叫作"摄提格"的岁阴名称。(见对照表)

如果我们把第一年定义为摄提格,那么,第二年就是单阏,第三年就是执徐,依此类推,十二年一轮。

十二次名与十二辰名对照表

十二次	十二岁阴	十二辰	十二生肖
星纪	摄提格	寅	虎

续表

十二次	十二岁阴	十二辰	十二生肖
玄枵	单阏	卯	兔
娵訾	执徐	辰	龙
降娄	大荒落	巳	蛇
大梁	敦牂	午	马
实沈	协洽	未	羊
鹑首	涒滩	申	猴
鹑火	作噩	酉	鸡
鹑尾	阉茂	戌	狗
寿星	大渊献	亥	猪
大火	困敦	子	鼠
析木	赤奋若	丑	牛

由于岁星受到实际周期 11.862 年的制约，走得太快，观测位置与预测年份就会逐渐发生错位，大概八十年后就会出现"超次"的现象。所以，岁星纪年法大概用了两三百年就被淘汰了。但是，由于太岁是一个假想的天体，它不存在超次的问题，可以一直使用。太岁纪年的缺点是，每十二年就得轮换一次，到第十三年又得叫"岁在摄提格"，这就很容易造成时间错乱。为了延长纪年周期，星历家又配了十个"岁阳"，相当于十个天干，分别叫做焉逢（甲）、端蒙（乙）、游兆（丙）、强梧（丁）、徒维（戊）、祝犁（己）、商横（庚）、昭阳（辛）、横艾（壬）、尚章（癸）。岁阳与岁阴的搭配，跟天干与地支的搭配一样，两相结合，就将周期由十二年延长到了六十年，成为一种有效的纪年方式。

太岁纪年效果不错，从春秋战国一直沿用到西汉时期，但是，"年名焉逢摄提格"这种古怪的写法也实在太繁琐了。根据"奥卡姆剃刀"原则，到了西汉末年，古人终于用天干配地支取代了岁阳配岁阴，用更简洁的"一甲子"来作为六十年的时间标记。

有了上面的知识，就很容易看懂司马迁的"年名焉逢摄提格"了，这不就是我们现在说的"岁在甲寅"吗？同样，我们也容易理解"岁"字是怎么来的，"岁"与"年"的差别在哪里。

按照古代天文家的规定，"年"是阴历（其实是阴阳调和历），指的是从正月初一到大年三十这样一个朔望月组成的时间单位。年的周期是不固定的，有时只有十二个朔望月，354天，有时长达十三个朔望月，达到383天或384天。而"岁"则是从天体运行中发现的时间规律，"阴阳历的平均年长称'岁'，是反映寒暑变化的回归年"①。也就是说，"岁"是许多个"年"的平均值，因而只能是固定的365.24天，也即回归年的天数，必须被视做阳历。

这层意思，郑玄在为《周礼·春官》"正岁年以序事"一句作注时说得非常清楚："中数曰岁，朔数曰年。中、朔大小不齐，正之以闰，若今时作历日矣。"这里的"中数"即节气中的中气，"朔数"即农历中的朔望月，意思跟我们今天说的阳历与夏历一个样。

"岁首"的争执

汉武帝"太初历"是以夏历为基础的历法体系，该历法的岁首是"建寅之月"，也即斗柄指向寅位的这个月。《淮南子·天文训》说："帝张四维，运之以斗。月徙一辰，复反其所。正月指寅，十二月指丑，一岁而匝，终而复始。"

我们前面说到，天文家的空间和时间是可以互相转换的。斗柄指向寅位，对应的是二十四节气中的立春和雨水。这样一来，歧义就产生了，所谓"建寅"，到底是指从立春这一天开始呢？还是从包含立春的这个朔望月开始？即使现代天文学史家，对这两个字也

---

① 张培瑜：《中国古代历法》上册，中国科学技术出版社2007年版，"前言"第5页。

有不同的理解。

事实上，依据斗柄指向是无法精准到具体日期的，古人肉眼观测天象，精确程度毕竟有限。所以说，斗柄指向一定要跟朔望月或者节气月相配合，才能具体到一个精确的起始日期上。问题在于，建寅到底是跟朔望月相结合，还是跟节气月相结合？

多数天文学史家认为，建寅之月，指的是斗柄指向寅位的这个朔望月，而不是指到寅位开始这一天。也就是说，所谓建寅之月就是指农历正月，岁首就是正月初一。

我之所以赞同这一观点，理由非常简单：斗建是阳历，节气历也是阳历，节气历自成系统，并不需要斗建来纠正其偏差，两者结合纯属画蛇添足。而朔望月不一样，它是阴历，如果没有阳历的纠正，就很难跟回归年保持一致，所以，阴历才需要通过斗建来帮助确定一年的起点和终点。

但也有不同看法，比如，天文史学家张培瑜就认为岁首应该在立春这天："实际上中历干支计时系统是中国特有的阳历历法体系，可称之为干支历、节气历，或中国阳历。它以立春为岁首，交节日为月首。年长即回归年，一节一中为一月。在节气历中，年月日全由太阳视运动决定，而与太阴月相无关。"[①]

那么，到底谁对谁错？生肖的岁首到底应该定在正月初一还是立春这天？

"生辰八字"与"节气历"的关系

张培瑜提及的"干支纪时系统"，包括了干支纪年、干支纪月、干支纪日、干支纪时四个维度，每个维度都包含了天干和地支两个

---

① 张培瑜：《中国古代历法》上册，中国科学技术出版社2007年版，"前言"第6页。

字，总共是八个字，所以相术上将一个人的出生时间称作"生辰八字"。用四柱八字推衍命理，叫做"算八字""测八字""看八字"。

说到这，我们又得看一下干支纪时系统是什么时候开始的，它跟"太初历"之间是什么关系。

（一）干支纪日起源最早，至迟在公元前七二二年鲁隐公时期就已经明确开始使用了，至今已经超过两千七百年，所有日期都是连续的，从未间断。据张衍田考证："殷人制定月份，早期曾以规整的三十日为一月。每月的日数全为三十，用十干纪日，十日一个周期，为一旬，一月恰为三旬，每旬首日为甲日，末日为癸日，使用起来整齐方便。后来，有了大小月的分别，大月三十日，小月二十九日。每月的日数不再全是三十日，仍按旬制三分之，则每旬的首末就不再全是甲日与癸日。十干纪日的循环周期本来就短，在旬制与十干周期不能整齐对应以后，使用起来很容易造成日期的错乱。于是，出现了十干与十二支相配的纪日方法。"[1]

（二）干支纪年要晚得多。我们前面提到，太岁纪年使用了与干支纪日完全相同的算法，但是为了与纪日区分，有意使用了不同的名称，以至出现"焉逢摄提格"这么古怪的年代称呼。真正将纪年法与纪日法都用干支统一起来，是东汉章帝元和二年（公元八十五年）的事。"太初历"使用了一百多年之后，已经出现许多与观测不符的现象，汉章帝时决定加以改良，实行"四分历"，正式使用干支纪年法，该年干支遂计为"乙酉"。我们现在看到的西汉以及之前的干支年份，基本都是后人倒推出来的。不过，也有许多证据表明，王莽时期（公元九年至二十三年）已经开始零星使用天支纪年，只是尚未制度化而已。

（三）干支纪月更晚于干支纪年。单纯的地支纪月起源很早，

---

[1] 张衍田：《中国古代纪时考》，上海古籍出版社2019年版，第10页。

前述斗建即是。但是，干支配合纪月在传统文献中非常罕见，直到唐代才开始以干支标注月名，而且往往只出现在碑刻和数术类著述中。较早的记录比如唐代大和七年（八三三年）的《杜行方墓志铭》，其落款日期为："（撰文）大和七年十一月为癸丑朔，葬日以甲寅月之二日也。"这里癸丑和甲寅都是指月份，但是尚需以大和七年十一月来辅助指认，正说明这时的干支纪月还不常用。

由于夏历岁首是建寅之月，为了尽量保证干支年与夏历年达到最高的吻合度，干支年的首月也选在寅月，由于地支寅对应的天干是丙，所以，干支年的起始点是从"丙寅"开始的，一月丙寅，二月丁卯，三月戊辰，依次类推。六十个干支月，需要五年才能轮完一个周期。

（四）干支纪时出现最晚。甚至单纯地支纪时的源头都很难确定，大概也是起于汉代。古人曾长期使用漏刻记时，把一昼夜等分为一百刻，叫"百刻制"。我们现在把十五分钟称为"一刻"，相当于一天九十六刻，其时长与百刻制大致相似。

时辰制起源很早，但十二辰制并不太早。历史上曾经有一日四时制、一日十时制、一日十六时制。那么，十二时制起于何时呢？顾炎武《日知录》说："古无以一日分为十二时之说。……自汉以下，历法渐密，于是以一日分为十二时，盖不知始于何人，而至今遵用不废。"由于干支纪时只能以十二时制为基础，所以刘乃和认为："用干支纪时，则自汉武帝太初改历以后开始。"[1] 但这只是一种可能性，也即时间上限，目前还没有相应的文献支持。事实上，将天干与地支配以纪时在文献极为罕见，大约迟至北宋时期才开始出现。

---

[1] 刘乃和：《中国历史上的纪年（上）》，北京图书馆《文献》丛刊编辑部编《文献》第17辑，书目文献出版社1983年版，第238页。

正因如此，我们也可以说，只有在北宋以后才有可能产生"生辰八字"的概念。民国小说《汉代宫廷艳史》和《唐代宫廷艳史》中，都讲述了古人测生辰八字的情节，但这只是小说家言，以自己的生活常识去推想汉唐宫廷艳史。

综上所述，直到宋代，年、月、日、时统一的干支纪时系统才趋于完整，由于该系统是纯粹由天干地支描述的时间系统，习惯上被称作"干支历"。又由于该系统以寅月为岁首，第一年岁首叫"丙寅月"，此后四年的岁首分别叫"戊寅月""庚寅月""壬寅月""甲寅月"，始点都在立春这天，年末终于大寒结束，所以，"干支历"又被叫做"节气历"。

可是，仔细想想，一年只有十二个月，一天只有十二个时辰，用十二支就完全够用了，配上天干，几乎没有什么实际意义。事实上，干支纪时和干支纪月在官方文献中几乎从未出现，可见这并不是大传统的文化要素，而是小传统的文化现象，很可能只是数术家之流出于自神其术的需要，不断演绎出来的新花样。

生肖源于数术家的占卜

十二支又称十二辰，十二地支，本是天文学的概念，何时何人发明，这些历史早就湮没了，估计永远不会有答案。汉代的《春秋纬·命历序》直接将这一发明追溯到了天地开辟之际，那时候万物浑浑，无知无识，幸好诞生了天皇兄弟十三人，"乘风雨，夹日月以行。定天之象，法地之仪，作干支以定日月度，共治一万八千岁"。当然，这种解释只能当神话看，但至少说明天干地支知识的发明过于久远，汉代的时候就已经超出了可追溯的视程。

将阴阳、五行、天干、地支等抽象概念用来配附和解释天地万物及其相互关系，是古人常见的思维方式。比如，用阴阳比附月亮和太阳、女人和男人、春夏和秋冬，用五行分别配附五种颜色、五个方位、五个季节、五脏六腑等等，借以阐发事物之间的普遍联系与相互制约。所以，用十二支分别配附十二方位、十二时辰、十二器官、十二动物，也就落在常理之中了。

用十二支配附十二动物，至晚可以追溯到秦代。一九七五年，湖北云梦睡虎地出土的竹简《日书》中有《盗者》章，以十二地支配合动物特征状写了盗贼相貌，如："子，鼠也。盗者锐口，稀须，善弄手，黑色，面有黑子焉，疵在耳，藏于垣内中粪蔡下。名鼠、鼷、孔、午、郢。"其余搭配分别还有丑牛、寅虎、卯兔、辰（未书动物名）、巳虫、午鹿、未马、申环、酉水、戌老羊、亥豕。

一九八六年在甘肃天水放马滩出土的秦简《日书》，二〇〇〇年在湖北随州孔家坡出土的汉简《日书》，也有相似的盗占内容，但是个别支的对应物不大一样。比如申对应的是"石"或"玉石"。多数专家将睡虎地《日书》中申的对应物"环"释为"猿"，但如果将三种《日书》结合起来看，环，石，玉石，很可能是同一种东西，未必是猿。

《日书》属于古代数术，是一种占卜参考书，可见以十二辰占卜在秦汉之间是一种比较流行的方法，所以有学者认为："出土文献中仅有《日书》记载十二辰之禽，说明生肖是数术家的发明。"[1]这种推测是有依据的。同出土的竹简中还有一章《十二支占死咎》，也是用十二支来比附十二种灾祸。

其实，数术家不仅用十二支来卜占盗者，也用十干来卜占社会阶层。陈遵妫说："纪夜用十干，而推论节气交食等则用十二支；想古时日分百刻（按：古代曾将一天分为一百刻），则以十干比较便利，日分十二辰，则以十二支比较便利。到了唐代算命先生才把

---

[1] 刘信芳：《生肖的起源及文化属性》，《中原文化研究》2013年第4期。

时也配上十干，成了干支纪时。"①

古代很早就有以十时卜占十种人生的例子。《左传·昭公五年》有一段话："日之数十，故有十时，亦当十位；自王以下，其二为公，其三为卿。"杜预《集解》将所谓的"十位"做了具体展开，也即将十个时段分别配给了王、公、卿、士、皂、舆、隶、僚、仆、台十个阶层。王文清在《人有十等考略》中说："所谓十等者，左昭五年，鲁卜楚丘，曰：日有十时，亦当十位。杜注：日中当王，食时当公，平旦为卿，鸡鸣为士，夜半为皂，人定为舆，黄昏为隶，日入为僚，晡时为仆，日昳为台。隅中日出，阙不在第，尊王公，旷其位也。"② 其中"日中"大概在上午十一点到十二点，"食时"在上午七点到八点，"平旦"在早上三点到四点，"鸡鸣"在夜里一点到两点。

用一天的十个时辰占卜十种人生，或许是指这十个时段出生的人，分别有什么样的命运。如果真是这样，这就是"生辰八字"最古老的雏形。

秦简《日书》的重要性在于，一方面揭示了十二生肖的数术源头，说明十二支与十二动物的对应关系至迟在秦代就已初步形成。另一方面也告诉我们，这一搭配至少在西汉初期尚未与岁时发生关系，而且贬义色彩非常浓烈，暂时还不能叫作十二生肖。

也有些学者认为，十二生肖的记载，以《诗经·吉日》为最早，因为诗中有"吉日庚午，即差我马"，可见当时"午"已经与"马"相配。但是这种说法恐怕不能成立，这从全诗第一句"吉日维戊，既伯既祷"就可以看出来，诗中"伯"即马神，说的是戊

---

① 陈遵妫著，曾振华校订：《中国天文学史（第3册）》，上海人民出版社1984年版，第1374页。
② （清）王文清撰，黄守红校点：《王文清集（2）》，岳麓书社2013年版，第634页。

日骑马出猎,庚午日再次骑马出猎。要是按照庚午即马的生肖推想,那么第一句就应该写成"吉日维戌,既差我犬"才对。

生肖属相以正月初一为界

生肖一定要与干支纪年方式保持一致,壬寅年只能是虎年,癸卯年只能是兔年,这从属于寅与虎,卯与兔的对应关系。关键是要搞清楚壬寅年从哪一天开始算起。

大传统(官方)的岁首是"建寅之月",也即斗柄指寅的这个朔望月、夏历的正月。正月初一作为新年的第一天,自然就是该年纪年的第一天,所以,如果将生肖放在大传统的历法系统中看,正月初一子时以后出生都该算计入这一年的生肖。但是,正如我们前面说到的,生肖并不是大传统的产物,大传统"不语怪力乱神"。早期的属相知识都是起源于数术家的发明,使用十二辰占卜算卦显然是一种小传统。

但是还有一个历史问题需要解决。前面我们知道,干支纪月直到唐代才开始流行,而体系化的干支历迟至北宋时期才得以完整建构,那么,生肖属相是在什么时候开始的呢?如果早在北宋之前就已经开始流行,那就说明在数术家的小传统之外,世俗社会仍有一套通俗的话语系统。

《南齐书·五行志》志中有这么一段记载:

> 永元中,童谣云:"野猪虽嗃嗃,马子空闾渠。不知龙与虎,饮食江南墟。七九六十三,广莫人无余。乌集传舍头,今汝得宽休。但看三八后,摧折景阳楼。"识者解云"陈显达属猪,崔慧景属马",非也。东昏侯属猪,马子未详,梁王属龙,萧颖胄属虎。……言天下将去,乃得休息也。

我们将这几个人的生年查一下，看看是否吻合属相。东昏侯萧宝卷生于癸亥年（四八三年），属猪；萧王萧衍生于甲辰年（四六四年），属龙；萧颖胄生于壬寅年（四六二年），属虎。三者全都吻合。永元是东昏侯萧宝卷的年号，总共只有三年，公元四九九年至五〇一年。也就是说，早在南北朝时期，生肖属相就已经被用作童谣的谶语。

另有一个经常被十二生肖研究者提及的著名例子，《北史·宇文护传》载录了宇文护母亲的一封书信，其中提及："昔在武川镇，生汝兄弟，大者属鼠，第二属兔，汝身属蛇。"查北周权臣宇文护生于癸巳年（五一三年），正是属蛇。

这两个例子都有一个特点，那就是在这一时期，人们认为属相与命运是密切相关的。前者说明，龙虎联合，天下无敌，而属猪的只是龙与虎的口中饮食而已。后者说明，宇文护虽然权倾天下，但是生肖属蛇，终非真龙天子，僭越必生灾祸。由此可见，到南北朝时期，生肖属相的观念已经广为民间所知，而且很可能主要是用来卜占人物命运。

严格以立春为岁首的干支历必须依赖于干支纪月的形成，而干支纪月大约到唐代才开始逐渐流行，也就是说，在干支纪月形成之前的南北朝时期，民间就已经有了生肖属相的观念。南北朝时期谈论生肖属相，必然不是以立春，而是以正月初一作为时间分界点。

但是以上例子还只能说明生肖可以用来比附人物属性，并不代表当时已经用生肖来指代年份。从文献上看，用生肖指代年份可能要晚于用生肖比附人物，唐代时，李商隐诗《行次西郊》称："蛇年建丑月，我自梁还秦。南下大散岭，北济渭之滨。"明确使用了"蛇年"的称谓，虽然比属相的称谓晚了三百多年，但依然还在完整干支历形成之前，可见民间以生肖论年、以生肖论属相，都是以正月初一为分界点的。

八字算命以立春为界

尽管历代统治者禁止民间颁布乃至研究历法，但还是有许多民间数术家甘冒风险，乐此不疲，其中最著名且得善终的大概是落下闳。公元前一〇四年，汉武帝"太初改历"，遭遇了一批历法官员的集体请辞，于是改召民间天文家，"乃选治历邓平及长乐司马可、酒泉侯宜君、侍郎尊，及与民间治历者凡二十余人，方士唐都、巴郡落下闳与焉"（《汉书·律历志》）。

落下闳这样的数术方士，数千年来从未断绝，在民间社会一直代有传承。当代著名的《广东省兴宁市罗家推算通书》（简称"罗家通书"），创自雍正年间的罗庆辉，传说曾经得到雍正皇帝恩准发行，近三百年间几乎覆盖了整个华南乡村市场。罗家推算二十四节气，就用"加五日，加三时，减一刻，进四分"的口诀进行推算，先算"二分二至"，再算其他节日时分。而这一切，最终都是服务于背后的择日、算命、山课等一系列内容，借以指导避凶、趋利、求好的民俗生活，内容繁杂而又自成体系。

由于干支纪年和纪日早已进入官方历法体系，我们在翻检古代文献的时候，可以将着眼点放在干支纪月。不出意外的是，但凡使用干支纪月的文献，一般只有两种情况：一是与风水、地理、墓葬、祭祀、建庙相关的勒石纪时，比如河南灵宝的《重修铁佛庵碑记》，落款时间为"时成化十年岁在甲午戊辰月壬寅吉日"。另一种情况是述及人物生卒年的命运故事。比如下面两则故事：

> 人之赋命，岁月日时同，则寿夭荣悴亦大略相似。丰城甘同叔、莆田林直卿皆以绍兴甲寅年、丙寅月、甲子日、甲子时生，皆为士人，同中淳熙戊戌省科，年四十有五矣。（《夷坚志甲》）

105

富文忠甲辰年丙寅月丙午日癸巳时，韩忠献戊申年庚申月庚申日庚辰时，昔有术士云："富命可及九分，韩不及一二分，然功名禄位不相上下。"后忠献薨，才六十，文忠还政，优游自适，十年方捐馆，寿八十。始信术之精也。(《珍席放谈》)

因为生辰八字中，有四个字关系到生肖，所以，数术家在解释人物命运的时候，常常是取其有解释意义的一两种生肖来做文章，但一般都会用上年份生肖。比如明代传奇《小桃园》，在述及十六国刘渊称帝时说："渊遂即真，大封功臣，而立邰氏为后。其即位在甲寅年戊辰月，应木虎泥龙之祥也。"甲在五行中属木，戊在五行中属土，故谓木虎泥龙。

经过上面的梳理，我们知道目前尚在使用的岁首至少有三个，元旦、春节、立春，我们也大致可以知道生肖属相应该以哪个岁首为界。如果只是普通的社会交往，闲聊攀谈，那就应该以正月初一作为交接点。但如果是找数术家算八字定属相，那他一定会告诉你，生肖属相是以立春为界的。事实上，我们翻开任何一本民间数术家印行的老黄历（又称皇历、通书、通胜），都会发现他们将干支纪年的交接点定在立春这天，比如，壬寅年的最后一天是二〇二三年二月三日，癸卯年的第一天当在二月四日立春。

最后，摘录一段李汝珍《镜花缘》对于以生肖属相论人品的批评：

左氏云："卜以决疑，不疑何卜。"若谓必须推算，方可联姻，当日河上公、陶弘景未立命格之先，又将如何？命书岂可做得定准？那推算之人，又安能保其一无错误？尤可笑的，俗传女命北以属羊为劣，南以属虎为凶。其说不知何意？至今相沿，殊不可解。人值未年而生，何至比之于羊？寅年而生又何至竟变为虎？——且世间惧内之人，未必皆系属虎之妇，况鼠好偷窃，蛇最阴毒，那属鼠、属蛇的，岂皆偷窃、阴毒之辈？龙为四灵之一，自然莫贵于此，岂辰年所生，都是贵命？此皆愚民无知，造此谬论，往往读书人亦染此风，殊为可笑。

在科学昌明的今天，相信以生肖属相来算命配姻缘的年轻人已经越来越少。所谓生肖，也就是个有趣的纪年符号，年轻人觉得形象好记、呆萌有趣就好，马头或者蛇尾，猴头或者羊尾，那又有什么关系呢。

（施爱东，中国社会科学院文学研究所研究员）

迦陵学舍　　　　　　　　　　　　　　　　　　　叶嘉莹

略谈传统诗歌的赋、比、兴

我回来说《古诗十九首》的结构,"相去万余里,各在天一涯"。你不要看我东说西说,这首诗的感情有一条主线,就是他的相思和怀念。先是说你走了,"行行重行行,与君生别离",然后回来一看,现在是"相去万余里,各在天一涯";然后说我要去找你,"道路阻且长,会面安可知"。我们哪一天见,真是不知道,"安可知",我们不能够知道哪一天见面。我现在说我要去看我的女儿,我如果坐飞机,五个小时,我知道我就到了。他说是"会面",那个"会面"的日期"安可知"。可是我说了,这一首诗整体写的是不甘放弃的相思怀念,所以它中间真是妙。因为"道路阻且长,会面安可知",说到这里,我不知道哪一天能见面,已经没有见面的日期了。但你怎么能够甘心永远没有见面的日期?所以这个古诗,真的是结构得好,"风骨"好。他说什么?中间来了两个小小的盘旋,"胡马依北风,越鸟巢南枝"。前面都是叙说,中间忽然停下给你转两个小圈子,这真的是非常的妙。刚才我们说,唐诗是形象和声音的美,而这个汉魏古诗是叙述、结构的美,但这不是绝对的。这首诗里边也有形象,现在出现的"胡马依北风,越鸟巢南枝",就是形象。

你要知道我们中国诗歌,最早的源头,一定是《诗经》。《诗经》,我们都讲,有赋,有比,有兴,是不是?最古老的《诗经》的赋、比、兴,还不是说写作的方法,而是三种引起你兴发感动的

略谈传统诗歌的赋、比、兴

原因。你怎么样写,才能引起读者的兴发感动?"兴",我们念xìng,什么叫做"兴"啊?"兴"是见物起兴。你看见一个东西,这个东西引起你的感想。"关关雎鸠,在河之洲",所以你想到"窈窕淑女,君子好逑"——这是"兴"。你看到小鸟在枝头,一对鸟,这么快乐的伴侣,人岂不应该也有这样的伴侣?"关关雎鸠,在河之洲"引起你想到"窈窕淑女,君子好逑",这是见物起兴。是由于你见到外物,引起了内心的感情,是由物及心,这个感动是由外物带来的,外物引起你内心的感动,这是《关雎》,《诗经》的第一篇。

《诗经》还有一篇,大家也很熟悉,是《硕鼠》。《硕鼠》怎么说呢?说"硕鼠硕鼠,无食我黍"——你不要吃我的庄稼。然后说"三岁贯女,莫我肯顾",这是"贯","贯通"的那个"贯"。"贯"是什么意思呢?"贯"就是侍奉,说三年了我都侍奉你,供你吃,可是你对我一点也不顾念。"莫我肯顾",就是"莫肯顾我",你对我一点也不顾念。所以我现在是"逝将去女",我要离开你,"适彼乐土"。这首诗说,这个大老鼠啊,我侍奉你三年,你对我的艰难一点儿也不顾念,我现在要离开你,我要找一个快乐的土地,我要走了。这首诗是一首刺诗。讽刺的是什么?讽刺的是那个剥削者,在上位的横征暴敛的剥削者。所以是把那个剥削者比作大老鼠,这个大老鼠不是真的。所以这个是什么?这个是"比"。《关雎》是"兴",《硕鼠》是"比"。"比"是我心里边有一个剥削者,然后我拿一个老鼠来比他。所以这个是由心及物。你先有内心的一个情意,然后用一个外物来作比。而"兴"是由外物引起你内心的感受。就叫"比兴"。不管是"比"还是"兴",不管是由心及物,还是由物及心,你要注意,它中间是有个物,"物"是什么?"物"就是有一个形象,一个 image,有一个物象在那里。这是所谓"比兴"。

109

还有"赋","赋"是不要形象,什么形象都不要,就直陈其事,直接陈述这一件事情,"行行重行行,与君生别离",这是"赋",我直接就这么说了,不要那些花鸟虫鱼、山河流水,我不需要这些形象。兴发感动,要从直接的陈述当中表达出来。《诗经》里边也有这样一首诗,《将仲子》。这首诗说:"将仲子兮,无逾我里,无折我树杞。岂敢爱之?畏我父母。仲可怀也,父母之言亦可畏也。"写一个谈恋爱的女孩子,"仲子"是她所爱的男子。那个男子排行老二,所以是"仲子"。"仲子"两个字这么生硬,像他爸爸叫他,"老二";而这个女子,是"将仲子兮","将"念 qiāng,是个发声的词,"兮"也是个发声的词。所以"仲子"的前面加个"将","仲子"的后面加个"兮","将仲子兮"这个呼唤就非常温柔多情了。她说,"无逾我里",你不要跳我们家的里门——那个男的跳进来跟她幽会。"无折我树杞",你不要把我们家种的那个杞树的树枝折断——那天跳墙过来,把树枝折断了。"无逾我里,无折我树杞",就是 no,no,接连说两个 no,这不是很伤感情吗?但是你看这叙述就在于结构跟口吻,她说"岂敢爱之",我当然不是爱我家那棵树了,我不叫你跳墙呢,是"畏我父母",怕我的父母,怕我的爸爸妈妈骂我。"仲可怀也",你还是我所爱的,可是"父母之言亦可畏也"。这就是赋体的诗,它在叙述,在结构、口吻之中就把那个感情的感动都表现出来了。

我说过,好的诗,都要有一种兴发感动的力量,以它给你的兴发感动的那个力量的大小深浅作为评判作品好坏的依据。可是那个兴发感动从哪里来呢?这就是第三种"赋"的写法,不需要那个形象,直接地叙述给人感动。

(叶嘉莹,南开大学中国古典文化研究所所长)

关键词研究

钟少华

"科学"概念在近代中国

笔者曾写下《中文"科学"概念史》一文,介绍了十九世纪到二十世纪初期,"Science"如何与日文"科学"相结合,形成概念,再回到中国的历程。本文则是在上文基础上,全面阐述"Science"如何以"赛先生"的新身份,在二十世纪前半叶的中国,进行了科学思想的普及,既培养了中国第一代科学家的深厚广阔的精神素养,更是在广大民众之间树立了科学的科学地位,以及科学知识被民族所接受和发扬。

本文所说的"科学",主要是针对自然科学而言,不涉及社会科学、人文科学。

本文所说的"科学思想",指的是人们对于自然科学的认知,所产生的种种思想内容。与其相对的"非科学思想",则主要是指没有经过严密的逻辑推理,更没有经过实验验证的自以为是科学的思想。一般来说,也即是梦想和科学思想的差别。例如,中国人常爱说:"真知灼见"或"真理",有标准吗?古代强行规定的唯一的标准是皇帝的金口玉言,而近代则明白必须有准确的实验验证,并且能够用语言文字的严密逻辑说明出来的,才可能是真理。

近代关于科学思想所探讨的问题相当多,诸如:科学是什么?科学的特征;科学的起源;科学的进步;科学的分类;近代科学观；科学的目的；科学的方法；科学的应用；科学化问题；等等。中国学者还特别关注：科学与社会；科学与中国；科学的人生观；等。内容太多，本文不能全部写到，只能选择其中一些经过验证的见解，以展现中国学人在近代所关注并进行研究探讨的科学思想问题。其中，特别是关于"科学方法"问题，将另文探讨之。另外，科学的分类问题，在近代已经形成十分复杂的体系结构，本文不打算再行引述讨论。而关于"科学哲学"在中国的引进，则笔者已经写过文章，不再重复引述。

二十世纪前半叶是科学思想和科学成就突飞猛进的时代，虽然在这个时期也发生了两次世界大战，但终究人类的正义和智慧取得胜利。中国的第一代科学家和工程师，也在这个时期涌现出来，在众多的各种自然科学和工程领域，都取得与世界科学接轨的进步。

自从十七世纪开始从西方传来科学思想以来，中华民族在二十世纪初期已经明白，科学思想对于民族的生存与发展，有着多么巨大的决定性力量，科学技术在生产力中起到主要的作用。于是中国人在二十世纪开始认真学习科学思想，认真探知科学思想，或翻译或阐述科学思想重要性的文章如潮水般涌现，更在国家和民间中组建各种研究科学的机构，例如中央研究院、北平研究院、福建研究院、西部科学院、航空研究院、中央地质调查所、中央工业试验所、中央矿冶研究所、中央农业实验所、资源委员会等，以及大型科学团体，例如中国科学社、中国工程师学会、中华自然科学社、中华医学会、中华农学会、中华化学会等等。他们各自编纂出版许多科学技术专业杂志，以及撰写出版许多科普书籍刊物。近代中国已经拥有上万名科学家以及数万名工程师。科学思想通过他们的身体力行和传播，在中国得到极大的成功。

近代中国的科学家代表，基本上可以用在一九四八年评议出来的第一届中央研究院院士为代表，在一共八十一位院士中，数理组占二十八位,生物组占二十五位。当然还有当时各个研究所的研究员们。他们的科学思想,建构着新的知识平台,至今依然活跃在中国社会中。

科学思想的形成与进步,是人类在几百万年的生存实践中积淀,逐步升华而来的,绝非仅凭空想就能够得到的,其间的艰苦脑体劳动是历史证实了的,而且能够用语言文字表述出来,成为专著或教材,一代一代地传下来。每一位科学家都经历过这些认知过程,每一位年轻人也同样能够去尝试经历这个认知过程。只是要注意,具体一位科学家的思想,并不一定完全等于科学思想。科学思想中是允许有许多变数或差错和改错的;同样,古代的思想并不一定等于今天的思想。现代人只有学习和掌握科学思想,才可能在任何科学问题、技术问题面前发挥作用。如果反过来,仅以为依靠某一项技能的操作(即工匠精神),就能够把握科学思想,那就无异于没有脑子的螺丝钉罢了。

"科学"在近代中国,是以"赛先生"的名义出现的,大家都知道这位先生劳苦功高,但是到底"科学"是什么,则是一代学人努力认知的结果。其中最有代表资格的是中国科学社。她是由一批留美学生在一九一四年自发创立于美国,旋即迁回中国,首批社员三十五人,社长任鸿隽,主要成员有杨铨、胡明复、赵元任、秉志、竺可桢、邹秉文、卢于道等学者。该社以"联络同志,研究学术,以共图中国科学之发达"[1]为宗旨。到一九四九年,已经有社员三千七百七十六人,按专业分为十二股,各地分社有十余处。他们办有杂志《科学》月刊,自一九一五年创刊至一九五〇年结束;还有《科学画报》杂志;他们还办有生物研究所和科学图书仪器公

---

[1] 任鸿隽:《中国科学社社史》,载《文史资料选辑》第十五辑,中华书局 1961 年版,第 5 页。

司和明复图书馆等。另外的科学团体还有中华学艺社、中华自然科学社等。他们所发布的科学研究成果,既展示了科学思想在他们身上的认知,也表示着科学思想通过他们而熏染着我们民族,逐步获得知识的进步。他们对于"科学是什么"说过很多:

一九一五年(即在"五四"运动前四年),在《科学》杂志第二期第一卷上,社长任鸿隽发表"科学精神论",其中写道:"……明乎科学之非物质的、功利的,则当于理性上学术上求科学矣。……以自然现象为研究之材料,以增进智识为指归,故其学为理性所要求,而为向学者所当有事,初非豫知其应用之宏与收效之巨而后为之也。夫非豫去其应用之宏与收效之巨,而终能发挥光大以成经纬世界之大学术,其必有物焉为之亭毒而酝酿,使之一发而不可遏,盖可断言。其物为何,则科学精神是。于学术思想上求科学,而遗弃精神,犹非能知科学之本者也。……吾所谓学风之不利于科学者何也。(一)好虚诞而忽近理。……则阴阳鬼神之说中于人心,至今未烈矣。(二)重文章而轻实学。承千年文敝之后,士唯以虚言是尚,雕文琢字,著述终篇,便泰然谓'绝业名山事早成',而无复研究事实考求真理之志。……(三)笃旧说而贱特思。……"①

一九二一年,孙中山先生的秘书黄昌毂先生出版了《科学概论》一书,书中写道:"'科学'这个名词,在德文的 Wissenshafl。是指自然人为各种学问的意思。英法文的 Science,原出于拉丁语 Scire,是求知识,并兼作物有手段即擅长的意思。拉丁语的'科学家',就是长于作物之人的意思。所以'科学'这个名词,在拉丁的时候,与其说是他是注重知识一方面,不如说他是注重技术一方

---

① 任鸿隽:《科学精神论》,原载《科学》1915 年第二卷第一期,引自《科学通论》,中国科学社编 1919 年版,第 2—8 页。

面。到了中世纪以后，这个原来的意思，就渐渐改变了。……就科学的意义为标准讲，近来科学的特性，不外下举三件：（一）主张科学主义的，专研究事实的现象，和求得真理；注重推理科学的，也是根据事实的情形，来创造学说。……（二）求得真理的方法，必须注重有系统的观察实验计算测量归纳法等等。（三）推测未来的现象，必须根据已知的现象之法则和原因。……就科学的精神为标准讲，科学的特性，在注重发明创造，实行真理，以增加人类的幸福。如果自己求得的真理，和古人的言行不相符合，想达到实行自己的真理之目的，就是历尽艰难，赴汤蹈火，和古人奋斗，也有所不辞。……"[①]

一九二四年，胡适教授在当时发生的"科学与人生观"大论战中，写出他的见解。他写道："这三十年来，有一个名词在国内几乎做到了无上尊严的地位；无论懂与不懂的人，无论守旧和维新的人，都不敢公然对他表示轻视或戏侮的态度。那个名词就是'科学'。……（1）根据于天文学和物理学的知识，叫人知道空间的无穷之大。（2）根据于地质学祭古生物学的知识，叫人知道时间的无穷之长。（3）根据于一切科学，叫人知道宇宙及其中万物的运行变迁皆是自然的，——自己如此的，——正用不着什么超自然的主宰或造物者。（4）根据于生物的科学知识，叫人知道生物界的生存竞争的浪费与惨酷，——因此，叫人更可以明白那'有好生之德'的主宰的假设不能成立的。（5）根据于生物学、生理学、心理学的知识，叫人知道人不过是动物的一种，他和别种动物只有程度的差异，并无种类的区别。（6）根据于生物的科学及人类学、人种学、社会学的知识，叫人知道生物及人类社会演进的历史和演进

[①] 黄昌毂演讲于1922年8月20日，载于黄昌毂《科学概论》，上海民智书局1921年版，1926年版，第41—53页。

的原因。(7) 根据于生物及心理的科学，叫人知道一切心理的现象都是有因的。(8) 根据于生物学及社会学的知识，叫人知道道德礼教是变迁的，而变迁的原因都是可以用科学方法寻求出来的。(9) 根据于新的物理化学的知识，叫人知道物质不是死的，是活的；不是静的，是动的。(10) 根据于生物学及社会学的知识，叫人知道个人——'小我'——是要死灭的，而人类——'大我'——是不死的，不朽的；叫人知道'为全种万世而生活'就是宗教，就是最高的宗教；而那些替个人谋死后的'天堂''净土'的宗教，乃是自私自利的宗教。……在那个自然主义的宇宙里，在那个无穷之大的空间里，在那个无穷之长的时间里，这个平均高五尺六寸，上寿不过百年的两手动物——人——真是一个渺乎其小的微生物了。……他现在渐渐明白：空间之大之增加他对于宇宙的美感；时间之长只使他格外明瞭祖宗创业之艰难；天行之有常只增加他制裁自然界的能力。甚至于因果律的笼罩一切，也并不见得束缚他的自由，因为因果律的作用一方面使他可以由因求果，有果推因，解释过去，预测未来；一方面又使他可以运用他的智慧，创造新因以求新果。甚至于生存竞争的观念也并不见得就使他成为一个冷酷无情的畜生，也许还可以格外增加他对于同类的同情心，格外使他深信互助的主要，格外使他注重人为的努力以减免天然竞争的惨酷与浪费。……"①

留美归来的胡适博士，确实是把握住近代科学思想的精粹，通俗又仔细地介绍给我们。

一九二六年，科学社社长任鸿隽著的《科学概论》中写道："科学是根据于自然现象，依论理方法的研究，发见其关系法则的

---

① 胡适：《科学与人生观》序，亚东图书馆编 1924 年版，1935 年版，第 2—29 页。

有系统的智识。照这个定义看,我们应当注意下列几点:(一)科学是有系统的智识,故人类进化史上片段的发明,如我国的指南针火药等,虽不能不说是科学智识,但不得即为科学。(二)科学是依一定方法研究出来的结果,故偶然的发见,如人类始知用火,冶金,虽其智识如何重要,然不得为科学。(三)科学是根据于自然现象而发见其关系法则的,设所根据的是空虚的思想,如玄学、哲学或古人的言语,如经学,而所用的方法又不在发明其关系法则,则虽如何有条理组织,而不得为科学。总而言之,照上面的定义,我们所谓科学,即等于自然科学(natural science)。本来自然这个字应该包括宇宙间的一切现象,人类是自然界的一物,当然不能除外。……"①

一九二七年,罗志希教授著的《科学与玄学》一书出版,书中写道:"近代科学界对于科学观念的大进步,就是认定科学的性质是'描写的'(Descriptive),简单说来,科学是一种知识的努力,根据感觉的张本,运用概念的工具,以系统的组织,描写现象界的事物而求其关系,以满足人类一部分的知识欲望,而致其生活于较能统治之范围以内的。……科学的定律、法则、公式等等,不过是假定以解释现象的动作。他们真实的程度,看他们能解释现象的多少久暂。……我们相信科学,正因为科学的假定可解释许多事实——一贯不抵牾的解释许多事实……。科学的可贵,不在乎摆虚架子,立什么大经大法,而在乎能以合理的方法,解释许多的事实。把各种现象的关系描写清楚了,我们便可以简驭繁,预期未来的经验。……我们之'描写的'科学,只须把各种'条件'尽力搜集齐备,把其中'关系'描写得真确,则我们对于这种事物的动作,自然能够明白了解,而加以相当的应付。科学'定律'的健全

---

① 任鸿隽:《科学概论》上篇,商务印书馆1926年版,1932年版,第1—2页。

之程度，也就看他所包含各种条件之范围。……科学的几种特点，使他所以称为科学的，可以列举在下面：（一）科学的职守虽是描写，但其描写的，非现象的个体，乃现象间的'共相'。科学最大的能力，就是能在繁复的现象里面，把这种共相抽出来；……（三）科学的努力，是向着准和确的。即不能得一成不变的准确，也要努力求最近的准确。……（四）科学的定律，不但是要求准和确，而且要求简单和完备。……（五）科学的运用，是注重在'抽分'和'整理'。……（六）'历史的描写'……（七）科学还有一个特性，就是要极力避除个人性情的成分，屏开个人的好尚；对于价值的判断，是科学不当问的。……（八）科学最大的贡献和功效，就是能把我们平常表面上认为'不可测度的'现象称为'可以测度的'。……"①

一九二六年，商务印书馆编辑所理化部主任郑贞文写文章《科学之体系》，他写道："科学一语，大别之，有广狭二义：凡有秩序有组织之知识，曰科学，则广义之解释也；凡关物质界及其现象之知识，曰科学，则狭义之解释也。科学与知识（Knowledge）异科学者，可导于律，则可纳于系统之知识也。科学与技术（Arts）异，技术重在作，科学则在知也。国人习用科学二字久矣，而叩其义恉及范围，则多茫然莫解，推其原因，约有数端：好为玄妙灵怪之谈，而乏合理之思想，遂误以知识为科学，一也；眩于物质文明之象，而慕机巧之制造，遂误以技术为科学，二也；误认自然科学（Natural Science）为科学之全体，三也；不明科学具体的内容，四也；……"②

---

① 罗志希：《科学与玄学》，商务印书馆 1927 年版，1999 年重印本，第 17—35 页。

② 郑贞文：《科学之体系》，载《自然科学之革命思潮》，中华学艺社编 1926 年版，1931 年版，第 109 页。

一九二八年，北大理学士王刚森著《科学论 ABC》，书中写道："要问'科学是什么'，须先解释'科学'（Science）二字的意义。拉丁文科学 Scientia 一字，是从动词 Scire 一字引申出来的。本意是学习（to learn）和知晓（to know）的意思。所以'科学'的原意就是'求知。'……在《大英百科全书》科学项下，有一个很简单的定义：'研究找人家现象底有系统的智识，和其相互的关系，就是科学。'"①

而在一九二四年，中国科学社十余位同人合作，翻译出版英国博物学家汤姆生（A. Thomson）的大作《汉译科学大纲》，书中写道："为科学下一定义，非易事也。今姑以科学为根据观察试验，及就观察试验所供之与件而加反省所得之有统系之智识。则视为智识者，凡深造有得之研究家，能取其观察试验而再为之，并加以精细独立之考究，无不可为之复按。是故科学非他，即看复按，可互晓不羼私见，不杂感情之智识也。"②

一九三六年，顾毓琇博士著《中国科学化问题》出版，其中写道："'什么是科学？'简单地说：科学是根据于自然现象而发见其关系法则；科学是为知识的，求真理的；科学是圣洁的，忠实的，超然的，创造的，而不为我，不为人，不为一切功利观念的。……总之，科学而受人利用，并非科学的本来意义。……科学的对象是自然科学化的对象是文化社会和人类。……我们反对别人说科学是物质文明。我们认定科学是精神文明的最新一种。"③

顾博士的话斩钉截铁一般。

---

① 王刚森：《科学论 ABC》，世界书局 1928 年版，1929 年版，第 2—10 页。
② ［英］汤姆生：《汉译科学大纲》（四册），任鸿隽等译，商务印书馆 1924 年版，第 38 篇第 1 页。
③ 顾毓琇：《中国科学化问题》，中国科学化运动协会北平分会印 1936 年版，第 2—7 页。

一九三六年，哲学家方东美所著的《科学哲学与人生观》出版，书中写道："科学的要义在精密的观察，证验，审计，从缤纷的是象里寻出一条整洁的理路与线索，以明其系统的关系。简言之，科学对于宇宙之现象常起一种秩序的信仰，自然界之蜕化，虽是首尾万端，然必有其条贯，我们须是察觉此点，才算尽了科学的能事。……近代科学鲜明的色彩，我们可以分作两方面看。爱日含山，荣光四照，弥天都是娇艳的晚霞。这正是科学本身所流照的色泽。佳人临水悄立，如火的江花暗把他那清韵的脸霞都烧破了。这是科学在曼妙的人生里所映射的迴光。近代科学之发展，显示三种特点：（1）科学家信守自然界的秩序，从缤纷的物变，繁颐的事实里，抽出几种简约的原则，以说明其系统的关系。……这种惊人的综合能力，不是近代科学特有的成就么？……（2）近代科学家虽好为瓛栝之论，但绝无拘虚蹈空之弊。他们验证自如，钜细毕究，本末兼察，务穷其原，必竟其委；他们综覈物德，巧运灵思，周洽万类，纤细无憾，精当称理。……我们论究感相世界，须是即物穷理，抚事求真，不应妄作纸上空谈，依于无据；我们综覈自如物象，施行观察，凭借证验。不应凿空臆断，妄加可否，惑乱理境。（3）科学之精蕴，不在其结果，而在其方法。有了严密的方法，那些新颖的结果，自然会产生出来。……近代科学常是批评的发见，一方面注重详密的归纳，他方面又趋重审慎的演绎。……近代物资科学之后，暗藏一种潜伏的假设，断定人与自然，质相殊异，绝不能有同等的尊严。这种假设之用意，最初只求方法的简约，研究的便利，等到它在科学上的威权扩张了，乃遂忘其所以，傲岸凌人了。……这种重视自然，藐视人性的态度，在近代科学上最为普遍。……近代科学原欲解放人类的活动，发舒人类的识力。揆其结果，反而束缚人类，幽禁心性，于此可见思想革命之不易彻底啊。近代人啊，你受了科学家之诱惑，无端变作笼中鸟了!……。"①

方教授仿佛如古希腊行吟诗人一般,使用中文里美妙的字词,勾画出他对于近代科学的深刻的思考,读来发人深省,科学如此美丽动人,科学又如此在人类进步史上发挥巨大作用,但是近代科学之后会如何呢?在他的心中充满忧虑,这也恰恰是我们现在科学所面临的新的很难逾越的挑战。

一九四二年,哲学家石兆棠所著的《科学概论》出版,书中写道:"科学是对客观对象的实践知识的集成,这集成是依于历史和社会的条件的规定而永恒地前进并发展着。"②

一九四二年,科学社成员卢于道著《科学概论》出版,书中写道:"所谓科学乃指人类一种最有效的精神活动,利用或感觉材料及思维能力,以认识现实的周围环境,进而驾驭环境。……思维科学,并不是指那些呈现在我们目前的产物,而精神活动是产生物质设备的原动力,这种原动力就是人们的精神活动。……感觉材料为客观的对象,思维能力为主观的脑子作用;必须客观对象和主观脑子作用会合时的精神作用,方能达到科学界限。……科学知识的特征有五,即(一)客观性;(二)准确性;(三)发展性;(四)统一性;(五)社会性。……"③

一九四六年,北平世界科学社社长唐嗣尧在《科学时报》上发表论文中写道:"'自然科学',为研究'自然现象'与'自然过程'之一种科学大系统。换言之,即系以可能的、外界的、由人类五官能力所获得,又经人类思考能力加以一番思考与整理,而与人类内心摆脱官能性,直接所作内心经验上之对象,为研究之资的各

---

① 方东美:《科学哲学与人生》,商务印书馆1937年版,第142—176页。
② 石兆棠:《科学概论》,桂林文化供应社1942年版,第19页。
③ 卢于道:《科学概论》,上海中国文化服务社1942年渝初版,1946年沪二版,第2—7页。

种科学。准此而言,自然科学之所研究的,实即空间与时间内所具有与可思议之事物,实即空间与时间内现实事物上千千万万之现象。自然科学之任务,即在对此千千万万之现象,加以'描写',加以'分析',加以'解释',加以'整理',使之成为种种因果的,由'因'所以执'果',由'果'所以溯'因'的互相综错交织之连系,并将此种种现象一一置之于表现各现象间恒定不易的关系的律则之下,使之为其支配之范围,而在此种行动上,各种精密自然科学之所悬为最高理想的,即对天地间之一切形质形色,尽量作数字之确定,能作到甚么地步,就作到甚么地步,并将定性的事物,转换为一种一定的定量。从自然科学所施用之方法上看,所谓自然科学,实即论理的律则与要求向外经验之内容上的运用,而对于这一宗内容,却是自一种严密而自成一体的一致连系之着目点出发,悉行依照科学方法施之以整理者,而在真理上,更是要使思考适应经验,经验切合思考,二者互相可用的。……"①

一九四八年,哲学家洪谦写文章:"自然科学与精神科学",其中写道:"科学之为知识理论的体系,就是一种真理的系统。真理从其本质而言,是统一的整个的联系而不可分离的;各种各类的真理,不是有其事实上的关联性,就是有其理论中的互相推演性。科学之目的也就是将这些各种各类的真理从理论上加以统一,从概念上加以组织,以期构成一个整个的统一的精确的真理系统和科学的世界……"②

一九四九年,哲学家罗克汀所著的《自然科学讲话》出版,书中写道:"我们要知道科学是偶像崇拜的大敌人,它反对任何

---

① 唐嗣尧:《论自然科学与精神科学之范围及其相互之关系"(中)》,载《科学时报》1946年4月第三号。

② 洪谦文:《自然科学与精神科学》,载竺可桢等《科学概论新篇》,正中书局1948年一版,第117页。

保守的观念，反对任何偏见，而只是崇奉真理，崇奉实际。有一位伟大的哲人说得好：'科学所以被称为科学，是因为它不承认任何偶像，是因为它敢动手打破那不可复用了的旧的东西，是因为它以敏锐的耳朵听取实践和经验的话。假如不是这样，我们便没有科学，……'。"①

以上仅选取当年学者对于"科学"的见解，在他们的认知中，我们还是可以感受到他们的激情，以及认真学习研究后的见解。虽然各说并不一定相同，但是科学的精神已经把握住了，给后人搭建了很好的科学知识平台，很值得我们今天认真学习，并努力前行。

另外，在近代专业工具书上，同样也是给出了"科学"的概念，如：

一九一一年，东吴大学中文系教授黄摩西编《普通百科新大辞典》出版，书中有条目：

"【科学】

（一）凡组织成体系之知识。对于常识而言。

（二）对于哲学对象之统合者，而其对象之范围为部分者。如生物学，心理学。各考究万有一部分之生物界、精神现象等。其因自然现象及精神现象为对象者，则分自然科学（天文学、物理学等。）；与精神科学（心理学、计学等。）。又因研究事物生成进行，而为叙述，与就吾人行为思想情绪，定为规则，泽分说明科学（物理学、心理学等。）；与规范科学（伦理学、名学等。）又可分为三类：（1）玄学（名学、数学等。）（2）间学，一名玄著学（物理、化学等）。（3）著学（天文、地理、博物、生理学等）。"②

---

① 罗克汀：《自然科学讲话》，长春新中国书局1949年第三版，第25页。
② 黄摩西编：《普通百科新大辞典》，上海国学扶轮社1911年版，第72—73页。

一九一五年,《辞源》出版,书中有条目:
"【科学】

以一定之对象,为研究之范围,而于其间求统一确实之知识者,谓之科学。从广义言,则凡知识之有统系,而能归纳之于原理者,皆谓之科学。……从狭义言,则科学与哲学、史学三者对举。科学究其所当然。而哲学明其所以然;史学述其所已然者也。又某派学者,并谓研究之材料,或散漫或变动,非具一定体系者,皆不得称科学。……"①

一九二六年,樊炳清先生编《哲学辞典》出版,书中有条目:
"科学　英法 Science　　德 Wissenschaft

科学之意谊,其范围有广狭之不同。①以最普通之定谊解之,科学者,秩然有统一显然有体系之知识也。仅就单独事业而认识之者,或蒐集若干知识,而孤立不相属。其间并无一贯之理法者,纵令其知识精确,其材料相丰富,仍不得谓之科学。②以稍狭谊解之,则虽有连络有系统之知识,而其中有不可尽称科学者。……③从哈弥尔敦之定义,则世所通称科学,多不得苞纳其中。……④……持广谊为解,则虽以超经验解 Wie 对象之学,亦当在其中。……"②

一九二八年,舒新城等合编《中国教育辞典》出版,书中有条目:

"科学

有广狭二义。就广义言,科学为知识之具有组织且成一有机的体系者也。仅就单独事例而认识之,或搜集多数事例而并无一定之理法以贯穿其间者,不得谓为科学。就狭义言之,科学乃就现象世界之事实为归纳的实验的研究,而得之有体系之知识也。……常人

---

① 商务印书馆同人编:《辞源》,商务印书馆1915年版,第午集211页。
② 樊炳清编:《哲学辞典》,商务印书馆1926年版,第422—424页。

所谓科学，率指此。其特色在以归纳法为主，而以数量处理器结果，并化复杂的现象为多数纯一的要素而一一实验之。……"①

一九二九年，高希圣等四位先生编《社会科学大词典》出版，书中有条目：

"【科学】

广义的是知识，原理，祭原因的正是，秩序观察，从实验及推理所得的知识分类了；并且有作业生活祭真理探求的有用的知识的意思的，更表现法则祭原理的知识的结果所承认的技术也是的。狭义的是知识的分科的意思。最狭义是自然科学的意思。"②

以上是笔者学习近代中国的十九位学者对于"科学"的认知，他们认真地思考、分析、理解后，得出这些中国历史上没有出现过的知识判断，完全肯定"赛先生"是怎么样的一位先生，正是中华民族应该好好学习的内容。

（钟少华，北京社会科学院研究员）

---

① 舒新城等编：《中国教育辞典》，中华书局1928年一版，1936年五版，第411—412页。

② 高希圣等编：《社会科学大词典》，世界书局1929年一版，第422页。

二〇二一年中国人文社科学术关键词分析报告

为了量化分析二〇二一年度研究中的热点问题，以数据为基础反映重点研究领域的现状和新趋势，河南大学人文社科高等研究院思享学术评价团队撰写《二〇二一年中国人文社会科学研究学术关键词分析报告》，聚焦二〇二一年中国人文社会科学研究学术热点关键词。报告采用文献计量的研究方法，整理二〇二一年度中文社会科学引文索引（CSSCI）、北京大学核心期刊目录、中国科学引文数据库（CSCD）所收录的相关研究论文，通过文献导入、信息单元抽取（关键词）、共现矩阵构建、利用相似度计算进行共词与聚类分析，挖掘文本数据，可视化解读学术研究热点词。此次刊发《二〇二一年中国人文社会科学研究学术关键词分析报告》中的部分内容，为当前学界提供参考。

一 马克思主义理论研究

二〇二一年马克思主义理论研究热点特点鲜明，通过分析探究9644条代表性文献，本文发现二〇二一年中心关键词为"中国共产党"，同时"建党百年""建党精神""党的建设""党史"等关键词与之紧密相关；"人民至上""马克思主义中国化"是马克思主义理论研究新的热点方向；"马克思""恩格斯"等人物一直是研究的热点人物。关键词分析图以"中国共产党"为中心,向四周呈放射状分布;以"建党百年"为主线,彼此间联系密切。

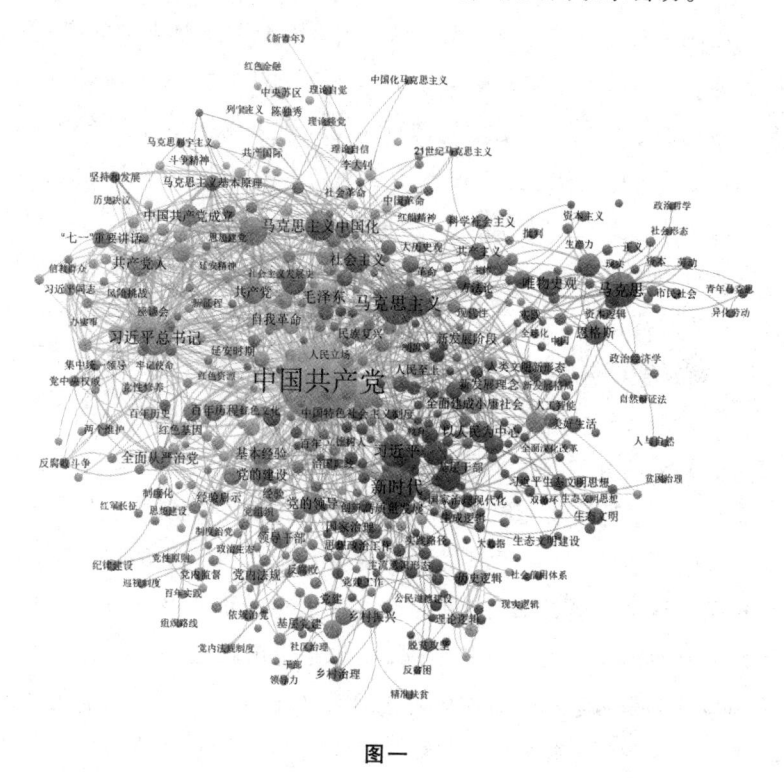

图一

二〇二一年马克思主义理论研究的最热关键词依然为"中国共产党",与其相关的关键词有"建党百年""建党精神""党史"等。二〇二一年是中国共产党成立一百周年,是马克思主义理论研究的最热点,其他关键词基本都与"建党百年"有关。以"建党百年"为主题,学者探索百年建党的诸多成就,总结历史经验,探寻历史规律,研究内容涉及构筑中国精神谱系、推动经济发展、坚定理想信念等多方面。"《新青年》""五四运动""社会革命"等有关中共党史的关键词频频出现,"七一"讲话等重要文件也成为学者研究的热点。

"人民至上"是二〇二一年马克思主义理论研究的新热点关键词，相较于二〇二〇年有较大增长。"人民至上"是中国共产党的执政理念，抗疫、脱贫攻坚等无不体现这一思想。在十九届六中全会上通过的《中共中央关于党的百年奋斗重大成就和历史经验的决议》（以下简称《决议》）中也将"坚持人民至上"作为我们党百年奋斗的十大历史经验之一。当前我国实现了第一个百年奋斗目标，正向着全面建成社会主义现代化强国的第二个百年奋斗目标前进，"共同富裕""社会主义现代化""新发展阶段""新发展理念""新发展格局"等关键词都与"人民至上"密切联系。

"马克思主义中国化"是马克思主义理论研究的热点关键词。相关的关键词有"习近平总书记""习近平新时代中国特色社会主义思想""习近平生态文明思想"，另外，与其相联系的"传统文化""马克思主义基本原理"研究热度有所增加。习近平生态文明思想是习近平新时代中国特色社会主义思想的重要组成部分，十八大以来，生态文明建设不断推进，"绿水青山就是金山银山"这一论断也一直是习近平生态文明思想研究的重点，二〇二〇年九月提出了"碳达峰""碳中和"的新理论新思想。以上关键词体现出学者对该类问题的关注。

人物研究方面，"马克思""恩格斯""列宁""毛泽东"等依然是研究的重点人物。相较于二〇二〇年，学界对重点人物及其经典著作的阐释研究有所增加，《共产党宣言》《资本论》《德意志意识形态》《1844年经济学哲学手稿》等著作是研究的着力点，并涉及"历史唯物主义""政治经济学批判""共同体""生态文明"等研究专题。

机构与学者方面，中国人民大学马克思主义学院、中共中央党校、武汉大学马克思主义学院、北京大学马克思主义学院、北京师范大学马克思主义学院、复旦大学马克思主义学院、南京大学马克思主义学院、中央党史和文献研究院等学院及研究院为马克思主义理论研究作出了重要的贡献；华东师范大学齐卫平教授、中国人民大学刘建军教授是今年发文量较多的学者。

与二〇二〇年相比，"中国共产党"仍然是最热的关键词；关于"中华民族伟大复兴""新时代""党建""脱贫攻坚""乡村振兴""唯物史观"的研究也保持一定热度，但"思想政治教育"的刊文量相比二〇二〇年有所下降。"党史""建党百年""建党精神""人民至上"等关键词在二〇二一年的关注度有所提升。

通过对二〇二一年马克思主义理论研究的分析，可总结如下：一是马克思主义理论经典著作仍然是学界关注的重点，研读马克思主义经典著作是研究马克思主义理论的必要条件。二是"建党百年"引发广泛关注，"人民至上""马克思主义中国化"等这些方面都与建党百年有着密切的联系。三是理论研究坚持与时俱进，立足实践。部分论文围绕"社会主义生态文明建设"等社会热点问题展开研究。最后，二〇二一年新通过的《决议》以及即将在二〇二二年召开的中共二十大将在未来成为学界关注的热点。

（执笔：伊妍雪）

二　法学研究

二〇二一年法学研究秉持立足实践的学术传统，聚焦社会问题。该部分共整理法学核心论文 9058 篇。根据数据分析：在理论领域，习近平法治思想研究备受关注，"比例原则"成为后疫情时代大数据背景下的行政关键词；在部门法领域，"民法典""个人信息保护""人工智能""知识产权""反垄断""数字经济"是研究重点。

法学理论方面，习近平法治思想是当代法学研究中极为重要的

图二

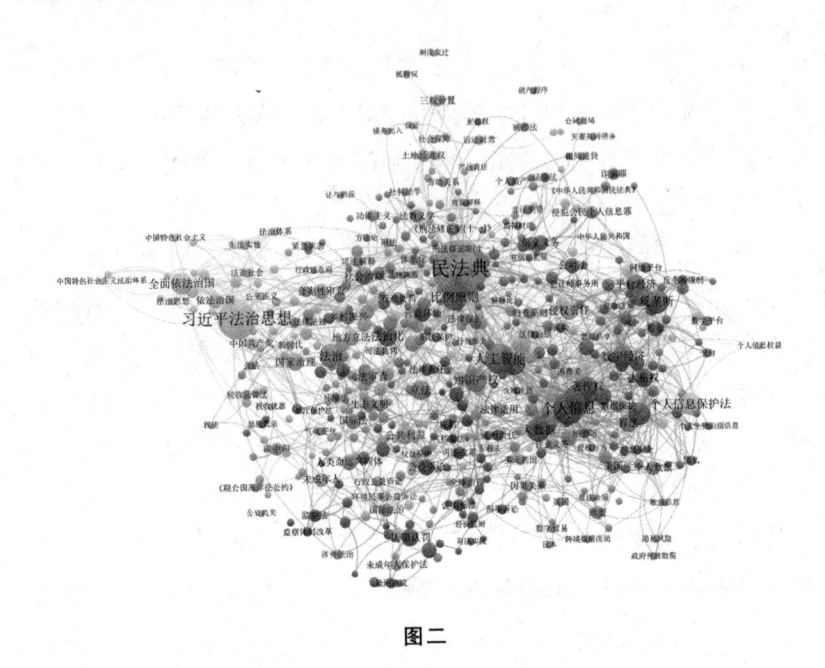

理论，该词成为二〇二一年度高频关键词。二〇二〇年十一月十六日至十七日，中央全面依法治国工作会议在京召开，会议明确提出了习近平法治思想，这在马克思主义法治理论发展史和中国社会主义法治建设史上都具有里程碑意义。一年来，学界不断深化对习近平法治思想的学理阐释、理论阐释和体系阐释，并实际运用习近平法治思想来探讨解决法治建设中的具体问题，高质量研究成果不断涌现，与之相关的"全面依法治国""法治""中国特色社会主义法治道路"都是多次出现的重点词。

依法行政是建设法治中国的关键。比例原则作为行政法的基本原则之一，其丰富的精神意蕴对依法合理行政具有重要的指引和保障作用。德国行政法学鼻祖奥托·迈耶于一九八五年首次提出比例原则并做出如下定义："行政权力对人民的侵权必须符合目的性，采行最小侵害以及追求公益应有凌越私益的优越性。"数据显示，二〇二一年度学界对"比例原则"相关研究的热度高涨,重要论文刊发数量几近上一年度的两倍。值得注意的是,全民抗"疫"时期,在采取必要应急措施和有效保障公民核心权利两者间,公权机关如何协调以达平衡,成为社会舆论和研究领域的焦点,如健康码数据的常态化应用边界划定、个人信息自决的法律保护、额外卫生措施的适用及局限性等。

民商法方面,《中华人民共和国民法典》(以下简称《民法典》)受到持续关注,"民法典"连续两年成为学术最热关键词。二〇二〇年度,与"民法典"相关的重要论文数量超过五百篇,而在二〇二一年度,这一数字已接近七百篇。《民法典》在国家法律体系中的地位仅次于《宪法》,是市场经济的基本法和市民生活的基本行为准则。二〇二一年一月一日,艰难酝酿多年、独具民族特色、富有时代气息的《民法典》全面施行,我国正式进入"民法典"时代。在《民法典》颁布一周年纪念会暨民法典评注与适用研讨会上,中国社会科学院学部委员、法学所研究员孙宪忠指出:"《民法典》在适用过程中尚有许多问题有待讨论,目前对《民法典》条文原旨解读得不准确以及法律理解的碎片化、肢解化现象较为严重,应当予以纠正。"法律的权威和生命力在于实施,面对法律适用的新问题、新形势,学者们多将注意力聚焦于《民法典》的精准阐释和有效实施,"个人信息保护""人格权""债权""司法适用"等是重要视角。

其中,"个人信息保护"与"民法典"关联度最为密切,是民事法律研究的另一热点关键词。在民法典研究领域被引次数最高的前十篇刊文中,有六篇以"个人信息保护"为主题,王锡锌教授的《个人信息国家保护义务及展开》是被引次数最高的论文。二〇二一年八月二十日,十三届全国人大常委会第三十次会议表决通过了《中华人民共和国个人信息保护法》,并于二〇二一年十一月一日起施行。二〇二〇年以前,"个人信息保护"少有论文涉及,但在二〇二一年度,该类论文数量呈爆发式增长,增至百余篇。学界的关注表明法学研究不仅立足法治中国建设进程,而且紧跟网络时代发展步伐。在具体视角方面,部分学者从"大民法"视域展开研究,论证个人信息保护的"同意"困境及其出路,阐述《个人信息保护法》与《民法典》两者之间的适用关系及其衔接调整等。同时,随着信息化与经济社会持续深度融合,随意收集、违法获取、过度使用、非法买卖个人信息等现象越发突出,基于大数据背景下的个人信息保护法律制度所面临的挑战及其对策也成为该领域研究的另一热门方向,"隐私权""算法""数字经济"等词被频频提及。

与"民法典"一样,"人工智能"也热度不减,连续两年成为研究关键词,伦理危机、算法风险、智慧法院等仍是重要方向。从研究机构看,近两年中国政法大学和中南财经政法大学在该领域发文较为集中。

经济发展的创新驱动关键在于强化知识产权的创造、保护和运用。在法学领域,"知识产权"热度不减,连续两年成为研究关键词。立法层面,知识产权三大法于近年修改,其中《著作权法》和《专利法》均于二〇二一年六月一日正式实施。政策层面,中共中央、国务院印发《知识产权强国建设纲要(2021－2035年)》,以回应新的经济形势对知识产权制度变革提出的挑战,全面提升我国知识产权综合实力。近十五年来,有关知识产权研究的重要论文刊发数量一直保持着较为平稳的态势,虽然二〇二一年与之前相比刊文数量有所下降,但仍是年度热点之一。

经济法方面,经济发展呼唤经济法的理论与制度创新,"数字经济"和"反垄断"成为热点词,且两者关联度较高。当前,中国数字经济发展迅速,互联网平台企业快速壮大,在带动经济红利的同时,也导致市场垄断、无序扩张等现象日益凸显,出现了限制竞争、价格歧视、泄露个人隐私等一系列问题。面对数字经济的联网效应和市场集中趋势，学界主要关注数字经济法治实践和互联网平台经济竞争监管等主题。二〇一七年至二〇二〇年，"反垄断"研究的刊文数量保持着较为均衡的态势，但二〇二一年度大幅提高，增至近百篇，体现出经济法研究正逐渐进入新的阶段。

二〇二一年度法学研究学术重点突出，热点纷呈。二〇二一年三月一日，《刑法修正案（十一）》正式施行，本次修正内容包含对社会热点事件的立法回应以及与其他部门法的立法衔接。二〇二一年，检察机关落实宽严相济刑事政策的要求，让认罪认罚从宽制度行稳致远。二〇二一年是中国加入世界贸易组织二十周年，站在新的时代节点上，国际法相关研究再续新篇。总体而言，法学学者紧跟实践发展、回应时代关切。基于上述分析，二〇二二年法学研究学术关键词整体趋势基本有两方面初步预判：一是对重大立法事件和法律实际适用提供学术支撑，如《民法典》条文及其解释的评注等；二是为经济社会高质量发展贡献法治力量，如大数据利用中的个人信息保护、互联网时代的反垄断规制、加快知识产权建设等。

（执笔：殷佳佳）

三　文学研究

二〇二一年文学研究既有鲜明独特的时代性，也有百花齐放的包容性。通过对文学领域9058篇代表性文献的分析，"鲁迅""《红楼梦》""小说创作""文学批评""现代性""网络文学"等为二〇二一年度研究热点词。在二〇二一年度文学研究中，学者们既深挖经典，让经典文学焕发生机，又屹立时代潮头，深刻把握当今文学发展脉搏。

年度研究的热点人物有"鲁迅""郭沫若""沈从文""周作

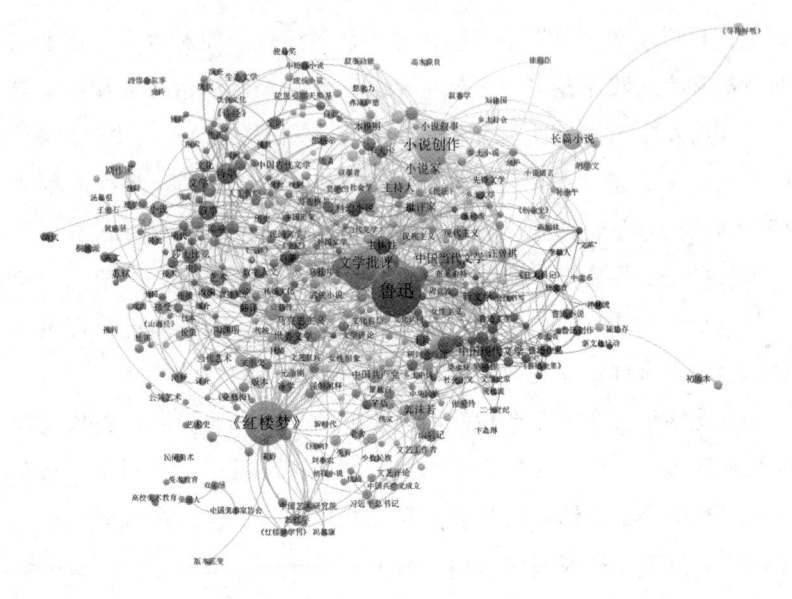

图三

人""莎士比亚""汪曾祺""王安忆""苏轼"等人,其中"鲁迅"为二〇二一年度文学研究领域的最热关键词。鲁迅是中国新文化的先驱,与鲁迅相关的研究长期以来在文学领域都备受关注,在二〇二一年其所占比例更是明显提升。二〇二一年是鲁迅诞辰140周年,学者们围绕鲁迅的生平经历、思想主张、创作理路、文学作品及其与新文学的关系等方面展开了深入研究,尤其是解读《故乡》《阿Q正传》《伤逝》《朝花夕拾》等鲁迅经典作品的研究占据了很大比重,研究视角多围绕小说主题、艺术设计、情感结构、深层意蕴等方面。此外学者们还对鲁迅的"立人"思想、文明观、审美观、鲁迅与托洛茨基的思想关联、鲁迅的翻译思想及其与学界同仁关系等方面展开研究。鲁迅是新文学之父,与二十世纪中国新文学的关系十分密切,因此"新文学""现代文学媒介""左翼文学""现实主义""改造国民性"等也是与之相关的重要关键词。

在文学作品研究方面，"《红楼梦》""《诗经》""《阿Q正传》""《文心雕龙》""《民谣》"是研究中常见的关键词，其中"《红楼梦》"是长期以来研究的热点关键词。《红楼梦》是中国古典四大名著之一，囊括中国古代社会世态百相，其研究近二十年间经久不衰，二〇二一年虽略有下降，但仍在众多文学作品研究中居于首位。《红楼梦》体大精深，与之相关的研究内容也是纷繁复杂。该年度学界研究或聚焦于文学手法与艺术造诣，如叙事视角与节奏、文本结构、悲剧精神等；或研究书中人物形象和命运，林黛玉、贾宝玉、晴雯、王熙凤等；或着眼于《红楼》不同版本的辨析以及海外传播，如《红楼梦》英译本的翻译与传播、日本社会的"红学观"等；或聚焦于《红楼梦》中某一主题或线索，如红楼中"情"的复杂表现、红楼中的婢女婚姻、红楼中的补药知识等。与红楼研究相关的词有"哈斯宝""批评范式"等。哈斯宝是清朝嘉道年间著名的文学翻译家，他将《红楼梦》翻译成蒙文《新译红楼梦》，学者们对该版本的叙述方式和艺术特色展开分析；在批评范式方面，学界围绕《红楼梦》的文学批评、《红楼梦》与当代文学批评范式建立的关系等展开研讨。

从文学创作来看，"小说创作"是二〇二一年度研究的重要关键词。学者们紧扣时代热点，从创作风格、创作手法、当代小说的创作特点等角度进行研究。"次仁罗布""汪曾祺""阎连科""胡学文""徐则臣"为该领域的热点研究对象；"《白鹿原》""《活动变人形》""《笑的风》""《望春风》"为学界关注的热点作品；"长篇小说"是关注度较高的小说类型，"乡土小说"是备受关注的小说体裁。此外，学者也对地域文化对小说创作风格的影响方面进行考察，如东北地区、温州地区。世界文学中，"俄罗斯文学""英美小说""英美女性小说"等是出现频次较多的关键词。小说风格方面，"现实主义"是学界关注较多的关键词。

与"小说创作"紧密相关的研究关键词还有"网络文学""网络小说"等。新媒体时代的到来与智能终端的普及推动了自媒体与网络平权化的发展，这使得网络文学蓬勃兴起。研究者围绕网络文学的评价体系、评价标准、叙事策略、文化价值、海外传播、影视改编、创作取向等议题展开探讨，尤其对于网络文学中的"网络小说"予以重点关注。此外，学界对网络文学与数字人文的关系、免费模式下网络文学发展的困境等问题展开了一系列开拓性研究。

　　从文学理论研究来看，"文学批评""现代性"为年度研究热点关键词。文学批评是文学研究的重要组成部分，与"文学批评"相关的关键词有"李健吾""马克思主义文学批评""强制阐释理论"等。其研究多关注经典文学作品的文学批评、文学批评史的书写、文学批评与"历史"的关系、文学的"历史化"现象、文学批评的"非功利性"问题、新时代批评文化的变化与发展等。"现代性"同样也是文学研究中的重要关键词，二〇〇八年至二〇一四年该类研究成果频出，之后热度有所下降。二〇二一年"现代性"研究中，巴洛克、波德莱尔与现代性的关系受到学界重点关注。二〇二一年该主题涉及现代性与中国文学"抒情传统"的思考、工业文明与工业题材小说、现代性与乡土社会的关系、现代性的"时间"议题、现代性语境中的"红色经典"、现代性与审美、现代性与民族情怀以及民族主义等诸多内容。

　　总之，二〇二一年度文学学术关键词，一方面继续深入挖掘经典文学的学术价值，对重要文学家和文学作品再剖析、再审视，如对"鲁迅"的研究，既有对其生平和代表作品的探析，又有对互联网时代鲁迅形象构建研究的尝试；文学作品研究领域对"《红楼梦》"的研究，既挖掘内容及主题，也探究版本及传播；另一方面深刻把握当代文学发展趋势，回应时代热点，"小说创作""网络文学"的热点研究反映了当今社会文学发展的新特点、新趋向，

"文学批评""现代性"的热点研究则体现了学者们对文学发展规律与风格的深刻思索与剖析。深耕经典、立足现实,是二〇二一年度文学学术研究的整体面貌。

"鲁迅""《红楼梦》"研究在近十年来稳定属于文学研究的热点领域,"网络文学""文学批评"的研究热度在近十年间呈平稳趋势,"小说创作""现代性"的研究热度近十年来整体呈下降趋势,"马克思主义""中国共产党"等关键词近期研究热度明显上升,二〇二二年或将继续升温。

(执笔:郭雨欣)

四 新闻与传播研究

随着后疫情时代的来临和新技术的普及与应用,新闻与传播研究面临新的机遇和挑战。回首二〇二一年,我们共整理新闻与传播研究核心论文9830篇,旨在对该年新闻与传播领域的学术关键词进行分析。

通过对关键词共现后的节点和聚类图谱进行观察,并辅以对知网可视化工具的运用,发现"媒体融合""社交媒体""短视频"仍然是受到新闻与传播研究关注的热门词;"算法""数字劳动"等词则反映出媒介技术研究领域的新热点;"中国共产党""马克思主义新闻观"等词是二〇二一年学界研究的重要聚焦点;关键词"扎根理论"的多次出现,则展现出新闻与传播研究对于其他学科研究方法的学习与借鉴。

"媒体融合"是近年新闻与传播研究领域经常出现的关键词,它与我国的政策方针与顶层设计紧密相连,与业界的实践经验息息相关。自二〇二〇年中央全面深化改革委员会第十四次会议审议通过《关于加快推进媒体深度融合发展的指导意见》以来(以下简称《意见》),二〇二一年成为媒体深度融合继续加快推进的关键

图四

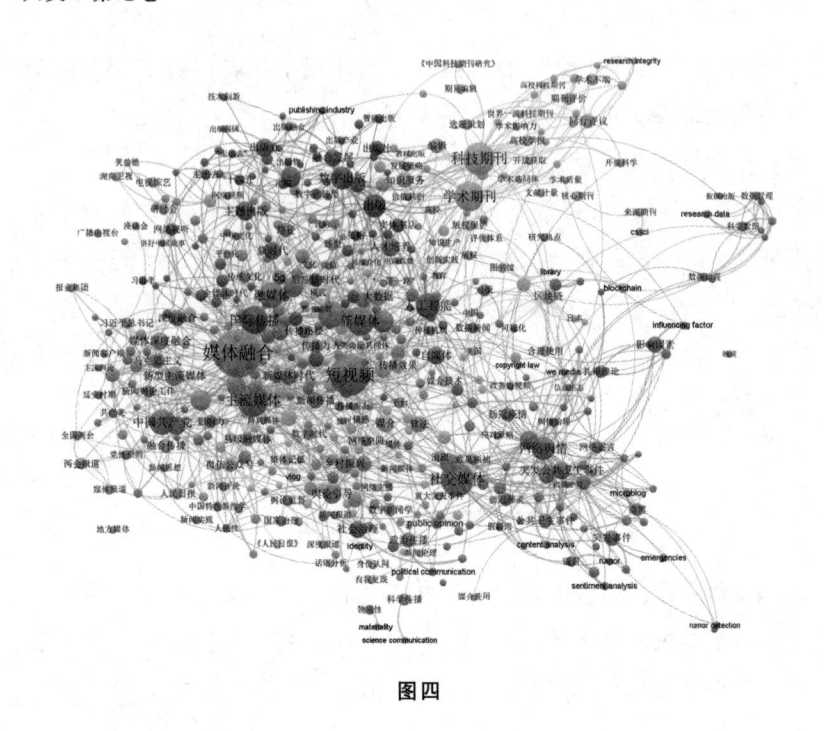

之年。在此背景下，诸多学者将该《意见》与重大现实问题相结合，分析解读《意见》，提出具体策略。在研究中，深入反思近年来媒体融合的困境，聚焦传统主流媒体的融媒体转型，关注市级融媒体建设、县级融媒体发展，加快四级布局，推进制度融合，强调传统媒体扩大内容产能，通过提供内容与服务作为整合关系资源、提升自身影响力的途径。另外，面对媒体融合背景下新闻从业者角色的不断变化，部分学者从职业观念认同的视角出发，分析新闻从业者在行业大变革下的身份认同、从业意愿及媒介伦理观念等。

"社交媒体"与"媒体融合"一样，皆为近年来备受关注的关键词。根据数据分析，近三年"媒体融合"相关研究热度呈现出缓慢下降的趋势，而"社交媒体"相关研究的热度则呈现出稳步增长状态。

部分以"社交媒体"为关键词的研究与"突发公共卫生事件""网络舆情""集体记忆"等研究主题密切关联,此类研究多使用计算传播的研究方法,关注后疫情时代中社交媒体用户的情绪表达以及突发公共卫生事件下的网络舆情;理论研究则侧重"数字新闻"等概念,探讨社交媒体时代新闻学研究范式的转变;案例研究则观察中外社交媒体及新闻机构的动向,体现了对西方新闻行业困境的反思,回应了国内主流媒体如何利用平台化媒体提升对外传播影响力等问题。

二〇二一年"短视频"仍然属于研究热度较高的学术词。但数据显示,近三年来,其相关研究呈现出回落趋势。在研究主题上,"短视频"相关研究可以分为两个方面。一是仍持续聚焦媒体融合背景下的主流媒体,对传统媒体新闻客户端、传统媒体社交平台账号、广电MCN机构等具体对象进行分析研讨;二是关注技术带来的人与社会关系的变迁,通过观察、分析短视频用户使用行为等方式,对短视频的负面效果提出了反思与批判。

除去"短视频""社交媒体"等具体形态,二〇二一年新闻与传播类的研究特别关注具体形态背后的技术系统,分析技术对人和社会关系的重构。从媒介哲学出发的研究分析了德布雷媒介学中"文化"与"技术"的关系、对本雅明媒介视域进行了再阐释;以互联网技术为支撑的平台作为观察对象的研究,则关注了"资本""数字劳动"等概念,同时以传播政治经济学及文化研究作为其研究视角,关心资本平台背后的真实个体。

二〇二一年是中国共产党成立一百周年,以"中国共产党"为关键词的新闻与传播研究论文数量明显增长。围绕建党一百周年展开的研究与"党性原则""党管媒体""中国特色新闻学""政治传播"等词密切关联,在历史维度上回溯中国马克思主义新闻观发展状况,在实践考察中聚焦中国共产党的新闻事业,在经验总结中关注当下中国共产党对外传播活动等方面。

在研究方法上,二〇二一年全年新闻与传播研究对"扎根理论"的使用和关注得到提升。扎根理论是质性研究方法的一种,是基于数据分析,有明确原则和完备操作程序的方法论。一九九九年"扎根理论"被介绍至国内学界,二〇〇四年初次被应用于中文新闻与传播研究领域。使用该方法的研究,其研究主题主要集中于用户线上行为、跨文化传播、数字治理等方面。目前,有学者认为新闻与传播领域对于扎根理论的应用存在不规范的情况,未来需要对该方法的使用进行规范并加强对其的反思。

总而言之,二〇二一年新闻与传播研究紧跟时代步伐、聚焦重大现实问题。考察媒体融合纵深发展、分析后疫情时代的社交媒体与网络舆情、剖析新技术如何重构人与社会关系、回顾马克思主义新闻观及中国共产党新闻事业、积极探索新闻学研究范式转换,这些都为二〇二一年学术研究注入了生机与活力。而在理论与实践中深耕时代热点与难点、不断探索新闻传播学学科的独立性与本土化,也仍将是未来新闻与传播研究的重要主题。

(执笔:李卓为)

五　图书情报与档案管理研究

二〇二一年中国图书情报与档案管理研究坚持以重大现实问题为主攻方向,坚持基础研究和应用研究并重。本部分共整理核心论文5794篇进行分析。图情档工作是维护历史真实面貌的重要事业,因而知识服务、资源建设、数据治理一直是图情档学科理论研究的热点,出现了"数字人文""阅读推广""档案事业""档案部门""红色档案资源"等高频关键词。

二〇二一年图情档学科理论研究围绕"数字人文"这一关键词,构成了多个秉要执本的研究重点。该关键词同"计量与可视化

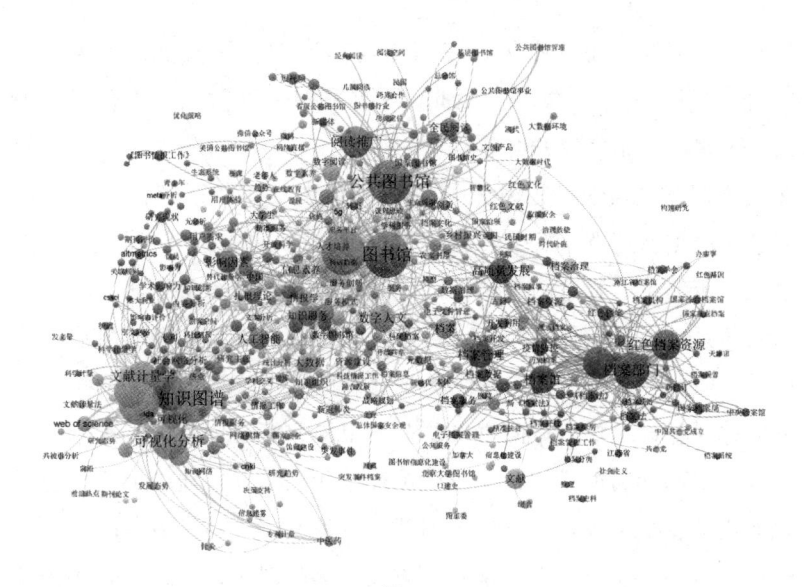

图五

分析""知识服务""图书馆""档案"等主题密切相关,同时反映出图情档学科的研究主要依靠互联网、大数据、云计算等信息技术的发展,体现了鲜明的时代特色。

数字人文飞速发展的时代,计算机技术和移动互联网的快速发展给人类社会的各个方面带来深刻变革,也为图书情报与档案管理研究提供了传统网络环境之外的延展空间与转型机遇。在研究方法方面,广大学者多基于 CNKI、Web of Science 检索图情档领域相关文献,利用 SATI、Excel 等信息整合工具进行文献计量,通过 Citespace、VOS viewer 知识图谱实现可视化分析,借助丰富、便捷的算法,对图情档领域最新、最热问题研究进行立体式分析。与之相关的,该年度"大数据""元数据""人工智能""信息素养""数据治理"都成为学界研究的热点。

数字人文与图书馆学交叉研究方面,"智慧图书馆"为热门词。二〇二一年,国家"十四五"规划中首次将智慧图书馆建设纳入国家发展战略,智慧图书馆的发展要与国家的发展同步,正式提出"全国智慧图书馆"体系。因此,"互联网+"时代下,智慧图书馆是未来图书馆发展的必然趋势。二〇二一年国家图书馆馆长饶权在《中国图书馆学报》发表《全国智慧图书馆体系:开启图书馆智慧化转型新篇章》一文,指出全国智慧图书馆体系将建成智慧图书馆评价体系、智慧图书馆标准规范体系、智慧图书馆研究及人才培养体系三大支撑保障体系,从而确保智慧图书馆的科学发展。当前学界研究,着眼于数字图书馆到智慧图书馆、再到未来的智慧服务的体系建设,对智慧图书馆的业务架构和管理体系、智慧个性化推荐服务理念和模式、智慧图书馆社会和经济效益评价分析、协同化运用信息技术等理论研究有待进一步深化,"智慧图书馆"将持续成为数字人文与图书馆学交叉研究的热门课题,与之密切相关的"智慧服务""数据安全""公共数字文化建设"也将成为学术研究聚焦点。

二〇二一年是"十四五"规划建设开局之年,高质量发展被纳入我国图书馆事业发展中。在文化强国、人才强国、科技强国的时代背景下,我国更加重视图书馆建设,"公共图书馆""高校图书馆""专业图书馆"建设和发展的相关理论研究呈不断增长趋势。

二〇二一年国务院《政府工作报告》中提出"倡导全民健身和全民阅读,使全社会充满活力、向上向善"。"全民阅读"连续七年被写入政府工作报告,成为图书馆学研究当之无愧的热门关键词,与其休戚相关的"阅读推广""阅读服务"等关键词亦被频频提及。在研究中,学界普遍认为公共图书馆作为国家公共文化事业体系的组成部分,应当将推动、引导、服务全民阅读作为重要任务。有关阅读推广的活动研究在学界愈发受到重视,各级图书馆依托"4·23"世界读书日、《中华人民共和国公共图书馆法》实施多样化服务,推广全民阅读,引发广大民众实现从阅读意愿到阅读行动的跨越。此外，在开放资源与信息媒介激增的背景下，如何促进公共图书馆服务与现代科技融合发展，更好满足人民多元化需求，服务全民阅读，成为公共图书馆领域研究的重中之重。

二〇二一年是"新文科"建设元年，图书馆作为高校的文献情报中心，具有数量可观、质量可靠的文献信息资源，成为"新文科"建设主要基地。高校图书馆在坚持为学校的教学、科研提供服务的基础上，应用恰当的新技术，升级优化，突破传统服务发展模式，满足用户新的信息需求，使图书馆资源更便于发现、获得、传递，建设成为一座与学校发展相适应的学术活动殿堂。学界从高校图书馆建设出发，提出新时代背景下高校图书馆的价值体系建设、信息素养线上培训的项目化管理、知识产权信息服务、专利智库建设研究等问题，"学科服务""智慧服务"成为该领域研究首要关键词。

与图书情报学相比，档案学研究自身发展具有无可比拟的内在驱动力，在图情档学科研究中相对独立。分析发现，"档案部门""档案事业""红色档案资源"成为二〇二一年度档案学研究重要关键词。

各级档案部门在全国档案治理和档案事业发展中，思行合一，坚持发挥档案"存凭、留史、资政、育人"的作用。立法层面，国家档案局全面助力修订、颁布新《档案法》，学者们多从新旧《档案法》比较入手，讨论新时期档案治理、档案开放、档案宣传等热门研究问题，为中国档案事业法制化、专业化、规范化发展聚势赋能。地方档案馆服务建设方面，档案社会化趋向、文件档案管理理论创新、适应疫情防控常态化成为学界讨论热点，为推进档案管理高质量发展提供有力理论支撑。

档案事业方面，"数字化转型"是当前研究热点和未来发展趋势。随着互联网、大数据、语义网、云计算等信息与通信技术的发展,"互联网+"环境下档案业务监督指导方式方法创新、档案数字资源备份策略及可行性验证研究、区块链技术在电子文件归档和电子档案管理中的应用等成为今年的研究重点,以上研究为档案事业转型和高质量发展提供技术支持,体现出新时期档案工作创新发展具有全局性、紧迫性、突破性和长期性等特征。

二〇二一年是中国共产党成立一百周年,国家档案局在全国档案系统组织开展建党百年系列活动,"红色档案资源"成为学界和业界研究热点,得到多层次、多维度的研究。在红色文献整理基础上,学界聚焦《共产党宣言》等文献的传承、开发与利用,探讨从宏观到微观如何借助现代技术,实现红色资源的数据化、情景化和故事化,推动红色专题研究深入发展。同时,学界提出构建"以档说党"的宣传阵地,聚焦具有广泛影响力的档案文化精品,实现红色档案资源传播效益最大化。为党管档、为国守史、为民服务,档案见证了中国共产党百年辉煌历程,大力挖掘红色资源的时代价值成为学界研究的重要方向。

从研究机构看,高等院校是主要研究力量,图情档领域权威机构武汉大学信息管理学院、南京大学信息管理学院、中国人民大学信息资源管理学院、北京大学信息管理系、中山大学信息管理学院等保持其一贯的学科优势,说明在该领域学术积淀深厚、人才储备雄厚的机构仍然颇具影响。我国图情档领域的知名学者,如南开大学柯平、南京大学朱庆华、国家档案局蔡盈芳、杭州电子科技大学邱均平等人成为该年度图情档领域研究的高产作者。

总的来说,二〇二一年度图情档领域在坚守传统主题研究的基础上,主要围绕两方面展开:一是积极适应时代变化发展,创新运用现代信息技术,如"数字人文""知识图谱""智慧图书馆"等;二是将图情档理论研究与社会现实相结合,提升数字时代公共文化服务能力。

基于以上分析，二〇二二年图情档研究整体趋势基本有两方面初步预研：一是注重问题导向和实践导向，如聚焦中国图情档学科体系、学术体系、话语体系建设等；二是紧跟国家发展新动向，如基于二〇二一年十一月中央网信办印发《提升全民数字素养与技能行动纲要》，对相关机制、体系的构建提供坚实的理论基础。同时，中国图情档管理研究应主动应对数字化、全球化的挑战，以信息化推动图情档事业治理现代化，开启新时代高质量发展的新篇章。

（执笔：成雅昕）

六　中国史研究

二〇二一年，中国史学研究依然延续了重视文献考辨、突出史鉴功能的学术传统。断代史高频关键词依次为："清史""明史""宋史""唐史""汉史""元史""先秦史""魏晋南北朝史""金史""西夏史""辽史""五代史"，延续一直以来史学研究"详近略古"的基本态势，对大一统王朝的关注明显高于短期分裂政权。

在近现代史研究领域，"中国共产党"是该年度的核心关键词。二〇二一年是中国共产党成立一百周年，党的百年历程深刻改变了中华民族的前途和命运，改变了世界发展的格局与走向。相关研究多涉及建党百年历史经验的总结、经典文献的解读阐释、中国精神谱系的构建等等诸多方面。"抗日战争"连续多年成为史学研究的关键词。抗日战争研究除了关注军事、政治、经济、中外关系、日军在华暴行等之外，已经扩展到战时思想、战时文化、战时社会生活的各个方面；随着海内外新史料的挖掘，抗日根据地研究得以深化，相对薄弱的日伪沦陷区研究也逐步展开。口述史活化了历史场景，"口述史""口述历史"成为该年度研究新热点。左玉河教授认为：中国口述史发展呈现出多维度推进的发展态势，出现了多样性的采集方式及其成果呈现方式，形成了众声喧哗、众声平等、大

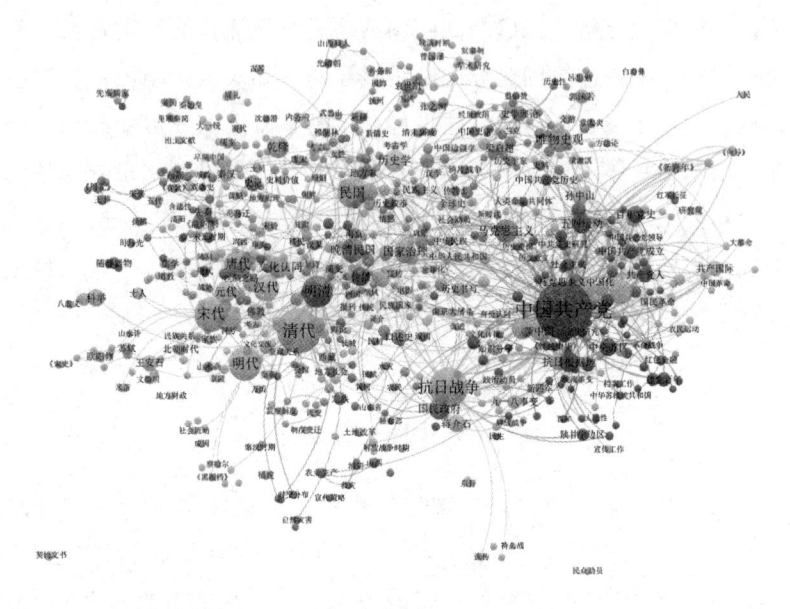

图六

众参与、各显神通的多元化发展格局。多维度、多元化和多样性，构成了中国口述史发展的基本特征。

在史学理论研究方面，"唯物史观"一直是该领域的高频词。唯物史观是认识把握历史的根本方法，学界不仅运用唯物史观增强历史自觉与辩证思维能力，总结历史经验，把握历史规律，而且关注近现代唯物史观的引入、传播等问题，相关的关键词包括"马克思主义""马克思主义史学""郭沫若""李大钊"等。

二〇二一年区域史、城市史及历史地理方面的高频关键词，有"边疆""徽州""丝绸之路""上海""敦煌""新疆""西藏""江南""南京""云南""大运河"等。值得注意的是，"边疆"出现频次显著增加，与"丝绸之路""新疆""西藏""云南"等关键词密切相关，成为研究的热点关键词。近年来多项国家社科基金重大项目聚焦边疆问题，着眼边疆与内地互动、国家与民族整合等角度深化边疆研究，产出一系列重要成果。

在历史人物研究方面，该年度出现频次最多的历史人物为"乾隆"，其他依次为"梁启超""蒋介石""孙中山""王安石""郭沫若"等。乾隆皇帝身处清朝由盛转衰、中西分流的重要节点，乾隆的思想世界对十八世纪盛清时代有着重要影响，因此"乾隆"成为该年度清史研究高频词。回眸历史，以史为鉴，对重要历史人物与事件周年进行回顾是史学研究的基本路径。110年前，以孙中山先生为代表的革命党人发动了辛亥革命，该年度与"孙中山"相关的关键词包括"辛亥革命""革命党人"等，也体现了学界对此类相关研究主题的关注。二〇二一年亦是王安石诞辰一千周年，学界围绕王安石生平、思想等方面展开探讨，"王安石"也成为历史人物研究的重点关键词。

历史文献研究方面的关键词，包括传世文献"《史记》""《汉书》"，出土文献"墓志""简帛"，依然是学者执着耕耘与探索的重要领域。"清华简""里耶秦简"是该研究领域的热点关键词。清华简被称为自汉以来孔壁、汲冢之后经史文献第三次重大发现，内容多涉及中国传统文化核心内容，同传世文献互相释证。与之相关的关键词有"《史记》""《左传》""《尚书》""《系年》""上博简"等。

二〇二一年，中国史研究领域中北京师范大学历史学院、南开大学历史学院、中国社会科学院古代史研究所、中国社会科学院近代史研究所、武汉大学历史学院等机构发文较为突出。从研究领域看，北京师范大学历史学院长期耕耘史学理论与史学史，南开大学历史学院深入挖掘社会史等等。从统计数据来看，西北大学历史学院王子今、华东师范大学历史学系李磊、南开大学历史学院常建华、浙江大学历史学院（筹）桑兵、四川大学历史文化学院罗志田、华中师范大学历史文化学院朱英等学者成果丰硕。

综上，二〇二一年中国历史学术高频词，首先体现着史学研究经世致用的优良传统，如"抗日战争"以反思历史回应现实，"丝绸之路"助力国家战略需要，"国家治理"为当代的治国理政提供经验，"口述历史"则关注新中国建设的集体记忆，从历史中寻求精神力量。其次，着力构建学科学派，如"敦煌学""徽学""边疆学"，日渐得到学界的关注。

（执笔：吴苏洪）

七 哲学研究

该年度哲学领域代表性文献共5657篇，本文将从关键人物、核心话题、研究机构、热点变化四个方面对二〇二一年哲学研究热点关键词、研究趋势进行初步分析。

（一）外国哲学

二〇二一年，外国哲学领域聚焦的重点研究对象依次为："黑格尔""海德格尔""康德""胡塞尔""阿多诺""伽达默尔""列斐伏尔""维特根斯坦""亚里士多德""尼采""本雅明"。

二〇二一年是黑格尔逝世190周年，学界对黑格尔哲学给予了更多关注。据数据显示，以"黑格尔"为关键词的文献发表数量约占外国哲学刊文总数的38%，"黑格尔"是二〇二一年外国哲学研究的最热门人物，涉及的相关主题还包括："马克思""辩证法""形而上学""自由""康德""异化""理性""伦理""道德""现代性""亚里士多德"。

分析黑格尔哲学对马克思主义哲学的深刻影响，一直是学界的重点工作。其中二〇二一年涉及两者理论相关性的研究成果约占发文总数的43%。与往年相比，学界更加强调马克思对黑格尔辩证法思想的继承与发展，这体现了马克思主义在哲学史上的划时代意

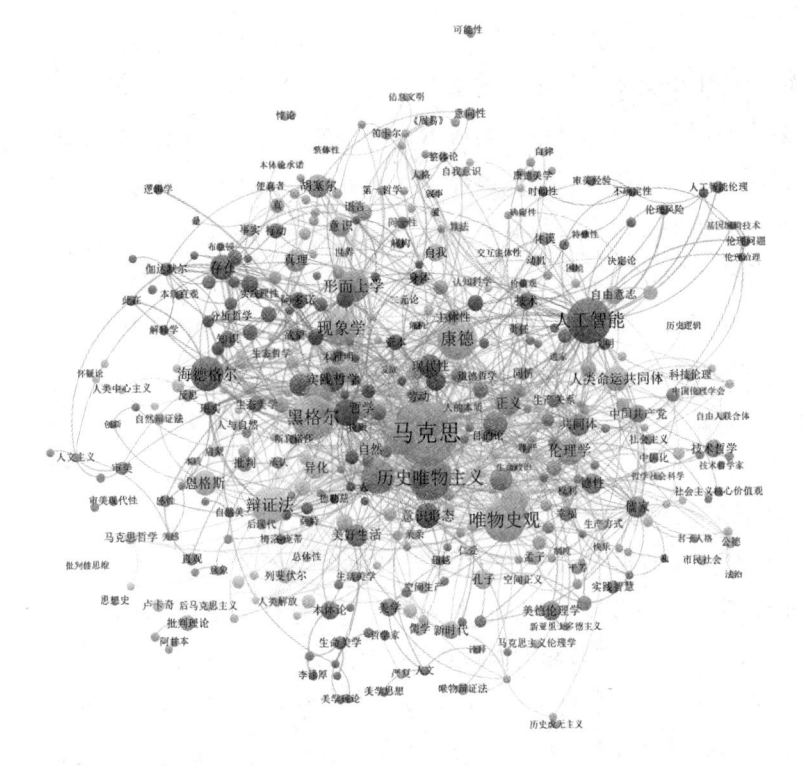

图七

义，也让我们更好地理解黑格尔在西方形而上学发展史中无可比拟的重要地位。同时，作为西方传统形而上学的终结者，也是西方最后一位宏大哲学体系的创建者，黑格尔对其后的一切哲学都产生了深远影响。"辩证法"和"形而上学"向来是黑格尔研究中的核心问题。此外，康德与黑格尔是德国古典哲学领域最重要的两位奠基者，二者比较研究的发文数量约占黑格尔研究总数的23%。德国古典哲学中最受瞩目的研究议题历来是"自由""道德""理性"等，而两位哲学家分别代表了上述研究的两种基本取向。另一方面，黑格尔多次强调，自己的哲学目标是复活以亚里士多德为代表的古希腊精神，并将其与现代的"主体性"哲学精神融为一体，所以

"黑格尔"与"主体""亚里士多德"等关键词紧密关联。二〇二〇年,中山大学召开了"纪念黑格尔诞辰250周年"专题研讨会,会议强调黑格尔研究应以黑格尔哲学体系内部的一致性与整体性为前提,重视黑格尔哲学的内部结构,将黑格尔哲学体系视作一个动态的、完整的、自足的演绎过程。以上观点表明黑格尔研究中体现出了较为明显的方法论转变。按照二〇二一年度的文献统计结果,与往年相比,学界亦不再通过直接引用黑格尔著述中的个别片段来论述其思想,而重在以其本体论的基本结构来展开分析。

二〇二一年,外国哲学研究领域的核心论题依次为:"现象学""辩证法""存在""实践""形而上学""主体""自由""真理""语言""异化"。

依统计数据所示,"现象学"相关的文献约占外国哲学总研究的27%,是该年度学界关注的焦点。"海德格尔""胡塞尔"是与"现象学"相关度最高的两位哲学家,但其讨论度较去年有所下降。同时,米歇尔·亨利的生命现象学获得了较往年更高的关注度。

现象学代表着一种崭新的哲学研究方法论,学界正在积极探索现象学与经验科学相融合的路径,以便更好地回应时代问题。例如,倪梁康教授该年度围绕现象学与意识科学、心理病理学、人格心理学、意识学等学科的关联,对意识活动机制和本质展开丰富的探讨,以上问题直接关系到未来人工意识、人工心灵是否有实现的可能。

"本质直观"是该年度现象学研究中最核心的论题。一方面,学界从现象学发展史的角度阐明了胡塞尔的"本质直观"理论在方法论层面对海德格尔、伽达默尔、梅洛-庞蒂等人的深刻影响;另一方面,学界亦致力于在胡塞尔研究的基础上对现象学方法进行重构,以促进现象学方法更好地应用于实证科学中。此外,学界给予了胡塞尔晚年代表作《笛卡尔式的沉思》更多的关注,主要探讨了笛卡尔的主体性转向对胡塞尔的深刻启迪，以及胡塞尔现象学对当今形而上学、心灵哲学、心理学、神经科学发展的影响。

二〇二一年，我国外国哲学研究领域中发文较为集中的机构包括：中国人民大学哲学院、复旦大学哲学学院、南京大学哲学系（宗教学系）、北京大学哲学系（宗教学系）、浙江大学哲学学院。中国人民大学哲学院是二〇二一年度外国哲学领域研究成果最突出的研究机构。一方面，该机构主要围绕"海德格尔""福柯"等研究对象展开探讨，另一方面聚焦于当今科技发展动向、伦理转向等领域，主题涉及"人工智能""算法""全球化""话语建构""媒体"等关键词，体现出现实关怀。南京大学哲学系（宗教学系）则长期重点关注当代西方激进左翼思潮，该年度南京大学哲学系（宗教学系）依然主要围绕该方面展开研究。

就关键人物而言，外国哲学领域研究热度最高的哲学家在二〇二〇年是"海德格尔"，在二〇二一年则是"黑格尔"。与去年相比，关于"哈贝马斯""柏拉图""笛卡尔""波兰尼"等人的研究略有下降，关于"列斐伏尔""本雅明"的哲学研究则明显上升。其中，列斐伏尔的诗学革命、日常生活批判等理论得到了学界的特别关注，成为了该年度学界讨论现代社会文化建构新形态的重要视角。

就核心论题而言，与二〇二〇年相比，二〇二一年"主体间性""正义"等关键词讨论量有所下降，"语言""异化"等关键词讨论量增多。如今，分析哲学与当代伦理学、政治哲学、技术哲学的关系日益紧密。分析哲学之所以在全球盛行，不仅在于其形式，也在于英美国家的文化权力。"异化"是黑格尔对后世影响最深远的理论之一，更是我们在后疫情数字化时代中理解自身、理解社会中异己性力量的关键线索。

总之，随着技术的发展，资本、政治权力的运作逻辑也在发生着变化,如何理解和应对新变化?如何在新变化中保证个人的主体性与尊严?这将是当代学界必须回答的核心问题。

(二) 中国哲学

二〇二一年,中国哲学研究领域的关键人物依次为:"孔子""庄子""朱熹""王阳明""老子""孟子""荀子""康有为""章太炎""梁启超"。

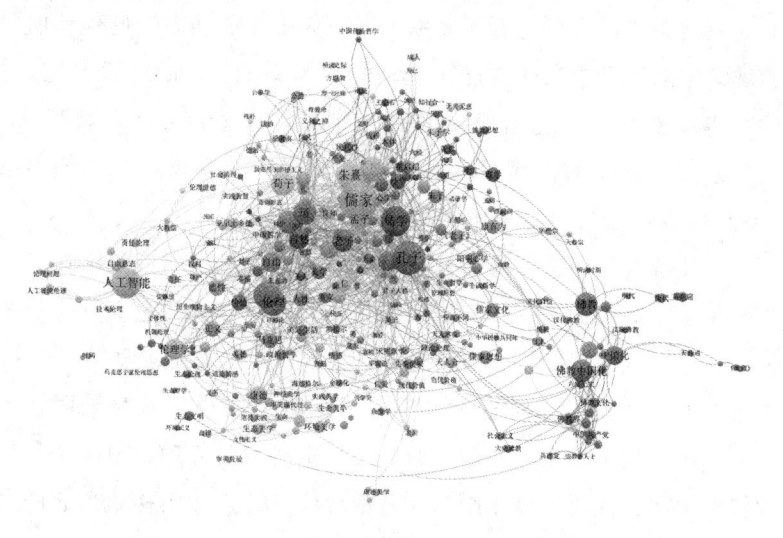

图八

根据数据显示,"孔子"相关文献发表数量约占该年度中国哲学研究成果总数的24%,其中,"仁""孟子""《论语》""荀子""老子""自然""康有为""天命""礼""现代性"等关键词与"孔子"关联度最高。该年度的孔孟比较研究约占孔学研究总数的19%,主要在德性伦理学的视域下探究孔孟观念的异同;在孔子与荀子的比较研究中,学界则更侧重于在政治哲学的论域中展开讨论。"论语学"研究数约占孔学研究总数的13%,学界对康有为的公羊学、《论语》的成书史及流传史关注较多。儒道观念比较研究向来是中国哲学的基本话题之一，因此"老子""自然"等关键词亦与"孔子"有着较高关联度，其中儒道观念比较集中于政治哲学领域。

近年来，学界兴起了近代儒学研究热潮，该领域研究成果颇丰，学者重点关注康有为、章太炎、梁启超等人从国学经典出发构建出的政治哲学观念。研究近代儒家政治哲学，不仅是我国传统思想史研究的重要环节，更对如今全球化视域下的中国政治哲学话语建构具有重要价值。近代学者对"国家""民族""平等""公民"等话题的探讨，对当今中国社会仍有极大启发意义。除儒家政治哲学之外，学者亦通过近代儒者的理论著作来探讨儒道关系、儒家经学与先秦诸子之间的理论渊源，如章太炎的《菿汉微言》、康有为的《孔子改制考》等。其中，《膏兰室札记》的七页佚失卷文稿校订完毕，为章学研究提供了基础资料。

二〇二一年，关于"现代性"的探讨主要与"儒学与现代性的关系"这一话题相关。这一话题最早源于马克斯·韦伯一九〇四年出版的《新教伦理与资本主义精神》。自二十世纪七十年代"多元文明论"兴起以来，中国学界一直致力于阐发儒家思想的当代价值，促进中西哲学的交流对话与融会贯通。文献统计结果显示，当前学者更强调儒家的人本理念、角色伦理学、制度伦理学、美德伦理学、个体理念、道德境界等思想，以期为当代中国法制建设、道德建设提供思想资源，为世界现代化论域、伦理学领域提供全新的"中国视角"。

二〇二一年，中国哲学研究领域出现频次最高的关键词依次为："儒学""道""易学""《论语》""经学""自然""理学""阳明心学""太极""现代性"。

关键词"道"主要有道家哲学与儒家道学传统两种含义。以

"道"为关键词的文献发表数量约占该年度中国哲学研究总数的18%，与之相关的关键词有："老子""庄子""圣人""自然""儒家""道家""气""理""无为"。其中，道家哲学论文约占中国哲学研究总数的12%，主要包括《道德经》《庄子》疏证及道家概念史梳理；自十九世纪以来，老庄哲学在西方哲学界备受关注，曾对黑格尔、谢林、海德格尔等人的理论产生了重要影响。因此，学界亦以此线索展开比较研究，丰富了中国哲学的阐释路径。儒家道学传统相关成果约占研究总数的6%，较去年而言有所下降。道学研究主要包括道统、性道、士大夫政治身份认同三层含义，当前学界更专注于对性道之学进行哲学史范式化的建构。

《易经》是"经之首、道之源"，"儒道两家同源于《易》"是学界的共识。易学对儒学之影响的研究成果约占易学研究总数目的51%，除了周敦颐、张载、二程、朱子等宋明理学代表人物对易学的阐发之外，今年学界较多关注易学对心学的影响，例如阳明心学中的易学色彩等。此外，释易研究约占易学研究总数的37%，主要聚焦于象爻关系、爻辞含义等。二〇二一年，在山东大学易学与中国古代哲学研究中心主办的"第二届《周易》古经本义及其解读方法总结与探索前沿论坛"上，学者再次强调了易学在中国伦理学、美学、本体论、宇宙论、解释学中的奠基性地位。

二〇二一年，我国中国哲学研究领域中发文较为集中的机构包括：中国人民大学哲学院、山东大学哲学与社会发展学院、北京大学哲学系（宗教学系）、华东师范大学哲学系、四川大学哲学系。其中，中国人民大学哲学院是二〇二一年度中国哲学领域发文量最高的研究机构，该机构侧重于从中国哲学经典古籍出发，来建构中国哲学史的当代形态，这也是目前中国哲学发展中亟待解决的问题。山东大学哲学与社会发展学院则更侧重于阐发儒家传统思想的当代精神价值，该议题不仅有利于促进中国哲学自我革新，更对我国的现代生活方式、当代社会道德、法律规范等方面具有指导意义。

与去年相比,该年度中国哲学研究关键词整体变化不大。二〇二〇年学界聚焦于"修身""工夫""礼""体用"等话题,在二〇二一年学界关注点则转变为现代性问题,如"劳动价值观""美学理论""梁漱溟""道德哲学""现代仁爱观"等,体现出学界致力于促进时代精神与中华优秀传统文化相结合。中西哲学比较研究较去年而言更为热门,比较研究的视野也更倾向于分别把握中西哲学中的思想背景、思想实质,进而展开中西理论的对话。以上工作亦促进了中国哲学自身话语体系的建构。

(执笔:唐静琰)

八 世界史研究

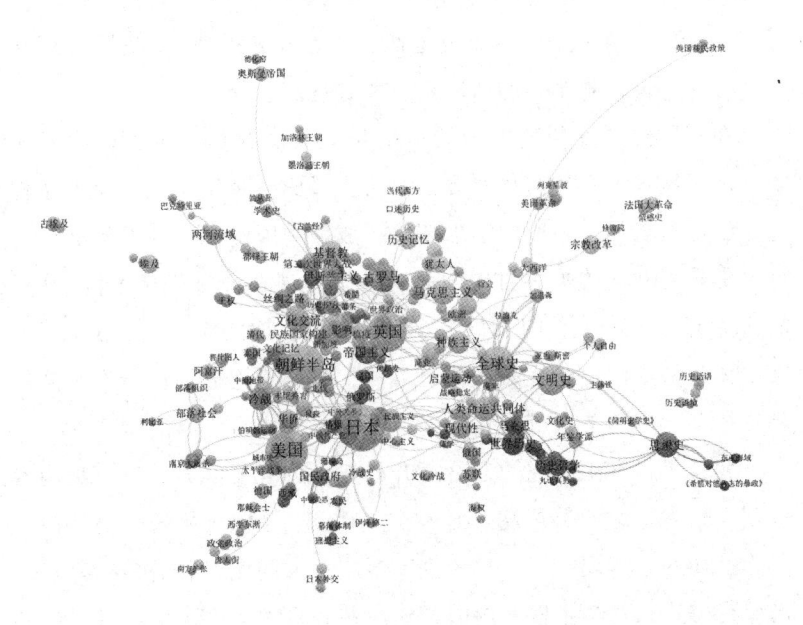

图九

在国际格局和国际体系正经历着深刻调整和变革的后疫情时代，世界史学术生态呈现出更加纷繁多元的局面，在接续关注学科传统重心和内生性特色的同时，聚焦世界史视阈下具有中国特色的人文议题。根据数据显示，世界史划分维度中的区域国别史研究保持着长久生命力，其中日、美、英及朝鲜半岛地区仍是学者的主要着眼点；在世界断代史层面，相较于上古史、中古史，世界近现代史研究在发文量上具有明显优势，并突出体现在"两次世界大战时期""冷战时期"；在专门史方面，受新史学方法及跨学科研究的激励，学者在继续深入研究"思想史""文明史""冷战史""中外关系史"等领域的同时，亦对近年来热度较高的"全球史""记忆史""情感史""医疗史""社会生活文化史"等葆有持续的关注和思考。例如，"人类命运共同体""民族国家建构""马克思主义""民族主义""现代性""历史记忆""帝国主义""瘟疫"都属于二〇二一年世界史学界的研究热点关键词。

在区域国别史研究中，日本史相关文章数居于前列。中日之间，由于地缘关系和文化渊源，在历史线索、现实交往、研究条件等方面都具有得天独厚的学术环境，成为中国史（尤其近代史）与世界史学界共同的关注对象，而这特别体现在"近代日本侵华史"的研究上。此外，"江户时代"是日本史学者们的另一焦点，研究突出体现日本江户时代的文化史书写，以深刻把握近代转型时期的日本社会，为当下中日文化的交流及矛盾提供历史依据与思考。

相较于日本史研究的显著上升趋势，近五年学界对英、美两国呈现出较为稳定的关注度。对美国史而言，"冷战"研究仍是学界尤为关切的，体现出当下学者主动回应重大问题，利用多学科互动的研究方法，对学术框架内的经典命题和重大历史事件进行讨论的倾向性，不断在传统政治外交史等领域推陈出新，为现今复杂的国际形势与中国挑战提供历史思考，做到"察今知古、溯往知来"。

其次,"种族主义""民族主义""民权运动"等关键词既是史学界长期以来的青睐对象,亦是美国建国至今内政外交的重要掣肘。

英国史方面,独特的地缘条件、古老的历史文化与率先的近代化转型,使其长期以来受到中国学界的关注。而近年来,鉴于在原始史料的收集、占有、选取和解读方面具有相对优势,多依靠非现代语言史料立论的中世纪晚期至近代早期研究在这一领域内更为丰富。其中,"瘟疫""忧郁症""民族建构""日常生活""文化"等关键词一定程度上反映了英国史学界对新史学潮流的研究旨趣。而现实的异动往往为历史研究提供最鲜活的论题——尤其,在公共卫生方面,学界从多维度进行研究论述,在推进学科自身建设的同时,合理关切现实——试图构建出英国公共医疗卫生的长时段社会图景,进而在疫情时代下,从历史的维度理解各国在不同政治决策与文化背景下的选择与困境。此外,作为近代帝国主义殖民运动最主要的参与者,"帝国主义""殖民地"等都是英国史研究经久不衰的议题,进而为当代第三世界民族国家独立与大国干预制裁等复杂国际局势提供更多历史性的思考。

值得一提的是,据统计显示,"古代地中海文明"相关文章在近年来有明显的增加,并集中体现在"古埃及"和"两河流域"的研究上,即人类历史上第一批原生文明。在世界史领域,由于史料获取、语言学习、人才培养等一系列问题,古代文明研究一直以来都是相对薄弱和困难的。但近年来,随着中外学者交流深化、代际传承下学术队伍扩大、"一带一路"战略支撑等积极因素推动,国内学界在相关方向上的研究成果显著。

同时,学术研究热点也与当今世界格局发展趋势互为印证。近年来,我国提出构建"人类命运共同体"这一全球价值观的倡议,而"全球史"自然也逐渐成为世界史学术研究中的热点。第二次世界大战后,"全球史"作为一种新历史书写方式在现代化背景与新史学思潮的影响下兴起,有意识地将历史发展过程中人类社会中的交往和互动作为书写的核心和动力,体现出一种对传统"西方中心论"的反击和背叛。在这一领域,相较于以往对"全球史转向""全球化"的主要论述,二〇二一年学界倾向研究的相关主题包括"帝国史""美国早期史""文明史""冷战全球史"等。对于国内世界史学界而言,诚如柴英、朱文旭在相关文章中评价到的,全球史的议题天然地衔接了中国史和世界史,两者的分野在历史学联系发展、综合化趋势愈发显著的今天开始淡化,而这种变化极大扩宽了中国史研究的视野和场域,减轻了此前"中国-世界"截然两分的割裂感。

二〇二一年,正逢建党百年之际。因此在史学理论范畴内,即便希罗多德、修昔底德、兰克、年鉴学派等在史学发展中里程碑式的历史学家、学派依然占据着思想史学术研究的重要阵地;但是围绕马克思主义唯物史观展开的历史讨论无疑是学界的焦点,其中包括对中共早期领导人"李大钊的世界历史观"研究、马克思"世界历史"概念的三重内涵辨析、从"马克思主义"历史哲学考察世界文明形态等。

从研究机构看,高等院校是主要研究力量。据统计,华东师范大学历史学系、复旦大学历史学系、中国社会科学院世界历史研究所、上海师范大学人文学院、北京师范大学历史学院、上海大学文学院、北京大学历史学系、南开大学历史学院等二〇二一年在世界史领域的研究成果较为丰硕,保持着自身在教学与科研上的双轨优势;与此同时,从相关学者的发文量上观察,广东外语外贸大学东方学研究院王向远、浙江大学历史学院张弛、天津师范大学欧洲文明研究院侯建新、华东师范大学历史学系陈波、西安电子科技大学人文学院史少博、西北大学中东研究所韩志斌、南开大学世界近现代史研究中心丁见民、中国人民大学历史学院徐浩、上海大学文学院郭丹彤、上海师范大学人文学院李文硕等学者在该年度世界史核心期刊发文量方面相对高产，体现出较高的研究热情和学术水平。

基于上述分析，二〇二一年度世界史学科在基于区域国别史研究传统，聚焦日、美、英及朝鲜半岛的同时，积极关切并回应现实命题，将历史的研究和现实的关怀相结合，努力构建具有中国特色的现代话语体系。与此同时，"构建人类命运共同体"倡导下的全球化进程，亦伴随着一种逆全球化思潮，以及随之而来的后现代时期人们对"民族与国家建构"的再思考；加之，当前俄乌战争局势变化引发对冷战思维、欧洲安全机制、领土与国家主权等议题的讨论，二〇二二年世界史研究关键词整体趋势基本有两方面初步预判：一是从新史学视角进行中外关系分析和比较文明研究，体现出当下注重在不同背景中寻求共同利益，在葆有自身文化自信的同时加强理解互鉴的时代要求，进而为构建人类文明新形态提供重要理论支撑和中国贡献；二是就文明的冲突与世界秩序的前景进行再思考，百年变局之下的疫情、局部战争、大国博弈使得冷战以来维系的相对稳定的国际格局发生深刻变革，文明之间的冲突或融合将对国际秩序产生持续的影响。

（执笔：余姝毅）

九　经济学研究

二〇二一年是"十四五"规划的开局之年，经济学研究立足新发展阶段，突出新发展理念，面向新发展格局，助力高质量发展。通过对42624篇经济学核心论文的分析整理，数据表明二〇二一年经济学研究的政策关键词是"乡村振兴"；该年度信息经济研究最热关键词为"数字经济""人工智能""数字化转型"；年度最热研究专题是"高质量发展""双循环""经济增长""新发展格局""碳中和"；企业经济研究的主要关键词为"融资约束""技术创新""中介效应""全要素生产率"。

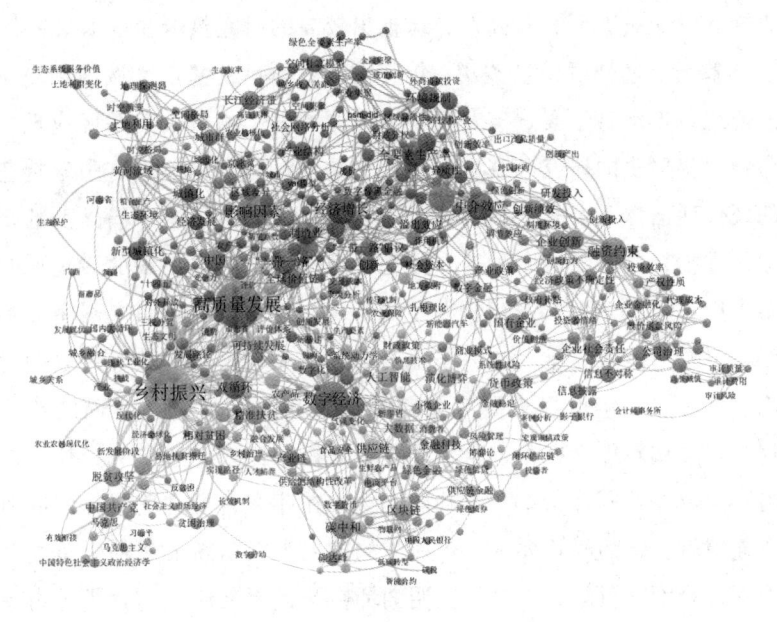

图十

政策研究方面,"乡村振兴"是二〇二一年度经济学研究最高频词之一,"脱贫攻坚""乡村旅游""精准扶贫""共同富裕"是与之相关的主要专题。二〇一七年十月,乡村振兴战略首次提出后,其研究热度逐渐增强,发文数量逐年递增,"新发展格局""脱贫攻坚""共同富裕""精准扶贫""双循环""新型城镇化""新发展理念""城乡融合""乡村旅游""粮食安全"等都是论文中频频出现的关键词。二〇二一年度该研究领域共刊发核心论文一千多篇,内容涉及"数字普惠金融""乡村旅游""农村产业发展""大数据"等重要研究视角。

信息经济研究方面,"数字经济"是二〇二一年度信息经济研究热点关键词。在计算机科学与经济学交叉的时代,"数字经济"

已逐渐成为提升科技创新能力的新引擎。二〇二一年,数字经济正处于传统产业向数字化转型的重要时期,与此相关的高频词既包括"数字化转型""人工智能""区块链""金融科技""大数据""物联网"等,也包括"双循环""数字技术""数字平台""产业数字化"等关键词。二〇一七年以前,数字经济研究少有论文涉及,但至二〇一九年发文量破百篇以来,此类论文的刊文数量逐年攀升,这表明以数字经济为代表的新兴研究领域逐渐得到学界重视。该年度研究的重要专题包括"资金管理""高质量发展""税收征管""反垄断"等方面。

在经济发展模式方面,"高质量发展"依然是该年度的热点词。二〇二一年恰逢"两个一百年"奋斗目标历史交汇之时,中国经济由高速增长阶段转向高质量发展阶段。近两年来以"高质量发展"为关键词的相关论文刊文量均在一千篇以上,其中"黄河流域""新发展格局""数字经济""双循环"等是与之相关的重要研究主题。

双循环新发展格局是中国经济"育新机、开新局"的重要战略选择,通过构建国内国际双循环相互促进的新发展格局,发挥外循环的作用和促进双循环畅通,对经济发展具有重要意义。与"双循环"相关研究主题包括"新发展格局""高质量发展""产业链""一带一路""数字经济"等。

碳中和是指通过节能减排等方式,减少二氧化碳和温室气体的排放。在二〇二〇年九月份的第七十五届联合国大会一般性辩论上我国首次明确提出碳达峰和碳中和的目标。二〇二一年与"碳中和"相关论文多达六千余篇,其中包括"碳达峰""绿色金融""低碳转型""绿色低碳""碳减排"等一系列坚持绿色发展理念的词。

企业经济研究方面,"融资约束"和"技术创新"是二〇二一年度企业经济研究的关键词。该年度与"融资约束"相关的研究主题包括"技术创新""企业金融化""企业数字化转型""中介效应""全要素生产率"等。但与之前相比，该年度与之相关论文数量降幅较大。

"中介效应"是经济学研究中的重要词，通过"中介效应"分析，可得到更多复杂变量间的数据信息。与"中介作用"相关主题包括"实证研究""企业绩效""创新绩效""数字普惠金融"等，自二〇一八年以来，与"中介效应"相关的重要论文，每年发文在一千余篇。

根据二〇二一年数据显示，在研究机构方面，高等院校是主要研究力量，经济学领域重要且发文量在二百篇以上的高校机构包括南开大学经济学院、中国人民大学经济学院和商学院、南京大学商学院、武汉大学经济与管理学院。二〇二一年度，我国经济学研究领域高产知名学者包括清华大学陈劲和阳镇、西北大学任保平、华中农业大学张俊飚、华南农业大学罗必良、华中科技大学卢新海等人。

总体而言，二〇二一年度经济学研究与之前相比，保持了相对的连续性。学术界重点关注"乡村振兴""数字经济""高质量发展""融资约束""新发展格局""经济增长"，一方面回应新时代展现出的新问题；另一方面通过加强学科交叉与学科融合，推动学科理论与实践研究的深入。

（执笔：郭文琦）

十　文化与旅游研究

伴随新冠疫情防控常态化以及云直播、新媒体等文化传播手段的创新发展，文化与旅游研究面临新的挑战与机遇。在此背景下，本部分共整理二〇二一年文化与旅游研究领域核心论文5517篇，并运用VOSviewer等文献可视化工具对论文进行关键词共现，观察分析可知："文旅融合""乡村振兴""乡村旅游""影响因素""高质量发展""旅游产业""文化产业""非物质文化遗产""文化自信""生产性服务业""中华优秀传统文化"等词高频出现，为文化与旅游学界的年度研究重点。

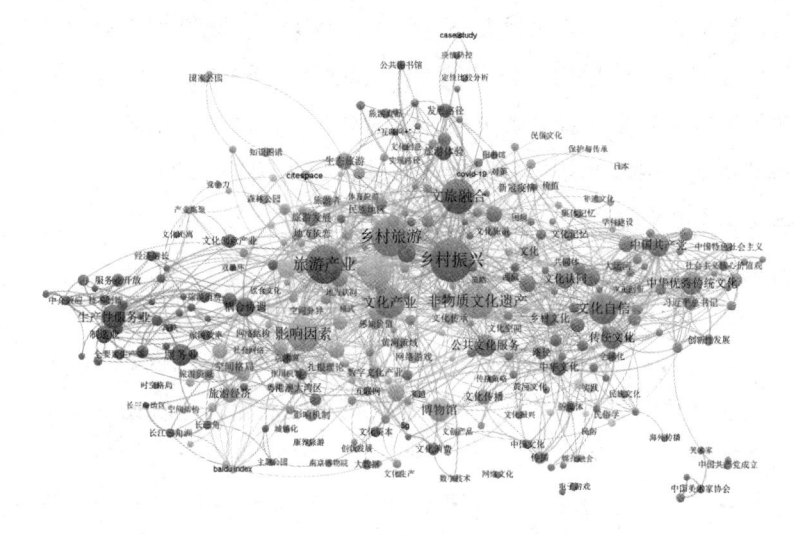

图十一

自二〇一八年原文化部、国家旅游局职能合并，组建成文化与旅游部协同发展后，"文旅融合"便成为文化产业与旅游产业高质量发展的现实选择，是学者们研究的焦点与热点，有关两者融合的原因、对象、方式、措施等研究成果层出不穷。二〇二一年学界仍对文旅融合予以高度关注，与文旅融合相关的关键词有"文化产业""旅游产业""影响因素""公共文化服务""非物质文化遗产""博物馆""耦合协调""产业融合""实现路径"等。依据这些重要关键词，文旅融合研究的年度特征大致表现在以下四个方面：一是文旅共生理论研究的纵深推进，学者们着重找寻两者融合发展的内外部影响因素，包括文旅融合的顶层设计和规划原理、文旅融合的宏观环境与内在动力机制等；二是文旅产业耦合协调发展的深入研究，尤其关注博物馆等公共文化服务机构以及经济较为落后的乡村地域的产业融合机制,运用融合水平评价体系来构建文旅产业耦合的指标系统和模型,从而量化探索文化产业与旅游产业的协同性关系;三是文旅融合路径的全面探索,从政府、企业、游客等多方利益主体层面出发,挖掘产业融合、资源融合、主体融合、功能融合、技术融合等各类融合的创新路径;四是文旅融合实践的高度重视,强调产品的多样化与品牌化、"非物质文化遗产""传统文化"的活态化与舞台化、文旅项目的创新化与数字化等,注重文化保护与旅游开发的可持续发展。

在政策导向与实践指引下,"乡村振兴""乡村旅游"为二〇二一年文旅学界探讨的重点问题,相关文献占刊文总量的9.96%。乡村振兴是中国特色社会主义新时代进程中农业农村农民改革发展的战略设计和总体部署,党的十九大报告明确提出要大力实施乡村振兴战略,建立健全城乡融合发展体制机制和政策体系。由此可见,乡村地域的经济、文化、社会发展处于国家战略位置,受到高度重视。二〇二一年,学者们深入探究乡村旅游与乡村振兴的耦合协调机制,与"乡村振兴""乡村旅游"相关的高频关键词有"文旅融合""非物质文化遗产""生态旅游""产业融合""乡村振兴战略""乡村文化""旅游扶贫""高质量发展"等。同时,围绕乡村振兴战略的新发展与实践需求,该年度文献尤为关注产业发展、生态建设与文化传承三方面内容。在产业发展方面,研究聚焦于"旅游扶贫",探索延长乡村产业链的路径,强调重点发展特色农产品加工、乡村休闲旅游、农村电商等产业,以旅游为拉力源推动乡村产业融合发展,探寻精准扶贫的对策;在生态建设方面,研究认为旅游发展应植根于乡村优质的生态环境,依托"森林公园""国家公园"等发展生态旅游,同时以旅游发展反哺乡村基础建设,构建美丽宜居村庄新面貌;在文化传承方面,研究希望通过合理的旅游开发整合文化惠民资源,探索"文化传播""文化治理"的创新实现模式，构建公共文化服务体系，加强"传统文化""红色文化""农耕文化"的传承与发展，尤其注重推进"非物质文化遗产"和"农业文化遗产"的保护与利用。

党的十八大后，我国在"道路自信、理论自信、制度自信"三大自信的基础上进一步提炼出"文化自信"。自此，学界紧跟政策导向，学习、研究与阐释文化自信的论文增多。回顾近三年来文旅学界针对文化自信的研究历程，可发现该论点的热度逐年攀升，相关文献数量逐渐增加，二〇二一年的论文成果已达到发文总量的9.74%。同时，该热点研究的深度与广度也逐渐增强，学者们以"文化自信"为关键要点，与其相关的关键词有"非物质文化遗产""中国共产党""中华文化""传统文化""文化认同""文化建设""文化强国""新时代"等。究其研究呈现火热趋势的原因，应是近年来我国文化软实力增强，国家对文化工作的开展愈发重视，相关研究也便持续更进。

在研究方法上，学界注重服务于文化产业与旅游产业的实践问题，尤为强调探索影响文旅产业发展的因素，探寻背后的深层机理，找到有效地解决措施。"影响因素"便为二〇二一年度的高频词之一，学者们借助地理学、经济学、统计学的知识，运用"地理探测器""社会网络分析"等量化分析，找寻影响"入境旅游""旅游经济""旅游产业""乡村旅游""文旅融合""文化遗产"等的内外部因素，厘清"空间分布""时空演变""网络关注度""空间格局""旅游流"等的呈现与发展机理。该年度研究还尤为注重"长江三角洲""京津冀""黄河流域""粤港澳大湾区""长江经济带"等国家旅游重点开发区域的旅游经济与旅游发展格局。

在文旅产业的未来发展走向方面，"高质量发展"是最为高频出现的词，与之关联的关键词有"文旅融合""文旅产业""服务业""公共文化服务""乡村旅游""乡村振兴""产业融合""红色旅游""一带一路倡议""后疫情时代""新发展格局"等。高质量发展是"十四五"乃至更长时期我国经济社会发展的主题,关系我国社会主义现代化建设全局,尤其是在疫情逐渐得到控制,文旅产业呈现快速恢复的欣荣态势下,面对大众精神需求的多样化与精致化,如何实现供给与产出有效、推动文旅产业高质量发展,受到了学界的广泛关注。二〇二一年文化经济、服务业经济的发展态势引发学者热议,研究服务业、文化产业等转型升级的文献层出不穷,后疫情时代以及新发展格局下,文旅产业的可持续发展牵动着学界的主体研究方向。

从主要研究机构上来看,高校仍为文献产出的核心力量。中山大学地理科学与规划学院、南京大学地理与海洋科学学院、南开大学旅游与服务学院、中山大学旅游学院、武汉大学国家文化发展研究院、北京大学城市与环境学院、中山大学旅游发展与规划研究中心、中国传媒大学传播研究院、南京师范大学地理科学学院、云南大学工商管理与旅游管理学院、复旦大学旅游学系等充分发挥学科优势,在文旅方面发文量较多,彰显了深厚的学术实力。在知名学者方面,云南财经大学明庆忠、湖南师范大学王兆峰、中山大学孙九霞、陕西师范大学孙根年、武汉大学傅才武、南京师范大学黄震方、中国旅游研究院胡静、中国旅游研究院谢朝武等为二〇二一年度的高产学者。

综上,二〇二一年文化与旅游研究"百花齐放,百家争鸣",呈现出两方面的态势:一是强调扎根于实践,解决现实问题,紧跟国家的文化政策方针与发展战略,致力于探索社会主义文化强国之路;二是受新冠疫情的冲击,更加注重旅游方面危机意识与应对变化的相关研究。此外,根据现有的研究背景与趋势,我们初步推测"文化自信""文旅融合""乡村振兴""乡村旅游""高质量发展"等将在未来文旅相关的论文成果中持续高频出现,一是因为国家政策的持续推动，如"乡村振兴""全域旅游"等上升成为国家战略，为学术研究指引了大方向；二是"国家文化公园""一带一路倡议""文化共同体"等新兴文旅发展的时事热点不断涌现，需要新的理论进行阐释、解读与提升。

（执笔：杨雨晴）

十一 考古学研究

图十二

二〇二一年是仰韶文化发现和中国现代考古学诞生一百周年。厚植文化自信、助力民族复兴，是中国考古学的初心和使命。"三星堆"等一系列考古新成果的出现，推动考古学研究不断发展。在考古学文化方面，"仰韶文化""二里头文化""石家河文化"等是高频关键词；研究年代方面，"新石器时代""春秋晚期""唐代"等是研究重点时期；新出文献与器物方面，"青铜器""清华简""墓志"等均为学界备受关注的关键词；发掘简报则是考古发掘最主要的成果发布形式。

发掘简报是考古资料公布的基本手段和形式。它反映了一定时期内的考古发掘成果，是考古学的基础性资料、原创性成果，具有永久性学术价值，"发掘简报"成为学术研究中的重点关键词，体现了考古工作的不断拓展，相关的关键词包括"发掘报告""文物考古"等。

从研究年代看，"新石器时代"成为研究热点时期。新石器时代是石器时代发展的最后一个阶段，是研究中华文明起源的重要时期，持续受到学界关注。仰韶文化是中国新石器时代最重要的考古文化之一。一九二一年，仰韶遗址的发现标志着中国现代考古学的诞生。经过百年探索，仰韶文化的重要性已被初步揭示。仰韶文化分布范围广泛，时间跨度最长达两千余年，二〇二一年，"仰韶文化"成为该年度当之无愧的高频关键词，与之相关的关键词包括"二里头文化""石家河文化""文明起源""夏文化"等。

从出土器物研究看，"青铜器"是研究的热点关键词。青铜器是文明起源的重要标志，象征着早期社会的权力与地位，学界从器物本身着眼，分析其合金成分、金相分析、冶炼技术、铜料来源，并探讨其形制、纹饰的特征和演变规律，不仅对新挖掘出来的青铜器进行分析，而且对馆藏青铜器进行了公布与考述，该年度与"青铜器"相关研究的关键词包括"铜器铭文""类型学""铸造工艺"。其中，三星堆遗址新发现的六个祭祀坑中收获颇丰，众多出土文物中，尤以青铜器引人关注。三星堆遗址出土青铜器真实反映了三星堆文明的独特性、区域文明之间的交融性及中华文明的多元一体特质，验证了中国古代文明多元性、广泛性和开放性的认识，体现了饶宗颐先生倡导甲骨文、田野考古与传世文献并重的"三重证据法"。

从新出文献看,"清华简""墓志"是近年来考古学与中国史研究共同关注的重点词。清华简与墓志是史家弥补正史之阙的重要资料。其中"墓志"及相关关键词包括"墓葬""墓志铭""砖室墓""墓葬形制""出土文献"等。

除此之外,"敦煌""文化交流""文化认同""大运河"也是中国史、世界史、考古学共同关注的关键词。自一九〇〇年至今,敦煌藏经洞发现已历经一百二十余年,敦煌学研究逐渐成为跨领域、跨学科的国际性显学。学界结合敦煌出土文书,拓展了艺术史、社会史、民族史、宗教史等研究内容。该年度与"敦煌"相关的关键词包括"壁画""吐蕃""莫高窟""敦煌石窟""敦煌文书"等,研究更注重对敦煌文化价值的探讨。世界文化遗产"大运河"见证着中华文明的发展历程。该年度关于大运河的研究主要与文化遗产关联,保护并传承好大运河文化有其现实必要性。"大运河"成为二〇二一年学术研究重点关注的词,相关主题词包括"运河""中国化""遗产保护"等。文化因交流而多彩,因互鉴而丰富。"文化交流"包括不同区域之间的文化交流,各个民族之间的文化交流,以及中国文化与其他文化实体之间的文化交流。不同文明的交流互鉴,促进了文化的发展和繁荣。同时文化交流的多样性促使研究呈现多元化倾向,又涉及"文化认同"以及"中华民族共同体意识"问题,因此更成为加强各民族间文化沟通、增强文化互信、扩大文化认同的纽带与桥梁。

从研究机构看,中国社会科学院考古研究所、北京大学考古文博学院、西北大学文化遗产学院、中国人民大学历史学院等保持其一贯的学科优势。我国考古学领域知名学者,如中国科学院大学人文学院考古学与人类学系宋国定,中国人民大学韩建业、陈胜前,以及北京科技大学科技史与文化遗产研究院李延祥等是该年度考古学研究的高产学者。

百年考古，见证着学者栉风沐雨、砥砺奋进的学术历程，以及追溯中华文明起源、探寻中华文化演进的努力。考古学在学术史回顾、理论方法探讨、多学科交叉研究等方面都取得了长足进步，主要表现在：一，关注多学科交叉的运用，包括碳十四测年、人骨考古、动植物考古、古DNA分析、同位素分析、残留物分析、成分与工艺研究和腹土寄生虫检测等。二，探讨考古学理论与方法，引入地层学、类型学理论与方法，并在考古实践中不断深化。在科技发展日新月异、各学科交叉融合成为趋势的时代背景下，具有中国特色、中国风格、中国气派的考古学正在逐步建立，并将持续关注人类历史、文明演进以及和社会发展等相关研究。

（执笔：杨子怡）

（闵祥鹏，河南大学人文社科高等研究院教授；殷佳佳、郭雨欣、李卓为、成雅昕、吴苏洪、唐静琰、余姝毅、伊妍雪、郭文琦、杨雨晴、杨子怡，河南大学人文社科高等研究院思享学术评价团队成员）

张　辉

最完美、诸完美与世界中的行动个体
——莱辛《理性基督教》读解

莱辛（1729—1781）留下的神学文献，最受到关注者大多与"赖马鲁斯残稿之争"特别是"与葛茨之争"相关。[1]写于一七五三年的《理性基督教》一文乃是他的遗稿，只有未写完的区区二十七节，貌似无足轻重。[2]但这篇格言体的短文，却从标题到内容本

---

[1]　蒂利希的《基督教思想史》这样表述"赖马鲁斯残稿之争"的意义："残稿的发表引发了惊天风暴。汉堡的首席牧师葛茨试图捍卫正统，发表了一些良莠互见的争辩。但整个思想氛围发生了不可逆转的改变。神学家们再也不能在涉及耶稣生平的文献时可以回避赖马鲁斯就对观福音的可靠性所提出的问题。这进而在十八世纪中叶引发了历史批评的根本问题，那时的人们所受到的震动，可与今天人们因死海古卷而受到的震动相提并论"。see Paul Tillich, *A History of Christian Thought*: *From Its Judaic and Hellenistic Origins to Existentialism*, ed. by Carl E. Braaten, New York: Simon and Schuster, 1967, p. 368. 莱辛与"赖马鲁斯残稿之争"相关的文献，主要有《第二次答辩》《一个譬喻》《公理》《反葛茨》《莱辛的必要答复》《莱辛给不同派别的神学家们的所谓书信》等六篇，见［德］莱辛《历史与启示》，朱雁冰译，华夏出版社2006年版，第77—294页，后五篇是直接与葛茨的论辩。

[2]　［德］莱辛：《理性基督教》，见莱辛《历史与启示》，朱雁冰译，华夏出版社2006年版，第1—3页。以下引自该篇者直接在文中以"《理》"加小节号标出。原文见 Gotthold Ephraim Lessing Werke und Briefe in 12 Baenden. Ed. Wilfried Baner et al, Frankfurt am Main: Deustscher Klassiker Verlag, 1985—2003. 此全集简称Ba., 引用该书时直接注出卷次和页码，如此文出处为 Ba 2: 403—407，即第2卷，第403—407页。英译可参见 Gotthold Ephraim Lessing, *Philosophical and Theological Writing*, Cambridge: Cambridge University Press, 2005, pp. 25 – 29.

身都不容小觑。如果说,理性和宗教这两个主题词赫然出现在标题中,就已然将时代的最深刻矛盾和盘托出;那么,理性并未与基督教(宗教)对置或并置,而成为其突兀的修饰词,这本身就构成一个巨大的疑问号。很显然,莱辛以他非同寻常的方式把我们带到了启蒙的核心问题之中。

事实上,读懂这个似乎边缘的短小文本,不仅对我们理解上述神学论争大有帮助,而且或也是我们进入莱辛晚年最重要作品之一——一百小节《论人类的教育》(1777—1780)的一个重要入口。这个"断章",非但与《论人类的教育》在文体上具有高度的相似性,甚至还可以视为后者的一个简写本或大纲。这多少让人想起康德的《任何一种能够作为科学出现的未来形而上学导论》对于《纯粹理性批判》的意义;尼采《道德的谱系》对于《超善恶——未来哲学序曲》的意义,《瞧!这个人》中高度概括的那些作品"内容提要",对尼采作品全体的意义。当然,这只是一个比喻罢了,真正的内在联系,需要我们通过细致阅读方能得知一二。

本文正是期望从这个小切口进入,为理解莱辛思想——特别是他的后期思想——做出新的尝试。莱辛的全部著作,以及启蒙的大背景、基督教的大历史,将是我们反观这个小文本的三个参照系。

一 《理性基督教》与《基督的宗教》

至少还有一个莱辛文本,可与《理性基督教》对观,那就是写于他去世前一年(1780)的《基督的宗教》。后一篇篇幅更短,仅八小节。而首先值得引起我们注意的,正是这两个相距二十七年的格言体作品的标题的特别。

细心的读者会发现,虽然是正面讨论基督教的问题,但莱辛在这里却并未简单使用人们耳熟能详的基督教这个概念,而恰恰对之做了细致的区分和限定。对照而言,《基督的宗教》是区分,《理性的基督教》则是限定。

先说《基督的宗教》。莱辛之所以使用"基督的宗教（Religion Christi）"这个标题，乃是因为在他看来，"基督的宗教"与"基督宗教（Christliche Religion）"——也即我们通常所说的基督教——"是全然不同的两回事。"（《基》2）[1]因为，"基督的宗教，是基督作为人本身所认识和实践的宗教；是每个人都可以与基督共有的宗教；谁从作为纯然的人的基督身上得到的性格愈高尚、愈可爱，谁必然愈渴望与基督共有这种宗教。"（《基》3）而"基督宗教是这样一种宗教，它认为基督确实不仅仅是个人，并将这不仅仅是个人的基督本身作为敬奉的对象。"（《基》4）莱辛用于区分"基督的宗教"与"基督宗教"的标准非常清楚。那就是，是把基督"作为纯然的人"，还是作为"不仅仅是个人"而是作为"敬奉的对象"来看待。在基督的宗教意义上，基督是人，而且确凿无疑的是，"如果基督是人，他便是个真正的人；从不曾不再是人。"（《基》1）而在基督宗教的意义上，则正好相反，它所强调的恰恰是基督"不仅是人"这一方面，或者用基督教的语言来说就是，基督不仅有人的位格，而且有神的位格。

对莱辛而言，基督的宗教不难理解，因为"基督的宗教以最清楚、最明确的话语包含在福音书中。"（《基》7）而"与此相反，基督宗教在福音书中如此不确定、如此多歧义，以致很难从中找到哪怕唯一一段这样的话，用这段话，两个人——只要这个世界还在——可以得出一致的思想。"（《基》8）

正因为此，"至少基督的宗教在福音书中显然完全不同于基督宗教"，（《基》6）而"这两种宗教——基督的宗教与基督宗教——怎

---

[1] ［德］莱辛：《基督的宗教》，见莱辛《历史与启示》，朱雁冰译，华夏出版社2006年版，第295页。以下引自该篇者直接标为"《基》"加小节号。

么可能存在于作为唯一的和同一身位的基督身上,实在不可思议"。(《基》5)

莱辛的上述区分,貌似克制,实际上却极其尖锐,充满了对正统基督教、对实存宗教既有观念的质疑,尤其是,他不仅明确指出,在福音书中,基督的宗教与基督宗教的不同——"这两种宗教的教诲和原则几乎不可能在唯一的和同样的一本书中"(《基》6)存在;而且更重要的是,全文开头第一句话就一针见血地指出:"基督是否不仅是人——这是个问题。"(《基》1)这或许也是这篇短文以《约翰福音》第四章第二十三节:"因为父亲要有如此敬拜的人"作为题记的原因。毋庸否认,是"人"——"真正的人",而非"不仅是人"的神——莱辛甚至没有说是"神",才是莱辛关注的核心。他一方面以这种婉曲的方式,呼应了启蒙时代重视人、捍卫真正的人的思想主题,与基督宗教短兵相接;另一方面,则还是称耶稣为基督,还是试图从福音书中获得启发乃至启示,而没有鲁莽地简单放弃对宗教的意义、对宗教中的人进行深入思考——理性的思考。

而将理性与宗教联系起来思考,是莱辛多年前就在《理性基督教》中关注的主题。从后期莱辛反观早期莱辛,我们甚至可以说,他正是首先在早年通过对基督教的理性思考,才进而在晚岁将基督的宗教与基督宗教最终区分了开来。在一定意义上,基督的宗教或也可以视为理性基督教的另一种表达。

不过,比较而言,晚年的莱辛显然要更审慎、更克制。以《基督的宗教》为标题,尽管对基督教不无冒犯,实际上也已经对基督教做了用意深远的"分解",但至少措辞上还是温和的。以《理性基督教》为题,无论对基督教还是对启蒙运动的主流,都是一种公开的挑战。因为很显然,"理性基督教"这个说法本身就是悖论性的。用理性来限定基督教,既是理性对信仰的僭越,也在事实上突破了理性与宗教两者间的鲜明界限。用这一独特的、开门见山的方式,莱辛不仅直接表明了自己与正统基督教的分野,也有意表明了其与激进启蒙(radical Enlightenment)的不同,从而巧妙地彰显出自己在启蒙运动中独特的思想立场。至少我们可以看出,在莱辛那里,理性与基督教的关系,并不像通常人们所认为的那样,是对抗乃至势不两立的。通过理性思考宗教,也通过宗教思考理性,二者不可偏废。

《理性基督教》的二十七节内容,大致或可分为四个部分。第一部分从一节到五节,以"唯一最完美的本质自永世以来所能做的,无非是思考最完美者"这一句话开头(《理》1),讨论的乃是最完美者与诸完美的关系,在时间序列中,可对应于旧约时代的终结;第二部分从六节到十三节,关键点转为"上帝之子(Sohn Gottes/Son of God)"(亦可译为"神之子")与"神子(sohn Gott/Son God)"问题(《理》6)——集中涉及三位一体问题,在时间上已表明新约时代的到来;第三部分从十四节到二十节,核心词是"世界",重在展现我们所处的世界中一和多或"单一本质"与"无限的序列"如何和谐的难题;第四部分从二十一节至二十七节(未完成),以不经意的"有朝一日"起头,暗示了思考的未来维度,其核心的关注点是如何"按照你个体的完美而行动"(《理》26)。熟悉莱辛晚年思想文本的读者不难看出,这篇短文的内在时间线索,恰好与《论人类的教育》的时间线索相契合。《论人类的教育》也正是将古往今来的历史划分为三个段落,即"作为第一时代的犹太启示历史","作为第二个时代的基督教启示历史",以及"作为第三个时代的'永恒福音时代'。"[①] 而所有这些莱辛所讨论的源于基督教又超越基督教的主题,都不仅是他自己的独特思考,还与整个德国启蒙

---

① 参看《〈论人类的教育〉编辑手记》,见莱辛《论人类的教育——莱辛政治哲学文选》,刘小枫选编,朱雁冰译,华夏出版社 2008 年版,第 315—316 页。

思想、特别是与莱布尼茨等人有着不容忽视的联系。从中我们不仅可以看到莱辛思想的复杂性,而且也能进一步理解启蒙的复杂性,理解自律、理性、自然、社会向善论的乐观主义、进步、宽容等一系列启蒙观念与宗教的关联,以及这些观念之间的互相关联。①

当然,按照卡尔·巴特对基督教历史的描述,"理性基督教"——或广而言之,"理性宗教"——这个说法,应该并不是莱辛的"发明"。在《新教思想:从卢梭到利奇尔》的开篇,巴特就指出,早在莱辛之前,至少莱布尼茨的传人沃尔夫就写过一本题名为《克里斯蒂安·沃尔夫写给真理爱好者的对神、世界、人的灵魂以及其他诸事的理性思考》的书。从此书名就可以看出,不仅理性地思考世界和人,而且更重要的是,理性地思考神,乃是十八世纪的重要命题。巴特特别提示我们注意,该书的封面插图上,"太阳强烈的光芒穿过了暗黑的云层,照在高山、森林和村庄之上。太阳的光轮并没有让人无法凝视,因为有一个异常友善、令人快乐的人的笑靥。其主人似乎非常高兴地看到天上的云彩、地上的影子四处消散。"而这就是启蒙,至少是沃尔夫意义上的启蒙,意味着"人乐观地努力通过理解(或思想)把握生活。"②

---

① 关于启蒙运动与现代基督教的关联,请参看 [美] 詹姆斯·C. 利文斯顿《现代基督教思想》(上卷),何光沪译,四川人民出版社 1999 年版,第 1—76 页;尤其是第 60—73 页关于莱辛的部分。另可参看蒂利希对康德的自律概念,以及对理性、自然、和谐以及启蒙人的态度、启蒙的内在冲突和启蒙的践履者与批评者等重要问题所做的论述, see Paul Tillich, *A History of Christian Thought*, ed. by Carl E. Braaten, New York: Simon and Schuster, 1967, pp. 320 – 366.

② 该书德文原名为 Vernuefftige Gedancken von Gott, der Welt und der Seele des Menschen auch alien Dingen ueberhaupt den Liebhabern der Wahrheit mitgetheilet von Christian Wotffen; 英译为 Reasonable Thoughts on God, the World and the Human Soul, and All things in General, communicated to the Lovers of Truth by Christian Wolff, See Karl Barth, *Protestant Thought: from Rousseau to Ritschl*,(转下页)

事实上，巴特这一具体而形象的例证，远非孤例。理性宗教的问题，既是启蒙运动不可回避的最初问题之一，按利文斯顿的说法，也是"基督教思想的现代史"的起点。①他的《现代基督教思想》就以"启蒙运动与现代基督教""理性的宗教"和"理性宗教的衰落"分别作为第一至三章的标题。在"理性基督教"标题下，分别讨论了约翰·提罗特森和约翰·洛克的理性的超自然主义；约翰·托兰德和马修·廷德尔的英国的自然神论；伏尔泰的法国自然神论；H. S. 赖马鲁斯和 G. H. Lessing 的德国的理性宗教。也就是说，至少在利文斯顿看来，理性宗教有广义和狭义之分，广义的理性宗教有多个名称——超自然主义和自然神论亦可归入其中；而狭义的理性宗教，则主要是德国"特产"，主要以赖马鲁斯和莱辛为代表。与之相对照，标志着理性基督教衰落的思想家，则主要是卢梭、约瑟夫·巴特勒、休谟和康德等人。而我们也应该在狭义理性宗教的意义上，讨论莱辛的《理性基督教》所关注的核心问题。②

与利文斯顿通过对理性宗教（基督教）本身加以区分进而展现这一概念丰富外延与内涵的思路相映照，蒂利希在《基督教思想史》中则对用于限定基督教的理性这一关键概念做了进一步的厘清。理性究竟何谓？在十八世纪的思想框架中，人们是在什么样的意义上使用理性这个概念的？就莱辛的《理性基督教》而言，理性是否有什么特别含义？

（接上页）New York：Harper & Brothers，1959，p. 11. 需要注意的是，巴特给出的沃尔夫该书出版时间是1720年，目前从 Google Scholar 上可找到的资料则显示为1740年，2005年重印的该书则标为1751年（Ann Arbor：UMI，2005）。当然，所有这些时间均早于莱辛写作《理性基督教》的年代——1753年。

① ［美］詹姆斯·C. 利文斯顿：《现代基督教思想》，何光沪译，四川人民出版社1999年版，第2页。

② ［美］詹姆斯·C. 利文斯顿：《现代基督教思想》，何光沪译，四川人民出版社1999年版，第20—155页。

蒂利希虽然并没有专门讨论莱辛意义上的理性究竟何谓,但他对理性所做的四分,也即普遍理性、批判理性、直觉理性和技术理性,却无疑对我们理解莱辛的理性观很有帮助。他的这种细致区分,不仅使得习惯上将十八世纪简单定义为理性时代的说法多少显得粗率;而且他也提示我们注意,如果不能细致厘清理性概念的意义,那么,关于理性对抗启示的种种说法,也将是匆忙乃至错误的。他特别指出,我们今天所说的理性,已被局限在三个方面,分别指商人的算计、自然科学家的分析和工程师的建造。如果我们仅从这个三个方面去了解和界定理性,则不仅与古希腊的理性概念——逻各斯相差甚远,而且在很大程度上也是对启蒙时代理性概念的误解。因此,蒂利希认为:"当我们说'理性时代'时,我们不能将理性的意义局限在如今分析和综合的意义上。"[①] 沿着这样的思路前行,我们对莱辛所使用的理性概念也应该跳出上述简单化的定见。

联系起来看,我们或许可以说,从《基督的宗教》回看《理性基督教》,可以帮助我们看清莱辛所谓的理性基督教对基督教有怎样的认识和限定;而重返十八世纪的语境,进入理性宗教的大思想氛围,并恢复对理性概念的历史理解,则可以使我们尽可能避免对启蒙和启蒙思想者——尤其是像莱辛这样的启蒙思想者——的片面解读。

二 最完美、诸完美与旧约时代的终结（1—5节）

让我们重新回到《理性基督教》的开头:"唯一最完美的本质（Wesen）自永世以来所能做的,无非是思考最完美者（《理》1）。"

这第一句话中,赫然与标题中理性（Vernunft）一词直接联系的是一个关键词——思考（Betrachtung,英译为contemplation）,它

[①] Paul Tillich, *A History of Christian Thought*, ed. by Carl E. Braaten, New York: Simon and Schuster, 1967, p. 525.

是理性的对应概念，是理性行为本身，也是理性的直接属性。没有思考，理性无从谈起；而没有理性，思考也会失去方向。更重要的是，思考这个词的"主词"，不是我、不是你、不是他，而是最完美的本质（Wesen）——而德语中的 Wesen 这个词，不仅可以译为"本质"，也可以译为"存在"；甚至译为"人"，有英文中 being 或 beings 的意思。① 当然，人不可能是最完美者，最完美者而且是唯一最完美者只能是上帝或神——因此，接下来的一句话就是，"最完美者是他自己"，也即上帝自己，"上帝自永世以来只可以思考自己（und also hat Gott von Ewigkeit her nur sich selbst denken koennen）。"（《理》2）

从完美者的意义上看，莱辛似乎是在重复基督教的常识；但从思考的意义上来说，尤其从短短的两句话中，既重复完美又重复思考的意义上来说，莱辛却大有深意。因为，上帝在这里既是作为最完美的本质，也是作为最完美的思考者而存在的。这至少与基督教传统中的作为全能神的上帝，是有重要区别的，我们只要读读《约伯记》就很快能有所感悟。这个上帝，无疑更让我们看到了其与理性的联系，这个大写的他与人的不同，最主要的就在于：上帝是完美的思考者——思考完美且以完美的方式思考完美，也即思考其自身；而人则显然本身既不完美也不可能完美地思考。但即使如此，就同为思考者这一点而言，人与上帝是相似的，所不同的只是完美的程度而已。换言之，人，在思考中分有了上帝的完美，也在思考中得以接近上帝的本质。且人的思考，乃是效仿上帝。

而进一步从人的角度来看，则意味着人虽不完美，但却能够拥有

---

① 比如朱光潜先生在《拉奥孔》第十二章中就将"Wesen"一词译为"人物"，参见［德］莱辛《拉奥拉》，朱光潜译，人民文学出版社 1982 年版，第 70 页。

既思考自身同时也思考上帝的可能,特别是运用自己的理性思考上帝、思考完美的可能。我们甚至可以说,由此出发来思考理性基督教,莱辛不仅在直接完成由旧约向新约的过渡,而且也在慢慢试图调和启示神学与自然神学(或曰理性神学)的矛盾。[①] 就前者而言,上帝由《约伯记》意义上令人敬畏的、万事万物的全能统治者而成为理性的思考者;就后者而言,对完美世界的想象、意愿和创造,都无不需要通过纯然的理性来完成,人是如此,上帝也是如此。

这无疑是一个绝大的改变,甚至飞跃。将上帝颂扬为完美的思考者,不仅颂扬了上帝,而且肯定了上帝的造物——人,其中介乃是理性、是思考的能力。

由此,莱辛进一步指出:"想象、意愿和创造在上帝那里是一个东西。可见,人们可以说,上帝所想象的一切,也是他所创造的一切。"(《理》3)我们当然可以继续在上帝的完美这个意义上理解这句话,但更关键的是,莱辛通过将上帝的想象与上帝的创造等同起来,从另一方面肯定了上帝的理性所具有的另一种力量,即主动地根据理性创造的能力。上帝无疑是根据自己的想象和意愿来创造的,人呢?人如何在这个意义上效仿上帝?这是一个问题,也是一种激励。

于是,莱辛紧接着指出,上帝的思考方式有两种,也只能有两种:"要么一次性地思考自己所有的完美(Vollkommenmheiten),将自己设想为完美的化身;要么分别思考其诸完美,将一个个完美隔开,根据程度将每一种完美与自己本身分开。"(《理》4)在这里,思考依然是不容忽视的关键词,但细致的读者会发现,莱辛已

[①] 这一说法参考了蒂利希对自然神学(下层结构)与启示神学(下层结构)的划分,前者是"由理性来起作用的",后者则通过启示,see Paul Tillich, *A History of Christian Thought*, ed. by Carl E. Braaten, New York: Simon and Schuster, 1967, p. 278.

悄悄将第一节中的"唯一最完美的本质",替换为"自己所有的完美",从而也将最完美与诸完美区分了开来。上帝自身是最完美者;上帝的造物则与上帝的完美既是分开的又是依然密切联系的,且因为上帝而得以实现自身的完美——诸完美。不难看出,像他的思想前辈莱布尼茨一样,莱辛在这里做了某种调和。一方面他从基督教传统出发,期望人们坚信世界的有序、理性以及上帝般的完美,以避免现代性发生以来,由于实存宗教解体所导致的价值真空和精神危机,也即由所谓的迷信走向一无所信;另一方面,则通过强调理性或思考的重要性,从而强调诸完美与最完美的同构,将对上帝的存在与否的论证建立在理性之上。

莱辛这样做,当然是保守的,甚至会被怀疑为折中主义。人们至少会从另一角度提出质疑:为什么不是以理性反叛启示,才是启蒙的正确路径?为什么不直接放弃启示,而大胆取道理性之途?但这也许就是莱辛乃至整个德国理性宗教思想(我们应该还记得前文所述利文斯顿的归类)的真正意义之所在,也是德国启蒙最突出的区别性特征——"理性主义与基督教的调和"。① 事实上,《论人类的教育》更全面、更系统地坚持了这一思想路线。对莱辛而言,"启示给予人类的,并非人的理性(Vernuft)凭自己达不到的东西;毋宁说,启示仅仅更早地将这些东西中最重要的给予人类,过去如

---

① 有研究者对德意志启蒙的区别性特征概括如下:"莱布尼茨的《单子论》(1714)和《神正论》(1710)"构成了"从笛卡尔理性主义和洛克感觉主义中保护形而上学基础结构的最后尝试。理性主义与基督教神学的调和使德国启蒙与法国及英国启蒙区分了开来,尤其是就宗教改革后北德意志邦国的历史而言,在德意志启蒙时代,因应邦国统治和新教教会的需要,理性主义被驯化。"请参看 Steven D. Martinson, Lessing and the European Enlightenment, in *A Companion to the Works of Gotthold Ephraim Lessing*, ed. by Barbara Fischer and Thomas C. Fox, New York: Camden House, 2005, p. 49.

此，现在依然如此"。(《教育》4)① 因此，必须考虑"应该以何种顺序发展人的能力"的问题，因为"教育不可能一举将所有都传授给人，同样，上帝在给予启示时，也必须遵循顺序，必须恪守一定的尺度。"(《教育》5) 从《论人类的教育》来看，启示乃是对人类的初等教育，是必须完成的教育；在我们的上下文中，则除了应该注意再次赫然出现的"人的理性"之外，还必须特别注意两个与理性直接相关的重要词——"顺序"和"尺度"。莱辛之所以从唯一最完美、从上帝、从启示出发引出上帝的理性与人的理性的问题，或也是基于对顺序和尺度的考虑。毫无疑问，延续性而非断裂性，乃是莱辛考虑的至关重要的问题。启蒙不是对宗教的彻底反叛，而恰恰是特殊意义上的赓续：是依违有制而不是彻底断裂。

像音乐中的复奏，莱辛在第五节，似乎又重新"演奏"了一遍第一节的内容。在如此短小的篇幅中这样重复几乎同样的内容，格外意味深长——"上帝自永世以来便思考着自己的所有完美；这就是，上帝自永世以来便为自己创造一种不缺乏自己所拥有的任何完美的本质。"(《理》5) 在这里，莱辛不仅再次赞美了完美者上帝本身，而且更重要的是，他让我们在体认上帝自身完美的同时，体认到莱布尼茨神义论意义上的前定和谐：不仅上帝本身，而且我们所拥有的、上帝所创造的世界，也正是上帝这个最完美的钟表匠按照前定和谐原则所安排的"最好的世界"。② 这显然流露出了启蒙

---

① [德] 莱辛：《论人类的教育》，见《论人类的教育：莱辛政治哲学文选》，刘小枫选编，朱雁冰译，华夏出版社2008年版，第102页。以下引自该篇者直接标为"《教育》"加小节号。

② 参见 [德] 莱布尼茨《神正论》，段德智译，商务印书馆2017年版，第184—185页；[德] 黑格尔《哲学史讲演录》（第四卷），贺麟、王太庆译，商务印书馆1995年版，第167页；[英] 罗素《西方哲学史》（下卷），马元德译，商务印书馆1986年版，第116—117页。

时代的乐观主义激情,这也在两个重要方面发出了启蒙的最强烈信号。首先,是对人的理性的根本肯定;其次,则是对此世生活的根本肯定。所不同的是,莱辛并没有像笛卡尔、洛克等启蒙思想者那样,通过否定上帝、否定启示而达成上述肯定,而恰恰是通过将人与人的世界的秩序和尺度归之于上帝,实现对人的理性、对人本身的承认、肯定与激励。正是在这个意义上,人再也不是正统基督教意义上的罪人,人的希望也不再仅仅存在于来世、存在于对现世生活的彻底弃绝。这是多么彻底的启蒙,但又是通过多么保守而温和的方式得以实现的。

当然,试图从旧约意义上的全能神观念中走出来,进而通过理性肯定人是一回事,能否真正建立新约意义上的三位一体则是另外一回事。虽然在很大程度上,二者具有完全同样的目的——即最终是为了肯定人,只是分别走了从上向下和从下向上两个方向不同的路线,但毕竟从神的理性"下降"到人的理性,与将人"提升"为具有神的位格,不可同日而语。

我们一起来看莱辛的下文。

三 上帝之子、神子与新约时代的到来(6—13节)

紧接着"上帝自永世以来便为自己创造一种不缺乏自己所拥有的任何完美的本质"(《理》5)这句话,莱辛重复了"本质"这个说法——这也是全文第三次使用本质这个概念。他这样说道:"这种本质被圣经称为上帝之子(Sohn Gottes/Son of God),或者准确地说,也许是神子(Sohn Gott/Son God 或 Son the God)。上帝之子被称为上帝,乃因为它不缺少任何应属于上帝的特性;被称为子,乃因为按照我们的理解,凡是想象着某种东西的,在想象之前似乎享有某种优先。"(《理》6)

非常清楚,圣经是莱辛上述说法的最权威依托,这也是莱辛遵循并承认基督教传统的表现。但正像他用理性限定基督教;并将基督教区分为基督宗教与基督的宗教,从而从内部对基督教传统有所突破那样,在这里,莱辛也用"上帝"和"子"两个名称称呼同一本质。这一方面合乎基督教三位一体的基本教义,[①] 另一方面也提示我们注意,上帝被称为上帝与被称为子,二者之间有着微妙的不同,用莱辛自己的话说,这里涉及的是"同为一个东西的两个事物"(《理》9)。如果说上帝"不缺少任何属于上帝的特性"(《理》6)这是上帝的完美的另一种表达;那么,神子之为子,则显然直接与耶稣这个普通人的儿子却同时也是神的儿子这个身份或位格相关,重要的是:耶稣是人,同时也是神。对莱辛来说,这后一种称谓甚至是更准确的,因为对他而言,最重要的是在耶稣那里神与人之间的同一性。换句话说,上帝之子这个说法,更多强调的是耶稣与上帝的联系,也即其神性;神子这个说法,则强调的是"按照我们的理解"——人的理解,神子作为神的形象代表比神本身的形象所具有的某种优先性。[②]

[①] 关于"三位一体"观念的内涵与形成过程,请参看周伟驰:"中译者序",见奥古斯丁《论三位一体》,上海人民出版社2005年版,第1—22页。文中指出,为了弥平基督教与犹太教之间关于上帝观念的裂隙并解决不同神学教派的分歧,"最后在罗马皇帝的干预下,于325年尼西亚大公会议和381年君士坦丁堡大公会议上确认,耶稣基督是上帝,与耶和华同'质'(ousia,存在,是),圣灵亦如此。三者从神性上说是完全平等的。在神学的发展中,逐渐出现了'三位一体'这样的词(mia ousia, treis hypostaseis,'一个存在,三个位格')。"(第4页)这里的"质",也即Wesen的意思。另可参看《马太福音》第28章第18—19节:"所以你们要去,使万民作我的门徒,奉父、子、圣灵的名给他们施洗。"(引自和合本)。

[②] 这段文字的英译如下:A Son, because that which represents something to itself seems, to our way of thinking, to have a certain priority to the representation, see Gotthold Ephraim Lessing, *Philosophical and Theological Writing*, Cambridge: Cambridge University Press, 2005, p. 25.

而如果回过头去将第六至十二节的内容与第一至五节联系起来看，我们或许可以说，莱辛恰好完整讨论了圣父（《理》1—5）、圣子（《理》6）、圣灵（《理》7—12）这三位一体的三个不同方面。与第一至五节通过思考、通过理性将上帝与人联系起来的思想方法彼此呼应的是，莱辛在六至十二节乃是通过圣子与圣父之间的和谐关系，建立起了人与上帝更为内在的联系。而从上帝出发理解人，同时又从人出发思考上帝，显然是启蒙时代德国理性宗教的双向关切之所在。

莱辛在第七节，再一次"演奏"了上述主题。好比"复调音乐"，在莱辛的演奏中，上帝既是其自身，又是其"对自身的想象"（《理》7），因而是"唯一最完美的本质"（《理》1）。就上帝是其自身来说，这一本质的名字无论是什么——是上帝之子还是神子——都是"上帝自己，与上帝没有差别，因为人们一想到上帝就会想到它，没有上帝就不可能想到它。"（《理》7）而就上帝是其"对自身的想象"来说，"没有上帝，人们就不可能想到上帝，或者说，如果人们要夺取其对自身的想象，它就不会是上帝。"（《理》7）也就是说，从人对于上帝的认识而言，我们想到上帝，想到的就是那个"唯一最完美的本质"，别无其他，这是由上帝的唯一性所决定的；另一方面，从上帝自身作为想象者、意愿者和创造者而言，它也是其自身想象的产物，没有上帝自身的想象、意愿与创造，就没有上帝。而神子耶稣，这神人合一的存在，显然正是这种想象的产物本身，甚至是其最高体现。

不过，这倒还并不显得非常特别，所有这些还基本上是对基督教传统的自觉继承。《理性基督教》对三位一体所作出的完全莱辛式的解释，应该说更体现在一个关键词——"和谐"之上。

从第九节至第十二节，莱辛五次重复使用了"和谐"这一概念——第九节中甚至出现了两次。由此，我们甚至可以说，对莱辛而言，作为"上帝的图像"的上帝与神子的和谐，才是他和他的时代面临的最关键难题。或者也可以说，在一定意义上，莱辛真正的关切，并不是上帝与神子的同一——二者"作为完全相同的图像"（《理》8）这个问题，而恰恰是二者的和谐，两个事物之间的和谐（《理》9）。这个和谐"被圣经称为来自父与子的灵（Geist）"（《理》10），"在这和谐之中，有着存在于父中的一切和存在于子中的一切；可见，这和谐即上帝"。（《理》11）

注意：莱辛这里显然意识到了存在于三位一体观念之中的某种裂隙。在正面指出圣父与圣子之间同一关系的同时，莱辛还是指出了二者乃是两个事物——尽管是"同一个东西的两个事物"（《理》9）。一方面，他几乎是在不加任何论证地直接呈现他的命题，以宣示其真理性；另一方面，在进一步肯定"这一和谐就是上帝"的同时，他又指出："假如父非上帝、子非上帝，和谐也就不会是上帝；假如这一和谐并非上帝，父与子便不可能是上帝，这表明：所有这三者是一个东西"。这里的两个假设，表面上依然是肯定陈述，但事实上已用"假如"这个词，暗示了得出反面结论的可能。如果我们还记得莱布尼茨的预定和谐论的话，至少会意识到，莱辛对莱布尼茨的乐观主义是略有迟疑的。而当我们读到第十三节的下列文字，对上帝本身和上帝的创造物之间能否真正和谐，又如何达成和谐，我们大概不会放弃思考、甚至无法放弃怀疑：

> 上帝将自己的完美分割开来思考，这就是说，上帝创造了众多本质，其中的每一个都具有上帝的某些完美；因为——让我再重复一遍——每一种思想在上帝都是一种创造。（《理》7）

连上帝也会将"自己的完美"分割开来思考，而上帝的本质也会分解为众多本质，人所拥有的也就只是上帝的"某些完美"。尽管"每一种思想在上帝都是一种创造",但身处启蒙时代,莱辛毕竟再也不可能仅仅以信仰代替理性,再也不能满足于固有的结论,更不能认为可以轻易地达成上帝与上帝所想象和创造的世界的和谐。我们甚至要问:同一的时代结束了,和谐的时代真的能够到来吗?而莱辛在《论人类的教育》中特别讨论三位一体问题的第七十三节,甚至做了以下追问——这一七七○年的追问,乃是一七五○年的回响:

> 譬如关于三位一体的教诲。——如果说,这条教诲使人的理智在无尽的左右摇摆的迷雾之后最终走上正途,认识到上帝不可能在理智中成为一,毋宁说,有限事物在理智中才成为一;认识到上帝的唯一性必然是并不排除多样性(Mehrheit)的先验的唯一性(eine transzendentale Einheit),这么说不对吗?上帝一定没有关于自身最完整的观念吗?这种观念意味着,万物都在上帝之中。(《教育》73)

不难看出,上帝的唯一性如何构成"不排除多样性的先验的唯一性",在莱辛晚年的思想中,依然是挥之不去的问题。与其说他找到了最终的答案,不如说这是他始终思考的问题。上帝不可能在理智中成为一,也不可能因为理智而成为一,因为上帝不是理智的产物,上帝自身拥有关于自身最完整的观念,自身就是最完美。但有限的事物却相反,它们"在理智中才成为一",用《理性基督教》中的语言来说则意味着,只有在理智中才成就诸完美。

于是,一系列问题接踵而至:"假如关于上帝的必然现实性(notwendige Wirklichkeit)"以及其余固有特点只有一种观念,只有一种可能性,这观念中也会包含着在上帝自身之中存在着的一切吗?"这种可能性透彻说明了上帝的其余所有特性的本质,但也透

彻说明了其必然现实性的本质吗？"莱辛的回答是否定的："我认为不能。"(《教育》73)[①]

那么，观念的可能性与其必然的现实性究竟是什么关系呢？莱辛用一个可能"犯词不达意错误"的比喻：镜子的比喻，说出了他"始终不容辩驳"的结论，说出了他所理解的三位一体的实质。在他看来，与通常人们所说的镜—我关系不同，在三位一体观念中，设定了一个"包容着、无一例外地包容着我自己拥有的一切"的映像，因此，这映像就不再是"虚空的映像"，而恰恰成为了"我的自我真正的分身（Verdopplung）。"而这种"我"和"我的分身"之间的映像关系"更易于为人理解、更得体的表达方式"，莱辛认为就是"上帝从永世生育的一个儿子"。(《教育》73)[②] 换句话说，在三位一体的观念中，镜中的我与现实中的我完全对应，进而诸完美与完美之间完全对应。但我们依然必须注意，这是映像式的、镜—我关系的对应，是观念性的对应。于是，这才有了下文所讨论的单一本质、无限序列与世界的和谐的问题。观念和理智中的一，在现实世界中怎么才可能达成一、又如何达成一？在现代世界，这尤其是

[①] 此处莱辛的原文为 Mich Duenkt nicht，朱译为"——我认为不尽然"；英译为"I think not"，See Gotthold Ephraim Lessing, Philosophical and Theological Writings, p. 235. 另一个中文译本译为"我认为不能"，见莱辛《论人类的教育》，童群霖译，《当代比较文学》（第六辑），华夏出版社 2020 年版，第 208 页。

[②] 关于此，另请参看莱辛《维索瓦蒂对三位一体说的异议》一文，见《论人类的教育——莱辛政治哲学文选》，刘小枫选编，朱雁冰译，华夏出版社 2008 年版，第 49—87 页。值得注意的是在《论人类的教育》第 73 节中，莱辛使用的是多个问号而不是完全肯定性的回答。关于最完美与诸完美的关系，还可参看《论圣能与大能的证明》一文从另一个角度展开的论述，在该文中，莱辛使用了必然的理性真理与偶然的历史真理之间的"令人厌恶的宽阔鸿沟"这个比喻，见《历史与启示——莱辛神学文选》，朱雁冰译，华夏出版社 2006 年版，第 64—70 页。

一个困难的问题。

四　单一本质、无限序列与世界的和谐（14—20节）

在讨论了三位一体之后，《理性基督教》中出现的下一个关键词是"世界"："所有这些本质的总和就叫作世界。"（《理》14）

而世界，并不是也不可能只有一种样子。这是上帝"将其完美以无限多的方式分割开来思考"的结果，这也将"最完美的世界"与"无限多的世界"区分了开来。对无限多的世界的确认，无疑是一个极其重要的转折点。三位一体的"一"，首先由于神子或神之子，由于神子与上帝的关系构成的圣灵而成为"三"。在这里，这个"三"，又变成了"多"，而且是"无限多"。对此，我们或也可以说，这里有两重意义上的多。第一重意义上的多是狭义的、宗教意义上的多（"三"），第二重意义上的多（"无限多"）则是广义的超出宗教意义的世界的多。

为了说清楚这一点，莱辛三次重复提到了"分割开来思考"的问题。第十三节这样表述：

> 上帝将自己的完美分割开来思考，这就是说，上帝创造了众多本质，其中的每一个都具有上帝的某些完美；因为——让我再重复一遍——每一种思想在上帝都是一种创造。（《理》13）

第十五节再次表述时，作了微妙的改变，增加了"以无限多的方式"这一新的限定——只是这个判断却是不确定的，莱辛不仅在首句用了"也可能"，在后面的句子中还用了"假如"（我们记得在第12节中他也使用过这个表达假设的词）：

> 上帝也可能想将其完美以无限多的方式分割开来思考；可

见,假若上帝不是始终想着最完美的世界,也就是说,假如他不是想着这些方式中最完美的一种方式并由此而在事实上造成了它,便可能存在着无限多的方式。(《理》15)

仿佛是对上面的假设又做出了某种戏剧性的肯定,从而完成了思考的过程,并坚定了自己的想法,在第十六节中,莱辛直接提出"将上帝的完美性分割开来思考的最完美方式":

> 将上帝的完美性分割开来思考的最完美的方式是:在分割开来思考时,应依据从无限多到无限少的相互依次连接的等级,这些等级之间既无越位,也没有缺位。(《理》16)

无论如何,这里的"思考",已与第一节中的"思考"形成了对照。因为,这里的思考是"分割开来"的。不仅如此,这里的思考,也已不只是第二节中的上帝自永世以来对自己的思考——不是在"思考自己",而是在思考上帝创造的"众多本质"(《理》13),思考"无限多的世界"(《理》15),也思考"相互依次连接的等级"(《理》16)。从最完美的本质,到众多本质,再到无限多的世界,再到依次连接的等级,莱辛确实已将对他的世界的思考次第分割了开来。这段短短的叙述,看似轻松而不露声色,却无疑是在尝试一个具有重大革命性的思想实验:(现代)秩序的构拟。

不过,莱辛的表述却依然是冷静而理智的,甚至是太理智的,而这个分割开来思考的世界,也是"排定秩序"并"形成序列"的——换言之,是理性的:

> 这就是说,这个世界的本质必须根据此依等级排定秩序。它们必然形成一个序列,在这个序列中,每一个成分都包含着

下面诸成分以及其下的成分所包含着的一；然而，其下的成分永远达不到最终的底线。(《理》17)

重要的是排定的秩序，重要的是序列，重要的是"这样的序列必然是一个无限的序列"，因为，正是从这个意义上看，"世界之无限性是不容辩驳的。"(《理》18) 由一到三，由三到多，由多到无限，就是这样，莱辛用理性的方式——甚至包含了假设——构拟了一个本来只有上帝才能构拟的世界，一个作为上帝所创造的众多本质之总和的世界 (《理》，14)。从《理性基督教》第一节读到此 (第1—20节)，我们仿佛在思考和想象中，跟随着莱辛从不同方向出发完成了两遍"创世记"。在比喻的意义上，第一遍，我们体会到了上帝自身的完美和无限；第二遍，我们则体会到了无限世界的秩序。所需要特别注意的是，"上帝所创造的，无非是单一本质 (das einfache Wesen)"，而"复合者只是上帝的创造的一个序列 (Folge)"。(《理》19) 在一定意义上，对处于现代世界之中的我们而言，感受世界的多、感受单一本质如何被分割为无限多的世界，其实并不困难。我们对世界的杂多、对现代世界观的莫衷一是，并不陌生。真正困难的也许是，在无限多的世界中依然相信世界的一，乃至追寻世界的一。因为，事实上，承认并体认多与无限本身，就会在很大程度上让我们无法再对序列、对秩序、更不要说对单一本质的自足与完美具有坚定的信仰。至少怀疑已多于坚信。这是莱辛面临的巨大悖论，也是现代人都普遍必须面对的巨大困境。

不过，莱辛以《理性基督教》来命名这篇短文，进行他对启蒙时代这个困难问题的思考，或许也正证明了他直面上述巨大困境时的清醒和信心。正如他在另一个场合说的："假如上帝的右手握有所有真理，左手握有唯一的、不断躁动的追求真理的冲动，而且带有时时甚而总是使我陷入迷误这个附加条件,然后对我说:选吧!我会恭顺地扑向他的左手,并说:我说,我父,给我吧!纯然的真理只属于你自己。"① 尽管在《理性基督教》中莱辛并未明言,但问题却是很清楚的。对莱辛来说,正如纯然的真理只属于上帝自己,握在上帝的右手之中,单一的本质也只属于上帝的创造。而与此同时,作为复合者,作为人,尤其是拥有理性的人,恰恰应该承认世界之无限性的不容辩驳(《理》18),应该恭顺地扑向上帝的左手,保持"唯一的、不断躁动的追求真理的冲动"。更重要的是,在莱辛那里,上帝的双手正如人的两只手一样,是缺一不可的。在一个杂多的世界中,两只手甚至可能是互搏的——在一个以理性为旗帜的时代尤其如此;但是,却也一定是同时并存的。为此,莱辛在另一处,还为"迷误"和"错误推论",同时也再一次为多,预留了宽容的空间。他说:"假如有一条伟大、实用的数学真理,它是发现者通过明显的错误推论求得的(如果没有这种东西,也可能产生这类东西)——难道因此就得否认这条真理,放弃使用这条真理?难道由于我不愿用他那种类型的机敏证明,由于我认为由此不能证明他藉以碰到真理的错误推论可能不是错误推论,我就忘恩负义,就亵渎这位发现者?"②

当然,一七五三年的莱辛,年轻时代的莱辛,要显得更加乐观,或也更略多些启蒙气质。在第二十节的末尾他又一次重复了第十一节至第十三节出现的关键词"和谐":

> 既然这些单一本质中的每一个都拥有其他本质所拥有的,

---

① [德]莱辛:《第二次答辩》,见《历史与启示》,朱雁冰译,华夏出版社2006年版,第80页。

② [德]莱辛:《论圣灵与大能的证明》,见《历史与启示》,朱雁冰译,华夏出版社2006年版,第69—70页。

而不可能拥有其他本质所不拥有的,所以,在这些单一本质中必然存在着一种和谐,从这些和谐可以解释在这些本质中、亦即在世界中所发生的一切。(《理》20)

这自然让我们再次想到三位一体,想到"被圣经称为来自父与子的灵"(《理》11),想到那个作为三的和谐。在那里,莱辛说"这和谐即上帝";在这里,上帝也即此和谐。这里的和谐,即单一本质与其他本质之间的和谐,上帝与无限多的世界之间的和谐。于是,"这种和谐可以解释在这些本质中、亦即在世界中所发生的一切。"于是,莱辛来到了他思考的终点:既来到每一个单一本质都拥有的永恒和谐,也来到单一本质之间的彼此和谐。

五 未来维度、个体的完美与行动(21—27节)

当然,即使是年轻的莱辛也知道,上述对和谐与秩序的想象、意愿和创造,事实上远未成为现实。正因为此,莱辛以一个小小的提示,期望我们从未来的维度对之加以思考,思考那许多漫长世纪之后的事情:

> 有朝一日,一个幸运的基督徒会将自然学说领域延伸到这里,不过,这要在许多漫长的世纪之后,即当人们彻底探明自然中的一切现象、无一例外地将它们追溯到其真正原本的时候。(《理》21)

不难看出,这里对未来时间维度的设定,为《智者纳坦》(1779)和《论人类的教育》(1777—1780)两部书埋下了伏笔。前者把什么是真正宗教的问题留给了千千万万年后"比我更智慧

的人";① 后者则宣布"《新约》初级读本中向我们许诺的那个新的永恒福音时代,一定会到来。"(《教育》71)②

而在这一切到来之前,必须再次重复一个重要的现代判断:"由于这些单一本质犹如有限的上帝,它们的完美也必然近似于上帝的完美,像部分近似于整体。"(《理》22)也许没有什么比这个话说得更直接、更明白,也更像一个大胆的现代宣言了:每一个单一的本质,在这里,都是"有限的上帝"。我们当然不能说,上帝在这里是作为一个完美的人存在的;但我们完全可以说,人和人的存在在这里"必然近似于上帝的完美"。这不是理性基督教,又是什么?

不过,如果莱辛仅仅说出了"一个幸运的基督徒"不敢直接说出的"自然学说",那他或许还只是离莱布尼茨或斯宾诺莎更近了一步。我们会从他身上更多地看到《神正论》《人类理智新论》和《单子论》的影子,看到《神学政治论》《伦理学》的影响,③ 但我

---

① [德]莱辛:《智者纳坦》[研究版],朱雁冰译,华夏出版社2011年版,第85页。《莱辛全集》的编者认为:"莱辛将启示宗教的真理问题——像在《论人类的教育》中那样——置入一个历史模式之中。这个模式从远古历史一直延续到千万年以后的遥远未来,共分为三个发展阶段:远古神话阶段,可以推断,一个原初的统一体分裂为多个宗教。当今阶段,这种分裂表现为各个宗教为取得特权而进行论战和斗争。未来阶段,要求'每个人'以其'纯洁无瑕、毫无偏见的爱'争先'显示自己指环上的宝石的力量',每个人必须'用温良的情操,用真诚的心,用善行,用全心全意献身于神的精神促成宝石的力量迸发出来。'"(请参看该书第85页注①)

② 参看《启示录》第14章第6—7节:"我又看见另有一位天使在空中飞翔,有永恒的福音要传给住在地上的人,就是各国、各族、各方、各民。他大声说:应敬畏神,将荣耀归于他;因他实施审判的日子到了!应该敬拜那创造天、地、海和众水泉源的。"(参见和合本)

③ 关于莱辛与斯宾诺莎、莱布尼茨的思想关联,请参看《〈论人类的教育〉编辑手记》,见《论人类的教育——莱辛政治哲学文选》,刘小枫选编,朱雁冰译,华夏出版社2008年版,第285—287页。

们看到的或许还不是完整的莱辛,尤其不是思想成熟期的莱辛。

在一七五三年的这个文本中,我们一再看到的是两个更具莱辛特征的关键词:"意识"和"行动"。他在四个小节中,重复出现这两个属人的关键词。二者联袂出现,并层层推进了我们对人的根本理解。初时,"意识"和"行动",是"属于上帝的完美"的一部分:

> 属于上帝的完美的还有:上帝意识到自己的完美,他能够按照自己的完美要求行动,此两者犹如上帝的完美的印记。(《理》23)

接着,乃是与上帝不同程度的"意识"与"行动":

> 所以,与上帝的不同程度的完美相联系的,必然是这种完美的不同程度的意识和按照这种完美而行动的不同程度的能力。(《理》24)

随之而来的是,"意识"和"行动"成为一种"道德的本质"、一种法则的本质:

> 拥有完美、意识到其完美并具有按照完美要求而行动的能力,其本质就叫做道德的本质(das moralische Wesen),这是能够遵守一种法则的本质。(《理》25)

也正是在这个意义上,二者已不再仅仅属于上帝,而更加属于人,既与人的理性联系在一起,也与人的行动联系在一起。更关键的是,正是因为这种道德的和法则的本质,人不仅需要按照上帝的

195

完美而行动,而且"要按照你个体的完美而行动。"他说:

> 这些法则取自这种本质自己的本性,它不会是其他什么,只可能是:要按照你个体的完美而行动。(《理》26)

在层层推进中,问题变得异常清楚。上帝能够意识到自己的完美,并按自己的完美而行动?那么人呢?个体的人,可以按照个体的完美而行动吗?有限的上帝,有限的理性,带来的难道不是有限的意识、有限的行动吗?可能是完美的吗?如何才能达到此完美?

莱辛没有给出答案,而只是又给出了假设,但这个假设却给试图努力从基督教的完美想象中走出来的现代人以积极而乐观的暗示:"既然在本质的序列中不可能发生越位,那些即便不够清晰意识到其完美的本质也必然是存在的——"(《理》27)

不够清晰,而又必然存在?!在莱辛的后续文本里,可以写下什么?需要写下什么?读至《理性基督教》这个结尾处,熟悉《论人类的教育》的读者,大概应该有所联想。至少我们应该知道,在晚年的那个最后文稿中,在呼唤"永恒的天命","让我不要对你绝望"的同时(《教育》91),莱辛在最后的九个小节(从第92节到第100节)中,一共使用了十四个疑问号,并以四个问号结束全文。而他的最后一个问号却显然具有诘问意味:"我究竟会耽误什么呢?整个永恒岂非都是我的?"(《教育》100)

(张辉,北京大学中文系教授)

丁子江

对杜威美学思想复兴的再审思

摘要：除了在其他哲学与教育领域，杜威在美学和艺术哲学中也产生了很大的影响。在其主要作品《经验与自然》(Experience and Nature)中，杜威阐述了审美经验理论的起源。不过，在杜威早期的著述中，尽管有许多引人入胜的初步材料，但其首要目标都不是美学或艺术理论；而对艺术的理解同《艺术即经验》(Art as Experience)相比是相对原初的；其后期思想的深度，洞察的力度以及写作的清晰度都产生了极大的飞跃。杜威因推出了《艺术即经验》一书，大放异彩，被许多人认为是二十世纪对这一领域最重要的贡献之一。杜威思想虽一度退隐，但后又经实用主义分析哲学家罗蒂（Richard Rorty）等推波助澜，再次回潮，并得以复兴。杜威美学得到进一步的推广。不少学者大力提倡实用主义的日常美学，并且特别强调把流行艺术作为美术的可能性，还通过杜威"身体美学（somaesthetics）"概念将美学扩展到日常生活领域。杜威的反二元论的美学引起其他一些哲学学派的重视。此外，杜威的美学还受到多元文化主义的欢迎。

关键词：经验与自然；艺术即经验；反二元论；日常美学；实用主义审美观；实用主义分析哲学

除了在其他哲学与教育领域，杜威在美学和艺术哲学中也产生了很大的影响。在其主要作品《经验与自然》(Experience and Nature)

中,杜威阐述了审美经验理论的起源。不过,在杜威早期的著述中,尽管有许多引人入胜的初步材料,但其首要目标都不是美学或艺术理论;而对艺术的理解同《艺术即经验》(Art as Experience)相比是相对原初的;后期思想的深度,洞察的力度以及写作的清晰度都产生了极大的飞跃。杜威因推出了《艺术即经验》一书,大放异彩,被许多人认为是二十世纪对这一领域最重要的贡献之一;杜威思想虽一度退隐,但后又经实用主义分析哲学家罗蒂(Richard Rorty)等推波助澜,再次回潮,并得以复兴。

一 杜威美学的缘起与形成

杜威对美学理论的一个重要探讨是由《艺术即经验》一书所提供的。该书以杜威于一九三一年在哈佛大学威廉·詹姆斯讲座为基础,成为他哲学研究的一个转折点。在此之前,杜威仅在《经验与自然》的一章中对艺术进行了一些粗略而恰当的阐述。杜威的转变引起了杜威的追随者们的批评,其中最引人注目的是史蒂芬·佩珀(Stephen Pepper),他认为这标志着杜威不幸背离了其工具主义的自然主义立场,回到了他青年时期的理想主义观点。然而,若认真阅读,《艺术即经验》揭示了杜威关于艺术的观点与其以前哲学著作的主题有着相当的连续性,同时也为这些主题提供了重要和有用的扩展。杜威一直强调认识人类经验各个方面的完整性。他反复抱怨人们用哲学传统的偏见表达了这个主题。与这个主题相一致,杜威考察了《经验与自然》中"质的直接性"(qualitative immediacy),并将其纳入了他对经验发展本质的看法,并声称,个体与环境再适应的经验可得以实现。这些中心主题在《艺术即经验》中得到丰富和深化,使之成为杜威最重要的作品之一。《艺术即经验》作为杜威最重要的美学作品,但有着其前提条件。十九世纪八十年代,杜威关于美学和艺术的短文和评论零星出现,如一八八七年的《心理学》(Psychology),一八九六年的"想象与表达"(Imagination and Expression),一八九七年的"教育中的美学元素"(The Aesthetic Element in Education)等,人们对此都进行了有意义的讨论。在一九一五年的《民主与教育》(Democracy and Education)以及其他教育著作中,更较深入地进行了探索。此外,于一九二五年和一九二六年,杜威还发表了几篇关于巴恩斯艺术博物馆出版的美学短文。

巴恩斯(Albert C. Barnes)是实业家和收藏家,也是杜威在美学上受到的最大影响力。这两人是亲密的朋友,杜威是巴恩斯艺术博物馆的工作人员,并于一九二五年被任命为巴恩斯基金会的主任。一九一七年,巴恩斯主持了一个研讨会,热切地倡导杜威的实用主义。他认为自己是民主的坚强捍卫者,虽然具有讽刺意味的是,他使得人们很难看到他自己的大量收藏,并且其形式主义欣赏理论被一些人认作是独裁的。杜威不仅大量引用巴恩斯的著作,而且把《艺术即经验》献给他。杜威书中的许多插图来自巴恩斯的收藏。在他那个时代,杜威成为多元文化主义的领跑者。他为艺术经验所选择的插图包括普韦布洛印第安陶器、布希曼岩画、斯基台装饰品和非洲雕塑,以及埃尔·格雷科、雷诺瓦、塞尚和马蒂斯的作品。他对墨西哥的传统和民间艺术感兴趣,比起城市的学校来,他更欣赏乡村学校的设计[1]。他也主要是通过巴恩斯与非洲裔美国人的文化联系在一起的。巴恩斯被邀请为洛克(Alain Locke)所编辑的《新黑人》(The New Negro)撰写其中一章。《新黑人》是哈莱姆文艺复兴的奠基文献之一。杜威和巴恩斯在艺术教育的第一个实验班的学生主要来自黑人工人阶级。巴恩斯收集了非洲裔美国人的

---

[1] John Dewey, "Mexico's Educational Renaissance", reprinted in 1984 *John Dewey*: *The Later Works*, 1925—1953, Vol. 2, Boydston, J. (ed.), Carbondale: Southern Illinois University Press, 1926, pp. 199 - 205.

艺术，并鼓励非洲裔美国学生到巴恩斯艺术博物馆学习。非洲裔画家和插图画家道格拉斯（Aaron Douglas），于一九二七年来到基金会，一九三一年，在巴恩斯研究基金赞助下在巴黎学习。[1] 巴恩斯也与林肯大学，一个历史悠久的黑人学院，有着联系，因此许多这所大学的学生来到巴恩斯艺术博物馆学习。[2] 杜威也是全国有色人种协进会的创始成员之一。杜威还通过一九二六年在纽约成立中国研究所来促进跨文化理解。这个中国研究所至今仍在运转，声称自己是该市唯一一个专门关注中国文明、艺术和文化的机构。

虽然杜威精通文学、建筑、绘画、雕塑和戏剧，但他在音乐方面相对没受过什么教育，据说他是音盲。然而，关于音乐，他经常也有深刻的见解，许多音乐家和音乐教育家从他的理论中得到了灵感。[3] 不幸的是，他似乎完全不知道摄影和电影是独立的艺术形式。许多作家抱怨说，杜威对他当时的先锋艺术没有兴趣。[4] 的确，立体主义、达达主义和超现实主义在他的著作中都没有发挥作用，他的理论似乎实际上排除了非客观绘画，[5] 尽管他确实曾积极地谈论抽象艺术。他也不太喜欢像伊利奥特（T. S. Eliot）或庞德（Ezra Pound）这样的创新诗人。虽然这可能表明他对艺术采取保守的态度，但是无论在他自己的时代还是以后，杜威对各种创新的艺术运动都产生了相当大的影响。也许最重要的是，一九三五——一九四三年的

---

[1] Jubiliee, V., "The Barnes Foundation: Pioneer Patron of Black Artists", *The Journal of Negro Education*, 51, 1982, pp. 40 - 49.

[2] Hollingsworth, C., "Port of Sanctuary: The Aesthetic of the African/African American and the Barnes Foundation", *Art Education*, 47 (6), 1994, pp. 41 - 43.

[3] Zeltner, P., *John Dewey's Aesthetic Philosophy*, Amsterdam: Grüner, 1975.

[4] Eldridge, R., "Dewey's Aesthetics", in The Cambridge Companion to Dewey, M. Cochran (ed.), Cambridge: Cambridge University Press, 2010, pp. 242 - 264.

[5] Jacobson, L., "Art as Experience and American Visual Art Today", *The Journal of Aesthetics and Art Criticism*, 19, 1960, pp. 117 - 126.

联邦艺术项目主任卡希尔（Holger Cahill）是杜威的追随者。[1] 在画家中，地区主义现实主义者本腾（Thomas Hart Benton）早就皈依了他的哲学。杜威也是黑山学院（Black Mountain College）的董事会成员。这个学院在艺术方面很有影响力，比如肯宁汉（Merce Cunningham）和克基（John Cage）。阿尔伯斯（Josef Albers）是杜威重要的绘画教师，他首先受到后者教育理论的影响，后来又受到其美学的影响。[2] 墨西哥露天绘画学校（Escuelas de Pintura al Aire Libre）始于墨西哥革命时期，在奥比里贡（Alvaro Obregon，1920—1924）政府统治时，受杜威理念的启发而建立起来的。对于二十世纪后期的艺术家，杜威对抽象表现主义的影响尤其强烈（Buettner 1975，Berube 1998）。[3] 例如，莫瑟韦尔（Robert Motherwell）在斯坦福大学主修哲学时就学习了《艺术即经验》，他认为这是自己的圣经之一。[4] 极简主义的雕刻家贾德（Donald Judd）十分钦佩杜威。[5] 地球艺术，其重点放在艺术走出博物馆，甚至可能被视为"应用的杜威"（applied Dewey）。还有理由相信，发生与表演艺术的创始人之一卡普鲁（Allan Kaprow）在读了杜威的著作之后，借鉴了他的想法。[6] 尽管一位作者认为当代身体艺术已经远离了杜威所赞扬的完

---

[1] Mavigliano, G., "The Federal Art Project: Holger Cahill's Program of Action", *Art Education*, 1984, 37: 26 – 30.

[2] Gosse, J., "From art to experience: the porous philosophy of Ray Johnson", *Black Mountain College Studies*, 2012.

[3] Buettner, S., "John Dewey and the Visual Arts in America", *Journal of Aesthetics and Art Criticism*, 1975, 33, pp. 383 – 391.

[4] Berube, M. R., "John Dewey and the Abstract Expressionists", *Educational Theory*, 1998, 48, pp. 211 – 227.

[5] Raskin, D., *Donald Judd Yale University Press*, Introduction, 2010.

[6] Kelly, J., "Introduction", in Kaprow, A., Essays on The Blurring of Art and Life, ed. Kelly, J., Berkeley, University of California Press, 2003.

整的审美体验,[1] 另一位作者则认为杜威预见到了这一运动。[2]

在《艺术即经验》中,杜威详细阐述了自己的美学主张,讨论了一、活生物;二、活生物与"以太物质(Etherial Things)";三、具备一种经验;四、表达的行为;五、表达的对象;六、实体与形式;七、形态的自然史;八、能量组织;九、艺术的共同本质;十、艺术的多样性;十一、人类的贡献;十二、对哲学的挑战;十三、批评与感知;十四、艺术与文明等。

既然杜威是一个实用主义者,那么在这个传统中寻找先行者是值得的。[3] 一个强有力的例子证明他与埃默森(Ralph Waldo Emerson)的许多相似之处,许多人认为后者是一个原始实用主义者。皮尔士(Charles S. Peirce)谈到了杜威更为熟悉的主题,例如美学和伦理学的连续性。詹姆斯虽然没有在美学上写作,但他的心理观对杜威的美学思想有着深刻的影响。非裔美国哲学家和实用主义文化理论家洛克(Alain Locke)也对他有一定的影响力。十九世纪和二十世纪初,其他重要思想家也影响了杜威:他关于生物与环境相互作用的观点在很大程度上要归功于达尔文;[4] 虽从未引用过马克思,但也许是因为他在公众生活中如此致力于捍卫一种反共产主义的社会自由主义形式,例如,他对艺术之间关系的看法同马克思,尤其是年轻的马克思非常接近。另一位在背景中徘徊的人物是弗洛伊德(Sigmund Freud),因为尽管杜威有时批评后者将无意识中的

---

[1] Jay, M., "Somaesthetics and Democracy: Dewey and Contemporary Body Art", *Journal of Aesthetic Education*, 2002, 36, pp. 55 – 69.

[2] Brodsky, J., "How to 'see' with the Whole Body", *Visual Studies*, 2002, 17: 99 – 112.

[3] Shusterman, R., "Aesthetics", A Companion to Pragmatism, Shook, R., and Margolis, J. (eds.) Malden, MA: Blackwell, 2006, pp. 352 – 360.

[4] Perricone, C., "The Influence of Darwinism on John Dewey's Philosophy of Art", *Journal of Speculative Philosophy*, 2006, 20, pp. 20 – 41.

实体人格化（hypostatization of entities），但在《艺术即经验》中，他赋予了潜意识过程在创作过程中的重要作用。

在杜威看来，艺术起源于现实生活，并紧密联系于有价值意义的社会生活。若将艺术与生活加以分离，使之封藏并隔绝在戏院、画廊、艺术馆中的做法，相当愚蠢。起源于现实生活的艺术，仍应回归于现实生活，并与生活相结合。日常生活能创造美的事物，激发完满的鉴赏力，并造就审美交流的经验。对他而言，艺术的前提是经验，乃生活的体验，并本来就是生活本身的一部分；美感经验表现出现实经验，也不断表现出价值与意义，以至达到理想的满足；美的含义在于大众"公共鉴赏"，审美的判断是人们对于美的反应、感受和理解；闲情逸致与审美的经验之间有着密切的联系。在《艺术即经验》一书中，杜威尤其强调，美产生于最平凡和最有意义的日常生活和普通事物中。杜威阐述道："艺术这种活动的方式具有能为我们直接享有的意义，乃是自然界完美发展的高峰，而'科学'，恰当地说，乃是一个婢女，领导自然的事情走向这个愉快的途径。"[①] "科学的方法或者说构成真实知觉的艺术，在经验的进程中被肯定在着手其他艺术的时候去占据一个特殊的地位。但是这个独特的地位只会使它更为可靠地成为一个艺术，它并没有把它的产物，即知识，跟其他的艺术品对立起来。"[②]

杜威认为，审美经验的根源在于平凡的经验，在于人类生活中无处不在的完美体验。对于一些艺术爱好者来说，审美享受是少数人的特权，而这种自负是没有道理的。无论何时，只要从先前的经

---

① ［美］杜威：《经验与自然》，傅统先译，江苏教育出版社2005年版，第228页。
② ［美］杜威：《经验与自然》，傅统先译，江苏教育出版社2005年版，第242页。

验和现在的情况中总结出意义与价值的本质统一，生活就会呈现出一种审美品质——杜威称之为一种"体验（an experience）"。就其广泛的参数而言，艺术家创造的作品并非独特的。智能应用材料的过程以及想象力的发展可能解决经验重建中所出现的问题，并提供立即的满足；这个过程在艺术家创造性工作中得以发现，在人类所有智能和创造性工作中也可寻觅。艺术创作的区别就在于相对强调作为活动本身合理化目标的统一"质的复杂性"的直接享用，以及艺术家通过收集和提炼人类生活、意义和价值的大量资源来实现这一目标的能力。感官在艺术创作和审美欣赏中起着关键性的作用。然而，杜威反对源于休谟那种耸人听闻的经验主义，因为它仅仅根据传统上编纂的感官品质列表来解释感官体验的内容，如颜色、气味、质地等，而它们都偏离了过去的经验。在艺术的过程，不仅表现在艺术家运用的物理媒介中的感性品质，而且也赋予了这些品质的丰富意义，从而构成了精致和统一的材料。艺术家在作品中集中地澄清，并生动地表达这些意义。在这个过程中，统一的元素是情感，但并非是原始的激情和爆发的情感，而是反映在作品整体特征上并用作指导的情感。尽管杜威坚持认为情感不是艺术作品的重要内容，但他清楚地认识到它是艺术家创造性活动的重要工具。杜威在《艺术即经验》一书中，反复地回到他对思想史批判性思考的一个熟悉的主题，即过于强烈的区分常会因被简单性误导而抹杀了阐释的准确性。杜威拒绝了在艺术和艺术形式之间经常出现的美学差异；他反对物质和形式在艺术作品中是并排的，因为它们是截然不同的。对杜威来说，在艺术品中，质与相关的意义动态地得到整合，并在协作和调适中得到更好地理解。

杜威还拒绝认为，艺术家作为主动创造者和观众作为被动艺术接受者之间的区别。这种区别人为地截断了艺术过程，实际上暗示了这个过程以艺术家创造力的最终人工制品结束。杜威宣称，相反地，如无欣赏者的代理，这个过程是贫乏的，欣赏者对艺术家作品的积极同化，需要对艺术家初始作品出现的许多相同的歧视、比较和整合过程加以重述，但须以艺术家的感知和技巧为指导。杜威划分了艺术家创作的"艺术生产"，即绘画、雕塑等与"艺术品"之间的区别，而所有这些只有通过敏锐观众的积极参与才能实现。杜威一直关注人类活动以及各个领域之间的相互关系。《艺术即经验》的最后一章专门讨论了艺术的社会含义。艺术是文化的产物，特定文化的人们正是通过艺术来表达他们生活的意义、希望和理想。由于艺术的根源在于人类生活过程中所经历的完美价值，因此它的价值比普通价值具有亲和力，这种亲和力使艺术成为与普遍社会条件有关的一个关键领域。只要在社会成员的生活中，未能实现艺术所体现的价值观，并由此所揭示出有意义和令人满意的生活的可能性，那么阻碍这种实现的社会关系就会受到谴责。杜威在此章中的具体目标是工业化社会中工人的条件，它迫使工人执行重复性的任务，而这些任务缺乏个人兴趣并且对个人成就没有满足感。艺术的这种批判功能被忽视的程度，进一步表明了杜威认为艺术与普通生活的共同追求和兴趣之间有着不幸的距离。艺术的社会功能的实现需要封闭这一划分。

二 杜威美学的"退隐"：分析哲学的"反黑格尔"式拒斥

杜威在美学和艺术哲学中也产生了很大的影响，他的著述《艺术即经验》（1934）被许多人认为是二十世纪对这一领域最重要的贡献之一。然而，它并不像评估所表明的那样被广泛讨论。这有几个原因：首先，尽管杜威几乎用民间风格撰写此书，但他的哲学散文往往晦涩难懂。其次，这本书很早就遭遇了两次负面的评论。其一，一九三九年，杜威的忠实追随者佩珀抱怨他已不是真正的实用主义者，已经恢复到早期的黑格尔主义。其二，一九四八年，克罗齐(Benedetto Croce)也似乎证实了这一点。被普遍认为是黑格尔式的克罗齐,看到了杜威的著述与自己的作品之间的许多相似之处,他指责杜威应用他的思想。当年,杜威虽坚持否定,但在此书中的确保留着过于黑格尔的经验。然而,这并没有阻止许多哲学家、教育家和其他知识分子创作受到杜威强烈影响的美学理论著述。甚至在此书之前,杜威有关美学和艺术著作与下列这些作家相互影响:穆伦(Mary Mullen)、巴恩斯(Albert Barnes)、蒙罗(Thomas Munro)等。当这本书出版后,杜威的追随者包括埃德曼(Irwin Edman)、佩珀(Stephen Pepper)、卡伦(Horace Kallen)、蒙罗(Thomas Munro),艾姆斯(Van Meter Ames)以及沙皮诺(Meyer Schapiro)等都受到他的影响。然而,在二十世纪五十年代,英文美学出现了一场分析性的革命。先前的美学理论被认为是过于推测和不清楚的。杜威的著作受到了这种批评,例如艾森伯格(Arnold Isenberg)在一份分析美学的文件中,指责杜威把艺术看作经验,结果成了"矛盾方法与无规律推测的大杂烩",[①] 尽管书内也充满了深刻的建议。杜威的表达理论和创造性理论是分析派攻击的具体目标。这种状况一直持续到二十世纪八十年代,根据《美学与艺术批评杂志》(*The Journal of Aesthetics and Art Criticism*)的一位编辑的说法,杜威的美学实际上被人们忽视了。[②] 二十世纪末期最重要的美学家之一的比尔兹利(Monroe Beardsley)对杜威一直保持着浓厚的兴趣,尤其是对其美学经验的论述;而其他主要人物,包括丹托(Arthur Danto)、莫瑟希尔(Mary Mothersill)和沃尔海姆(Richard Wollheim)等,则完

---

① Isenberg, A., "Analytical Philosophy and The Study of Art", *The Journal of Aesthetics and Art Criticism*, 46 Special Issue: Analytic Aesthetics: 125 – 136. (originally 1950), 1987, p. 128.

② Fisher, J., "Some Remarks on What Happened to John Dewey", *Journal of Aesthetic Education*, 1989, 23, pp. 54 – 60.

全忽视了他。① 古德曼（Nelson Goodman）可能是一个部分的例外（Frand 2001）。古德曼当然也同杜威一样坚信艺术和科学在很多方面是紧密相连的，并且也像后者一样，替换了"什么是艺术？"与"何时是艺术？"这类的问题。他们同时都采取了自然主义的艺术态度。然而，古德曼在一九七六年出版的《艺术语言》（Languages of Art）一书中，却从来没有提及杜威，他以语言和其他符号系统看待艺术，而杜威则以经验看待艺术。马戈里斯（Joseph Margolis）也许是从分析学派走出来，却认真对待杜威的最重要的当代美学家，他对实用主义的思维方式有着天然的亲和力；他认为艺术作品在文化上是涌现的，但在物理上体现为实体。② 这种观点在精神上是杜威主义的，正如他坚持强力的相对主义解释理论一样。不过，马戈里斯很少提到杜威，尽管他认为自己更接近杜威的"黑格尔主义"，而不是皮尔斯的"康德主义"；他发现皮尔斯更有趣，并还指责杜威不是历史主义者。③ 另一位当代美国美学家伯林特（Arnold Berleant）不断发展出与杜威相似的主题，例如"审美领域（aesthetic field）"和"约定（engagement）"两个概念。④

杜威著作中一个有趣的方面，就是他对美学史缺乏浓厚的兴趣，他很少对他人的审美作品进行阐释或批判；尽管充满了引文，

---

① Tom Leddy, "Dewey's Aesthetics", *Stanford Encyclopedia of Philosophy*, Feb. 8, 2016.

② Margolis, J., *Art and Philosophy*, Brighton, Sussex: The Harvester Press, 1980.

③ Margolis, J., "Replies in Search of Self-Discovery", in Krausz, M. and Shusterman, R., ed., Interpretation, Relativism, and the Metaphysics of Culture: Themes in the Philosophy of Joseph Margolis, New York: Humanity Books, 1999.

④ Berleant, A., The Aesthetic Field, Springfield, Illinois: Charles C. Thomas; Berleant, A., 1991, Art and Engagement, Philadelphia: Temple University Press, 1970.

但《艺术即经验》缺乏足够的脚注。诗人和哲学家都一样在杜威的阅读清单上占有重要地位，尤其是柯勒律治（Coleridge）、豪斯曼（Housman）、济慈（Keats）、坡（Poe）、莎士比亚（Shakespeare）和华兹华斯（Wordsworth）。视觉艺术家经常被引用，尤其是塞尚（Cezanne）、康斯塔博（Constable）、德拉克鲁瓦（Delacroix）、莫奈（Manet）、马蒂斯（Matisse）、雷诺兹（Reynolds）和凡·高（Van Gogh）。至于哲学家，他当然知道柏拉图和亚里士多德的著作。然而，在《艺术即经验》一书中，他从未提及休谟的美学，黑格尔只被引过一条（令人惊讶的是，而杜威却被指责太黑格尔主义了），而对尼采则一条也没有引用。然而，康德作为一个对手扮演着重要的角色，而叔本华却得到了一些提及。在当代人中，他提到了阿诺德（Matthew Arnold）、贝尔（Clive Bell）、博桑奎特（Bernard Bosanquet）、布拉德利（Andrew Bradley）、克罗斯（Benedetto Croce）、弗莱（Roger Fry）、赫尔梅（Thomas Hulme）、佩吉特（Violet Paget）、帕特（Walter Pater）、桑塔亚纳（George Santayana）、泰恩（Hippolyte Taine）以及托尔斯泰（Leo Tolstoy）等。

杜威的方法论可能不适用于接受分析哲学训练的读者。对此，他并没有多少争论的余地。[①] 然而，他确实给出了拒绝该领域其他主要理论的理由，并且也不反对哲学期刊的公开辩论。由于杜威强调经验，其方法有点类似于胡塞尔（Edmund Husserl）的传统的现象学。不过，与胡塞尔不同，他坚定地致力于科学世界观，并且没有将科学知识包括在他寻求哲学理解的范围之内。杜威的反二元论也会使他对胡塞尔的笛卡尔的倾向怀有敌意。这种反二元论意味着他一直在致力于削弱差别。因此，他没有遵循当代分析哲学的方

[①] Aldrich, V., "John Dewey's Use of Language", *Journal of Philosophy*, 1944, 41, pp. 261–270.

法，逐步作出越来越微妙的区别来寻求精确的定义也就不足为奇了。由于杜威坚持区分，他的思想有时似乎类似于德里达的解构主义。① 然而，与德里达不同，杜威永远不会宣称"文本之外（outside the text）"没有任何东西，因为其哲学的出发点始终是环境中的活生物（the live creature）。此外，他对连续性的强调和对有机主义的承诺（commitment to organicism）表现了典型的现代主义信念，即和谐的整体（harmonious wholes），而这不是德里达或后现代主义者所共有的。杜威也不会接受德里达片面强调差别和延期（differences and deferral）的重要性，这在他的相反意见中得到了体现。如果将方法视为需要确定性，杜威可以被视为反对方法，但如果专注于概率，则不被视为方法。他与分析哲学分享了一种倾向，即用对常识和词义的诉诸来支持自己的观点。在评价杜威的方法时，人们还必须考虑到他对于探究逻辑的考虑，正如一些书所表达的。②

三 杜威美学思想的"复兴"：分析哲学与实用主义的多维合流

二十世纪七十年代后期，对杜威相对缺乏兴趣的情况由于几个原因而有所改变。首先，罗蒂（Richard Rorty）通过提倡将分析哲学回归到实用主义。③ 在这一点上，杜威是他宣扬的英雄之一。美国哲学发展协会（The Society for the Advancement of American Philosophy）及其出版物《思辨哲学杂志》（*The Journal of Speculative Philosophy*）以及杜威研究中心（Tthe Center for Dewey Studies）也对这

---

① Derrida, J., *Of Grammatology*, trans. G. Spivak, Baltimore: Johns Hopkins University Press, 1976.

② Tom Leddy, "Dewey's Aesthetics", *Stanford Encyclopedia of Philosophy*, Feb. 8, 2016.

③ Rorty, R., *Philosophy and the Mirror of Nature*, Princeton: Princeton University Press, 1979.

一复兴作出了贡献。通过舒斯特曼（Richard Shusterman）的著述，杜威美学得到进一步的推崇，舒斯特曼甚至提倡实用主义美学，主要鼓吹杜威；并且特别强调把流行艺术作为美术的可能性，还通过其"身体美学（somaesthetics）"概念将美学扩展到日常生活领域。[①] 近年来，萨特威尔（Crispin Sartwell）为了回应多元文化主义和日常美学，也在追求这种支持杜威主义的思想。[②] 齐藤由彦（Yuriko Saito）也对这种支持杜威主义的思想进行了追寻，努力将美学扩展到日常生活中。杜威的美学最终在亚历山大（Thomas Alexander）的著作中得到了很好的论述，[③] 他在对生态本体论和存在论美学的论述中，进一步发展了自己的观点。约翰逊（Mark Johnson）发展了杜威的反二元论和人类理解的美学。[④] 同时，杜威的美学在教育哲学方面一直被保持着浓厚的兴趣，在《美育学教育杂志》（The Journal of Aesthetic Education）和《教学哲学研究》（Studies in the Philosophy of Education）等刊物上定期刊登这方面的文章。杜威的新影响部分是由于对各种欧洲美术家的兴趣增加。杜威和梅洛－庞蒂（Merleau-Ponty）的相似之处最引人注目；[⑤] 他与伽达默尔（Hans-Georg Gadamer）有一些共同之处，当

[①] Shusterman, R., *Pragmatist Aesthetics: Living Beauty, Rethinking Art*, Oxford and Cambridge, Mass.: Blackwell, 1992.

[②] Sartwell, C., *The Art of Living: Aesthetics of the Ordinary in World Spiritual Traditions*, Albany: SUNY Press, 1995.

[③] Alexander, T., *John Dewey's Theory of Art, Experience, and Nature: The Horizon of Feeling*, Albany: SUNY Press, 1987.

[④] Johnson, M., *The Meaning of the Body: Aesthetics of Human Understanding*, Chicago: University of Chicago Press, 2007.

[⑤] Ames, V. M., "John Dewey as Aesthetician", *Journal of Aesthetics and Art Criticism*, 1953, 12: 145 – 168. Kestenbaum, V., *The Phenomenological Sense of John Dewey: Habit and Meaning*, Atlantic Highlands, N. J.: Humanities Press, 1977.

然也有重要的差异。① 鉴于杜威对资本主义的批判,人们还可以发现他的思想与马克思主义美学家,尤其是阿多诺(Theodor W. Adorno)的思想之间的联系,② 尽管两者既有重要区别又有相似之处,尤其是阿多诺提倡艺术自治,而杜威则强调艺术自治。③ 一些当代女权主义美学家已经认识到杜威与他们有许多共同关心的问题,例如她们拒绝心身二元论,她们的民主本能和语境主义,以及她们打破传统区别的倾向。④ 杜威的美学思想与道家、⑤ 超验冥想(Transcendental Meditation)、⑥ 道根的禅宗(Dogen's version of Zen)、⑦ 印度美学家阿比那瓦古普塔(Abhinavagupta)、⑧ 博伽梵歌(Bhagavad-Gita)、⑨

---

① Jeannot, T., "A Propaedeutic to the Philosophical Hermeneutics of John Dewey: 'Art As Experience' and 'Truth and Method'", *Journal of Speculative Philosophy*, 2001, 15, pp. 1 – 13.

② Lysaker, J., "Binding the Beautiful: Art As Criticism in Adorno and Dewey", *Journal of Speculative Philosophy*, 1998, 12, pp. 233 – 244.

③ Lewis, W. S., "Art or Propaganda? Dewey and Adorno on the Relationship between Politics and Art", *The Journal of Speculative Philosophy*, 2005, 19: 42 – 52.

④ Seigfried, C., Chapter Seven: "Who Experiences? Genderizing Pluralistic Experiences", in *Seigfried*, 1996a. Duran, J., "A Holistically Deweyan Feminism", *Metaphilosophy*, 2001, 32, pp. 279 – 292.

⑤ Grange, J., "Dao, technology, and American Naturalism", *Philosophy East & West*, 2001, 51, pp. 363 – 77.

⑥ Zigler, R., "Experience and Pure Consciousness: Reconsidering Dewey's Aesthetics", *Philosophical Studies in Education*, 1982, pp. 107 – 114.

⑦ Earls, C., "Zen and the Art of John Dewey", *Southwest Philosophy Review*, 1992, 8, pp. 165 – 172.

⑧ Mathur, D., "Abhinavagupta and Dewey on Art and its Relation to Morality: Comparisons and Evaluations", *Philosophy and Phenomenological Research*, 1981, 42, pp. 224 – 235.

⑨ Stroud, S., *John Dewey and the Artful Life: Pragmatism, Aesthetics, and Morality*, University Park: The Pennsylvania State University Press, 2011.

孔子、[1] 以及康德的美学思想之间也有着显著的相似之处。亚历山大最近讨论了杜威与东方美学的关系。[2]

结　语

杜威在他的主要作品《经验与自然》(*Experience and Nature*)中阐述了审美经验理论的起源。杜威一直强调认识人类经验各个方面的完整性。他反复抱怨人们用哲学传统的偏见表达了这个主题。与这个主题相一致，杜威考察了《经验与自然》中"质的直接性"(qualitative immediacy)，并将其纳入了他对经验发展本质的看法，并声称，个体与环境再适应的经验可得以实现。这些中心主题在《艺术即经验》中得到丰富和深化，使之成为杜威最重要的作品之一。杜威思想虽一度退隐，但后又经实用主义分析哲学家罗蒂(Richard Rorty)等推波助澜，再次回潮，并得以复兴。杜威美学得到进一步的推广。不少学者大力提倡实用主义的日常美学，并且特别强调把流行艺术作为美术的可能性，还通过杜威"身体美学(somaesthetics)"概念将美学扩展到日常生活领域。杜威的反二元论的美学引起其他一些哲学学派的重视。此外，杜威的美学还受到多元文化主义的欢迎。

（丁子江，美国加州州立科技大学哲学系教授）

---

[1] Shusterman, R., "Pragmatist Aesthetics and Confucianism", *The Journal of Aesthetic Education*, 2009, 43 (1), pp. 89 – 29. Man, E., "Rethinking Art and Values: A Comparative Revelation of the Origin of Aesthetic Experience (from the Neo-Confucian Perspectives)", *Fioofski vestnik*, 2007, 28, pp. 117 – 131.

[2] Alexander, T., "The Music in the Heart, the Way of Water, and the Light of a Thousand Suns: A Response to Richard Shusterman, Crispin Sartwell, and Scott Stroud", *The Journal of Aesthetic Education*, 2009, 43, pp. 41 – 58.

李　频

《当代》一九八一年第一期的第三种可能
——秦兆阳致谭元亨信释读

　　一九七九年创刊的《当代》,发行量的巅峰年在一九八一年,期发行量五十五万册。一九八二年五十点三万册,一九八三年五十点一万册,一九八四年四十五点五万册。那几年的《中国出版年鉴》有记,我欣然写入《中国期刊史》第四卷(一九七八至二零一五),在"十一届三中全会与期刊新生"的章题、"新时期期刊发展的流变"节题下记忆《当代》,应该也恰切。

　　改革开放期刊史绕不过《当代》。我于《当代》,关注点甚多。牵肠挂肚的首推《当代》一九八一年第一期。龙世辉先生曾告诉我,《当代》一九八一年第一期原拟以谭元亨的《一个年代的末页》(以下简称《末页》)打头,这是原初的第一方案。不料屠岸主动审读《末页》为"中国的《悲惨世界》",临时撤稿,补上古华的《芙蓉镇》,秦兆阳还提议《芙蓉镇》发头条。此为第二方案。另一主编孟伟哉更看好《疯狂的节日》,便将《疯狂的节日》发头条。这便是最终见刊的第三方案。龙先生为谭作未能按期出版深深叹惋,本来应该出名成家的是谭元亨却换成了古华,并说如果《末页》当期"放出来"(龙原话),"大墙文学"的开创者就不是丛维熙而是谭元亨。历史就是如此阴差阳错。龙先生所说我印象深刻,一直有心收集材料予以探究。

《末页》于二〇一四年由汕头大学出版社出版，封面赫然印着"一个著名作家尘封三十年的处女作　秦兆阳临终仍期盼它的问世"。书末所附《无以报答的牵挂》曾刊发于《书城》一九九六年第五期的，《后记——不虞之誉与求全之毁》曾刊发于《中国名人榜》二〇〇八年第二期。谭元亨先生曾托友人将此两文的复印件转我。他终于打捞记忆披露《末页》的出版波折了。我读此书，反复读《代序：末页抑或开篇》，五味杂陈。

对读秦兆阳给谭元亨的信，内心感叹不已。为那个时段的文学，为那个时段作家与编辑的关系。

一　秦兆阳致谭元亨信

谭元亨同志：

十月二十二日来信今始作复，原因是病了一场，手头的事情放不下，颈椎骨增殖，身体不好。

从来信看，你似乎颇有感慨。因此我必须把我所知道和所经历的情况对你摆一摆，让你明白，然后再说我的看法。

也许是七九年底或八〇年初，当时《当代》初创，好稿和来稿不多，为了从长篇小说中选取一段发表，那时我看过一些长篇小说的一部分，你这部小说是其中之一。当时我只看过大约一半多，并未看完，写了自己的意见，退回给小说南组。我的意见是：一、并未看完（因此不能算终审）。二、作品的优点是结构上很有特点，内容意义上亦超过一般推理小说。三、开头的几章情节较平，不够精炼。四、对个别人物和情节之不合理处提出点意见。五、处理审阅皆须慎重（因所写的是公安机关的事，如有偏颇，易引起较大反响）。我的这些意见大约仍保存在小说南组，是经过许多同志看过的。后来，可能是龙世辉等同志看过，所以请你来出版社修改。据同志们反映，当时你的修改是比较马虎的,不够认真的,未能达到出版要求。于是就拖了一段时间。后我接到《少年报》一位同志来信,意思是要我促一促。我一了解,小说南组正由黄伊同志专帮你修饰,我以为修饰后大约可能出版,所以给《少年报》那位同志去了信,把这些情况告诉了他。但黄伊同志的加工仍不理想。这时我接到公安部门的群众出版社出版赠送的刊物《啄木鸟》第一期。于是想到,如果你这小说能经《啄木鸟》编辑部的同志们看过并在该刊连载发表,那就既稳妥又给作品解决了问题,他们也许可以帮助修改。小说组的同志们同意我的意见,把稿子送啄木鸟编辑部了。不料该刊只出了一期就停刊了,又把稿子退回来了。以后,又经过较负责的同志看过,认为在观点上有值得考虑之处,于是派专人到湖南去找你面谈(专为你这篇稿子去的)。这次你的修改,同志们觉得仍未能在某种观点上有所改变,且勉强生硬地增添了一个人物,故退回。

总之,这部原稿至少经过了出版社六个人看过十遍,并与你面谈过多次,我认为不能说不负责任。你也不能误解为,我通过了,别人又否定了——这不符合事实。从你这方面说,虽然你也经过了写作和修改的辛苦过程,但也不应该在心情不佳之时,对许多为此稿尽过心力的同志埋三怨四,还是应该多从自己这方面找教训。直到最近,有的同志提到这部作品的优点时还深为惋惜呢!这你大概没有想到吧?

我因没有看完全部原稿,所以对同志们所提的较重要的缺点无法说出自己的看法。由这同一原因,我也不便于替你介绍到别的出版社去。并且,如果我介绍了,人家会问:"为何人文不出版?"他会自己回答:"可见是人文的退稿。"这反倒使人知道是人文的退稿,因而会与你原来的愿望相反。

所以我建议你,不要急,再作一次认真的修改,然(后)

寄到花城之类的出版社试试。

我的眼睛患白内障严重，已不能看稿，并已不管《当代》的工作了。如果是十年前，我会帮你把全部作品看完的——这真遗憾，也对不起你。

护送流金同志去山西一事，流金和我都永远感激你。

敬礼

秦兆阳

十一、十一

二 秦兆阳的审稿意见

据谭元亨《代序：末页，抑或开篇》，秦信写于一九八二年[①]。写信本为息事宁人，当然了无赞词，但从字里行间不难领略到编辑、作者之间的分歧，秦兆阳对《末页》依然充分肯定。秦信中说"写了自己的意见"，可见有文字稿。据谭元亨披露，秦的审定意见是这样的：

> 此书立即就可以出版。
>
> 结构上很有特点，内容意义上亦超过一般推理小说，在长篇创作上是一个突破，有着深刻的思想内容与社会内容，写得很大气。作品提出了相当严肃与重大的问题，会引起社会各方面的考虑，包括公安部门、法律部门，可以多通过主人公发表议论，何铁与主人公的对立，很有意义，应该说，何铁是个正直的人，愈是这样，愈引发人们的深思。
>
> 人物基调都可以，彼此有差距，有矛盾，如变成纯粹的侦探小说就没意思了。

---

① 谭元亨：《一个年代的末页》，汕头大学出版社2014年版，第4页。

主人公之所以要把冤案弄清楚不可,是出于一个更深刻的思想,我们的社会对人民应更加公正、更加关心,党和人民才更为密切,方可调动各方面的积极性。"四人帮"制造冤案就是让党与人民对立起来,让党失去威信,这一工作(平反冤案)就是为了挽回党的威信,为四化扫清障碍。从马克思主义的基本原理出发,恢复其本来面貌,不是对人民专政,而是保护人民,让人民积极起来——所以,弄清冤案的来龙去脉,对今天更为有利。

站得愈高,愈能引起公检法同情。公检法的拨乱反正,从自己做起,再不能像过去一样了。

(龙世辉:会不会把人性、人道、人格乃至人权的问题讲得太多了?)

否认人权是不行的,宪法上也有不许侵犯人权一条,不能损害公民权,不能侮辱人,超过界限,便会把人推向对立面,制造坏人了。

有长期思考的东西,关于人生观,关于运动……有不少相当精辟的话,与众不同,显得特别。

养蜂的知青,浪迹天涯,很值得正面描写,她们相依为命,团结很紧,寻找她们很不容易,每每会受阻拦。她们是社会的不幸者,各有不同的遭遇。他们有他们的道德与法律,与社会通行的不一样,很值得探究。

作品对官僚主义的揭露也是有深度的,肖文新比较典型,他有他的理由,利用四个坚持,就想整人,有利害关系,必定搞"凡是",反对思想解放,"这是搞什么名堂"、"这还了得?""不压不得了,就是要压"……他与主人公的分歧,归根到底是对人民民主专政、对社会主义的理解。

主人公很有知识分子味道,不易为人理解,与他人矛盾日益加深,有痛苦,有激动,有冤屈,陷入案件中,很危险,他豁出去了……人物在矛盾冲突中丰富起来。

修改时,情节不要拖长,在不损害形象的前提下,文字尽量精练,两期(指《当代》)可以登完。

要用思想罩住全篇,制造气氛、悬念、引起读者关注,触发感情,要不同于一般的长篇小说,有高的思想境界。社会生活部分即案情之外描写要加强人情味与人性意味,这样人物便会更丰满些。以法律的观点来写,来抗衡阶级斗争的观点、"左"的观点。我要求要高一点,因这是当前难得的一部各方面已相对成熟与完整的作品,不用多少加工便可以出版的……①

据元亨先生提供的另一材料,秦兆阳书写或发表这一审稿意见的时间在一九八二年八月二十二日。

三 屠岸的审稿意见

《末页》并非直接投到人民文学出版社的,谭元亨说:"我是写儿童文学出的名,书稿由上海少儿社的赵元真,介绍到中少社的王一地那里,老王先给了中青社的黄伊,但黄伊不敢出,压了好一阵,而后,老王便把稿子要了回来,送到了人民文学出版社《当代》的贺嘉那里,《当代》委托南方组的刘炜、龙世辉先看一下,很快,便送到了《当代》时任主编的秦兆阳那里,就这样,我到了北京,这已是一九八〇年的夏天了。"② 秦信中说《少年报》一位同志,就是王一地,是一位颇有成就的儿童文学编辑家。

---

① 谭元亨:《一个年代的末页》,汕头大学出版社2014年版,第487—489页。
② 谭元亨:《一个年代的末页》,汕头大学出版社2014年版,第3页。

谭元亨还记："在我修改期间，一位衣冠楚楚、颇有风度的出版社领导找到我的住处，深深一鞠躬，称，大家都很称道你这部长篇，我欲先睹为快，能借给我一阅么？我知道平反不久的秦兆阳，仅是《当代》的主编，还在他的领导之下。不过我也知道，他是位诗人，还译过莎士比亚的十四行诗，当受西方思想一定的影响，也许，会一般喜欢这部作品。"① 这显然是指屠岸。秦信中提及"别人又否定了"也指屠岸。

屠岸的审读意见是否写成文字，龙世辉当时没跟我说，我也没想到追问。屠岸到东中街人民文学出版社宿舍楼地下室的出版社招待所找谭元亨，且先鞠躬再交谈，是龙世辉跟我说过的。屠岸比龙世辉大两岁，时年五十七岁，谭元亨三十四岁，出版社领导长辈对作者行如此大礼，我平生第一次听说。所以记住了龙世辉口头转述的屠岸审稿意见的关键词："中国的《悲惨世界》"。谭元亨披露的屠岸审读意见是：

> 此稿结构上天衣无缝，语言上亦炉火纯青……整个作品的思想体系不是马克思主义的，而是资产阶级人道主义，可以说它是中国的《悲惨世界》，但中国不应当允许《悲惨世界》的思想体系存在，作为社会主义的出版机构，怎么可以容忍出版宣扬资产阶级人道主义的作品，该稿基调太过于低沉，反面力量大于正面，言论不但有些过头，还相当过头。不能把责任推给社会、推给客观、推给社会主义制度……全书在客观上起到控诉我们的有害作用，使人感到可怕……②

---

① 谭元亨：《一个年代的末页》，汕头大学出版社2014年版，第3—4页。
② 谭元亨：《一个年代的末页》，汕头大学出版社2014年版，第489页。

按当时铅印《当代》提前两月发稿推断,屠岸这意见提出于一九八〇年十月前后。据一九九一年印行的《人民文学出版社(一九五一年至一九九一年)》画册第十三页《前任社级领导人名录》,严文井自一九七八年九月"专任社长兼总编辑。一九八一年二月至一九八三年十月任社长"。韦君宜"一九六一年四月任本社副社长兼副总编,一九八一年二月任总编辑,一九八三年十月至一九八五年十二月任社长"。秦兆阳"一九八〇年一月任本社副总编辑兼《当代》杂志主编。一九八七年四月离休后继任《当代》主编"。屠岸"一九七三年一月来本社,历任现代文学编辑室副主任、主任。一九七九年六月任副总编辑,一九八三年十月至一九八六年六月任总编辑"。

四 黄伊心有余而力不足

秦信中说的"又经过较负责的同志看过,认为在观点上有值得考虑之处,于是派专人到湖南去找你面谈(专为你这篇稿子去的)",这"专人"是指黄伊。谭元亨有记:"而书稿,居然最后落到了刚调入人民文学出版社的黄伊手中,据说是他亲自'请缨':这部稿子我看过,我来处理。""末了,却是黄伊亲自到了湘潭。"[1]梅开二度,看来黄伊是真心想抢救《末页》。

《末页》封面写着:"这是推理小说,还是悬疑小说?这是侦探小说,还是社会小说,文化小说?甚至可以列出更多名称,也许称之为非类型小说要贴切一点。"其体裁尝试是否带来了黄伊删节加工的难度?谭元亨自己也说:"有好心的朋友,试图把它删削成一部纯粹的推理小说,他也这么做了,但最后,我却是自己撤回了书稿。"[2]

---

[1] 谭元亨:《一个年代的末页》,汕头大学出版社2014年版,第3页。
[2] 谭元亨:《一个年代的末页》,汕头大学出版社2014年版,第484页。

五　秦兆阳的终极关怀

　　谭元亨还披露，一九八八年，他到北京，见到了秦老儿子秦万里。秦万里当时在中国文联出版公司工作，他与编辑部的负责人顾志成，把谭元亨拉到了一边，"说秦老一再向他们介绍《一个年代的末页》，让我赶紧把书稿拿来，'悄悄地出了'"。① 但中国文联出版公司的老编辑李树春"怎么也不肯把这部书稿退还给我，并不是他要发稿，而是……为了保护我"。② 李树春曾被打为"右派"，他就如此关爱后生。这就是二十世纪八十年代。如果当时李树春交出书稿，又会展开怎样的故事呢？正如假如不是屠岸，"末页"发出，那有会是怎样的后续故事呢，只能想象，甚至只能不可想象。秦兆阳如此关心《末页》，到底为什么？那一代编辑家对文学青年都是如此掏心窝相助。仅仅因此？谭元亨说："我想，是我的遭遇，赋予了这部作品深沉的思考，才引发了秦老心灵的共鸣。"③ 我认同这一假说。"有人非常肯定地告诉我，秦老把当日肯定这部书稿的审读意见撤了回去。"④

　　这就是二十世纪八十年代的复杂性。撤回审读意见后依然力促《末页》出版，显然秦老关注关心的不再是一部文学作品的命运，而是从社会根源上沉思求解社会问题。文学反映现实批判现实，在"文革"灾难过后，秦兆阳内心深处着力追求以文学出版为手段重建社会。真该如此理解他的终极关怀，一个现实主义文学编辑家的终极关怀。

---

① 谭元亨：《一个年代的末页》，汕头大学出版社 2014 年版，第 484 页。
② 谭元亨：《一个年代的末页》，汕头大学出版社 2014 年版，第 485 页。
③ 谭元亨：《一个年代的末页》，汕头大学出版社 2014 年版，第 3 页。
④ 谭元亨：《一个年代的末页》，汕头大学出版社 2014 年版，第 484 页。

六　出版延宕的编辑史

新闻报道中有"新闻""旧闻""不闻"的差异比较之说,以"旧闻""不闻"为镜鉴参照,才能更深刻地理解"新闻"。文学出版竟然也有这样的案例,于社会思潮和出版效果的关系而言,出版与否,适时出版与延时出版,其效果效益差别甚殊。适时出版意味着适时建构了恰切的社会历史关系,延期出版的社会历史关系又是怎样的,以及如何建构呢?这应该说是有一定的理论意义而实际上又颇费思量的课题。《末页》的样本意义恰恰在这里——有编辑而未出版或者说出版延宕。编辑出版过程中的某种偶然性、不确定性在《末页》中较充分释放了。编辑与出版分离自陈独秀主编《新青年》以来渐成惯例,那主要发生在连续出版的期刊领域,重在期刊出版中编辑与经营的分离。在文学书籍出版(非连续出版)中这样的个案该如何审视呢?能从编辑出版史角度破译这种编辑尔后延宕出版现象的社会文化效果乎?难,当然难。难在面对这样独特现象到底该如何组合理论工具并设计研究路径。

"由于种种原因,《芙蓉镇》没有在《当代》头条发表,而且因为篇幅关系,只以小五号字发了末条,但读者却积极认可了秦兆阳的判断。这一期《当代》出版后,广大读者大多是从后往前倒着看的。"① 其"种种原因"主要指孟伟哉看好《疯狂的节日》。孟伟哉在《当代》一九八一年第一期《编后记》中说:"这一期发表了六篇小说。长篇《疯狂的节日》描写一九六七年一月上海的人民群众反对张春桥的那场斗争以及所谓'一月风暴'的情景,它的两个作者是当年亲历其事的大中学生,作品是一个艺术上的探索。听取

---

① 李频:《龙世辉的编辑生涯——从〈林海雪原〉到〈芙蓉镇〉的编审历程》,河南大学出版社1992年版,第114页。

反应后，准备进一步修改。中篇《芙蓉镇》以新的观点再现了二十多年来特别是'四清'以来农村的生活图景。四个短篇，题材和风格各具特点，都颇有韵味。"① 《当代》一九八二年第二期《编后记》中说："长篇小说《疯狂的节日》上半部发表后，受到广大读者的注意。这期续完，并附有一篇简评供读者参阅。"② 偏偏《疯狂的节日》远不如《芙蓉镇》叫好叫响，而秦兆阳更心仪的《末页》却没有如愿发表出来。

头条既是编辑抉择也代表编辑对读者阅读选择的意向与暗示，可称为第一种可能。那期《当代》，读者首选末条，这虽然实际发生，却是出乎编辑意外的第二种可能。我当时初涉编辑研究，自然颇感新奇。《末页》出版坐实了那期《当代》的第三种可能。相比前两种可能的已刊已读，这第三种可能则实际上未刊未读。尽管只是可能，而没有实际发生，但"可能"所蕴涵的，以及"可能"之前已发生的，依然具有历史沉思和理论探讨的价值。能从阅读史角度破译《当代》一九八一年第一期的第三种可能乎？难。当然难。难在独特阅读现象所要求的解析工具。

秦兆阳提醒谭元亨"还是应该多从自己这方面找教训"，长辈之声忠言逆耳。由于《末页》的挫折，谭元亨"立志写出几部更成熟、也更有艺术震撼力的作品"，这就是《速朽》三部曲和《客家魂》三部曲。他的文学之路显然跋涉得更为艰难。

一九七八年至一九八一年是中国改革开放思想文化史上的窗口年，《末页》折射和见证了那个窗口年。《当代》等一批名刊新创记录了那个窗口年，而《末页》恰遇《当代》新创。

《末页》在人民文学出版社"至少经过了出版社六个人看过十

---

① 《孟伟哉文集》，人民文学出版社2014年版，第九卷第29页。
② 《孟伟哉文集》，人民文学出版社2014年版，第九卷第30页。

遍",尚且还是一部没有出版的未成品,尚且不包括此前在中国青年出版社和此后在中国文联出版社的流转。其间隐含多少思想激荡、人文关怀。这就是二十世纪八十年代的编坛,并不仅仅因为稿件稀缺。

(李频:中国传媒大学传播研究院教授)

李　敏

新写实小说·现实主义冲击波·非虚构写作
——文学期刊视野中的"写实"冲动及其可能

　　非虚构写作在近几年来已经成为学术界的热门话题，在中国知网上，以"非虚构"为主题搜索相关论文，数量很明显地呈现出逐渐上升之势。尤其是在二〇一八年至今，不少刊物都组织了相关的专题讨论，产出了大量的研究成果。本文的写作也由此引发，本文试图完成的问题如下：第一，梳理"非虚构"在中国文学中出现的历程，指出文学期刊在此过程中发挥的重要作用，揭示这一概念背后的关怀仍然是强烈的"写实"冲动；第二，呈现在二十世纪八十年代以来的文学发展中，在"非虚构"出现之前，"写实"冲动的两次爆发，以及文学期刊在其中的功能，分析它们出现的背景与得失；第三，将非虚构写作植入经久不衰的"写实"冲动中，分析它的可能性，同时也对期刊引导的当代文学"写实"传统进行反思。

一

　　"非虚构"的说法自二十世纪六十年代起即在美国出现，有学者对此进行了详尽的梳理。一九八〇年，董鼎山在《所谓"非虚构小说"》中，引入"非虚构小说"一词。除"非虚构小说"外，二十世纪八十年代"Nonfiction"还被译为"纪实小说""非小说作品"等,一九八六年,王晖、南平在《美国非虚构文学浪潮:背景与价值》仿照美国六七十年代的"非虚构小说",倡导"非虚构文学"的概念,随后在《对于新时期非虚构文学的反思》《1977—1986中国非虚构文学描述——非虚构文学批评之二》等文章中将"非虚构文学"视为囊括报告文学、纪实小说、口述实录等所有纪实文体的总的文类概念。总体而言,学界对"非虚构"的认知并未突破传统文学的常识经验,所谓引进新概念并没有多少现实意义。

一九九九年,《上海文学》在第五期和第十期上推出了"非虚构写作"专栏,但并未对这一概念进行必要阐释,完全像一次随意的文体实验,所以也没有引起后续关注。随后,《钟山》在二〇〇〇年也增设"非虚构文本"专栏,《中国作家》在二〇〇七年开辟"非虚构论坛"专栏,但都未引起学界广泛关注。自二〇一〇年起,在期刊界有"国刊"之称的《人民文学》开始大举倡导非虚构写作,先是在二〇一〇年第二期推出了"非虚构"专栏,并在卷首语中明确指出:"何为'非虚构'?一定要我们说,还真说不清楚。但是,我们认为,它肯定不等于一般所说的'报告文学'或'纪实文学'。"[①] 这样的声明以极有针对性的姿态使得"非虚构"成为一个新问题。在二〇一〇年第十一期上,《人民文学》又发布了名为"人民大地·行动者"的非虚构写作计划启事。在《人民文学》的带动下,《收获》《钟山》《花城》等大刊物随后跟进,它们采用了有力的手段来推动这一概念的生产,如以约稿形式组织作家作品、明确提出口号、引入资金成立专项资助项目、专门设立"非虚构"奖项等。在文学期刊的大力推动下,"非虚构"自二〇一〇年起逐渐成为热点话题,引起坊间广泛关注。

在已有的研究成果中,人们普遍认为这一自二〇一〇年兴起的

---

① 编者:《留言》,《人民文学》2010年第2期。

"非虚构"创作及批评热潮,与彼时刻的文学生态有关,"它所透视出来的,是一些当代作家试图重建有关'真实信念'的写作伦理。这种写作伦理,一方面直接指向了信息时代的仿真化和符号化的文化趣味,另一方面也直接针对庸常化和表象化的文坛现状。"[1]可以看出,倡导非虚构写作表达的是对"真实"的极度渴望,是对文学"写实"的强烈诉求。考察文学历史,这一诉求其实由来已久,它通常与现实主义概念联袂出现。勒内·韦勒克在《批评的诸种概念》一书中,专门研究了"文学研究中的现实主义概念"。相对于漫长的文学历史,"现实主义"不仅出现得相当晚近——直到十八世纪末才第一次被运用于文学批评,而且意义相当含混,"魔幻现实主义""超现实主义"以及"社会主义现实主义"虽然都用"现实主义"来为自己背书,但谁都知道,它们实际上相当不同。在全文的结尾处,韦勒克甚至说:"现实主义的理论是极为拙劣的美学,因为所有的艺术都是'制作',并且本身是一个由幻想和象征形式构成的世界。"[2] 其看起来似乎要全盘否定"现实主义"概念。但是,韦勒克同时强调了这一概念的合理性:"艺术不可能脱离现实,无论我们怎样贬低它的意义或强调艺术家的改造和创造的能力。'真实'就如'真理'、'自然'或'生命'一样,在艺术、哲学和日常语言中,都是一个代表价值的词。"[3] 而与此相应,"自亚里士多德以来,'模仿'这一概念在所有批评理论中占据的显赫

---

[1] 洪治纲:《论非虚构写作》,《文学评论》2016年第3期。
[2] [美]勒内·韦勒克:《文学批评中的现实主义概念》,见《批评的诸种概念》,罗钢、王馨钵、杨德友译,曹雷雨校,上海人民出版社2015年版,第255页。
[3] [美]勒内·韦勒克:《文学批评中的现实主义概念》,见《批评的诸种概念》,罗钢、王馨钵、杨德友译,曹雷雨校,上海人民出版社2015年版,第225页。

地位，它证实了批评家们对现实问题始终不懈的关心。"[①] 正因为此，十九世纪以后，"现实主义"这样一个被偶然制造的词组，迅速成为世界通用的文学批评概念。

事实上，在中国当代文学进入八十年代之后，重建以"真实"为价值旨归的努力一直都在进行，从八十年代末的"新写实小说"，到九十年代中期的"现实主义冲击波"，再到二〇一〇年之后的非虚构写作，在"现实主义"的标签之下，文学创作和批评形成了一条非常清晰的脉络，而这一"现实主义文学传统"的建构，又是一九八〇年代以来，文学期刊积极参与文学生产的直接结果。在笔者看来，只有将文学期刊视为生产主体，辨析它们在"非虚构"生成中的行动，同时将"非虚构"植入八十年代，以及中国当代以来的现实主义文学传统之中，以前者的得失为参照，我们才能更好地理解它的意义，并明确它可能抵达的深度以及限度。

二

细察中国当代文学发展史，"新写实小说"的出现可以说经历了非常曲折的过程。首先经历的是传统现实主义的霸权地位，引发了先锋文学的强烈反感。在中国文学的现代转型中，"现实主义文学"也在各种可能的文学表达中占据了主流地位。在中国当代文学的历史进程中，"现实主义"直到八十年代初期仍然因为其先天的政治正确性掌握着绝对的话语优势，从"社会主义现实主义"到"革命的现实主义与革命的浪漫主义相结合"，五〇年代至七〇年代的主流文学始终坚称自身的"现实主义"属性，甚至八十年代初期

[①] ［美］勒内·韦勒克：《文学批评中的现实主义概念》，见《批评的诸种概念》，罗钢、王馨钵、杨德友译，曹雷雨校，上海人民出版社2015年版，第224页。

"伤痕文学"甫起,批评界也仍以"现实主义的回归"来为其定性,在"文化大革命"结束之后的反思思潮中,至少在文学领域内,被反思的对象最初相当有限,大致上仅限于如"三突出"等律令对文学的禁锢和扭曲,并不涉及"现实主义"本身。然而,伴随着国外文学的大量译介,当代文学表达中"现代主义"的成分逐渐增加,从八十年代中期开始,中国当代文学的"现实主义"传统受到了作家与批评家的深刻质疑。洪子诚先生谈及"现代派"在"新时期"之所以形成热潮时,指出作家们是"以'非写实'的方法来对抗当代确立的僵化的现实主义文学成规和语言,并满足了这样的想象:它将提供摆脱中国当代文学'时间上的滞后性,空间上的边缘性',以汇入'世界文学'的有效方案。"① 格非的话或许能代表当时年轻的先锋作家们的心声:"在那个年代,没有什么比'现实主义'这样一个概念更让我感到厌烦的了。种种显而易见的,或稍加变形的权力织成了一个令人窒息的网络,它使想象和创造的园地寸草不长。"② 怀着"这种根深蒂固的反感",中国的先锋作家登上文坛,开始实践"现代主义"大师们的种种技法。在短暂的时间内,他们对中国读者所熟悉的"现实主义"文学从观念到表达方式进行了全面拆解。

伴随着中国社会加快了转型的进程,当代文学也激进地"现代主义"化,然而,正是在这一背景下,"写实"的冲动再次兴起。八十年代后期,文学渐渐失去了轰动效应,其间原因众多,如今看来,文学的边缘化正是中国社会转型的重要表征。但是在彼一时刻,先锋作家极端的"非现实"写法制造的阅读障碍,也屡遭诟病,"现实主义"则因为它一直就拥有的合理性,再次被召唤。在

---

① 洪子诚:《中国当代文学史》,北京大学出版社2007年版,第208页。
② 格非:《塞壬的歌声》,上海文艺出版社2001年版,第68页。

经过以《钟山》为首的期刊策划之后,"新写实小说"这一概念迅速出笼。"新写实"的"新"自然与表达方式有关,但它更多地表现在选择了"新"的模仿对象上:与宏大历史进程无关的普通人的日常生活受到瞩目,相对于当代文学此前的现实主义传统而言,"新写实小说"放弃了与主流政治话语的结盟,放弃了对"应然"状态的允诺,不过它的"现实感"仍然来自于在时空结构、人物形象、故事情节等方面对客观现实和常识经验的模仿。在八十年代末,这种表达被视为"现实主义的回归和复兴,是现实主义强大力量的又一次胜利。"[1] 在期刊的运作之下,"新写实小说"得到大量的阐释,同时也有了相对固定的代表作家和作品。然而,"新写实小说"同样也受限于这些阐释,对日常生活的关注既是它的标志,也是它的束缚。这种经由媒体有意引导的现实主义文学的新概念在进入九十年代之后,开始丧失它的影响力,有论者认为:"'新写实小说'这一概念的提出,在目前既缺乏理论创造所应有的独立品格和意义,又无大量坚实的作品作为自己的支撑,因此,在目前,所谓的'新写实'至少还是一个不成熟和有待考虑的提法。"[2] 可以肯定的是,在"现实主义文学"的漫长征程中,"新写实小说"只是中国当代文学史中的特有概念,它的价值就在于扩大了中国"现实主义"的版图,解除了"现实主义文学"与政治意识形态直接关联的当代传统。

与"新写实小说"相比,"现实主义冲击波"的出现比较简单。在九十年代的市场化进程中,当代文学在新的市场秩序里,继续着边缘化的进程,与此同时,九十年代的中国,所谓改革的阵痛

---

[1] 李兆忠:《旋转的文坛——"现实主义与先锋派文学"研讨会纪要》,《文学评论》1989年第2期。

[2] 潘凯雄、贺绍俊:《写实·现实主义·新写实——由"新写实小说大联展"说起》,《钟山》1990年第2期。

也开始彰显，整个社会从经济到政治、从日常生活到思想观念都在发生剧烈的转变。在越发艰难的生存困境中，九十年代的文学期刊一直在寻求与市场的契合，文学作品的"可读性"问题在期刊界越来越受到重视，而越来越多的文学期刊注意到"写实"与"可读性"密切相关。"新写实小说"退潮之后，文学期刊一直在尝试新的命名，试图重新形成热点，如"新体验小说""新状态文学""新市民小说"等，但都没有抓住读者的注意力。直到九十年代中期，众多期刊同时发力，"现实主义冲击波"概念凭借其鲜明的"写实"属性再度引起广泛关注。一九九六年，《人民文学》第一期头条刊发了谈歌的小说《大厂》，《上海文学》第一期头条发表了刘醒龙的小说《分享艰难》，批评家雷达随后以它们为例证，首次提出了"现实主义冲击波"的概念，① 这两篇小说紧贴当下现实，不仅获得了学界的认可，而且同时获得了当年的《小说月报》"百花奖"——这是国内唯一完全由读者投票决定的奖项。

可以肯定，九十年代后期，"现实主义冲击波"所指代的作品获得了专家与普通读者的共同认可，与"新写实小说"相比，它们恢复了现实主义文学的重大意义：从内容层面上看，其所涉及的"现实"包括九十年代的国企改制与工人下岗、体制的难题与官员的贪腐，一面是下岗工人的生活难以为继，另一面是不法商人勾结官员以权谋私，应该说都是转型期中国的大问题；从写作手法上看，如果说"新写实小说"因为与"先锋小说"相邻出现，还试图有"新"意的话，"现实主义冲击波"则毫无新意可言，从语言到结构、从人物形象塑造到外部环境刻画，都与"十七年"时期的"社会主义现实主义"更为接近。它们致力于塑造英雄人物，发掘他们精神上的闪光点，以此来拯救世道人心。因此，在洪子诚先生

---

① 雷达：《现实主义冲击波及其局限》，《文学报》1996年6月27日。

看来,"构成'现实主义冲击波'的相当部分作品,又可以看作属于九〇年代'主旋律'文学的范畴,因而间或可以称其为'主旋律'小说。"① 而"现实主义冲击波"最大的问题也不在于艺术性的陈旧,而在于所有的"社会主义现实主义"作品都必须面对的内在矛盾:"作家应当按照它本来的样子去描写生活,但他又必须把它描写成应该或将要是的样子。"② 当他必须把它写成"应该是的样子"的时候,它就显得虚假,与此同时,九十年代的作家们根本没有能力提供解决社会危机的有效方案,因此也就无法把现实写成"将要是的样子"。"现实主义冲击波"注定在"贴近现实"的同时又粉饰了现实,从而招致越来越严厉的批评,至九〇年代末,"现实主义冲击波"这一概念已经逐渐淡出了文学生产的现场。

三

与"新写实小说"和"现实主义冲击波"相同,当下盛行的非虚构写作同样源于期刊的倡导。在经过十年的"无主题变奏"之后,《人民文学》再次选择了"写实"来作为突破口,重建文学在社会生活中的话语权。在有些论者看来,"'非虚构'的提出及其在文学界引起的广泛影响,让我们意识到这样的提法切中了我们这个时代文学的病症,这一概念的核心是对虚构文学所存在的问题的一种反思或反拨,试图以一种更直接的方式重建文学与世界的关系。"③ 而使用"非虚构"这一早已有之的概念,也是因为它能够

---

① 洪子诚:《中国当代文学史》,北京大学出版社2007年版,第355页。
② [美] 勒内·韦勒克:《文学批评中的现实主义概念》,见《批评的诸种概念》,罗钢、王馨钵、杨德友译,曹雷雨校,上海人民出版社2015年版,第228页。
③ 李云雷:《我们能否理解这个世界——"非虚构"与文学的可能性》,《文艺争鸣》2011年第2期。

表达出倡导者对"真实"的更为迫切的渴望。

与"新写实小说"和"现实主义冲击波"不同的是,"非虚构"是一个"不确定"的概念,如前所述,前两者在提出时,都已经有了可以用来阐释概念的样品,相关美学特征也迅速得到概括,但事实证明,意义相对明确的概念最终会造成对"现实主义"的限制,它们后来的衰落自然也与此相关。二〇一〇年的文学期刊看起来已经充分汲取了这种教训,《人民文学》在设置"非虚构"专栏时,就明确宣称不能为"非虚构"划出界线,"至于'非虚构'是什么,应该怎么写,这有待于我们一起去思量、推敲、探索"①,它接下来的举措继续强化了这种"不确定性":在二〇一〇年至二〇一五年的"茅台杯人民文学奖"的评奖活动中,《人民文学》为"非虚构"类作品单独设立了奖项,其中二〇一四年度此类奖项空缺,在余下五年公布获奖作品信息时,《人民文学》没有用一个固定的概念来指认这一类作品:二〇一〇年,它尝试使用了"非虚构作品";二〇一一年,它同时使用了"非虚构小说"和"非虚构",来区分乔叶的《拆楼记》《盖楼记》和李娟的《羊道》系列,这种分类,显然表明"非虚构小说"与"非虚构"并不相同;二〇一二年,它继续使用了"非虚构作品";二〇一三年和二〇一五年,获奖作品的标签均为"非虚构",这种标记方式表明,《人民文学》基本上放弃了对"非虚构"的进一步限定。评奖之外,"卷首语"或"留言"也是《人民文学》用来表明观点的重要阵地,然而,无论是鼓励作家"你必定是在采取行动,去拓展你的生活的疆域"②,号召他们"走出书斋,走向田野"③,还是制定

---

① 编者:《留言》,《人民文学》2010年第2期。
② 编者:《卷首语》,《人民文学》2010年第9期。
③ 编者:《卷首语》,《人民文学》2010年第10期。

"人民大地·行动者"非虚构写作计划,提出"吾土吾民"的口号,《人民文学》始终没有明确"非虚构"概念的特定内涵、具体外延以及标志性的美学特征。直到二〇一七年第五期,《人民文学》才在卷首语中大致描述了"非虚构"的外延:"六年多来,我们以'非虚构'之名发表了人生手记、现实体察、边地风物、史事钩沉、器物文化等多种类型的作品,得到了广泛关注和多重反响。"可以肯定的是,这些不同类型的作品很难分享共同的美学标准。"非虚构"的"不确定性"显然为它带来了广阔的创作和阐释空间。

然而,在"不确定"之外,"非虚构"对"真实"的诉求是非常明确的,尽管通过开放性的题材和美学标准,"非虚构"超越了"新写实小说"和"现实主义冲击波"昙花一现的宿命,但是它同样需要面对现实主义文学必须面对的核心问题,也同样会在这一问题上陷入困境。梁鸿的"梁庄叙事"是最早被树立为典型的"非虚构"作品,获得了首届茅台杯人民文学奖的"非虚构作品奖",授奖辞称其"在忠直而谨慎的描述中,梁庄成为了认识中国乡土之现在与未来的醒目标本"。以《梁庄》为范本,我们会发现所谓"非虚构"主要体现在叙事人身份非虚构、叙述对象的身份非虚构,时间与地点的非虚构等层面,一旦进入叙述过程,叙述人就必须选择自己的立场,必须对自己的见闻进行剪裁,因此,"《梁庄》总体未跳出鲁迅故乡的启蒙模式,虽然作者以直录的方式让'人民'发声了,然而'人民'所道的内容与显露的思维却能大体完美地塞进启蒙视角所预期的、蒙昧落后的结构性框架。"[1] 非虚构写作最终与虚构写作一样,所达成的都只能是"艺术的真实"。由此可见,无论非虚构写作多么渴望摆脱"虚构",结果都是不可能的,它不仅受制于叙述人的主观视角,同时也受制于现实生活本身所设定的

---

[1] 李丹梦:《"非虚构"之非》,《小说评论》2013 年第 3 期。

"文学禁区"，尤其是"现实体察"类的作品，永远是在权力话语许可的范围之内进行，这一"许可"本身已经对现实提前进行了虚构。

"非虚构"显然是一个内含悖论的概念，就此而言，它不可能获得内在的规定性。事实上，正如有识者所言，"'非虚构'与其说是一种文体概念，还不如说是一种写作姿态，是作家面对历史或现实的介入性写作姿态。"① "非虚构"所表征的始终是倡导者对文学丧失了干预现实权力的深刻焦虑，以及对"现实主义"的一如既往的信任；但是对于如何操作"现实主义文学"，"非虚构"并不能提出更好的解决办法。自二〇一〇年至今，虽然"非虚构"栏目已经开设多年，但是获得普遍认可的经典作品仍然屈指可数，从某种意义上说，《梁庄》系列是它的起点，似乎也决定了它的高度。因此，尽管截止目前，"非虚构"无疑是持续时间最长的一次期刊策划，但是我们很难说这是一次成功的策划，因为无论是从艺术性还是从思想性上，它并未能丰富已有的"现实主义文学"传统。"非虚构"的延续只能说明，在当下中国的文学生产场中，"现实主义文学"依然具有被生产的空间。

目前，"虚构"与"非虚构"的分类看起来已经达成了大量的共识，在文学期刊、文学出版、文学批评与评奖领域被广泛运用，在"《晶报·深港书评》二〇一九年度十大好书"评选活动中，主办方一如既往地将获奖书单分为"虚构"和"非虚构"两大类，并对"非虚构"的评价标准做出了注释："重故事讲述结构、重深度调查功夫、重细节再现能力、重文献数据元素、重真相呈现品质。"② 既强调了真相，也强调了对真相的表达。从"非虚构"获

---

① 洪治纲：《论非虚构写作》，《文学评论》2016年第3期。
② 2019年度十大好书揭晓，看李洱王笛精彩点评：https://weibo.com/ttarticle/p/show? id=2309404476878940406072。

奖书单来看，十部作品中包括我们过去所说的纪实文学、社会调查、传记、新闻等各种文类，而且其中有七部作品都是译作，"非虚构"在这里意味着跨专业、跨文类、跨国界的融合，我们要关注的也不仅是"吾土吾民"，而且可能是这个世界的所有问题。在笔者看来，它意味着非虚构写作的大有可为，但是当它大有可为时，它将不再是一个文学话题。

（李敏，河南大学文学院教授）

金传胜　刘文静

姚雪垠集外诗文略说

由于目前尚无《姚雪垠年谱》问世，若要完整了解姚雪垠一生的撰述，只能借助已编就的著作年表（目录）。最早出现的姚雪垠著述年表是许祖良编的《姚雪垠著作目录》（一九七九年收入南京师范学院中文系编《中国当代文学研究资料·姚雪垠专集》）。一九八三年，俞汝捷发表《姚雪垠生平和著作简表》（后修订为《姚雪垠生平和著作系年（1910—1983）》，收入一九八五年《中国当代文学研究资料·姚雪垠研究专集》）。一九八四年，周勃、吴永平编写了《姚雪垠创作年表》。此后吴永平《姚雪垠创作年谱》（2010）和《姚雪垠作品年表》（收入二〇一七年《姚雪垠研究》一书）对姚雪垠的著译篇目进行了更为翔实、准确的考订，提供了姚雪垠研究的基础文献。笔者在查阅民国报刊的过程中，找到了以上年表遗漏，《姚雪垠文集》亦未收的几篇诗文，现介绍于此，以期对姚雪垠研究有微薄助益。

一

一九三四年六月十八日，天津《庸报》副刊《戏剧周刊》第九期刊有署姚雪痕的《由定县〈牛〉底上演谈到农民剧运》。《戏剧周刊》由张鸣琦编辑，创办于一九三四年四月二十三日，每周一发刊。主要发表戏剧理论、戏剧批评方面的文字，撰稿人有罗庚、刘念渠等。

本文落款"二十三年五月,写于开封",可知是作者写完此文后寄至天津发表。五月二十八日该刊载有熊佛西的《关于〈牛〉的试演》①一文,主要阐述了传统"隔岸观火"式的戏剧观念与表演程式在大众时代已经不适用,定县本次试演的《牛》就是打破这种传统,让台上台下打成一片,演员观众不再隔离。

姚文主要从中国农民辛苦劳作的生活现状出发,认为三幕以上的长剧并不适合在农村上演,主张将独幕剧或较短的两三幕剧介绍给农民们。农民剧运不是"以农村中的地主或流痞小贩为对象",大部分的农民没有充裕的时间来欣赏舞台艺术。文章分析了两种土戏——"本头戏"与"抓戏"。其中后者"是以滑稽趣味为主的短剧",较前者更容易受到农民的欢迎。辛苦耕作后的农夫通过观看这种戏剧来放松"疲倦的筋肉",舒缓"郁闷的心情"。因为剧本带有滑稽色彩,农民们能够在哈哈大笑中完成情感的宣泄与精神的安慰。此外,独幕剧适合在农村演出,还在于它的排演布景省时省事。《牛》一剧的排演,在陈治策等人的指导下花费了一月有余。在目前的情势下,在农村,话剧很难在短时期内做到职业化。两幕以上的剧本排演起来费时费力,也不经济。作者还提议将简短的街头戏剧搬进农村里去,把太平车搭建成活动的舞台,在傍晚或晚饭后,到各村进行表演。虽然街头剧的艺术性不免浅薄,但是符合农民的趣味。文章总结道:"我们所从事的农民剧运,即是以训练农民自动去演戏,为主要工作的一部。"并申明本文主张只是当前的意见,将来各方面条件成熟,环境允许,农村自然也能排演长剧。

姚雪垠虽以小说创作享誉文坛,但他在戏剧领域也多有耕耘。据《姚雪垠创作年谱》,一九三二年,姚氏在楚旺中学教书,研究中国文学,阅读元曲。本年二月十日,他在《河南民国日报·民众

---

① 本文初刊1934年5月27日《北平晨报·剧刊》第177期。

花园》副刊发表《土戏中的滑稽趣味》，这是目前所知他最早的戏剧研究文章。后来他先后发表《元剧录》等论文。一九三三年三月十六日，《土戏中之滑稽趣味》刊于《河南民报·茉莉》周刊，从文末所注"二二，二，二二，删改旧作"可知，该文是《土戏中的滑稽趣味》的修改版。文章主要分析了土戏富于滑稽趣味的原因。因土戏的观众是普通民众，十之八九是终日劳碌文化程度不高的农民，知识阶级所激赏的含有高尚意义的戏剧，并不能为农民阶级所接受。农民大众看戏的最大目的是娱乐，如果土戏离开了滑稽趣味，便是忽略了农民观众的要求。随后，文章讨论了"本头戏"与"爪戏"两种土戏的特点。前者主要是农村妇女和不忙的人们去看，后者正是满足从田间忙碌归来的农人们，他们需要这种滑稽俏皮的"解乏剂"，从而得到身心的愉悦与快适。

不难看出，《由定县〈牛〉底上演谈到农民剧运》一文延续了《土戏中之滑稽趣味》的主要观点，肯定了土戏对于满足农民精神趣味与娱乐需求的合理性，尤其看重滑稽短剧（"抓戏"或曰"爪戏"）的价值。在立足于当时广大农民现实需要的基础上，姚雪垠对熊佛西在定县开展的农村演剧活动十分关注，并提出农民剧运在现阶段的主要工作，即通过搬演独幕剧街头短剧，让农民得到训练，从而自动去演戏。反观姚雪垠这一时期的创作，可以发现其话剧剧本正是以独幕剧为主，如《百姓》[①]《寡妇及其儿子》等。在此基础上或可断言，早期的独幕剧不仅是姚雪垠初涉话剧体裁时的尝试性写作，同时也与其戏剧观念息息相关。

二

姚雪垠对古代神话有浓厚的兴趣，如一九三四年曾在《河南民

[①]《姚雪垠创作年谱》说此作载 5 月 28 日《河南民报》副刊《艺术周刊》，有误，实际刊于 5 月 4 日《河南民报》副刊《茉莉》。

报·平野》发表《羿射十日——中国神话研究之一》《天地开辟，毁灭及重建》等文章，对后羿射日、大禹治水、女娲造人等神话进行研究，其中已明确提出"盘古是南方某民族开辟天地的神话"[①]的观点。一九三五年七月在《申报·自由谈》连续发表《中国产日月的女神》《嫦娥补考》。

一九三五年七月八日，上海《时事新报·青光》刊出署名姚雪垠的《话说盘古》。本文是姚雪垠看过六月三十日《时事新报·青光》上南父（原名汪普庆）的《神话与历史小品》一文后的商榷文章。在《神话与历史小品》中，作者首先回忆了幼时听大人们讲述的盘古以斧凿开天辟地的故事，继而提到《幼学琼林》中关于盘古的画像。他提出盘古神话"大概是住在中国这块土地上的人们已经进到农业社会的阶级[②]才产生的，在那时，当作开凿的工具的，除掉棰子凿子，不会再有更进步的东西了"。他赞美盘古神话是可爱的，可爱的地方在于朴实，更在于"它向我们暗示着劳动的伟大的意义"。最后作者还提倡写历史小品的人扩大题材的范围，多注意一些有意义的神话。

姚氏读过汪文后，对一些问题有自己的不同看法。限于篇幅，他主要论述了盘古并非农业社会的神话这一观点。他认为近代关于盘古开天辟地的故事以及《幼学琼林》中的盘古像，与原始的盘古神话已经存在差距。盘古的神话主要见于《三五历纪》《五运历年纪》与《述异记》，三处的记载虽然可能经过方士们的修改，但相对而言最接近盘古神话的原始面貌。他引用《述异记》中的相关记述，认为盘古最初可能是苗族的神话，秦汉间自吴楚传入北方，变

[①] 姚雪垠：《天地开辟，毁灭及重建（续完）》，《河南民报·平野》1934年9月9日。

[②] 据南父《关于盘古——答姚雪垠君》一文叙述，"级"系"段"之误。

成汉族的神话。夏曾佑在《中国历史教科书》中疑盘古就是盘瓠，不无道理。随后又引用《五运历年纪》关于盘古形象的一段记载，指出它虽已经过修改，但看不到一手执斧，一手执凿的描述，说明盘古比斧凿的发明还要古远。

七月十二日、十三日，《青光》登载南父的《关于盘古——答姚雪垠君》，是对姚文的回复。作者认为姚雪垠"盘古既是开天辟地的神，且苗族的嫌疑很重，自然无所谓农业社会"的见解有点武断，同时承认自己文章的结论也并非一定正确。他表示："我们之间的这段笔墨因缘，似乎是各人对这神话的态度不同引起来的。"即作者是取文学的看法，姚氏"却是以考证的态度来处理的"。

七月十六日《青光》刊登姚雪垠的《文丐》一文。作者把文人分为三种类型：正正经经从事文学创作的"文工"，也就是作家；自己不大写文章而把别人文章收来卖给读者的"文商"，即文学编辑；第三种是"文丐"。文坛上的"文丐"又可分为三类：卖诗的、打莲花落的和打秋风的。文章刻画了三类文丐的形象特征，并予以犀利的讽刺，最后希望文坛多出现新的"文工"和几个优秀的、有良心的"文商"。一九三三年秋至一九三五年，由沈从文最先挑起的"京派与海派之争"成为文坛的热议话题。姚雪垠也卷入其中，先后发表《鸟文人》《京派与魔道》等文对"京派盟主"周作人进行批评。《文丐》虽然不是直接参与"京派与海派之争"的文章，但同样表达了对于文坛不良风气的批判和对文学发展的思考。

七月二十八日，《时事新报·青光》登载姚雪垠的《再谈盘古》。原来作者因吐了几天血没有看报，刚从医院出来便读到了南父的《关于盘古——答姚雪垠君》。作者不同意南父关于神话是民族意识的反映的看法，而主张神话反映的是社会意识。文章再次重申之前的观点，强调"盘古故事不是农业社会的产物"。至此，南父、姚雪垠关于盘古神话的讨论画上了句号。

三

一九三七年六月二十五日，上海《国民》周刊第一卷第八期登有姚雪垠的《一种新写作方法的试验报告》。据《姚雪垠创作年谱》，姚氏在一九三七年春末携妻子由邓县到北平，直至抗战爆发后返回开封。据文中"并且在这半月来旅途中所得到的悲剧素材，我也要到北平后一篇一篇的都用这样的手法写出来"的口吻看来，本文大约写于作者奔赴北平的途中。该刊编辑是谢六逸。此前，姚雪垠已给谢氏主持的《立报·言林》撰写过《读史随笔》《酒》两篇散文。

姚雪垠在一九三六年《光明》杂志上先后发表小说《碉堡风波》《M站》。两部作品的副标题分别为"乡村国难曲""乡村国难曲之二"，题材与手法上相近，运用了报告体的形式。它们发表后，受到了左翼文艺评论家的关注与好评。周立波在一九三六年十二月二十五日《光明》第二卷第二号岁暮特大号发表《一九三六年的小说创作——丰饶的一年间》，对一九三六年的小说进行了一次回顾性的评述。他多次提到姚雪垠及其小说《碉堡风波》，肯定了该作"是国防前线的乡村剥削者们趁火打劫的情景的反映"，在艺术手法上"企图独创新的风格"①。黑丁在《读〈M站〉》中认为：《M站》使用了"新的手法"，"是一篇好的作品"。"作者用着书信式的手法，来表现这一个大的事件，我感觉到这是最聪明而合适不过的，这不但能加强了作品的活泼性，并且更为表达畅快，易于激发。"②

---

① 周立波：《一九三六年的小说创作——丰饶的一年间》，《光明》1936年第2卷第2号。
② 黑丁：《读〈M站〉》，《国民》1937年第1卷第1期。

受黑丁、周立波评论文章的触动,姚雪垠觉得自己"似乎应该坦白的照实供出",对两部小说的写作方法进行总结,因而写下了这篇《一种新写作方法的试验报告》,"也许可以作为理论家和读者的小小参考"。他把自己的新手法归纳为"介乎严正的创作与报告(reportage)之间的一种写作方法",认为它"可以自由的,畅快的,不十分吃力的表达一种悲剧故事,尤其这个故事是复杂的,包含着许多不容易放进一个死板的形式中的断片场面"。如果一个作家生活忙碌,或是想迅速地描述一件动人的事情,比较适合运用此方法。文章最后提到旧时代的许多作品具有一个共同的特色,即"宁愿露出作者面孔,多加说明,牺牲了艺术的完整"①,这种方法容易为普通大众接受、欣赏,在表现形式上暗合了左翼文化界文艺通俗化、大众化的倡议。作者表示将继续使用"介乎新写实主义与报告文学之间"的创作方法,在书信体之外,尝试其他更多的形式。

四

一九四〇年一月十五日,桂林《笔部队》第一卷创刊特大号"作家消息"栏目中载有巴金、靳以、雪垠(即姚雪垠)、铁弦、克家四人写给编者孙陵的书信。姚雪垠、臧克家、孙陵、田涛等人曾是中华全国文艺界抗敌协会(简称"文协")鄂北分会(亦称襄樊分会)的主要领导人。为响应总会"到战地去"的号召,鄂北分会曾与战区政治部共同组织"笔部队",于一九三九年先后发起三次"笔征"活动,即发动作家深入前线进行宣传、慰问与采访。孙陵曾与姚雪垠、臧克家参加过四五月间的第一次笔征。一九三九年七月,孙陵随战区政治部主任韦永成赴桂林筹备前线出版社,不

---

① 姚雪垠:《一种新写作方法的试验报告》,《国民》1937 年第 1 卷第 8 期。

仅发行《笔部队》杂志,还出版了姚雪垠、臧克家等作家的抗战作品。同年十月,姚雪垠的报告文学集《四月交响曲》即由前线出版社出版。

根据发信地址,孙陵将姚雪垠的来函题作《寄自南阳》,内容如下:

> 陵兄:
> 从河口到南阳,费时半月,秋雨连朝,令人苦闷异常,今日天晴,明日或可由此动身了。
> 沿淮因时时耽搁,继续写长篇,颇感满意,盖不能突破水准,决不轻易问世也。
> 你还是接眷属来战区吧。
> 祝好
> 八,一三。于南阳

从时间上看,此函应写于一九三九年八月十三日,此时姚雪垠已从河口抵达南阳。其中"沿准"疑为"沿淮"之误。信中文字不长,却涉及三桩事情。第一,姚雪垠告知孙陵自己的近况,明日若天气晴好,可能动身启程。第二,姚氏告知孙陵自己在继续创作长篇,并对作品有较高的自我期待。第三,姚雪垠建议孙陵接家属来战区。《姚雪垠创作年谱》显示,一九三九年秋,姚雪垠在老河口写作长篇小说《春暖花开的时候》,冬季,去前线枣阳等地采访。姚雪垠在《大别山中的文艺孤军》一文中说文协鄂北分会组织的笔部队于一九三九年八月下旬到皖北阜阳采访。因此,上函中提到"明日或可由此动身"的目的地大概就是皖北一带,"长篇"应为《春暖花开的时候》,小说一九四〇年一月起连载于重庆《读书月报》,但未终稿。姚雪垠曾在《我在五战区的一段经历》中这样写道:"我在襄阳有两部重要作品,一部是《牛全德与红萝卜》,在老河口写的;另一部是《春暖花开的时候》,构思于襄樊,写于老河口,一九四三年出过单行本,写作时很艰苦,我跑到郊外,坐在地上,趴在小板凳上写稿,日军的飞机经常轰炸、扫射,我写一段,就寄给胡绳在重庆编的《读书》日报社,陆续发表。"① 这段回忆有两处不太准确。第一,"《读书》日报社"应指《读书月报》。第二,小说单行本并非出版于一九四三年,而是一九四四年由重庆现代出版社分三册出版。作者自认为这是"一部未完成的作品",对其并不满意,曾在该书第三分册《致读者》中坦言其缺点:"且排且就,病在急就。"

同期铁弦给孙陵的《寄自河口》中提到姚雪垠与臧克家:"雪垠克家已去安徽,听说雪垠中途把钱丢了一些,也是不幸。"此信开篇言道:"前天听雪邨说,你已经平安抵桂并开始筹划出版事宜,慰甚。"② 如前所述,孙陵抵达桂林的时间应在一九三九年下半年,所以信末的落款"四,廿"疑似有误,准确时间尚待考证。

五

一九四〇年二月十一日,老河口《阵中日报·笔部队》开拔号(即创刊号)上的《笔部队在前线》一文中抄录了姚雪垠致白克的一封短简。若不仔细批读,此函很容易忽略,兹将其文字略加整理如下:

白克兄:

弟来鄂中已半月,因每到一团即召集官兵开战斗生活座谈

---

① 姚雪垠:《我在五战区的一段经历》,中国人民政治协商会议湖北省委员会文史资料委员会编《湖北文史资料》第13辑,湖北人民出版社1985年版,第6页。

② 铁弦:《寄自河口》,《笔部队》1940年第1期。

会以进行搜集材料工作,所以一师一师工作起来,真费时间也。此次来鄂中,所获材料,既特别丰富,亦深刻切实,生动有趣,只是没有工夫整理耳。韦主任曾决定叫弟将来去后方,故此次抓住工作机会,即作得像样一点,免得住在后方没有东西写。预计这次在前方费时约两月以上,单只募集材料,不加整理,恐亦在十万字左右。

弟雪垠元月二十一日

白克,字明新,福建厦门人。抗战爆发后到第五战区从事抗战文化宣传工作。据落款时间,本函应写于一九四〇年一月二十一日,此时姚雪垠来鄂中已半个月。他在前线的主要工作是搜集材料,了解官兵们的战斗生活。信中的"韦主任"应指国民党第五战区政治部主任韦永成。关于此函,笔者注意到吴永平在《五战区"笔部队"的三次"笔征"》一文中曾部分引用:"姚雪垠在给白克的信中写道:'每至一团即分营召集官兵开生活座谈会以进行搜集材料工作,所以一师一师工作起来,真费时间也。此次来鄂中,所获材料,既特别丰富,亦深刻切实,生动有趣,只是没有工夫整理耳……'"可能依据的正是《阵中日报》,但文字上略有出入。据吴文所述,这是五战区"笔部队"的第三次"笔征",姚雪垠、安娥等由京钟路转汉宜路,耗时三个多月。在这次远征中,姚雪垠酝酿成熟了反映抗战的著名小说《牛全德与红萝卜》[①]。一九四〇年发表的这两封"战地书简"记录了姚雪垠从事抗战文化宣传工作的历史足迹,同时也是他与友人孙陵、白克等真挚友情的见证。

---

① 吴永平:《五战区"笔部队"的三次"笔征"》,中国人民政治协商会议湖北省委员会文史资料委员会编《湖北文史资料1995年第1辑》,《湖北文史资料》发行部1995年版,第177页。

六

　　一九四四年十一月二十六日，重庆《大公报·文艺》第五十四号刊登了姚雪垠的一首新诗《雾中怀北方》。该刊一九四三年十一月七日，每周日在重庆、桂林两版《大公报》同时出版。诗末注"一九四四年十一月脱稿，处女作"，但严格意义上来说，它并非姚雪垠新诗的"处女作"。早在初登文坛的一九二九年，姚雪垠就已有新诗作品发表。已知的第一首自由体诗《秋季的郊原》刊于一九二九年十月三十一日《河南民报》副刊第八十一期，署"雪痕"。此后陆续有《寄》《迷惘之曲》《一封旧信》《登禹山》《最后的一面》《埋怨》《无题》等新诗发表。这些诗作大多已收入人民文学出版社二〇一〇年出版的《姚雪垠文集》"第十五卷"中。一九三五年至一九四四年间，姚雪垠确实没有将主要精力放在诗歌创作上，而是对小说、散文用力较多，此后的新诗作品并不多见。因此，《雾中怀北方》的发现对于新诗创作数量甚少的姚雪垠来说，显得十分珍贵。

　　这首诗运用对比的手法，描写了一个整日被浓雾笼罩，没有新鲜自由空气的重庆城，表达了作者对北方家乡的向往。那些被祖国抛弃在远方的同胞们往往将重庆想象成"自由中国的心脏和首都"，一切都是美好的景象，但现实是"这儿没有彩虹也没有梦"。随后诗歌选取具有代表性的景物，刻画了北方的四季，反复强调"北方的四季是多么分明，哪像这儿的天气是笔糊涂账"。作者并不讳言北方"连年经历着灾荒"，但对北方人们的坚韧与顽强同样给予肯定，并且直抒胸臆地表露自己怀念故乡的感情："我是北方平原上长大的孩子，我是他们中间长大的孩子，我怎么能不怀念他们？我怎么能不怀念故乡？我怎么能够不怀念北方？"在作者的笔下，"重庆—北方"不仅只是两种地域与气候的差异，还象征了两种不同的文化环境与政治氛围，从而透过两种迥然有异的情感指向，展现出作者对于自由与光明的憧憬。

值得一说的是，一九四五年二月出版的重庆《诗文学》（邱晓崧、魏荒弩主编）第一辑在"作家近况"中对姚雪垠作了如下介绍："在目前诗坛上，正感到十分萧条和沉闷的时候，专门写小说的姚雪垠，会关心而且热爱起诗来，倒是一件使人高兴的事情。他对于目前诗歌的诸问题，抱有很多的意见，正拟有计划的写出《诗论》若干篇，将在本刊陆续发表。他近来诗兴勃发，曾写出处女作诗《雾中怀北方》一首，已刊于《大公报》最近一期之《文艺》上面。"可见，姚雪垠的新诗作品获得了重庆诗坛的一定关注，并且他当时还有为《诗文学》写若干篇《诗论》的计划。只是《诗文学》不久停刊，姚氏的《诗论》未见刊载。一九四四年六月，姚雪垠曾将自己写给臧克家的一封长函以"现代田园诗"为题发表于桂林《当代文艺》。本文对臧克家的诗集《泥土的歌》进行评价，虽然谦虚地表示"这封信严格说来也不能算是批评"，"我自己不写诗，对于诗的理论也是外行"，实际上可以看作一篇[①]以书信形式写成的"诗论"。

七

一九四七年三月十九日，李劼人主编的成都《四川时报·华阳国志》副刊第六十一期刊有姚雪垠的《读〈天堂春梦〉》一文。《天堂春梦》是徐昌霖的电影小说，初以"蜃楼绮梦"为题在一九四六年七月五日至八月九日连载于《中华时报·华国》。一九四七年一月由上海桐叶书屋出版单行本。同年由导演汤晓丹改编成同名电影，蓝马等人主演，三月十二日起在上海皇后、光华两影院公

---

① 姚雪垠：《现代田园诗》，《当代文艺》1944年第1卷第5、6期合刊。

映。不久后,姚雪垠也涉足电影领域,为中央电影企业股份有限公司(简称"中电")创作了电影剧本《万里哀鸿》。

徐昌霖曾在《刘以鬯和几个上海朋友》中简要回忆过自己与姚雪垠的相识与交往:"但半年还不到,刘以鬯忽然对我说他不吃报馆饭了,因为他和他哥哥刘同缜分得祖产中有一幢坐落在忆定盘路(今江苏路)的花园洋房。他想一方面从事专业写作,一方面自办出版社。他约我写稿,并希望我介绍一些大后方的作家的稿子,正巧姚雪垠从重庆初到上海,人生地不熟。他想把他的《差半车麦秸》《牛全德与红萝卜》和《春暖花开的时候》三本书在上海重印,我就商得姚雪垠的同意,郑重向刘以鬯介绍。以鬯读了之后非常高兴,立即与姚雪垠订了合同,并热情地邀姚雪垠搬到出版社住,以便继续写新作。那时姚雪垠正苦于在上海没有钱顶一间亭子间,便欣然同意。"[①] 刘以鬯本人在《关于〈雪垠创作集〉》中也有类似的说法。可见,姚雪垠正是在徐昌霖的引见下与刘以鬯结识,从而得以在上海站稳脚跟,借住于怀正文化社,并在刘的支持与帮助下出版了《雪垠创作集》四种。

《读〈天堂春梦〉》主要通过"采取两种生活的对照描写"来分析它的写作手法与思想主旨,认为作品中描绘的景象"是大上海的缩影,也是茫茫中国的缩影"。姚雪垠撰写此文,是对好友的这部电影小说表示赞赏,同时也有为即将上映的影片作宣传的意味。据"这部电影小说已经拍成片子,快要在银幕上与观众见面",文章应写于三月十二日前。姚雪垠当时身在上海,为什么会在成都发表影评呢?考虑到抗战期间姚雪垠曾居蜀,与成都文艺界交往颇多,不排除一九四七年姚氏与李劫人继续有联系,但《华阳国志》从其他报刊中转载此文的可能性亦较大。

---

① 徐昌霖:《刘以鬯和几个上海朋友》,《上海滩》1991年第7期。

结　语

长期以来，学界关于姚雪垠的研究成果主要集中于长篇小说《李自成》，其一九四九年之前的文学创作尚未得到充分的关注与讨论。以上集外诗文的发现，展示了民国时期姚雪垠在不同文体领域的艰辛探索，反映了其对戏剧、新诗、电影等多方面的兴趣。它们不仅可以为编纂出版《姚雪垠全集》提供可靠底本，而且有益于学界深化对姚雪垠文学创作、人生道路与文坛交游的认识与研究。

（金传胜，扬州大学文学院讲师；刘文静，扬州大学文学院研究生）

李雪莲

"复仇神"的正义与"复仇者"的悖论[*]
——谈《日出》《原野》对希腊悲剧的化用

关于曹禺剧作受到古希腊悲剧的影响,以及二者之间的关联,在一九三〇与一九四〇年代即不断有人指出。[①] 曹禺对此不仅有所辩驳,且对这种指认一直不满,到了一九七〇年代末他仍在访谈中为自己"辩白"。《人民戏剧》一九七九年第三期曾载有《曹禺谈〈雷雨〉》一文,在文中曹禺谈到:"写戏的人接受前人的经验很重要,要'古为今用,洋为中用'",他认为读书要学会"化","变成你从生活中提炼出来的东西。借鉴与抄袭的界限就在于此。譬如后母与前妻之子发生关系,或是女人遭遗弃而复仇的故事,从古希腊起,一直为各种戏剧所一再表现。能不能说凡是写了这样的事件就是抄袭呢?这要看你写的题材,事件,人物等等,是从你的生活中挖出来的,还是从人家书上抄下来的"。[②] 此处曹禺乃主要针对《雷雨》发言,也是因为这部剧作被认为受希腊悲剧的影响最为显著。而到了《北京人》,主要借助对契诃夫的热爱与学习,曹禺显

---

[*] 文系2017年度国家社会科学基金一般项目"希腊人文主义与中国新文学的关系研究"(17BZW134)的阶段性成果。

[①] 如李健吾《〈雷雨〉》,《大公报·小公园》1935年8月31日第1782号,署名刘西渭;黄华沛《曹禺引得》,《新艺》1945年第1卷第5期。

[②] 曹禺:《曹禺谈〈雷雨〉》,王育生记录整理,《人民戏剧》1979年第3期。此文后收入花山文艺出版社1996年版《曹禺全集·第7卷》,做了一些改动。

然已经可以抵抗希腊悲剧所带给他的深刻影响。因此，按照创作时间的先后顺序，"四大名剧"《雷雨》《日出》《原野》《北京人》，似乎有一个逐渐去希腊悲剧影响的过程。然而，通过细读文本、留心曹禺对剧作的修改细节，以及注意剧作者本人的自我言说，我们在《日出》《原野》中却可以发现，希腊悲剧的影响其实只是由显化变为了隐化，"化"功变得更好而已。

一 "一群含着愤怒的冤魂/复仇神"

在《我怎样写〈日出〉》中，曹禺针对朱光潜关于第三幕的批评进行辩驳："说我为了把一篇独幕戏的材料凑成一个多幕戏，于是不得不插进一个本非必要的第三幕，这罪状加在我身上也似乎有点冤枉"。他在辩解中提到易卜生，更说到希腊悲剧，且显示出自己对希腊悲剧的熟稔，"我记得希腊悲剧，多半是很完全的独幕，虽然占的'演出时间'并不短，如《阿加麦农》，《厄狄泼斯皇帝》。他们所用的'剧中时间'是连贯的，所以只要'剧景'在一个地方便可以作为一篇独幕剧来写。"① 由此不难看出希腊悲剧在曹禺心中作为标准的意义。

《日出》一剧中陈白露挣不脱自己的惰性与习惯，也摆脱不了命运。剧中的"金八"如看不见的神秘主宰，掌控着剧中每一个人物的命运，因此，被认为是社会问题剧的《日出》其实也有希腊命运悲剧的特点，这是已为研究者关注并论析过的，笔者不再赘述。朱光潜曾在《"舍不得分手"》中指出，"方达生那么一个心有余而力不足的书呆子实在不能担当'日出'以后的重大责任。他的性格应该写得比较聪明活泼些，比较伟大些。"② 而曹禺随即在《我怎

---

① 曹禺：《我怎样写〈日出〉》，《大公报·文艺》1937 年第 304 期。
② 朱光潜：《"舍不得分手"》，《大公报·文艺》1937 年第 276 期。

样写〈日出〉》中回应了朱光潜的批评,认为方达生并不能代表《日出》中的理想人物,"方达生诚然是一个心有余而力不足的书生,但是太阳真会是他的么?哪一个相信他能够担当日出以后重大的责任?谁承认他是《日出》中的英雄?"他还指出,《日出》这部戏的主角其实在幕后,是那些砸夯的工人,"我以为这个戏应该再写四幕,或者整个推翻,一切重新积极的写过,着重那些有光明的人们。……斟酌再三,我只能采用一个下策,我硬将我们的主角推在背后,而在第二幕,这样蹩脚地安排:'窗外很齐整地传进小工们打地基的桩歌,由近渐远,掺杂着渐远渐低多少人的步伐和沉重的石块落地的闷塞的声音。……这种声音几乎一直在这一幕从头到尾,如一群含着愤怒的冤魂,抑郁暗塞地哼着,充满了警戒和恐吓。'"[1] 此处曹禺自引的句子"如一群含着愤怒的冤魂",在四川文艺出版社一九八五年出版的《日出》所附的《跋》中,被修改成了"如一群含着愤怒的复仇神"[2],该版《日出》正文的第二幕里也是如此修改的[3]。这是曹禺在一九八〇年代的修改重印本,他自言"作了较少的更动和删节"[4]。而在《日出》的初刊本[5],文化生活出版社的《日出》单行本(一九三六年一月初版)及其所附的《〈日出〉跋》中,作者的表达都是"如一群含着愤怒

---

[1] 曹禺:《我怎样写〈日出〉》,《大公报·文艺》1937年第304期。

[2] 曹禺:《日出》,"跋",四川文艺出版社1985年版,第250页。据《四川戏剧》2008年第3期曹禺《致李致书信》,1980年曹禺已经修改了《雷雨》《原野》,1980年10月11日曹禺在信中说,"目前《日出》修改本快搞定了",计划1983年底由四川人民出版社出版,《重印〈日出〉后记》即写于1982年4月23日。但《日出》的重印本实际上由四川文艺出版社在1985年出版。

[3] 曹禺:《日出》,四川文艺出版社1985年版,第59页。

[4] 曹禺:《重印〈日出〉后记》,《日出》,四川文艺出版社1985年版,第264页。

[5] 《文季月刊》(上海),1936年6月1日第一卷第一号起四期连载。

的冤魂"。① 作者在若干年后对剧本着重修改的地方，应该是其十分着意之处。把打夯工人描写成"一群含着愤怒的复仇神"，从"冤魂"到"复仇神"，曹禺这一改动乍看并无特别之处，然而值得注意的是，"复仇神"是典型的希腊文化概念，且是埃斯库罗斯《俄瑞斯忒亚》三部曲的重要意象或角色，前两部为《阿伽门农》《奠酒人》，第三部即名为《复仇神》。欧里庇得斯的《俄瑞斯忒斯》是同题材故事，也写到"复仇神"。相比带有主动性的"复仇神"，最初的"冤魂"则含有被动意味，在表达上比较有"民族特点"。作者后来之所以改为"复仇神"，显然是想使人物的动作和精神更加积极强烈一些，也关联着他针对"损不足以奉有余"的"人之道"所思考的社会正义问题。只是在这一使用中，古希腊复仇神的女性身份被过滤掉了。而"充满了警戒和恐吓"用来描述"复仇神"无疑是更合适的，中国民间信仰中的"冤魂"也有施以报复之说，但更多在怨念的发挥上或借助他人力量来伸张自己的冤屈。并且，中国的"冤魂"往往是单个的，而古希腊悲剧中的"复仇神"是三个或三个以上一起追逐其报复对象，在埃斯库罗斯《报仇神》一剧中，歌队即"由十二个报仇神组成"②，译者罗念生在注释中还特别指出，"在《阿伽门农》和《奠酒人》剧中，报仇神的数目不止三位。有人认为本剧的歌队是由十五个报仇神组成的。"③ 由此可见，即使曹禺最初使用了"如一群含着愤怒的冤魂"

---

① 此外，在中国戏剧出版社1957年版、人民文学出版社1959年版《日出》中，第二幕开头的剧景介绍删改较多，包含"如一群含着愤怒的冤魂"的后半段文字都被删去了。

② ［古希腊］埃斯库罗斯：《复仇神》，罗念生译，《罗念生全集·补卷》，上海人民出版社2007年版，第86页。

③ ［古希腊］埃斯库罗斯：《复仇神》，罗念生译，《罗念生全集·补卷》，上海人民出版社2007年版，第114页，见注释［2］。

的表达，但其实际的意义却与"如一群含着愤怒的复仇神"是一致的。很可能"冤魂"在最初使用时本就脱胎于古希腊悲剧中的"复仇神"，只是为了"民族化"的表达效果，曹禺才换成了"冤魂"这一说法①。而二十世纪八十年代的修改重印本《日出》，为了使幕后的主角显得更积极也更强烈，则又还原了最初的想法。

在修改重印本《日出》第二幕的剧景介绍中，曹禺在"如一群含着愤怒的复仇神"那段文字之后还另添了一些内容："他们用心底的语言喝出他们的痛苦、悲哀和奋斗中的严肃。但时而一些领头的大汉，单独以豪放的歌喉，高唱入云，带起多少群夯工的热烈活泼的强音，起劲地应和，腾起一片欢畅的笑声。可以想象，他们步伐整齐，大汗淋漓，迎着阳光，砸着大地，正为世界创作一切。这时，人的心胸是欢乐，是胜利，是人能够战胜一切的。"② 此处添加的内容显然包含了许多时代印记，和"如一群愤怒的复仇神"的描述不甚和谐。不过，由"冤魂"到"复仇神"，关于唱夯歌的打夯工人的如此改动，使他们原本较为隐蔽的一个功能——类似希腊悲剧中"歌队"一样的存在——就变得比较显明了。当然，无论是就文化接受习惯，还是写照社会现实来说，"冤魂"都更贴切一些。而显得有点逆向的"复仇神"修改固然凸显了修改重印本中较强的时代作用力，却也使我们更加清晰地看到了曹禺在不同文化间

---

① 《雷雨》中有一显著的例子可以拿来类比，能使我们更好地体会曹禺在中西文化间的语词转换，以及他对表达之"民族化"的着意与留心。《雷雨》第四幕中蘩漪在情感如火山爆发时曾对周萍说，"我只要你说：我——我是你的"，这是《雷雨》初版本，也是我们至今常见的《雷雨》版本中的内容，而在《文学季刊》1934年第1卷第3期的《雷雨》初刊本中，这句话原是"我只要你说：你——你爱我！"透露出人物最初设计时的一点"西洋"气质，而初版本的改动的确使蘩漪的语言更自然，在当时不会显得那么"洋派"了，情绪也更加真切。

② 曹禺：《日出》，四川文艺出版社1985年版，第60页。

的游移痕迹，以及剧作中内化暗隐的希腊悲剧影响的印痕。

关于埃斯库罗斯的《俄瑞斯忒亚》三部曲，曹禺在一九八〇年两次谈到奥尼尔剧作的时候都提及了。他在《和剧作家们谈读书和写作》中说道："奥尼尔有个剧本翻译为《只因素服最相宜》，是从一个希腊悲剧的故事中来的。……但将军的儿女从此就受命运的诅咒，受复仇神的诅咒，到处被追赶，使他们无路可走。"① 而在《我所知道的奥尼尔》一文中，他则说明在大学时曾读过奥尼尔的"三部曲《哀悼》（或名《只因素服最相宜》)"，认为这一创作受到了"古希腊悲剧诗人埃斯库罗斯的《奥瑞斯忒斯》三部曲"的影响。② 从张葆莘的《曹禺同志谈创作》和颜振奋的《曹禺同志创作生活片段》来看，曹禺在二十世纪三十年代初的大学时期对古希腊三大悲剧诗人已然有过阅读与喜爱，如"我发现，古今中外的大师们沥尽心血写下的文章，真是学习的好范本。我学写戏以前，读剧比较多。我喜欢艾斯吉勒斯（Aeschyles）他那雄伟、浑厚的感情……"③ 由此可知曹禺对埃斯库罗斯的熟稔，结合前文的分析，则他在二十世纪八十年代的《日出》重印本中所使用的"复仇神"一说应是受到了埃斯库罗斯悲剧的影响。而这番改动发生在二十世纪八十年代，正可见出古希腊悲剧对曹禺创作的深久影响。

二　"被禁梏的普饶密休士"与"复仇者"困境

曹禺的"四大名剧"在内容和精神上是相互关联的。《原野》

---

① 曹禺：《和剧作家们谈读书和写作——在中青年话剧作者读书会上的讲话》，《剧本》1982年10月号。

② 曹禺：《我所知道的奥尼尔——为〈奥尼尔剧作选〉写的序》，《外国戏剧》1985年第1期。

③ 张葆莘：《曹禺同志谈创作》，原载《文艺报》1957年第2期，此据《曹禺全集·第7卷》，第285页。

中的金子是《雷雨》中的蘩漪精神上的延续，就像是泼辣蛮野、勇敢有生气的金子代替蘩漪遇到了"有厚的口胃，铁的手腕，岩似的恒心"①的男人仇虎，实现了爱情并走出了沉闷如坟墓的家庭。而仇虎则好似从《日出》的幕后闯出来的一个打夯工人，那些被置于幕后"如一群含着愤怒的复仇神"、象征"日出"的"主角"——打夯工人中的一个，他从幕后走到了前台，仇虎的名字也呼应了这一联结。朱光潜在《"舍不得分手"》中曾提出，"曹禺先生所暗示的一线光明始终是在后台，始终是一种陪衬。我们不能使它更较密切地和主要动作打成一片，甚至于特别留一幕戏的地位给它么?"②而《原野》这部剧就像是针对此批评的一种回应。仇虎十四五岁的妹妹被卖进妓院，下场也就是《日出》中的"小东西"那样。"小东西"在临死前对已死父亲的拯救/复仇期待，在《原野》中延续成了哥哥仇虎为妹妹、父亲的复仇。文化生活出版社的《日出》初版（一九三六年）中有"小东西"对打夯的父亲（已被铁桩子砸死）的描述与假想性期待，"他比黑三有劲多了，又高又大，他要看见黑三把我下了窑子，他一拳就会把黑三打死。"③ 而在一九八二年的重印版中，作者把"一拳"改成了"一斧子"，"他一斧子，就会把黑三劈死。"④ "斧子"的出现，更容易使我们想到《原野》中用斧子砍断脚镣的仇虎。虽然城乡背景、人物实际关系不同，但

---

① 曹禺：《我如何写〈雷雨〉》，《大公报·文艺》1936年第80期。"她（蘩漪）是一柄犀利的刀，她愈爱的，她愈要划着深深的创痕。……爱这样的女人需有厚的口胃，铁的手腕，岩似的恒心，而周萍，一个情感和矛盾的奴隶，显然不是的。"
② 朱光潜：《"舍不得分手"》，《大公报·文艺》1937年第276期。
③ 曹禺：《日出》，文化生活出版社1936年初版，第194页。
④ 曹禺：《日出》，四川人民出版社1985年版，第141页。在中国戏剧出版社1957年版、人民文学出版社1959年版《日出》中，用的还是与初版一致的"一拳"。

在精神气质和人物内核上我们还是可以看到仇虎与《日出》中的打夯工人之间这样隐秘的关联。

  在仇虎这一形象的塑造上，曹禺自觉地融入了古希腊悲剧的内容。《原野》序幕的剧景介绍中有一棵醒目的"巨树"，"巨树有庞大的躯干，爬满年老而龟裂的木纹，矗立在莽莽苍苍的原野中，它象征着严肃、险恶、反抗与幽郁，仿佛是那被禁梏的普饶密休士，羁绊在石岩上。他背后有一片野塘……"①"普饶密休士"即希腊神话中的普罗米修斯，而"羁绊在石岩上"的"被禁梏的普饶密休士"，则是指埃斯库罗斯的悲剧《被缚的普罗米修斯》②中被钉在高加索山悬岩上但毫不屈服的普罗米修斯，那位因替人类盗火而被宙斯惩罚的提坦大神。主人公仇虎一出现即"一手叉腰，背倚巨树望着天际的颜色，喘着气，一哼也不哼"③，因为要替舞台表演考虑，剧作中事物的设置往往有强烈的暗示意味，此处仇虎背倚像"被缚的普罗米修斯"一样的巨树，显然作者认为二者之间有着某种精神关联。而接下来对仇虎动作的描述更会使我们想起《被缚的普罗米修斯》中那一令人心生崇敬与悲感的受苦的大神，"……一只脚在那满沾污泥的黑腿上擦弄，脚踝上的铁镣恫吓地响起来。他陡然又记起脚上的累赘。举起身旁一块大石在铁镣上用力擂击。巨石的重量不断地落在手上，捣了腿骨，血殷殷的，他蹙着黑眉，牙根咬紧，一次一次锤击，喘着，低低地咒着。前额上渗出汗珠，流血的手擦过去。他狂喊一声，把巨石掷进塘里，喉咙哽噎像塞住铅

---

  ① 曹禺：《原野》，文化生活出版社1937年初版，此据该社1940年第7版，第9页。

  ② 罗念生则译为《普罗米修斯》，见［古希腊］埃斯库罗斯《普罗米修斯》，《罗念生全集·第二卷》，上海人民出版社2004年版，第95页。

  ③ 曹禺：《原野》，文化生活出版社1937年初版，此据该社1940年第7版，第10页。

块，失望的黑脸仰朝天，两只粗大的手掌死命乱绞，想挣断足踝上的桎梏。"① 在第三幕最后一景中，作者的剧景说明又出现了巨树，"大地轻轻地呼息着，巨树还那样严肃，险恶地矗立当中，仍是一个反抗的魂灵。"② 首尾呼应，仍然借"被禁梏的普饶密休士"一般的巨树来象征富有顽强灵魂的仇虎，亦即人物与命运相搏的悲剧精神贯串了全剧。而曹禺在自述学写戏以前的读剧经验时曾说，"我喜欢艾斯吉勒斯（Aeschyles）他那雄伟、浑厚的感情……"③而所谓"雄伟、浑厚的感情"，在《被缚的普罗米修斯》一剧中尤有体现。由此可见，序幕中关于场景和人物的描述具有明显的希腊悲剧意味。《原野》起初在《文丛》一九三七年四月十五日第一卷第二号上发表时，此"序幕"原为"第一幕"。④ 将"第一幕"改为"序幕"，即将这一幕的内容作为要交待的前景，取消了其作为戏剧内容的主体性。如此改动，或有将"普罗米修斯"这一希腊文化中的神话人物从主要剧情中取出之意，以使此剧主体内容保持一种完整的"民族性"。否则，将那么强烈的希腊文化意味置入整剧，并作为主体内容，似有"串味"之嫌。由此也透露了剧本设计的初衷与古希腊悲剧或许大有关联，只是后来作者有所警觉而加以更改而已。但放在开场的"普饶密休士"一般的巨树和仇虎，已然定下基调，且此巨树既是重要意象，又是连缀全剧的剧景设置。

---

① 曹禺：《原野》，文化生活出版社1937年初版，此据该社1940年第7版，第11页。

② 曹禺：《原野》，文化生活出版社1937年初版，此据该社1940年第7版，第317页。

③ 张葆莘：《曹禺同志谈创作》，原载《文艺报》1957年第2期，此据《曹禺全集·第7卷》，第285页。

④ 《文丛》，1937年5月15日第1卷第3号刊登《原野（续）》，6月15日第1卷第4号刊登《原野（第二幕）》，7月15日第1卷第5号刊登《原野（第三幕）》。

就全剧来看,《原野》中有几处与古希腊悲剧或文化有关的细节。第一,因杀人而染上"血污"的说法在希腊文化中非常突出,尤以杀害血亲的污染为重,人人避之,需要进行宗教上的祓除仪式方能净化,这在古希腊悲剧中多有表现,例如埃斯库罗斯的《俄瑞斯忒亚》三部曲。《原野》中仇虎也说过类似的话,当金子在仇虎杀害焦大星之后对他说"你赶快把手洗洗"时,仇虎则回答说,"不用洗,这上面的血洗也洗不干净的。"此处应是使用了古希腊文化中的"血污"概念。仇虎所杀的焦大星不仅无辜,而且是和仇虎从小一起长大的朋友,情同兄弟,名义上也是干兄弟。虽然这不是古希腊所说的血亲,但亦包含着伦理亲情。用"血污"的概念来表达,能够加强仇虎的罪疚心理。第二,古希腊悲剧为了敬神,总是避免在舞台上演示杀人流血的场景,而把此类事件推至暗场,设置在内景。因为尊重人体,尸体也较少直接暴露在观众面前,而有一定的遮盖。《原野》也是如此处理仇虎杀死焦大星的情节。焦母误杀小黑子,当小黑子尸体出现的时候,焦母"两手举起小黑子,上面盖上一层黑布褂",如此便增加了庄严之感。第三,在古希腊悲剧中,只有杀人者才能看到"复仇神",在埃斯库罗斯的《奠酒人》中,俄瑞斯忒斯即是如此——"阿波罗王啊,她们越来越多,眼里滴出了可憎的血","你们看不见她们,我看得见。我被追赶,再也不能停留了"[①]。而《原野》中只有仇虎能看到"冤魂"。在《原野》的"附记"中,曹禺特别指出,仇虎在林子中看到的那些人形"并不是鬼","为着表明这是仇虎的幻相,我利用了第二个人。花氏在他的身旁。除了她在森林里的恐惧,她一点也未觉出那些幻相的存在"[②]。无论

---

① [古希腊]埃斯库罗斯:《奠酒人》,罗念生译,《罗念生全集·补卷》,上海人民出版社 2007 年版,第 74 页。
② 曹禺:《原野》,"附记",《文丛》1937 年第 1 卷第 5 号。

"复仇神"的正义与"复仇者"的悖论

是"复仇神"还是"冤魂",撇开希腊多神教和中国民间信仰的背景,其实都是人物内心的外现,或者如曹禺所着意点明的心理"幻相"。复仇是复仇者的命运,复仇之后陷入心灵之狱而成为被复仇者,亦是他们的命运。俄瑞斯忒斯看到的"复仇神"和仇虎在"黑林子"中看到的各种幻象,其实也是杀人者的心灵因罪疚而苦痛挣扎的一种外现。这里面包含着对人性的复杂思考,远超出一报一还的杀人偿命因果报应之说。欧里庇得斯的《俄瑞斯忒斯》即揭示了俄瑞斯忒斯为报父仇而杀母之后得"狂病"的心理原因,对于墨涅拉俄斯的询问——"你怎么了?这是什么病害了你?"俄瑞斯忒斯是这么回答的:"我的良心!我知道是犯了大罪。""那毁灭我的主要是悔恨""以及那疯狂,母亲的血的报应。"[①] 而《原野》则比希腊悲剧更为丰富地展示了"报仇人"报仇后内心的痛苦与挣扎。这一点也呼应了剧中一开始就出现的如"被禁梏的普饶密休士"一般的巨树意象,曹禺使用的是"被禁梏"与"羁绊(在石岩上)",而非更为平实精准的"被缚"之类的词语,除了应和开场时脚镣加给仇虎的实际"桎梏",这无疑也是在给整部剧定基调、做暗示,即复仇的仇虎必将陷入并且无法摆脱其内心的困境。

奥尼尔的《琼斯皇》经常被拿来与《原野》比较,然而,琼斯与仇虎虽实际上都是社会的受迫害者,却还是有所不同。仇虎作为受害者,因复仇杀人而迷失于黑林子中,琼斯则因为其迫害过的黑人向他追索而逃命于黑森林中,且"复仇"并非奥尼尔《琼斯皇》的主题。另外,仇虎的自杀彰显了人物的尊严与难以屈折的自由意志,相较琼斯也更能使人尊敬与同情。总的来说,《原野》虽然主体上借鉴了《琼斯皇》用"森林迷狂"来展示人物心理与命

[①] [古希腊] 欧里庇得斯:《俄瑞斯忒斯》,周作人译,《周作人译文全集》,上海人民出版社 2012 年版,第 337 页。

运的方法，情节设计上也受到奥斯特洛夫斯基《大雷雨》[①] 的启发，但仍有一些古希腊悲剧的元素，尤其在"复仇"这一主题观念上，曹禺应该更多地受到了古希腊悲剧的启发。从《日出》到《原野》，可以说正包含着曹禺在"复仇"问题上一种连续性的思考。当"复仇神"的正义兑现为"复仇者"个体的真实行动，"复仇者"却陷入难以挣脱的心灵困境，"复仇"因此成为一个悖论，这使得《日出》所蕴含的"社会正义"问题在个体实践层面呈现出更多的艰涩与复杂性。曹禺这一思路的生成，显然受到希腊悲剧中的"复仇"主题（尤其是以"俄瑞斯忒斯"故事为题材的悲剧）的影响，当个体"复仇"的正义与其他伦理、道德问题发生冲突，在不断的纠连缠缚中，报仇雪恨则内化为复仇者难以摆脱的心灵"禁梏"。

在《原野》初刊本的"附记"（一九三七年）中，曹禺原本承认，第三幕中的鼓声与"有两景用放枪的尾"是无意中受了奥尼尔《琼斯皇》的影响，"这两个手法是欧尼尔的，我应该在此地声明，如若用得适当，这是欧尼尔氏的天才，不是我的创造。"[②] 虽然承认受到影响，但曹禺话语中流露的却是自信。而后来受到研究者指认的时候他却又径直否认："《原野》也不是模仿奥尼尔的《琼斯王》。我根本没看过。……刘绍铭说我偷的是《琼斯王》，不合事实"[③]。这样的前后矛盾，更多地出于一种"自卫心理"，即当"影响"指认危及曹禺剧作的整体艺术价值评判时，他就会激切地否认相关影响。在剧作中倾注的心血使曹禺无法接受自己的作品被否

[①] 1921 年耿济之的译本和 1937 年施瑛的译本均译为《雷雨》，但为区别于曹禺的《雷雨》，笔者使用 1944 年方信译本的译名《大雷雨》。

[②] 曹禺：《原野（第三幕）》，《文丛》1937 年第 1 卷第 5 号。

[③] 田本相、刘一军：《苦闷的灵魂——曹禺访谈录》，百花文艺出版社 2010 年版，第 174 页。

定,"《原野》绝不是失败之作",但他想要自己裁断自己的剧作,"让我自己来盖棺论定"①,则显然是反应过度了。曹禺无疑是一个善于借鉴,能够"化用"而有新的创造的剧作家,他对中国现代话剧的发展做出了开拓性的贡献也已是学界共识。然而,无论是对希腊悲剧还是其他外国戏剧的借鉴与"化用",随之伴生的自然就是"影响的焦虑",这也是作为中国现代话剧奠基人的曹禺所不得不面对的文化处境。

余 论

在一九三七年《大公报·文艺》之《日出》"集体批评"的作者中,朱光潜是真正且郑重提出异见的人。朱光潜自己写过《悲剧心理学》,又探讨过"中国无悲剧"的问题,还将中国看作没有荷马和悲戏三杰的希腊,因此,他在《"舍不得分手"》中对《日出》的批评值得注意。前面已提到朱光潜对《日出》第三幕和"方达生"这一人物的批评,另外,朱光潜针对《日出》还提出了"作者对于人生世相应该持什么样的态度"这一问题,在"很冷静很酷毒地把人生世相的本来面目揭给人看",和"送一点'打鼓骂曹'式的义气,在人生世相中显出一点报应昭彰的道理"这二者之间,朱光潜说他喜欢第一种,而《日出》则不断地让他"尝到义愤发泄后的甜蜜"。曹禺非常在意朱光潜的批评,在《我怎样写〈日出〉》这篇针对《日出》"集体批评"的答辩文中,他其实主要回应的就是朱光潜的批评,辩驳中颇有针锋相对的意思。朱光潜对曹禺的《雷雨》没有公开的批评,但是其《眼泪文学》(一九三七年)一文跟巴金关于《雷雨》的评论有关,从中亦可以推知他对

---

① 田本相、刘一军:《苦闷的灵魂——曹禺访谈录》,百花文艺出版社2010年版,第174页。

《雷雨》的态度,"近来又看到一位批评家谈一部新出的剧本,他说他喜欢这剧本,它使他'流过四次眼泪'。"① 此处说的是《日出》"集体批评"中巴金的评论文章《雄壮的景象》(一九三七年)里的一句话,原话是"我喜欢《雷雨》,《雷雨》使我流过四次眼泪,从没有一本戏像这样地把我感动过。"② 认真思考过"中国无悲剧"问题的朱光潜,按理说会对引起轰动效应的《雷雨》有所关注,但他的态度却只在《眼泪文学》中捎带出来。从其对"眼泪文学"的批评我们可以知道,对于《雷雨》这样过于浓烈、冲突感强、"悲感"效果强的剧作,他的评价应该不会很高。由此我们可以看到一个问题:尽管曹禺受到希腊悲剧的不少影响,也从中汲取了相当多的营养,在当时且是负有盛名的剧作家,然而他与以希腊悲剧、史诗为最高的文学、提倡"静穆"观的朱光潜因对悲剧的理解和文艺观的不同,还是会产生分歧。希腊文化在中国现代文学中因现代文人的不同理解而有着不同的"面相",此当为一个有意味的例子。

(李雪莲,中山大学中文系副教授)

---

① 朱光潜:《眼泪文学》,《月报》1937年第1卷第7期文艺栏。
② 巴金:《雄壮的景象》,《大公报·文艺》1937年第276期。

李林荣

《阿Q正传》的叙述者和叙述方式

对鲁迅作品的研究,在学界和教科书中长期陷于仿佛猜谜解谶般的繁琐修辞和过度阐释。对此,以往至今,常见的成因分析,都归于鲁迅思想和鲁迅创作手法本身极其复杂、极其高深。这很明显地绕开了鲁迅研究和鲁迅传播一隅某种故弄玄虚的积习。与古来一切借注经以自雄的作为相仿,对鲁迅作品的研究和教学也沿袭或滋生起了附体显圣、蹭油沾光的癖好。毕竟原本也不存在任何特设的入门条件,可以保证鲁迅研究和鲁迅作品的传播阐释超然脱俗。

此外,鲁迅作品屡遭反复曲解还另有一重缘故:它们原本生发的具体语境和社会文化土壤,在后人的理解和认知中变得越来越含糊不清,以至漫漶为一片空白,直接被简单刻板的观念教条所替换或者覆盖。对于像《阿Q正传》这样,从情节、人物和整个故事氛围来看,都颇具读者缘和大众亲和力的经典名篇,有意无意地剥离文本原生语境和简化社会背景的阐释症候或解读偏差,就更显突出。

最集中的一点表现,就是把作品中的叙述者和叙述方式,都理解得过分透明、过分直接。似乎《阿Q正传》里那个讲故事和发议论的"我",就等于鲁迅本人,他在小说里全部的功能就只是传达鲁迅的自我意识。而事实上,详察作品文本,再关联鲁迅创作《阿Q正传》时的基本社会背景,讲述阿Q故事的这个"我"究竟是在完全代表鲁迅本尊,还是鲁迅根据他在创作当时所面对的客观对象和客观语境，着意设置、精心塑造的一个只闻其声而不见其人的小说中的特殊人物？这仍然是个可能耽搁了一百年但还需要认真回答的问题。

一九二一年十二月，《阿Q正传》诞生之际，新文化运动已声威趋壮，文学革命已成效初见，现代白话小说正越过破土而出的萌芽期，转入开枝散叶的成长期。在此情境下，《阿Q正传》中的第一人称叙述者"我"，不可避免地带上了见证新派白话小说作者的群体生成和群体特征的共名意味。他是承载着现代思想、现代趣味和现代白话文学语态的新派小说的前台报幕员，同时，也是《新青年》同仁和新文化阵营的精英价值观诉诸社会大众的中间传话人。映衬在他背后的新派知识分子群体和他们推动起来的新文化事业，已渐显升腾之势。但这一人群和这项事业，投射在社会现实的全盘格局中，仍属整体之中的另类、多数之外的少数、常态之余的异常态。

正因此，小说开篇以"序"为名的第一章，就让"我"掉进了一个首鼠两端、左右为难的尴尬境地。而这个境地又纯粹是由"我"自己非要跟自己过不去的一番纠结曲折、啰里啰唆的叙述，故意制造出来的。既要尊重和依从"三不朽"者才配立传的老例，又偏要拣一个跟"三不朽"的哪一端都丝毫沾不上边的小人物来做传主。依今天人所周知的常情常理，《阿Q正传》叙述者的这么一种着力自我戏剧化的出场人设，未免过于矫情。既然那么顾忌"三不朽"的立传老谱，就大可不考虑为阿Q这等人作传，更没理由为此翻来覆去地费神琢磨，以至耗时不止一两年。反之，既然"我"要给阿Q做传的念头早已有之，那也就等于"我"早已不把"从来不朽之笔，须传不朽之人"的立传通例放在眼里；因而到了真正动笔为阿Q作传的时候，也实在已没有多少道理再费辞渲染自己如何踌躇。

《阿Q正传》的叙述者和叙述方式

"我要给阿Q做正传,已经不止一两年了。但一面要做,一面又往回想,这足见我不是一个'立言'的人,因为从来不朽之笔,须传不朽之人,于是人以文传,文以人传——究竟谁靠谁传,渐渐的不甚了然起来,而终于归结到传阿Q,仿佛思想里有鬼似的。"——《阿Q正传》起头这段看似戏言的"开心话",实质作用并不在确立和加强叙述者"我"作为一个丰满自足、合情合理的圆形人物形象的正当性,而是恰好相反,要突出"我"作为两个世界和两重话语之间的连接点和中转站的混杂性。为使这种混杂性足够饱满,"我"在生活情理和艺术形象上的自足自洽性和完整的立体感,都宁可被削弱。但正基于此,"我"才能够担当起为《阿Q正传》通篇的叙事架构奠基的使命。换句话说,在故事情节启动之前,鲁迅是用貌似闲话和戏言的整整一个"序"章,先行一步,把陈述、描摹整个故事的那位足以连接和沟通新文学、新小说与社会大众的叙述者,早早地给塑造了出来。

由于这一叙述者只需而且必须全力发挥沟通和衔接另类与全体、精英与大众、陌生的异数与惯熟的传统的媒介作用,所以他用不着血肉丰满、栩栩如生,也无需抛头露面,更不必全须全尾地亮相。而介入满含新意和深义的故事情境内部,更是他身为作者和读者之间的传信者或斡旋者的大忌。他得尽可能地轻车简从,把自己的身形和话语都缩略到了无挂碍、不饰冗赘,刚好便于聚力发力实现媒介效能的程度。这也就使得他只能并且只应以一个来历不明的声音出现,而这个声音自一旦出现,就须毫不耽搁地展现出从说者的立场和高度,向听者不断接近甚至俯就、迎合,然后又不断地从听者近旁撤回,进而引导和激发听者把注意力移往远处的这种反复试探、反复周旋的状态。

从整个过程看,这仿佛是在演奏一段始终不曾定调的乐曲,强音与低调交错,和声与变奏混响,虚实相连,波澜起伏。尤其是在

267

贯穿情节主脉的阿Q命运几度跌宕转折和终归"大团圆"的几处关键点上,叙述者"我"面向新文学和新小说的期待读者群的试探情态,表现得格外明显。恰恰是凭借了这种带点察言观色、投其所好甚至前后反复、来回摇摆的忐忑之意的未定调式的暧昧语态,在《阿Q正传》诞生之前尚未进入现代白话小说和整个新文学的种种肌质和因素,终于得以点点滴滴地渗透出来,凝结而又扩展,融汇成了饱含感染力和冲击力的一个整体形态。原本在思想感情和认知能力各方面都距离新派知识分子甚远的社会成员中的大多数,也由此得以跟随这个在作品中仅闻其声而不见其人的叙述者,由他片刻不停的呼应关照和搭茬代言一路引领,曲径通幽,步步纵深,走进《阿Q正传》故事情境和意蕴场域的腹地。

度过二十世纪二十年代新文学和新小说的幼年期,类似《阿Q正传》这样在构造叙述方式和叙述者的环节上悉心照顾庸常大众的创作策略,渐渐退出了鲁迅的考虑。翻译方面的硬译实践和硬译主张,杂文写作中表现得越来越突出的那种直接面向社会生活和社会舆论空间发话的公共言说者的主体人格和主体声音,都证明:鲁迅在后阿Q时代所面临的表达语境和他因应于此的写作手段,都有了质的改变。

(李林荣,北京第二外国语学院文化与传播学院教授)

刘运峰

关于鲁迅翻译小说《月界旅行》的校勘

摘要：《月界旅行》是鲁迅翻译的第一部科学小说。此书在收入一九三八年版《鲁迅全集》时，编者对其进行了必要的勘误和加工，同时也标注了不少质疑之处，提高了译文的质量，但也存在不少失校、漏排和可商榷之处。一九五八年版《鲁迅译文集》在吸收一九三八年版勘误成果的基础上又对译文进行了加工，但也存在擅自改动、任意添加、漏排文字、格式错误等问题。文章最后提出了《鲁迅译文集》校勘的三条原则。

关键词：鲁迅；《月界旅行》；校勘

《月界旅行》是鲁迅翻译的第一部科学小说，清光绪二十九年（一九〇三年）十月在日本东京出版。

这本书的版权页署美国培伦原著，中国教育普及社译印，印刷者为野口安治，印刷所为翔鸾社，发行所为进化社。后来，人们在著录这本书的出版者时，就将其归属为进化社。

这本书之所以没有署鲁迅的名字，是因为将译稿卖给了别人的缘故。一九三四年五月六日，鲁迅在致《集外集》编者杨霁云的信中说："三十年前，弄文学的人极少，没有朋友，所以有些事情，是只有自己知道的。……那时还有一本《月界旅行》，也是我所编译，以三十元出售，改了别人的名字了。"这本书，见过的人不多，连鲁迅本人都没有保存，其依据是他在《三闲集》末尾的《鲁迅译著书目》中说:"我所译著的书,景宋曾经给我开过一个目录,载在《关于鲁迅及其著作》里,但是并不完全的。这回因为开手编集杂感,打开了装着和我有关的书籍的书箱,就顺便另抄了一张书目,如上。"在这张书目中,就没有出现《月界旅行》。因为时间久远,鲁迅也没有放在心上,如果不是杨霁云搜集佚文准备编辑《集外集》,是想不到这本书的。

鲁迅去世之后,许广平等人开始着手编辑《鲁迅全集》,并广为征集鲁迅的遗著。一九三七年三月间,杨霁云在致许广平的信中建议:"先生编《全集》时,切望能将鲁迅先生全部著译一律收入,万勿删逸。盖鲁迅先生生前殊不自悔其少年作品,谅先生必知此意而遵行。其早年译本曾刊载《浙江潮》之《地底旅行》及进化社出版之《月界旅行》两种,敝处亦有收藏,如先生需要,亦可呈上。"① 三月二十六日,杨霁云将这本《月界旅行》寄给了许广平,在附信中说:"《地底旅行》从《浙江潮》(第十期)上录下,共十二页,今同时寄上,《月界旅行》据鲁迅先生给我的信第四页上说起,也是他所编译的,今亦呈上。此两种译本,虽不甚重要,然为纪念死者,并可观鲁迅先生早年文学工作的过程,《全集》中鄙意亦应将其编入为是。《月界旅行》一书用后请赐还。"②

可见,《月界旅行》的底本是杨霁云提供的。这也说明,杨霁云为了搜集鲁迅的早期作品,的确耗费了大量的精力。这本《月界旅行》也终于派上了用场,编入了一九三八年版《鲁迅全集》第十一卷。在该书之末,许广平加了一段案语,其中提到:"原译本在'八一三'前,幸承杨先生见借,使此书得以收入全集,特此致

---

① 周海婴编:《鲁迅、许广平所藏书信选》,湖南人民出版社 1987 年版,第 242 页。

② 周海婴编:《鲁迅、许广平所藏书信选》,湖南人民出版社 1987 年版,第 233—234 页。

谢。杨先生来信并云：'为纪念死者，并可观鲁迅先生早年文学工作的过程，全集中鄙意亦应将其编入为是。'我们亦深以为然。"

鲁迅的这本译作，在出版之前并没有单独在报刊上发表过，而且也只印了一次，没有再版。由于是将稿子卖给了别人，编辑、排版、校对、印刷、发行均与鲁迅无关，原稿也没有保留下来，在收入《鲁迅全集》之前，就只有这一个版本，这就给人们的校勘带来了很大的困难。

一 一九三八年版《鲁迅全集》对原书的勘误、加工和存疑

客观来看，《月界旅行》原书的编校质量并不是很高，存在不少误字、漏字、颠倒的现象。在收入一九三八年版《鲁迅全集》时，编者们做了三方面的工作：

（一）直接改正

对于原书中的明显差错，《鲁迅全集》的编者所采取的办法是直接改正，不做校记或说明。

原书第二十六页倒数第一行"要后知事如何"，改为"要知后事如何"。

原书第三十二页倒数第四行"国美人民，都不胜之喜"，改为"美国人民，都不胜之喜"。

原书第五十二页第一行"社长没法，只得栋一块大平原"，显然，"栋"为"拣"之误；同页倒数第五行中的"光线缤纷四射，夺人目晴"，"晴"为"睛"之误。

原书第五十三页倒数第六行"而与他感星相较"，"感"为"惑"之误。

原书第六十一页倒数第五行"略无畏葱之概"，"葱"为"葸"之误。

原书第六十五页倒数第三至第二行"如此则于学术仍无稗益","稗"为"裨"之误。

原书第八十三页倒数第二行"山脉连互,岩石嵯峨","互"为"亘"之误。

第九十二页第二行"两行老泪,沾泾衣衿","泾"为"湿"之误。

所有这些,编者都是直接进行了更正,提高了这部书译文的质量。

另外,对于编者所认为的漏排之处,则直接补充,不加以说明。如第八十七页第七行"路上最要的物品",编者认为"要"后漏排"紧"字,因为前文中有"拣最要紧的,陆续购办",于是就把这句话改成了"路上最要紧的物品"。

(二) 加工文字

在对原书进行校勘的同时,一九三八年版《鲁迅全集》的编者还对译文进行了一些编辑加工,主要表现为对译文的增删和更动。

原书第五十五页倒数第三行"先述发问之事",编者将"发问"直接改为"发明"。

原书第六十六页第六行"动摇运转之状",编者将"动摇"改为"摇动"。

原书第七十一页第六行"臬科尔忽拾起身旁旋条枪",编者将"旁"改成了"傍"字。

原书第七十四页倒数第五至第四行"继知因亚电及麦思敦的调和"编者将"及"改为了"与"字。

原书第七十五页倒数第二行"人均谓罹病者",编者将"谓"改为了"称"字。

原书第七十九页第五行"定要替栗鼠复仇",编者将"替"改为了"与"字。

原书九十一页第二至第三行"君不见世界上进化的状态么"编者将"的"改为了"之"字。

以上这些改动，编者没有说明理由。现在看起来，这种改动不仅毫无必要，而且也毫无道理。

根据译文的上下文判断，"发问"并非不妥，但如果擅自改为"发明"，则意思全变。"动摇"比"摇动"的义项要丰富一些，但作为动词来讲，二者没有区别，因此也不能视为原书排错；"身旁"的表述也是正确的，非要改成"傍"就说不通了；"及"和"与"都是连词，虽然在译文中，用"与"似乎要好些，但用"及"也不为错；"谓"和"称"是一个意思，只能遵从原稿；"替……复仇"本来意思很明确，而改为"与……复仇"反而变得很模糊了。从上文来看，是"麦思敦素爱栗鼠如性命，（栗鼠）为猫所食，悲愤不堪"，因此才要替栗鼠报仇。"的"在文言中是"之"，《月界旅行》的译文以文言为主，但也夹杂着许多白话，而且作为助词的"的"也多次出现，是没有必要更动的。

（三）存疑

出于谨慎的考虑，一九三八年版《鲁迅全集》的编者对于原书中的一些存疑之处采取了不做改动，而以标注的方式加以说明。今列举如下：

原书第一页第一至二行中"乃胎交通；而浆而讽"，编者注为："浆字疑是桨字之误，讽字疑是帆字之误"。

原书第四页倒数第三行"决非灵言"，其中的"灵"编者注为"疑是虚字之误"。

原书第二十一页倒数第二行"再抑望远镜装置在最高的山顶"，其中的"抑"编者注为"疑是把字之误"。

原书第三十页第四行"这种火药,无潮泾之患",其中的"泾"编者注为"疑是湿之误"。

原书第三十九页第六行"筑一条十五英长里的铁路",编者注为"长字疑在里字之下"。

原书第四十页第二行"到翌年的六月初十,居然共成",其中的"共"编者注为"疑是二字之误"。

原书第四十一页倒数第四行"若众人喧哗起来,愿出大祸",其中的"愿"编者注为"疑是惹字之误"。

原书第四十五页第五行"把口上生或的巨炮一发",其中的"或"编者注为"疑是成字之误"。

原书第四十五页倒数第五行"合计十三千金,未决胜负",其中的"三"编者注为"疑是二字之误"。

原书第四十七页第二行"中置大桌,上覆绒坛",其中的"坛"编者注为"疑是毡字之误"。

原书第五十四页第二行"大众寂然无声,倾法国侠男儿的雄辩",编者在"倾"字后注为"疑漏一听字"。

原书第五十七页第三行"受与五十或六十气压相等向海水压力",其中的"向"编者注为"疑是的字之误"。

原书第六十五页第六行"弹丸能恰落在月长之上么",其中的"长"编者注为"疑是球字之误"。

原书第六十六页第七行"一划那时,已到天波地方",其中的"划"编者注为"疑是刹字之误"。

原书第六十七页第七行"两人演出什么惨,且听下回分解",编者在"惨"后注为"疑脱一剧字"。

原书第六十八页倒数第一行"过荒野,攀危严",其中的"严"编者注为"疑是岩字之误"。

原书第六十九页第五行"既在一点钟能则我等已迟了",其中的"钟"编者注为"疑是前字之误"。

原书第七十七页第七行"岂不懕彼等的嗤笑",其中的"懕"字编者注为"疑惹字之误"。

原书第七十八页倒数第四行"齐向弹丸落众而进",其中的"众"字编者注为"疑是处字之误"。

原书第八十一页第五行"及血液元素之弗腾而生",其中的"弗"字编者注为"疑是沸字之误"。

原书第八十三页第五行"招集了会员,大与论议",其中的"与"字编者注为"疑是兴字之误"。

原书第八十三页倒数第二行"蜿蜒回坏于南亚美利加的西方海岸",其中的"坏"字编者注为"疑是环字之误"。

原书第八十四页第三行"致密梭里的轮庇克山巅",其中的"致"字编者注为"疑是至字之误"。

原书第八十六页第四行"竟安然运入哥仑比亚电底",其中的"电"字编者注为"疑是炮字之误"。

原书第八十九页倒数第二行"余时断不肯以君为看羽衣之天人的",其中的"看"字编者注为"疑是着字之误"。

原书第九十页倒数第五行"众人奉首看时",其中的"奉"字编者注为"疑是举字之误"。

原书第九十一页倒数第二行"不能容其身,居将如何",其中的"居"字编者注为"疑是君之误"。

归纳起来,这些存疑之处大致可以分为如下几类:

一是形近致误。如"浆"和"桨"的字形高度近似,而"讽"的繁体"諷"也和"帆"的繁体"颿"相似,是很容易排错的。而且,根据上文推断,这段表述与交通有关,当然也涉及船桨和风帆,而浆水和讽刺就说不通了;"灵"的繁体字"靈"和"虚"字形也较为接近,因此容易排错;"抑"和"把"也容易排错,而且

275

前文中即有"惟不把望远镜的视力增加了"的表述;"泾"的繁体"涇"和"湿"的繁体"溼"的字形也高度近似,"潮湿"讲得通,"潮泾"就无法理解;"慝"和"惹"字形相近,也容易排错;"或"和"成"字形相近,因此"生或"当为"生成";"慝"的意思是邪恶、罪恶和恶念,从上下文来看,作者要表达的是招惹、酿成的意思,因此原书第四十一页和第七十七页的"慝"字的确为"惹"字之误;在繁体字中,"壇"与"氈"也存在很大的相似性,绒质而且作为覆盖的物品也只能是毡子,而不是坛子;"划"同"铲",可以当动词用,如"划除",但不能用作表示时间的介词,因此,"一划那"当为"一刹那"之误;繁体字的"嚴"与"巖"也是高度近似,"攀危严"是"攀危岩"之误;繁体字"環"与"壞"也是高度近似,因此"回怀"当为"回环"之误;"看"和"着"的字形也很接近,因此"看羽衣"当为"着羽衣"之误;"居"和"君"的字形也很相似,因此"居将如何"当是"君将如何"之误。

二是音近致误。如"至"和"致","致密梭里的轮庇克山巅"中的"致",是要表达"到"的意思,因此只能是"至密梭里的轮庇克山巅";"弗"和"沸"不仅形相近,而且在一些方言的发音中也往往不加区别,因此"弗腾"当为"沸腾"。

三是字序颠倒。如"筑一条十五英长里的铁路",应为"筑一条十五英里长的铁路"。

四是漏排。如"倾法国侠男儿的雄辩","倾"字后漏排"听"字;"两人演出什么惨","惨"下漏排"剧"字。

五是错排。如"弹丸能恰落在月长之上","月长"当为"月球";"齐向弹丸落众而进","落众"当为"落处";"哥仑比亚电底"当为"哥仑比亚炮底",因为前文中有"再用起重器械吊入炮底"的描述,因此"电"字的确为错排。

二 一九三八年版《鲁迅全集》存疑的可商榷之处、失校及漏排

一九三八年版《鲁迅全集》编者对于原书的质疑大部分是对的或是有道理的。这一方面可以看出原书编校排印的草率、粗陋,另一方面也可以看出编者的一丝不苟,严肃认真。但是,这些质疑之处也还存在值得商榷和讨论之处,而且,由于时间紧迫,人手不足,还存在一些失校、漏排现象。

(一) 可商榷之处

"到翌年的六月初十,居然共成",编者认为"共"乃"二"字之误,依据不足。根据书中描述,建造巨炮石壁工程的开工日期是十一月月一日,工期计划为八个月,也就是在第二年的七月一日之前完成。而事实上是在六月十日提前完成了这些工程。因此"共成"有可能是"其成"之误。

"受与五十或六十气压相等向海水压力"一句,编者认为其中的"向"疑是"的"字之误,笔者推测应是"同"字之误。因为"向"和"同"字形相近,"相等同"是通顺的。

"既在一点钟能则我等已迟了",编者以为其中的"钟"字疑是"前"字之误,笔者推断"钟"字没有错,而是漏排了一个"前"字和一个"到"字,即"既在一点钟前能到,则我等已迟了。"因为上文中有这样的句子:"你们寻这像猎夫的人么?此人在一点钟前早已过去了。"当然,如果没有"到"字,也说得过去。

"招集了会员,大与论议",编者认为其中的"与"字疑是"兴"字,理由似乎也不够充分。繁体字的"興"和"與"的确形似,但"大与论议"可以理解为大家对这件事情进行充分讨论、争议,因此可以不改。

"众人奉首看时",编者认为其中的"奉"字疑是"举"字之误,但是,"奉"和繁体的"擧"差别较大,因此排错的可能性不大,在古汉语中,"奉"通"捧",也可以引申为"抬","奉首"可以理解为"抬头"的意思,因此可以不做更正。

(二) 失校之处

一九三八年版《鲁迅全集》的编者尽管付出了超乎寻常的努力,但在编校上还存在不少的差错,因此,孙用就专门编了一本《鲁迅全集正误表》,于一九五〇年三月由作家书屋出版。对于《月界旅行》而言,由于没有其他的参照进行校勘,失校之处也在所难免。举例如下:

原书第三十页倒数第二行"所以议决铸造哥仑比积巨炮","积"为"亚"之误。因为上文中就有"所以四万磅棉花装入哥仑比亚炮时"的表述。

原书第六十八页第四行"大森林中央一死战","央"为"夬"之误,因为"夬"是"决"的本字,和"央"字形近,很容易排错。根据上下文,是双方约定在大森林中进行决斗,因此应该是"夬一死战"。

原书第九十页第三行至第四行"有张天幕的,有连高楼的,有营小屋的",其中的"连"当为"建"之误,"连"字的繁体字"連"与"建"形近,也容易排错。"高楼"只能是"建",而不是"连"。

(三) 漏排之处

原书第六十页第八行"众人挨挤,都置之不问",一九三八年版漏排了"之"字。

原书第六十二页倒数第二行"发见无数火光点",一九三八年版漏排了"火"字。

原书第七十一页倒数第二行"麦斯敦忽向臬科尔说道",一九三八年版漏排了"道"字。

原书第八十四页第四行"过沙漠,穿深林,入蛮地",一九三八年版漏排了"入蛮地"三字。

原书第八十九页第七行"幸而渐入炮膛,毫无障碍",漏排了"幸"字。这个"幸"字是万万不能少的,因为上文是"诸社员握手咽唾,恐酿巨灾",所幸的是安然无恙。

原书第九十页第六行"自然是农罢耕耘,商废贸易",一九三八年版漏排了"是"字。

三 一九五八年版《鲁迅译文集》的失误

一九五八年十二月,人民文学出版社出版了十卷本的《鲁迅译文集》。这部书大体相当于一九三八年版《鲁迅全集》的第十一至二十卷,但在内容上存在增删。就校勘而言,按照人民文学出版社编辑部的《出版说明》,书中的全部译文,都依照过去各种版本,同时并参照最初发表的杂志和报纸,经过了一番校勘。对于印错的字和标点,直接加以改正,不另加注释说明。

事实并非如此。

《月界旅行》没有在报纸杂志上发表过,因此,一九五八年版《鲁迅译文集》的校勘依据就只剩下了初版和收入一九三八年版《鲁迅全集》第十一卷中的本子。

应该说,一九三八年版《鲁迅全集》编者注中的质疑和改动之处,《鲁迅译文集》基本上全部吸收进来,这在一定程度上对于初版和一九三八年版都是一个超越。但是,也存在一些明显的失误,主要表现为:

（一）擅自改动

"到可以一变将来战争模样"，一九五八年版将"到"改为"倒"。（《鲁迅译文集》第一卷第九页，以下只标页码）这样一来固然有助于读者的理解，但却更动了原文。因为"到"通"倒"，鲁迅曾经跟从章太炎学习《说文解字》，年轻时习惯用古字、本字，因此这样的修改是没有必要的。

"镜里点着火"，一九五八年版将"点"改为"照"（第十四页），同样缺乏依据。

"众人那呢还理会得"，一九五八年版将"呢"改为"里"（第十六页），属于擅自改动。

"可笑的狠"，一九五八年版将"狠"改为"很"（第二十七页），这也是没有必要的改动，因为在古汉语中，"狠"通"很"。

"其偿每磅二钱"，一九五八年版将"偿"改为"价"（第二十八页），这种改动也没有必要，因为"偿"的一个义项就是"代价、报酬"，与价格同义，因此可以不做改动。

"忽地跳出一个人来"，一九五八年版将"地"改为"然"（第三十四页），在一定程度上改变了译文的原意。

"豫备兴工诸事"，一九五八年版将"豫"改为"预"（第三十九页），大概与当时的文字改革有关。

"发语者为谁"，一九五八年将"语"改为"言"（第五十七页），实无此必要。因为"发语"和"发言"同义，并非排印错误。

"亚电道"，一九五八年版将"道"字改为了"曰"字（第五十九页），同样没有必要。因为"道""曰"都是"说"的意思。

"名曰斯慨挠之森"，一九五八年版改为"名曰斯慨挠森林"（第六十四页），这也是没有必要的，因为"之森"就是"……的森林"的意思。

"把斫倒的大木",一九五八年版将"斫"改为了"砍"(第六十六页),这样一改,倒是通俗了,但原有译文的味道却没有了。

(二) 任意添加

"凡欧美人最重的是时刻,第一天约定,从不失信的",一九五八年版在"重"字后加一"要"字(第二十六页)。这种添加不仅毫无必要,而且改变了译文的原意。因为译文中的"重"是"重视"的意思,而不是"重要"。

(三) 漏排文字

"造个九百尺长的",一九五八年版漏排了"百"字(第二十七页),一字之漏,相差百倍。

"又坐丹必哥汽船",一九五八年版漏排了"又"字(第三十九页)。

(四) 格式错误

全书译文结尾处有司长致侃勃烈其天象台信,其中的"侃勃烈其天象台职员诸君阁下"应排为顶格,但一九五八年版称谓与信的内文接排,显然不合书信格式。

此外,受文字改革的影响,将原文中的一些古体字、异体字进行了统一和规范,如"慰藉"改成了"慰借","豫备"改成了"预备",等等。

四 未来校勘的原则

《月界旅行》全书仅有四万余字,但在校勘中却出现了如此多的问题,可见校勘工作的难度之大。那么,将来对于鲁迅译文的校勘应该遵循什么样的原则呢?可以做这样的考虑:

第一,尊重原书。对于原书中的用字、用词、句子结构,只要没有明显的差错或不通之处,就要依照原书,不做更动。

第二,改必有据。对于原书中的差错,可以根据上下文进行推断,从用字习惯、表述方式上进行取舍。

第三,宁可存疑,不可妄改。对于不能根据上下文推断、无法确定的字和词,可采取原文照录的方式,留待之后解决。

对于《鲁迅译文集》的校勘而言,《月界旅行》的校勘只是管中窥豹,为全部译文的校勘提供一个借鉴,要把这项工作做好,还需要付出艰苦的努力,可谓任重而道远。

二〇二二年一月三十一初稿,四月四日修改
(刘运峰,南开大学新闻与传播学院教授)

人文圆桌

姜异新

留日生周树人的外国文学阅读活动

鲁迅在三十六岁的时候写了中国第一部现代体式的短篇小说《狂人日记》,率先进入公众视野的鲁迅就是这样一个划时代的小说家。其实,那时候他的本名叫周树人,已在北洋政府教育部社会教育司做了六年的佥事。他还有一个不太为人所关注的身份,即通俗教育研究会小说股主任和审核干事。当时全国所有创作的小说、翻译的小说,乃至刊登小说的杂志,都要送到周树人这里来评审。写得好的小说要褒奖,格调低下的要查禁。工作之余,周树人还抄校古籍,做《古小说钩沉》,编《唐宋传奇集》等,写了第一部中国小说史,在北京大学等各个高校讲授这门课。如此看来,在一九一八年《狂人日记》发表之前,也就是周树人成为鲁迅之前,这个人读过的古今中外的小说太多了,多到不可计数。

成为新文学之父之后,鲁迅经常收到文学青年的来信,讨教作文的秘诀。他的回答是创作没有秘诀,并说自己从不看小说做法之类的书,只是多读作品。一九三三年,应邀谈一谈创作经验时,鲁迅写了《我怎么做起小说来》一文,终于道出了类似秘诀的经验谈,那就是"所仰仗的全在先前所看过的百来篇外国作品。"①

然而,鲁迅对小说的阅读太海量了,从留学回国到《狂人日记》发表之前,还有近十年所谓的沉默期,这期间其实他也在大量审读小说,那么,我们如何去界定他说的"百来篇"?这就需要留意一下"先前"和"做学生时",鲁迅在各种语境下多次提到的时间状语,其实指的就是一九〇二年至一九〇九年留学日本的这七年。我们知道,江南水师学堂、江南陆师学堂附设矿路学堂读书时期,是周树人第一次接触西学的时候,课余时间也全部用来读《红楼梦》等中国古代白话小说,但在后来鲁迅述怀的语境中,"先前""做学生时"都特别指向留学日本这七年,"百来篇"指的就是这期间他用外语去读的外国作品。一开始是通过日语的转译来阅读,后来通过德语直接阅读原版的东欧或者其他国家的小说。

二〇二二年是鲁迅东渡日本留学一百二十周年。七年多的留学生活,鲁迅当年是如何度过的呢?早在江南水师学堂读书时,鲁迅便接触了英语,在矿路学堂接触了日语、德语,但还都很浅显。获得官费留学日本的资格后,初抵东京的最初两年,鲁迅是在弘文学院系统地学习日语,学科知识相当于日本的中学程度,两年后选择专业,据他说为了救治像父亲一样被误治的病人,战争时期就去当军医。于是,他来到了位于日本东北部的仙台医学专门学校,学习医学一年半。幻灯片事件后,再度回到东京,专心从事文艺运动,其实最主要的就是翻译外国作品。鲁迅倾向于俄国、东欧、巴尔干小国被压迫民族的作品,因为深感这才是为人生的、抗争的、刚健的、赤诚的文学。这个时期最长,有三年之久。所以,鲁迅留学时

---

① 鲁迅:《南腔北调集·我怎么做起小说来》,最初印入 1933 年 6 月上海天马书店出版的《创作的经验》一书,见《鲁迅全集》第 4 卷,人民文学出版社 2005 年版,第 526 页。

代影响了他精神走向的其实是海量的阅读。这七年间，持续不间断的学习行为就是阅读和翻译，相比之下，仙台时期少了点，但这个仿佛对文学阅读按下暂停键的一年半，却是不可或缺的桥梁。为什么这么说呢？清国留学生周树人的外语水平在这个时候发生了质的飞跃，无论是日语还是德语，也无论是口语还是书面语。我们都知道，藤野先生给鲁迅批改医学笔记，把他画得特别好看的下臂血管给订正了，但其实通览医学笔记，藤野的大部分修改是关于日语表达和修辞方面的。因为藤野先生彼时刚刚评上教授，他还是副班主任，周树人是他的第一个留学生，当然也是仙台医专的第一个中国留学生，所以，藤野先生非常负责任。那时候也没有多少教材和教辅书，所谓医学笔记就是对老师课堂口述的笔录。对于学生来说，老师讲的课一定要非常认真听，才能够全部记下来，也没有参考书可以参照订正，这对于外国留学生来说难度就更大。因而，藤野先生为周树人批改的医学笔记格外认真。周树人的日语口语、听力和书写因之得到了极大提升。同时他在仙台医专开始正规修德语课，课时达到每周八小时，水平有了很大的提升。

在鲁迅遗留下来的手稿中最特别的就是医学笔记，典型的用钢笔从左至右横写的现代体式的书写，里面有汉、日、德、英、拉丁等至少五种语言。而其他手稿可以说全部都是鲁迅用金不换毛笔竖写的传统中国式手稿。当然，小字条不在比较之列。从医学笔记我们可以清晰地看到，索居仙台在鲁迅文学生命进程中的独特性。是否可以这样推想，随着外语水平的提高，之前初抵东京时没太读懂的故事一下子心领神会了，一下子摆脱日语翻译的中介限制，可以直接用德语去读懂原版东欧故事了，对世界文学的渴求愈加强烈，想读的更多，想读的更深，想读的更远。再加上日俄战争的时事幻灯片在细菌学课堂上播放，因为日俄战争开战的战场是在中国的东北，只要是一个中国人，看到这样的幻灯片没有不受刺激的，当然也深深刺激了鲁迅,所以,内驱力加上外在的导火索,鲁迅很快就辍学再度回到东京。要"从别国里窃得火来""煮自己的肉"[①],也就是引介异域文术而入华夏。

明治时期的日本是中西文化汇通、世界文学的敞开地之一,信息传递非常迅捷,翻译界更是立足世界前沿,引领社科思潮,很多国家的著名文学家像向往聚拢巴黎咖啡馆一样向往到东京去沉潜。鲁迅也再次来到东京,开始了自主阅读学习的三年。他已经不去专门的学校了,完全是海量阅读的留学方式,而且他的二弟周作人也来到东京就读。周作人是非常精通英语的,所以"百来篇"应该包括鲁迅用日语、德语读的小说,也包括借助词典、借助周作人的视野和帮助,去阅读的英文版作品。再度东京的三年,鲁迅下的功夫非常大,非常深,常常整夜不睡地阅读翻译外国作品,留在茶几上的是像马蜂窝一样插满了烟蒂的烟灰缸。鲁迅所说的"百来篇"主要就是这一时期苦读的作品。其实,初抵东京时期,周树人就已经开始"盗火煮肉"了,开始翻译外国科幻小说。只不过,他的肉身还没有觉察心灵的渴求,还在顺遂学校的选科制度,为未来的职业做出有限的选择。而经过仙台的转换,一下子接通了文艺心灵的交道感应。

既然鲁迅留学日本的七年以海量阅读为主要学习方式,那么,他提到的"百来篇外国作品"到底有没有一个详细的书目?鲁迅从来没有明确地陈说。这就仿佛构成了一个谜,成为很多关注鲁迅阅读史、文学家鲁迅创生史的学者们穷究破译周树人之所以成为鲁迅的精神机制之密码。我想可以从五个方面依据入手来寻求、探索和推测。简单说来:第一是留日时期做的剪报册(合订本);第二是

---

① 鲁迅:《二心集·"硬译"与"文学的阶级性"》,《鲁迅全集》第4卷,人民文学出版社2005年版,第214页。

翻译作品，特别是已出版的《域外小说集》，还有打算翻译的出版豫告；第三是周氏兄弟的回忆文字；第四是文学教科书；第五是藏书视野下的经典周边及潜在阅读。通过探究，我发现至少有一百四十篇外国作品是能够与鲁迅在留日时期通过外语阅读的外国作品挂上号的。

第一部分留日时期做的剪报册，这是实实在在的物证，是鲁迅从日本带回来的日本人翻译的十篇俄国小说的合订本，包括屠格涅夫、普希金、果戈理、莱蒙托夫等作家的作品。但显然这不仅仅是一个剪报，而是鲁迅以自己的审美眼光编选辑录的俄国作品集，也是他自己装订成册为一本新书。

第二就是他翻译的小说，这肯定是经其反复咀嚼过的作品。仅以《域外小说集》一二册里的十六篇为例，可以看出，第一册基本还是俄国文学占主体。为什么鲁迅留学日本时首先关注俄国文学？日俄战争的巨大影响应该是外部因素。在明治日本梦想着文明开化、富国强兵、领土扩张的国民昂扬感中，如何拨云见日，驱散迷雾，初步形成自己的俄罗斯观，这是周树人的独立思考。其实俄国并不是后来他所说的东欧弱小国家，而是西方的列强之一，周树人要看看雄起于广袤原野上的西方强国俄罗斯的土地上生长着怎样的人民。一开始他只能通过日语去了解。其实他也学了几天俄语，后来放弃了。当看到原来也有被侮辱被损害的小人物，也有被剥削到连短裤都没有剩下的农民时，他反而获得一种心灵得以深入沟通的艺术愉悦——这片土地上孕育的作家具有如此宏阔的视野，如此超然洞悉人性的笔力，产出了真正为人生的刚健的文学，促使他理解了在中国的土地上旋生旋灭的种种现象。

可以说，上述感受也是仙台所给予鲁迅的独特性，那时候仙台是日本的军都，日俄战争氛围非常浓厚，常常举行出征士兵欢送会、祝捷会等活动，鲁迅租住的佐藤宅的房东，就是率领游行队伍锣鼓喧天庆祝日本占领辽阳的领队。鲁迅在《〈呐喊〉自序》中提到的幻灯片，目前并没有找到斩首中国俄探方面的，但是周围的新闻报道是有不少的，喜欢饭后阅报、课余看电影的鲁迅肯定也看到了，所以他在《〈呐喊〉自序》和《藤野先生》中对之进行了文学性的综合处理。我特别倾向于把"幻灯片事件"理解成一个巨大的文学隐喻。所谓麻木的看客、旁观的中国人，不也正是孤零零地游离于日本沉浸于中国东北战场上获胜的欢庆氛围中尴尬的周树人自己的象征吗？课堂上欢呼的日本学生不也可以视为符号化了的新闻时事画面里斩首中国人背后森然矗立着的日本兵吗？我们知道，鲁迅接触外国文学的阅读方式之一是从一个国家的文明史、战争史涉及它的文学，所以日俄战争这个外部因素肯定促使了周树人想通过文学来了解俄罗斯是一个什么样的国家？当他感到一种心灵被深入沟通的文学愉悦时，也促使他再次回到东京去阅读全世界。其实第二次来到的东京对周树人来讲已经不再只是地方上的东京，而是世界的缩影，就像二十世纪二十年代的巴黎一样，吸引众多文艺家聚集在咖啡馆形成文艺的生态群落。连日本人的杂志都关注到了周氏兄弟的阅读行为，特别是他们要摆脱开日本，把外国故事直接用汉语绍介到中国去的翻译活动。所以，《域外小说集》中的作品虽然鲁迅只翻译了其中的三篇，但是全部十六篇都经过了他反复的审读、润色和修订，肯定是全部精读过的。

第三，文学教科书，再度东京这三年，虽然周树人不去到全日制的学校上课，可是他也是把学籍挂在独逸语学校。日本学者北冈正子考证出了学校的文学教科书以及暑期阅读的文学书目，对照北京鲁迅博物馆馆藏鲁迅藏书书目，能够筛选出一些间接证明鲁迅那时可能读过的外国作品。

最后，通过周氏兄弟的回忆文字和其他潜在阅读的线索推断。比如，鲁迅特别喜欢的夏目漱石、森鸥外、显克微支、安特来夫、迦尔洵、裴多菲，还有人们不那么熟知的克尔凯郭尔等等。

我们往往觉得鲁迅是不可复制的天才，能够用中国古代文人乃至近代以来的作家都意想不到的方式，在最简短的篇幅内把故事讲述得如此生动、深刻、直抵心灵，而读了鲁迅读过的小说后，就会有一种豁然开朗的感觉。成为新文学之父后的小说创作中，鲁迅始终保持着与世界作家的持续对话。果戈理的《狂人日记》《外套》之于《狂人日记》《阿Q正传》；安特来夫的《谩》《默》之于《伤逝》；斯谛普虐克的《一文钱》之于《阿Q正传》；屠格涅夫的《白净草原》之于《社戏》；莱蒙托夫的《宿命论者》之于《祝福》；契诃夫的《戚施》之于《故乡》，塞万提斯的《堂吉诃德》之于《孔乙己》，等等。

再次阅读鲁迅留学时代阅读过的外国故事，置身于鲁迅当年置身的精神谱系之网当中，感同身受，与他一起感动、一起愉悦，审美能力一起成长，同频共振，更容易发现其个性化的审美倾向，那些洞悉人性幽暗的作品，举重若轻、让人含泪微笑的表现手法，现代主义的意识流，后现代主义的英雄戏仿，对于被损害被侮辱的小人物的现实主义关怀，故事中套故事的叙事模式，等等，显然这是多维复杂的艺术综合体，而那个时候的鲁迅全部都自主性的接受了。

（姜异新，北京鲁迅博物馆研究馆员）

人文圆桌

刘春勇

"反省的继承":鲁迅的阅读与阅读鲁迅

大概二十多年前,先锋文学正火热的时候,有一家出版社策划了一套书,请余华、格非、苏童等每个作家遴选十篇影响自己一生的中短篇小说,各出一本。我当时还是在北师大读研,坐在图书馆里,几乎将这套书都通读了一遍,那结果给了我极大的震撼,至今还对其中的一些篇目记忆尤深。好的作家,同大众乃至学者的阅读敏感度和品位是不一样的。就拿鲁迅来说,他早年阅读和翻译的许多作品,按照现在的标准来说,很多只能算是二流或者三流文学,譬如阿尔志跋绥夫的作品,但对于鲁迅自身来说,却是电击式的。所以,对一名作家的写作构成巨大冲击的,不一定就是世界公认的顶级作家作品,甚至构成影响的有相当大的一部分是会溢出普通读者的阅读期待视野的。

我们今天身处一个巨变的时代,由胡适、鲁迅所开创的传统的现代文学走过了一个世纪的繁华,终于到了要谢幕的时候了,经典意义上的小说的阅读量越来越小。而所谓网文、仙侠一类文字的读者群则越来越大,中学生、出租车司机,甚至外国读者都在阅读类似《花千骨》这样的作品,在某种程度上,它替换了传统经典小说的位置与意义。反过来,再看鲁迅那个时代,其实也一样,他和我们同样都处在时代的巨变和转换时期。我常常觉得鲁迅这个人非常幸福，因为他一生从事的工作，似乎都跟他的理想有关系，譬如小说股主任，在大学里面讲"中国小说史"，梳理古典小说，自己又写小说，等等。

当然这里有另外的问题，他毕竟是鲁迅，他对我们的影响巨大，成为我们所谓历史的文化标杆，就像钱理群先生说的《庄子》《史记》、李杜、《红楼梦》，再往下就是鲁迅，这几个人物或者作品成为我们阅读当中的历史标杆，对我们民族的品格，对我们每个人文化的品格都会有塑造。正因为他们如此重要，我们才要好好的继承，但，同时也要加以反省，要"反省的继承"。在这个方面，刘再复先生给我们做出了榜样，他对《水浒传》有着清醒的反省。对于鲁迅，我们同样要"反省的继承"。譬如，留日时期的鲁迅关注和翻译的是弱小民族的小说书写文本，传递的是被压迫和受剥削的声音。几乎同一时期，印度同中国一样，也是受压迫的，周氏兄弟也关注印度。那么，在几乎同样的环境下，印度哲人又是怎样塑造国人的文化品格的呢？那个时候，尼赫鲁和甘地一起搞"非暴力不合作"运动，努力将印度从英属殖民地当中摆脱出来。一九三〇年，英迪拉·甘地——后来做了印度的总理——大约十三岁的时候，尼赫鲁和他的夫人双双被英国殖民当局拘进监狱。他担心女儿太小，在外面一个人待着，没有人照顾，怕她太孤单，就每天在监狱里给女儿写一封信，前前后后一共坚持了三年。最后英迪拉·甘地将这些信汇编成一部书，取名叫《爸爸尼赫鲁写给我的世界史》，上中下三卷，初看似乎是普通的家书，顶多也就是一部关于全球史的普及读物，但仔细读进去，不得了，其中不仅有详尽的历史讲述，而且从头到尾都贯穿着一种从长时段视角审视人类历史的宝贵文化品格。尼赫鲁在这些信当中反复给女儿讲述的是，不要被眼前西方的强大所迷惑，从人类历史的长河看来，西方的强大其实是暂时的，而东方，尤其是印度和中国，在人类文明历史的长河当中，

291

则有着相当悠久的荣耀与自信。尼赫鲁对女儿、对印度的教育是这样的,而鲁迅对我们的教育则是另外一番样子,两相一对照,结果一目了然。

可以说,这是两个民族在积弱之时,面对强势西方各自所做出的不同的反弹。中国人在梁启超、鲁迅的时代,确实遭遇到了西方的强势崛起。大家如果看《白银资本》或者类似一些文本,之前的明清时期,很长一段时间里中国都是非常强大的,但恰恰是在英国崛起的时候,尤其是工业革命以后走下坡路,当时不仅是中国一国在下滑,印度、缅甸王朝也都在下滑,同时期的亚洲帝国几乎都在走下坡路,而西方列强在上行。这个时候我们的先辈们对我们民族文化品格的塑造一直影响到今天,我们今天依然略感底气不足。所以,我们今天怎样去面对和继承这样一个遗产,其实是一个问题。即便以鲁迅为核心议题,讨论这样的一个问题,也是题中应有之意。

以上就总体的精神气质方面做了一些"反省",现在回到鲁迅作为小说家这个"本事"上来。鲁迅成为一名小说家其实是一件非常偶然的事情,或者可以说,他最初并没有做小说家的打算。一切皆时势使然。他那个年代,小说突然间被抬到一个非常高的位置。一九〇二年梁启超发表了重量级文章《论小说与群治之关系》,将小说的地位抬升到了社会治理的层面。这个观点当然不是梁启超的原创,它来自日本,甚至也不是日本的原创,而是来自英国。英国的阿诺德,这个十九世纪伟大的文学评论家,他说小说足以影响世道人心,小说替换了以前《圣经》的位置,因为神学衰落了,现代人每天早上吃早餐之时,捧着的不再是《圣经》,取而代之的则是报纸、副刊,是小说,所以小说的作用非常大,影响世道人心,影响国民品格的塑造,甚至可以参与到社会治理当中。这一观点后来传到了日本,明治维新当中现代小说就有过很大的贡献。梁启超正是在这样一种历史与文化语境下写出了这篇文章,对鲁迅、对后来中国现代文学的影响非常之大。

鲁迅曾经讲过,他从事小说事业的初衷并不是想做所谓艺术品的创作,而是因为受压迫,要让世人看到底层被压迫的民众的苦闷声音,所以最早是做小说翻译,鲁迅一辈子在翻译。在成为小说家之前,他是一个杰出的翻译家,到他生命终结不再写小说的时候,他还在翻译,最后翻译果戈理的《死魂灵》,没有翻译完,死去了。他中间为什么要写小说,《呐喊·自序》和《我怎么做起小说来》都有清楚的交代,最初是因为要和《新青年》那拨人在一起来讨论社会问题。"但我的来做小说,也并非自以为有做小说的才能,只因为那时是住在北京的会馆里的,要做论文罢,没有参考书,要翻译罢,没有底本,就只好做一点小说模样的东西塞责,这就是《狂人日记》。"[①] 所以《狂人日记》在《新青年》一九一八年第五号上发表的时候,显得特别突兀,所有的文章都是议论性的、随笔性的,只有鲁迅的一篇是小说。发表之后其实也没有什么人搭理,并不像现在说的一出来就是反封建的檄文,轰动一时,不是这样的,那时候并没有人搭理,后来才慢慢显示出它的意义来,其间则经过了很长的一段时间。当然,如前所述,鲁迅说他当时懒得用那种普遍议论的方式参与社会的论争,这有可能是他事后的一个说辞,不可全信。

后来到一九二〇年左右,出现所谓"问题主义之争"。一九二一年《新青年》重新回到到南方,鲁迅失去了这个阵地,这以后,鲁迅的小说写作出现了一些根本性的变化。这时候他写了一首诗:"寂寞新文苑,平安旧战场,两间余一卒,荷戟独彷徨。"他说当初的

[①] 鲁迅:《南腔北调集·我怎么做起小说来》,《鲁迅全集》第 4 卷,人民文学出版社 2005 年版,第 526 页。

《新青年》的同人有的高升,有的退隐,而"我"怎么样呢?落得一个"作家"的头衔在沙漠当中走来走去。为什么叫落得一个作家的头衔?就是被架起来,你写了这么多小说,大家以为你就是作家,你必须要写,所以被架起来,必须写,不写不行。这时候——《阿Q正传》之后,他就要找题材。大概有以下几类:一类是身边的琐事,《鸭的喜剧》《兔和猫》,开启后来所谓《朝花夕拾》的写作方向;一类是知识分子题材,因为知识分子他最熟悉,他前面写过旧式的人物,譬如孔乙己,于是又慢慢回到这个题材上,《端午节》《白光》就是这样的写作,这开启了后来《彷徨》写作的方向;还有一类,因为他每个星期都要给学生讲"中国小说史",他比较熟悉古代的题材,所以写了《呐喊》的最后一篇《不周山》,后来就开启了《故事新编》题材的写作。所以这样来看,《呐喊》的写作其实是要分前后期的。

还有一个很有意思的问题,就是鲁迅在写完《彷徨》之后,就不再写这样一些经典意义上的小说了。到了晚期,他续写《故事新编》。晚期《故事新编》跟前面的《呐喊》《彷徨》的经典小说写作方式似乎完全不一样,写作思路和理路都不一样,有一种当下"穿越小说"的感觉。《呐喊》《彷徨》当中不苟言笑,我们阅读的时候非常沉闷,很苦闷,有一种压抑感。但是当你读后期的《故事新编》,读《奔月》《非攻》《理水》《采薇》这样一些篇目的时候,你会发现里面有嘻嘻哈哈的笑声,有一种喜剧感。这种喜剧感非常难以理解,直到二十世纪八十、九十年代,国人还不太能理解晚期《故事新编》的这样一种书写。中国的王晓明、日本的竹内好这些鲁迅研究的学者们在写作鲁迅传记的时候,写到《故事新编》,都觉得颇为棘手,不知道如何加以解释。所以《故事新编》里面很有意思的一些问题存在,跟前面的《呐喊》《彷徨》不一样。

对于鲁迅阅读史的研究，日本学者做出了非常多的贡献，如北冈正子、中岛长文、李冬木等诸位优秀学人所做的那样。国内学者如陈漱渝、姜异新编写的《他山之石——鲁迅读过的百来篇外国作品》[①]从"辨章学术，考镜源流"这个方面而言，可谓填补了鲁迅阅读史研究上的一项空白。但我希望这只是一个开始。就目前的鲁迅阅读史研究而言，绝大多数都是在爬梳鲁迅同西学的源流问题，而绝少有人将目光扫向传统资源。实际上，留日期间的周树人，由于"古学复兴"（或曰"文学复古"）的时代潮流的影响，阅读了大量的晚明文献。而这一点在构筑此后鲁迅精神底蕴的方面不可谓不重要。但，遗憾的是，至今在这个方面只有零散的考辨与极少的论述，同炙手可热的鲁迅与西学源流考辨所受到的重视程度相比，真可谓是境遇凄凉，怎一个"惨"字了得！

我想，这大概是《他山之石》之后，鲁迅阅读史研究的一个重要维度吧！

（刘春勇，中国传媒大学人文学院教授）

[①] 陈漱渝、姜异新编：《他山之石——鲁迅读过的百来篇外国作品》，天津人民出版社 2021 年版。

人文圆桌

宋声泉

鲁迅不是一个定义出来的"现实主义作家"

鲁迅，原名周树人，生于一八八一年，逝于一九三六年，伟大的文学家、思想家、革命家。这是众所周知的知识，也是耳熟能详从小学背到中学的教科书体的作家简介。然而，实际上"鲁迅"作为作者署名是在《狂人日记》发表时才问世的。

咬文嚼字的话，"鲁迅"诞生于一九一八年，生于一八八一年的甚至都不是"周树人"，而是周樟寿，字豫山。改名"周树人"已经是一八九八年的时候，为了进新式学堂读书。当时还是科举时代，去新式学堂已经是走投无路之举，何况周樟寿是去水师学堂"当兵"，不宜拿家谱上的本名出来用，才有了"周树人"。

从周樟寿到周树人，岂止是名字符号的替换，背后是空间的位移与知识谱系的再造：从浙东小城绍兴到六朝古都南京，从四书五经到格致西学。一八九八年五月至一九〇二年二月，周树人在南京求学近四年。董炳月说："鲁迅的'立人'思想、进化论观念、对西医的认同等等，均可在南京求学生活中找到原点。"此后，鲁迅极少再用家谱上的本名行走于世。

"周树人"是周樟寿变身"鲁迅"的中间站。"周树人"和

"鲁迅"之间，不是意想中的"等于"关系，而是"成为"的关系，两者是流动的、交叠的存在着。早在一九六七年，日本学者片山智行就提出了"原鲁迅"的命题。日本佛教大学李冬木更是自觉且系统地思考着"周树人何以成为鲁迅"这一关键问题。他将"周树人"置于明治文化的背景下看待他如何成为鲁迅的缘由所在，认为"就一个完全不同于旧文人从而开拓出与既往文学传统迥异的新文学之路的近代作家的整个精神建构而言"，一九〇二年到一九〇九年七年多的日本留学经历潜藏着"从周树人到鲁迅的内在精神机制"。

"鲁迅"是十分难解的精神存在。发表《狂人日记》时，他已三十七岁。人到中年，热血已凉。人生阶段本应是理解作家的重要维度。虽然向来的鲁迅研究惯常将鲁迅分为前后期，但并非基于生理学的视角而是政治诉求的切割。如果说"周树人"还是一个从青春期迈向成熟阶段的符号，那么"鲁迅"从一出场就是抱着"我之必无"的信念的。如果说"五四"新文学有浓厚的青春气息的话，那鲁迅的创作是一种异质性的存在。我们长时间把鲁迅当作现实主义作家，未必妥当。鲁迅从一出手就是现代主义的品格。《狂人日记》里面被黑暗包裹的内部是什么？理解鲁迅，不理解"世纪末"思潮、不由现代主义思路进入，是很难理解鲁迅的。他不是一个定义出来的"现实主义作家"那么简单。

（宋声泉，中国人民大学文学院副教授）

[美] 阿卜杜·R. 简默罕默德著　王银辉译

缺乏现实的尘世、作为家的无家可归*
——对镜像型边界知识分子的界定

（由于康拉德）对他自己流亡的边缘性有着一种非常持久的残余意识，因此，他本能地用一个人的感性控制来保护他的想象，而这个人永远站在这个（殖民）世界与另一个总是秘密且不同世界的接合处。①

流亡者如何从一种挑战或风险，或者甚至是一种对他的（奥尔巴赫的）欧洲自我的有效冲击，转变成一种积极的使命呢？该使命的成功将会是一个非常重要的文化行为。②

一

如果没有使《开始：意图与方法》（Beginnings: Intention and Method）的出版成为不可能，那么，这本书中所"不能讲"的，仅是那些关于自我及其意图，关于历史以及关于开始的潜在困境（aporia）；该书从这些问题中不断产生自身，如蘑菇从其菌丝体中

---

* 文为国家社科基金重大项目"20世纪西方文论中的中国问题研究"（16ZDA194）的阶段性成果。
① Edward W. Said, "Intellectuals in the Post-Colonial World", Salmagundi, No. 70-1 (Summer 1986), p. 49.
② Edward W. Said, "Secular Criticism", The World, the Text, and the Critic, Cambridge, Mass: Harvard University Press, 1983, pp. 6-7.

长出一般。就像有口误或笔误的章节中,《开始:意图与方法》时常意识到这些矛盾,但却并没有充分认识到它们……①

我认为,J. 希利斯·米勒(J. Hillis Miller)对《开始:意图与方法》的这一具体评论,适用于爱德华·赛义德(Edward W. Said)的整个文集,或者确切适用于任何已经形成一套重大而创新的批评理论的作者。在赛义德论著中可能存在的所有具有创造性的问题中,这篇文章将只限于围绕"自我及其意图"展开,这个自我不是被理解为赛义德个体的自我,而是其著作中所隐含的作者的主体位置(subject-position),我把这一位置归类为"镜像型边界知识分子"(specular border intellectual)。

本文不会全面阐述边界知识分子的类型学,但在一开始就区分了镜像型边界知识分子(此文的重点)和融合型边界知识分子(在别处将详细探讨),这可能是有益的。赛义德将处于文化边界上的知识分子意识描述为"复调式的"(contrapuntal)。这种与音乐有关的隐喻,在恰当地界定作为边界知识分子的主体位置特征,及其结构上具有的对称性和张力的同时,却往往掩盖了边界知识分子的能动性,以及他或她对两种文化的意向性取向。虽然融合型和镜像型边界知识分子都发现自己处于两个(或更多)他们或多或少熟悉的群体或文化之中,但人们可以根据他们知识取向的意向性来区分他们(与范畴认知上的区分不同)。

在这两种文化中,与他或她"镜像"的对应文化相比,更多处于"本土"文化中的融合型知识分子,能够结合两种文化的元素,以阐明新的融合形式和经验。在第三世界的艺术家中,可以找到这类融合型知识分子的贴切范例,比如沃莱·索因卡(Wole Soyinka),他的戏剧经常将希腊悲剧与约鲁巴神话相结合;或者萨尔曼·鲁西

---

① J. Hillis Miller, "Beginning with a Text", *Diacritics*, 4, No. 3 (1976), p. 4.

迪(Salman Rushdie),他的"英语"小说经常使用乌尔都语法表达;或者奇努阿·阿切贝(Chinua Achebe),他的"英语"小说由伊博口头叙事模式构成,等等。安通·沙马斯(Anton Shammas)的小说《阿拉伯式》(*Arabesques*),由基督教阿拉伯人用希伯来语写成,巧妙地解决了镜像型与融合型知识分子的位置性问题。①

相比之下,镜像型边界知识分子虽然可能同样熟悉两种文化,但却发现自身无法或不愿意在这些社会中成为"本土的"。夹在被认为是不可实现的或不具有创造性的几种文化或群体之间,镜像型知识分子会对这些文化进行分析性的审查,而不是将它们结合起来;他或她利用自己间隙的文化空间作为着力点,从而以或隐或显的方式对群体形成的其他的乌托邦可能性进行界定。像赛义德、杜波依斯(W. E. B. DuBois)、理查德·赖特(Richard Wright)和佐拉·尼尔·赫斯顿(Zora Neale Hurston)这些知识分子,每个人都以独特的方式占据着镜像的场所。

二

对作为边界知识分子赛义德展开研究,也许最佳起点是他关于流亡的言论。以他一贯的洞察力与口才,赛义德在他的文章《寒冬心灵:对流亡生活的思考》②中提醒我们,不应该把流亡者的困境浪漫化;我们必须避免一种救赎式的,即主要是宗教的流亡观点;"民族主义与流亡之间的相互作用就像黑格尔的仆人与主人的辩证法",其中对立双方是相互影响、相互构成的;最后,我们绝不能让萦绕流放的孤立与精神气氛取代我们的"难民"意识,而这些

---

① Anton Shammas, *Arabesques*, trans. Vivian Eden, New York: Harper and Row, 1983.

② Edward W. Said, "The Mind in Winter: Reflections on Life in Exile", *Harper's*, No. 269 (September 1984), pp. 49 – 55.

"难民"通常是政治上被剥夺了权利的无辜而迷惘的人民。他认为，那些流亡者深知"在世俗与偶然的世界里，家总是临时的。将我们包围在熟悉领域的安全范围内的边界和壁垒，也可能成为监狱，而且，对它们的不懈捍卫常超出了理性或需要的范围。流亡者跨越边界，打破思想和经验的壁垒"[①]。虽然确实如此，但流亡者跨越边界的方式可以与移民、殖民主义者、学者等有效地区分开来。突出的问题是：流亡者究竟是如何跨越边界的？他们在跨越边界时的意图和目的是什么？这些意图和目的反过来如何影响到他们想要打破的壁垒？

在其他事例中，赛义德对流亡的关注表现在他对以各种方式跨越边界的知识分子的专注：最著名的是 T. E. 劳伦斯（T. E. Lawrence）、约瑟夫·康拉德（Joseph Conrad）、埃里希·奥尔巴赫（Eric Auerbach）和路易斯·马西农（Louis Massignon）。在赛义德对边界知识分子的关注中，最后两位尽管截然不同，但明显占据特殊的位置，稍后我将审查赛义德对两者的论述。这里必须顺便提一下，正如本文的引言所指出的，赛义德对所有这些人的迷恋在某种意义上是镜像的。像康拉德一样，这些知识分子都处于形成自己（话语）世界的关键时刻；像奥尔巴赫一样，他们把跨越边界转变为通向重大文化行为的积极使命。赛义德与他们的关系是镜像的，因为其所处的欧洲与非欧洲文化之间位于同一边界非常不同的位置。他面对跨越这一边界的西方知识分子时，可以说采取的是横穿进入西方的姿态。赛义德与他们一同重新跨越这一边界，以便绘制他们进入其他文化的政治地图。因此，赛义德对这些人的评论构成了一系列镜像的对文化边界的跨越与重新跨越。

---

① Edward W. Said, "The Mind in Winter: Reflections on Life in Exile", *Harper's*, No. 269 (September 1984), p. 54.

然而，赛义德关于这些知识分子的挪用和重新表述中，对位置性和边界的描述常常显得模糊不清，他对奥尔巴赫的论述便是最好的例证。在讨论《摹仿论》形成中有关奥尔巴赫流亡的工具性时，赛义德认为"这本书的存在"是由于"关于东方的、非西方的流亡与无家可归这一事实"，认为该书存在的"条件与环境"不是由于欧洲的文化，而是由于"与它所保持的痛苦距离"。[①] 尽管就具体的位置而言，奥尔巴赫的流亡显然是"非西方的"，但将其描述为"东方的"流亡似乎令人费解，因为没有证据表明奥尔巴赫的观点是受到了任何"东方"文化的影响：在非西方世界的任何其他地方，该书也可能被创作，且与现在版本没有显著差异。我在此梳理语义，是为了查明奥尔巴赫对塑造他的文化的忠诚，并弄清这种忠诚是否因受到外来文化的影响而显著改变。如果是这样的话，人们便可以将这种转变描述为"痛苦的"，因为它会质疑知识分子的形成。如果不是这样，那么这种痛苦的距离将是非常有利的，而不是苦恼的、令人沮丧的。奥尔巴赫似乎倾向于把它看成是有利的："语言学家遗产中最无价且必不可少的内容依然是他自己民族的文化和遗产。但是，只有当他首先从这一遗产中分离出来，然后超越它，它才会成为真正有效的。"[②] 奥尔巴赫对"遗产"的使用中的含混性（ambiguity）与滑落（slippage）——一种从专业的、方法的继承，向民族遗产的滑落，其被"超越"后回到一种更为有效的方式，因为它现在既是专业的又是文化的，后者已被融入前者之中——强调在主体与形成他或她的文化之间存在一定有利的距离，它最终促成一种更为深刻的缝合。在我看来，这是界定流亡的核心问题：跨越边

---

① Edward W. Said, "Secular Criticism", *The World, the Text, and the Critic*, Cambridge, Mass.: Harvard University Press, 1983, p. 8.

② Edward W. Said, "Secular Criticism", *The World, the Text, and the Critic*, Cambridge, Mass.: Harvard University Press, 1983, p. 7.

界的特定方式如何阐明主体文化建构的政治,以及后者如何通过跨越边界开始摆脱他们本土的结构。

为了界定流亡的意义,赛义德对奥尔巴赫做了镜像式的挪用,他似乎忽略了两人之间的某些根本差异。奥尔巴赫主要围绕西方文化进行写作,并没有为了中东文化而写作。正如赛义德所明确承认的,甚至他的《巴勒斯坦问题》(The Question of Palestine)至少某种程度上是在向欧美读者说话。奥尔巴赫是一个意识薄弱的流亡者,尽管实际的环境在变化,甚至有暂时的异化,但他始终是一个属于自身本土文化的主体;而作为既不是流亡者也不是移民的赛义德,从他更复杂的边界身份中,形成了一种作为"信念上无家可归的苦行颂歌"[①] 的关于"流亡"的卓绝理论。然而,这种复杂的身份所引起的不适,妨碍了其对这一理论准则进行系统、清晰的表达,这种表达仍被融入到赛义德所有著作的含糊和困境之中。

在关于"旅行理论"的文章中,赛义德关于界定边界跨越性质的矛盾性(ambivalence)非常鲜明地被揭示出来,其旅行理论的影响由致力于这个问题的《题词》(Inscriptions)特刊进行了充分说明。[②] 旨在论证思想和理论如何在跨越边界时发生转变的赛义德论文,挑衅性地对这些转变的性质与危险做了裁断,这些转变在给定的理论位置中,或者在具体的历史分析以及与该分析相关的一般理论之间已然发生;然而,他关于这些转变原因的讨论仍然是模糊的。这篇文章提供了一个关于综合洞见和不察(insight and blindness)——赛义德思考边界跨越的特征——的恰当例子。

广泛涉猎十九世纪从西方到东方(反之亦然)的思想之后,赛

[①] Edward W. Said, "Secular Criticism", *The World, the Text, and the Critic*, Cambridge, Mass.: Harvard University Press, 1983, p. 7.

[②] See *Inscriptions*, No. 5 (1989), which is devoted to a consideration of "Traveling Theories, *Traveling Theorists.*"

义德开始聚焦关于乔治·卢卡奇（Georg Lukács）物化理论的转变，因为他的物化理论后来被卢西安·戈德曼（Lucien Goldmann）采用并转变为"同源性"理论。从复杂的理论到模糊而程式化的隐喻这一变化，被赛义德准确地描述为一种"理论衰变"（degradation）。但他似乎不愿意考虑这种可能性，即这种变化可能是由于个体理解或想象的失败而产生的；相反，他认为，"只是对理论衰变而言，情况已经发生了充分变化"。人们想弄清楚：在这种情况下，什么样的具体改变是造成这一理论衰变的原因，究竟是何种边界被跨越了，以及引起这些变化的两个位置之间的社会政治差异究竟是什么。也许是因为意识到了读者的期待，赛义德多次坚称是再定位本身在加速这种转变。关于位置变化产生转变的强硬观点，和对这一原因的性质作具体说明的拒绝之间的矛盾，（两者）所引起的张力在下述的引文中达到了高潮：

> 因此，通过将卢卡奇与戈德曼相互衡量，我们也认识到，理论在多大程度上是对特定社会与历史情境的反应，而知识分子的活动只是这一情境的一部分。因此，一个事件中所谓的起义意识，在另一事件中则成为悲剧观，通过对布达佩斯和巴黎的情况进行认真对比，原因得到了阐明。我不想表明，布达佩斯和巴黎决定了卢卡奇与戈德曼提出的各种理论。我的意思是说，"布达佩斯"和"巴黎"是不可还原的首要条件，它们提供了限制、施加压力，每个作家鉴于各自的天赋、爱好与兴趣，对这些限制与压力做出反应。[①]

[①] Edward W. Said, "Travelling Theory", *The World, the Text, and the Critic*, Cambridge, Mass.: Harvard University Press, 1983, p. 237.

人们无法弄清哪种边界已经被跨越，以及怎样促成这种变化。赛义德对主体与决定性社会政治环境之间关系的模棱两可，已经委婉地拒绝对这个问题做出回应。

当他转向雷蒙·威廉斯（Raymond Williams）对卢卡奇和戈德曼两人思想的思考时，跨越文化边界的问题又被认识论的问题所取代。当赛义德转向他论文中的最后一位理论家米歇尔·福柯时，他的关注已经转移到福柯详尽历史著作的价值与他关于权力或知识的理论声明中的缺陷之间的不一致性。最后，"旅行"成了涵盖一系列不同理论转变的普遍隐喻，然而，跨越边界的影响却并未得到阐明。尽管赛义德对环境与边界有着强烈的认识，但他不愿意指明这种跨越的确切原因和影响。相反，他通过两种方式进行批判，这种批判源自并反映了边界知识分子的困境：首先，他的批评是对困境的一种"反省"，一种间接的思考；其次，相对于西方文化，它占据着镜像的位置。

三

在开始进一步研究赛义德关于边界性质的思考，以及这些思考与其个体位置的关系之前，对边界跨越不同模式的一些澄清，可能是有用的。系统的审查必须避免对"流亡"一词的隐喻性使用，这个词通常笼罩着流亡者的困境这一充满情感的内涵。人们可以粗略地识别出四种不同的边界跨越模式：那些被流亡者、移民、殖民者和学者所使用的模式，最后一种以研究其他文化的人类学家为代表（人们可以将旅游者与旅行者添加到学者或人类学的亚类中）。尽管流亡者和移民都跨越了一个原来的与另一个新的社会或民族群体之间的边界，但流亡者对新的东道国文化的态度是消极的，而移民则是积极的。也就是说，流亡的概念总是强调形成个人主体的"本土"文化母体的缺失；因此，它意味着在原始文化的集体主体和个人主体之间一种非自愿的或强制性的断裂。与流亡相关的乡愁（一种结构上的而非特殊性的乡愁）往往使个体对东道国文化的价值与特征漠不关心；如果确实他或她有任何选择，流亡者会选择生活在适宜的、最像"本土"的环境中。而移民不会受到结构上的乡愁折磨，因为他或她的身份表明了一种目标明确的指向性，这种指向性朝向经过深思熟虑所选择的作为新家的东道国文化。最重要的是，他或她的身份意味着自愿成为新社会真正意义上的主体。因此，移民往往渴望以有意识的速度抛弃自己文化的决定性影响，渴望接受新文化的价值；事实上，他或她作为移民的成功取决于萨义德所说的"不加批判的合群"，即取决于迅速认同并与新文化的集体主体性结构相融合的能力。

对于流亡者和移民来说，问题在于个体与集体主体性之间的断裂和重新缝合，而殖民者和人类学家尽管也跨越文化边界，但并不被这个问题所困扰。殖民和人类学的计划都表现出对个体想要成为东道国文化中主体的故意否认和时常明确的、激进的压制。两者都必须不把新的文化作为一个主体性的领域，而是作为他们凝视及凝视的客体来理解。对于殖民者来说，新文化成为其军事、行政和经济方面治理技能的对象，根据殖民主义理论和实践，只要能避免管理者"本土化"，即阻止其成为新文化的主体，这些技能就能保持客观并保证不受污染。对于人类学家来说，情况当然更为复杂。虽然他或她在专业上有义务"掌握"东道国社会的语言和文化，但他或她的个人主体性的各个方面——专业工作或职业的基本知识结构、基本价值观和信仰，甚至身体健康——仍然处于本土文化的话语控制之下。人类学家也承受不起"本土化"，因为这样做意味着丧失专业身份中至关重要的"客观性"。对于殖民者和传统人类学家来说，东道国文化最终仍然是一个关注的对象：前者关注的是军事的、行政的和经济的；后者关注的是认识论的和结构上的。与流亡者和移民的视角截然不同，这两种关注都是全景式的，因此，也是控制性的。

四

如果开始审视第三世界知识分子如爱德华·赛义德，以及美国少数族裔知识分子如理查德·赖特，我们很快便会发现，虽然他们不属于我提出的以上四种类型，但他们的主体位置确实具有某些共同点。显然，他们都不是殖民者，但从某种意义上说，两者同时既是流亡者又是移民。赛义德和赖特都是被迫离开本土文化的人的后代，同移民一样，在新文化中都或多或少地有效地工作。然而，他们都没有成为新文化真正意义上的主体：赛义德选择不匆忙进入，因为他不愿意融入他所谓的"不加批判的合群"；而赖特是因为种族主义不允许黑人成为白人美国文化的正式一员。有点像人类学家，两者都是参与新文化但仍然站在其边界上的准主体；然而，与人类学家又不同，在任何其他文化中，他们都不是完全的参与者。两者都是处于主流文化中的主体，但对主流文化而言却又都是边缘的。因此，两者都局限于边界知识分子的困境，既不受对某些已失落或被遗弃文化的眷念的驱使，也不处于这种或任何其他文化的本土文化中。

边界知识分子的这种困境必须仔细加以界定。一个人如何将自身置于边界之上？它以什么样的空间为特征？从理论上讲，并且在实践中，边界并不在它们所界定领域的内部或外部，而是简单地指明两者之间的区别。它们根本不是真正的空间；作为内部与外部之间差异的场所，它们是无限的回归点。因此，可以说，位于这一场所的知识分子不是"坐"在边界上；相反，他们被迫将自己定位为边界，并围绕作为无限回归点的这个边界进行合并。在有意或无意地以这种方式定位自己的过程中，他们必须保护自己避免踏入镜像陷阱，因为边界只能起到镜子的作用，起到界定群体的"同一性"与"同质性"的场所的作用，而这个群体已经构建了边界。赛义德清楚地意识到这一矛盾及其产生的要求，但他似乎并不愿意明确地阐明它：

> 我所谈到的流亡，（他说）不是作为自我反省的特权场所，而是作为许多现代生活所面临的大众机构之外的一种选择。如果流亡者既不会（像移民那样）匆忙进入不加批判的合群，也不会（像流亡者一样）置身事外治疗创伤，那么他或她必须培养一种缜密的（不放纵的或生闷气的）主观性。①

这个表述产生了两个相关的问题。首先，是否有可能在没有自我反省的前提下培养主观性，尤其是一种"缜密的"主观性？其次，在这一语境中"缜密"意味着什么？尽管赛义德从未直接回答这些问题，但在我看来，边界知识分子的主体位置所需要的缜密在他的论著中无处不在。

五

在没有详细描述赛义德从巴勒斯坦被迫迁移到黎巴嫩、埃及，最终永久定居美国的情况下，或者在没有详细描述他的传记的情况下，他的著作显示了其如何占据一个主体位置，这个位置既不完全是流亡者的也不完全是移民的。作为一个巴勒斯坦人，以及对其人民权利和意愿看重的倡导者，赛义德尽管接受了西方教育，但却成为了主流文化边界上的流亡者。因此，即使在阐明巴勒斯坦人的愿

---

① Edward W. Said, "The Mind in Winter: Reflections on Life in Exile", *Harper's*, No. 269 (September 1984), p. 54.

望时，正如在《巴勒斯坦问题》中，赛义德感到有义务向西方讲话，因为西方的力量在很大程度上决定了巴勒斯坦的命运。

赛义德在序言中说，《巴勒斯坦问题》力图"在美国读者面前"展现"一个具有广泛代表性的巴勒斯坦的位置……"[1] 当赛义德评论说："在犹太人和美国人现在所想和所做的巴勒斯坦问题上，有一个重要的地方，它就是我这本书所要强调的"[2]，美国的力量得到了更为明确的承认。这种表达背后的政治背景说明了赛义德作为主体的立场，他说："作为巴勒斯坦人，每个巴勒斯坦人都没有国家，即使他'属于'却并不属于目前所居住的国家"[3]。尽管所有巴勒斯坦人都是如此，我想补充的是，所有边界知识分子也都是如此，这一表达以淡定的、中立的语词界定了政治的立场；当赛义德允许自己以更主观的方式表达时，它的情感指向就会暴露出来：

> 我希望已经明确了巴勒斯坦人对巴勒斯坦经验的解释，并且表明了两者与当代政治舞台的关联。以这种方式来解释自己作为巴勒斯坦人的感觉像四面楚歌一般。对于我所生活的西方，成为巴勒斯坦人在政治方面是不合法的，或者至少是一个局外人。但这就是现实，我提到它，只是作为表明我在本书中特殊孤独感的一种方式。[4]

---

[1] Edward W. Said, *The Question of Palestine*, New York: Times Books, 1979, p. xi.

[2] Edward W. Said, *The Question of Palestine*, New York: Times Books, 1979, p. xvi.

[3] Edward W. Said, *The Question of Palestine*, New York: Times Books, 1979, p. 120.

[4] Edward W. Said, *The Question of Palestine*, New York: Times Books, 1979, p. xviii.

这种作为局外人的感觉在不同的记录中,被重新表述为巴勒斯坦人不断谈判各种边界的集体责任,以便可以从个体、集体方面界定他们自己。因此,巴勒斯坦的现实,被赛义德引人注目地描述为"立体主义的——突然进入多个画面,这些画面相互交错重合"①。

然而,赛义德的主体位置仅仅是作为处身西方的"巴勒斯坦愿望"的表达者和捍卫者的一部分;他也是不断发展的巴勒斯坦同一性的积极的、重要的生产者。在巴勒斯坦人正统历史缺失的情况下,《巴勒斯坦问题》表明了在这样一段历史产生中的早期阶段,(世界)缺乏对西方关于巴勒斯坦"问题"的有根据的、赞同性的、认真的讨论,该书对将这一问题添加到西方语境的目的中发挥着重要的作用。正如赛义德阐明的那样,他的书不仅受巴勒斯坦人当前困境的驱使,而且也受到一种巴勒斯坦乌托邦理想,一种"非位置"(nonplace)、一种激励着各地巴勒斯坦人观念的推动。正如赛义德描述巴勒斯坦时向美国观众所说的,对这种乌托邦的潜力而言,他属于边界知识分子,这仅仅是因为"巴勒斯坦"是一个最不寻常的"地方":

> 如果我们认为巴勒斯坦既具有返回一个地方又具有刷新一个地方的功能,这个地方在某种程度上是一种恢复过去的理想,一种新未来的理想,甚至可能是一种可以被转化为不同未来希望的历史性灾难的理想,那么我们会更好地理解这个词的含义。②

---

① Edward W. Said, *The Question of Palestine*, New York: Times Books, 1979, p. 123.

② Edward W. Said, *The Question of Palestine*, New York: Times Books, 1979, p. 125.

在他所刻意定位的这样一个"巴勒斯坦"和美国环境中,赛义德可以被同时看作是"流亡者"和"移民"。他是一个背井离乡的流放者,并已经成为美国学界的知名学者,但与大多数移民不同,他拒绝了他所谓的"不加批判的合群",即一种成为新文化的不加批判的主体渴望。然而,对"巴勒斯坦"而言,为了建立一个乌托邦式的国家,他是一个有望跨越历史与现世边界的流亡者。

因此,赛义德陷入了一个复杂的边界空间,这个复杂的空间绝不是他著作的唯一来源,而是整个创作过程真实留下的独特痕迹。很多时候,其让西方文学与话语实践保持一定距离的立场,使赛义德具有了镜像的作用,也就是说,他能够在他的作品中提供一组镜子,让西方文化看到他们自己的结构和功能。

赛义德最著名的著作《东方学》就是这样一部镜像型作品。它通过分析方法展现了西方的话语控制模式,赛义德把这种模式标记为"东方主义的":他向东方学者(那些愿意倾听他们的少数人)揭示了他们自己隐藏意识形态的程序过程。《东方学》显然不是葛兰西意义上"传统"知识分子的产物,也就是说,不是一个产生统治阶级意识形态的人的产物,因为这些人认为自己的作品是中立的、不偏不倚的。事实上,这本书是对无视这种思想形成的传统东方知识分子的严格批判。另一方面,《东方学》也不是"有机"知识分子的产物,因为在解构"东方主义"的过程中,赛义德并没有代表西方以外的任何特定的有机群体;这本书也并没有为具体的反霸权的形成服务,尽管许多第三世界和美国少数族裔知识分子从中找到了支持。相反,《东方学》是关于边界知识分子的著作,其中的边界知识分子既不是东道主文化或统治阶级的主体,也不是"本土"文化或从属阶级的主体,而分别是流亡者和有机知识分子。赛义德的批评从边界的中立状态来阐述:《东方学》对揭露伪装为真理话语的深层组织结构非常感"兴趣",但是,赛义德并不是要提供一种替代的可能性,无论是以一个事实或者是以一系列可替代的群体"利益"为幌子。

尽管《东方学》的边界身份实际上不言而喻,但赛义德早期著作《开始:意图与方法》的边界身份则更为复杂且耐人寻味。这部著作显然是结构主义和后结构主义争论的一个重要组成部分,第五章对此进行了讨论。然而,《开始:意图与方法》本身隐含要求一个人去寻找使这本书成为可能有利的、创造性的"开始"的矛盾。

赛义德对这部书的关键概念"开始"和"意向性"的定义是循环的。他告诉我们:"开始是意义的意向性生成的第一步。"① 按照他的意图,他"在一开始就表示渴望在某种特定的语言中——有意或无意地,但无论如何,在一种总是(或几乎总是)以某种形式显现开始意图迹象的语言中,并始终有意地参与意义生成的语言中——做点事情"②。"意图"一词对赛义德而言还有其他两个重要含义。首先,"意图是特殊的观点与公共的关注之间的联系"③;第二,它"是一个包括之后从其自身发展出来的一切概念,无论发展多么怪异或结果多么不一致"④。如萨义德认为,像马克思和弗洛伊德这样"伟大的现代思想家","开始是一种把握整个研究的方式"⑤,在这些同义反复的定义中所隐含的是更加明确的东西。就是说,对

---

① Edward W. Said, *Beginnings: Intention and Method*, New York: Basic Books, 1979, p. 5.

② Edward W. Said, *Beginnings: Intention and Method*, New York: Basic Books, 1979, p. 12.

③ Edward W. Said, *Beginnings: Intention and Method*, New York: Basic Books, 1979, p. 13.

④ Edward W. Said, *Beginnings: Intention and Method*, New York: Basic Books, 1979, p. 12.

⑤ Edward W. Said, *Beginnings: Intention and Method*, New York: Basic Books, 1979, p. 41.

开始的研究意味着对特定文化或特定历史时期的整个研究进行审查。由于对任何既定意图的选择都隐含在开始的概念中，涉及对其他意图的拒绝或囊括，所以人们有义务根据哪种意图被优先考虑来检查这种价值论；因此，人们必须研究整个文化的格式塔（gestalt）。同样，如果意图必须在目的论上加以研究，如果它们将个人和集体文化的主体（即特殊的观点与公共的关注）相联系，那么对开始的深入细致审查必然涉及经济的、政治的、社会的、意识形态的、心理的关系。

然而，赛义德明确拒绝对"开始"进行社会政治环境的分析，他避免了对开始进行西方和非西方文化的任何持续对比。（例如，正如赛义德所说，对口头神话文化中关于开始的现象学，与书面历史文化中的进行对比将是非常有吸引力的。）赛义德的确简短参考了古兰经在现代阿拉伯小说发展中产生的漫长影响，从作者主体位置的角度来看，这一简短的参考界定了赛义德关注的本质。在排除了其他文化以及对开始的社会政治考察之后，赛义德将自己局限于对西方精英文化的文学的、批评的和哲学的文本进行审查。这里的问题并不是该领域是人为划定的，而是因为他将自己限制在一个作家有意关注开始问题的领域，赛义德从而能够进行一种分析，即，用他自己的术语说，既不是完全不及物也不完全及物的分析：它是一种令人不适的虽然是启发性的但且具有刺激性的混合。

赛义德告诉我们，对开始的及物和不及物的分析是"两种思维方式和想象力，一种是投射性的、描述性的，另一种是同义反复的、无休止自我模仿的"。前者带来了一种"以（或者为了）预期结果，或者至少以期望的连续性开始"；后者"一开始就保留了作为激进出发点的同一性：不及物的和概念的方面，这一方面除了其自身不断的阐释之外根本没有客体"。赛义德的著作显然不是类似于胡塞尔和海德格尔的系统严格的不及物分析。它也完全不是一种及物的分析,因为他的最终目的从来都不完全清楚。在我看来,赛义德这本书的意向性摇摆于两者之间:一方面试图对"开端"的概念和经验进行严格的现象学简化,另一方面对同一主题进行一种非现象学的、历史的考察。实际上,赛义德以所谓"开始"的"及物现象学"结束。

这种特殊的分析形式由于种种原因而享有特权。其中一个最大的兴趣源自新文化中流亡者或移民的结构位置。在界定外在性时,赛义德将它与卢卡奇回应诺瓦利斯时称为"先验的无家可归"的感觉相联系,而赛义德所说的这种"先验的无家可归""是在总体性范畴与个体自卑、主体性范畴之间发现的一种绝对不相容性的结果"①。这恰恰是流亡者所经历的不一致性,而移民极少以这种有问题的方式经历该不一致性。移民或流亡者的主体性或自卑感是由他或她"本土"文化的"总体性"形成,并透着这种总体性。当个人进入一个新的社会时,他们经历外来文化与其他地方形成(或渗透着)的自我之间的巨大分歧:集体的和个人的主体不再一致。希望融入这种新的社会结构的移民将不得不首先考虑,他从哪里开始并且如何开始。如何进入东道主文化以及从那里开始,将成为他的及物现象学上的问题。对于作为主流文化话语一部分的当地主体而言,意图和开始充其量只会是世俗问题。像赛义德这样的边界知识分子"碰巧"产生一种关于开始的大规模学术研究并非偶然,而且,这项研究采取了一种及物现象学的形式,即赛义德一再将其归为关于开始的"沉思",这也不是偶然;事实上,赛义德从约瑟夫·康拉德的研究"开始"自己的学术生涯也并非偶然,康拉德的生活和著作体现了对流亡与移民的质疑和诘问。

---

① Edward W. Said, *Beginnings: Intention and Method*, New York: Basic Books, 1979, p. 312.

缺乏现实的尘世、作为家的无家可归

　　人们有理由期待一种关于开始审视自身的"开始"与意向性的学术沉思，人们可能会认为，由于沉思是严谨的，从而也是富有成效的，这样的努力最终必然要么是不及物的，进而推动《开始：意图与方法》中的开始成为其基本的认识论和本体论的基础；要么是及物的，进而提供一个具体的关于这项工作的起源和最终目的的社会政治和传记性描述。赛义德不仅避免了每种选择，他还避免了关于他研究的传记的自反性。相反，他给我们提供了关于这本书起源的最消极最客观的描述。在讨论影响这种沉思的环境时，赛义德承诺告诉我们"为什么会向其作者提出这样的研究，为什么要特别以这种方式进行，以及如何得出这种研究的基本原理"①。此外，本书的论点是基于"'开始'的主体认可了什么"②。因此，作者的力量几乎完全被压制了，写作主体在积极的抄写者与被动的沉思者之间被间接地分裂。事实上，沉思的心灵成了一面反射镜："构建一种表明从开始人们就开始的同义反复，取决于心灵和语言两者扭转自身的能力，从现在到过去再由过去到现在，从复杂的状况到前期的简单，然后再反过来，或者好像在一个圆圈中从一个点到另一个点。"③

　　心灵不仅成了一个反射面，而且也采用了一种自相矛盾的选择形式，它选择了消极型的。赛义德说，"我选择的写作形式首先是沉思的文章，首先是因为当我写作时，我相信自己试图寻求一种统一的形式；第二，是因为我想让开始在我的脑海中产生最适合它们

---

① Edward W. Said, *Beginnings: Intention and Method*, New York: Basic Books, 1979, p. 5.

② Edward W. Said, *Beginnings: Intention and Method*, New York: Basic Books, 1979, pp. 16–17.

③ Edward W. Said, *Beginnings: Intention and Method*, New York: Basic Books, 1979, pp. 29–30.

的那种关系和人物"①。沉思的心灵成了关于（相对温和的）东道国文化的经典文学中所揭示的开始问题的一个（相对温和的）主机。

这种镜像型的沉思产生了一种关于开始的、并不是完全以目的为导向的不及物现象学。与移民不同，移民的生活与幸福取决于对东道国文化意图具体的及物的理解，取决于对在这一新环境中从哪里或如何开始的把握，赛义德正是因为他不愿意成为一个完整的、不加批判的主体，才在西方社会着手从事关于开始的目的论的"中性"的及物现象学。在这样做的过程中，他再次构建了一种反映并折射东道国文化结构的分析镜。

《开始：意图与方法》中所显现的这些关于作者主体位置的讨论产生了几个结论。首先是一种困境，我将在讨论赛义德的方法时对此再作讨论。正如海登·怀特（Hayden White）所指出的，《开始：意图与方法》似乎是为西方文化中的当代危机提出了一个解决方案，即"重振信念"②。然而，在赛义德关于《开始：意图与方法》起源的描述中，作者似乎完全服从于（他人的）开始的"权威"，服从于沉思的对象。（正如赛义德后来坚持认为的那样，他提出但并没有继续探讨这种沉思在多大程度上、以什么方式是有效的这一问题。）然而，这种困境围绕着作者信念的平静与对重振信念的直接或间接的倡导之间的关系展开。这是赛义德随后在路易斯·马西农对伊斯兰宗教神秘主义的研究中面临的完全相同的困境。

更有趣的是，通过他的及物现象学，赛义德已经产生了一种新的方法论上的突破。《开始：意图与方法》的过程意味着，现象学研究不需要在对世俗决定的纯粹理想主义的沉思以及完全唯物主义

---

① Edward W. Said, *Beginnings: Intention and Method*, New York: Basic Books, 1979, p. 16. 引文中加点的文字为作者默罕默德所加。

② Hayden White, "Criticism as Cultural Politics", *Diacritics*, 4, No. 3 (1976), p. 13.

的研究，这两种截然不同的对立面之间犹豫不决。他的及物现象学指向了一种"政治现象学"的可能性，类似于阿尔弗雷德·舒茨（Alfred Schutz）的社会现象学，一种致力于描绘统治关系、统治权力及意向性的动态结构过程，一种结构类型学，其中，这些结构涉及从他们宏观的——群体与文化形态的政治，到他们微观的显现——"个人"主体的话语建构的政治。

最后，《开始：意图与方法》的过程有趣地揭示了赛义德批评文集中明显分散的著作之间的关系。正如希利斯·米勒所说：

> 在赛义德及其著作中，存在着那种不连贯性，这种不连贯性是《开始：意图与方法》的一个中心主题：生产或组合难以理解的概念，既不是混乱的或异质性的概念，也不是可同化为关于秩序的熟悉模式——有机统一、辩证发展或者家谱系列——的概念，通过这些模式，开始生成一个无中断的产生某种注定结果的顺序。①

这种"不连贯性"不是被生产出来，而是由边界知识分子的立场和对开始的关注所赋予的。赛义德的每部重要著作都是重新开始的，与以前的研究截然不同，每部都开辟新的领域，提供不同的视角。借用他自己关于巴勒斯坦经验的隐喻，他的著作从整体上可以被描述为"立体主义的"。把不同的画面和领域结合在一起的黏合剂，是他从未明确表达过的关于方法的基本过程和态度。

六

海登·怀特已经清晰地描述了赛义德方法的核心。他认为，

---

① J. Hillis Miller, "Beginning with a Text", *Diacritics*, 4, No. 3 (1976), p. 2.

《开始：意图与方法》并没有"认可"同一性与矛盾的逻辑（"从属和还原融合的形合原则"）或类比的原则（"相似或类似的意合原则"）。相反，赛义德的方法是基于"毗邻性、互补性、不连贯性的概念——换句话说，连贯性，它既是一种本体论的原则，也是一种阐述方法。在赛义德的世界观中，事物彼此同时并存，而不是存在于相对现实的等级制度之中，或者与朝代相关的社群的有序系列的等级制度中。但这里所包含的连贯性原则不是机械的"①。

在赛义德的著作中，可以找到有关这个方法的例子。"后殖民世界中的知识分子"提供了一个引人瞩目的例子：

> 结合恩斯特·布洛赫（Ernst Bloch）的非同步体验概念，提出比较的视角，或者更好的对位视角。那就是我们必须能够结合每种体验所有的特定议题、发展速度、自身构成、自身自然的连贯性以及外部关系的组成系统，思考和解释具有差异性的体验。②

接下来是对傅里叶（Fournier）的《埃及描述》和阿卜杜勒·拉赫曼·贾巴提（Abd al Rahman al Jabarti）的《日志》进行引人入胜的比较，两者都是从十九世纪二十年代开始，并为其他文本——这些文本遵循了作家们的分歧——的分析提供了一个思路。赛义德的表述语言——"对位""非同步""差异性"等——强调分离而不是连贯性，隐微地强调着对比分歧双方的批评者的解释信念。这样一种方法虽然在赛义德手中明显卓有成效，但却引发了关于批评信

---

① Hayden White, "Criticism as Cultural Politics", *Diacritics*, 4, No. 3 (1976), p. 12.
② Edward W. Said, *Intellectuals in the Post-Colonial World*, New York: Basic Books, 1979, p. 56.

念的本质和赛义德随后强调的对"批评"一词的定位问题。为了有效地使用这种方法,批评者必须达到某种"中立";他或她必须超越那些强烈的意识形态上的忠诚,即对"群体""国家""种族""性别"或"阶级"的忠诚,它们会导致摩尼教式的对一方的定位和对另一方的贬低,而《东方学》和各种女权主义文本在它们各自领域已经批判了这种摩尼教式的定位与贬低。简言之,批评家必须能够超越"本土"强加给他或她的意识形态界限。

《世俗批评》以其二元对立的"无家可归"来讨论"本土"。这些界定最终仍是隐喻性的,并导致意义的含混扩散。因此,"本土"与作为一种环境、过程和霸权的"文化"联系在一起,这些环境、过程和霸权通过复杂的机制来决定个体。文化产生必要的归属感、"本土"感;它试图以尽可能完整的方式缝合集体与个人的主观性。但是,文化也是制造分裂的、生产性的界限,这些界限区分集体和存在于集体之外的内容,并在集体之内界定等级组织。另一方面,"无家可归"首先被马修·阿诺德(Mathew Arnold)消极地定义为"本土"的对立面:"无政府状态,文化上被剥夺权利的人,那些反对文化和国家的人。"更为积极的是,通过雷蒙·威廉斯对葛兰西的重新表述,"无家可归"作为一个有意味的概念,与霸权所不能缝合的公民和政治的空间联系在一起,在这个空间中,"尚未明确表达为一种社会制度,或社会系统工程的替代行为和替代意图"可以存在。因此,"无家可归"是乌托邦的可能性所能承受的一种情况。

与方法和过程一样,对这篇文章中代表一种对立的社会政治态度的"批评",可以被看作是来自"无家可归"这个范畴。赛义德似乎是故意使用、重新定义"批评"——这个在文学和文化研究中已被滥用的、过于武断(overdetermined)的、充满情感的术语,以便让批评者重新审视他们的实践与假设,放弃他们的"本土",也就是说,意识形态上的态度会限制对知识更自由、更"中立"的追求。然而，正是在这种重新限定我们对这一术语的使用的有力尝试中，《世俗批评》产生了某种含混性："在对总体性概念的怀疑中，在对具体化对象的不满中，对行业协会、特殊利益、帝国化领地以及正统思维习惯的不耐烦中，批评本身就是最重要的，如果这种悖论是可以容忍的，批评此刻最不像它本身，它开始变成系统的教条。"① 在这种矛盾的表述中，批评的作用是界定同时得到肯定和否定的内容。同样的效果是由以下陈述生成："……当代批评是公开肯定我们的价值观，即欧洲的主流、精英文化……的制度"②；"简言之，批评总是被公开置于对自身的失败持怀疑的、世俗的、反思的态度之中"③。这些矛盾不仅引起了对赛义德著作的辩论，基本上是围绕《辩证批评家》（*Diacritics*）中出现的术语方面，而且，它们也使我们的注意力远离了对"无家可归"的阐释，而关于"无家可归"的阐释对赛义德"批评"的特殊至关重要。

《世俗批评》暗示了赛义德称之为"无家可归"的边界空间的两个关键方面。第一个方面涉及评论家的位置。在注意到知识分子既可以与统治秩序合作，也可以反对它之后，赛义德说："所有这些都向我们展示了被置于敏感节点上的个体意识，它正是本书试图以我称之为批评的形式进行探索的这个关键点上的这种意识"④。在此，"批评"在给定的霸权秩序与个体评论家之间，标识了由自我反思所形成的距离。正如赛义德对跨越边界的各种个体的迷恋所

---

① Edward W. Said, "Secular Criticism", *The World, the Text, and the Critic*, Cambridge, Mass.: Harvard University Press, 1983, p. 29.

② Edward W. Said, "Secular Criticism", *The World, the Text, and the Critic*, Cambridge, Mass.: Harvard University Press, 1983, p. 25.

③ Edward W. Said, "Secular Criticism", *The World, the Text, and the Critic*, Cambridge, Mass.: Harvard University Press, 1983, p. 26.

④ Edward W. Said, "Secular Criticism", *The World, the Text, and the Critic*, Cambridge, Mass.: Harvard University Press, 1983, p. 15.

表明的那样,这种"敏感节点"实际上界定了边界知识分子的位置。第二个方面涉及批评自身的性质:"因为基本上——在此我将明确的——批评必须把自己看作是提升生活的,本质上与暴政、控制和侮辱完全相反的;其社会目标是为了人类自由而创造的非强制性知识。"[1] 这种批评的性质当然取决于人们如何界定"人的自由",关于这一点肯定会有很多分歧。然而,毋庸置疑的是对"非强制性知识"的定位。《世俗批评》与赛义德赋予这部选集的基本功能一致,并没有进一步阐明边界知识分子的位置或非强制性知识的性质。这个任务留给了赛义德对马西农的评论。

尽管赛义德的论文《伊斯兰教、语言学和法国文化:雷南和马西农》表明,不是建立在批评或学科方法之上,而是基于文化影响力的人文领域无法进行自我批评,但相较赛义德对马西农的热情、宽容和尊重而言,人们对这一目的并不感兴趣;并且,人们很快会发现,在这些情绪之下的赛义德对马西农的方法和风格有更为深刻的理解。马西农对他所研究的阿拉伯文化的"认识论态度",被赛义德描述为"同情的假设与和解",这归根到底是他方法的根源。在马西农的著作评论中,赛义德解释说:

> 在空间视角中,语言问题和语言学工作的问题,被认为是距离地形学上的、地理差异上的、被不同区域分割的区域精神上的问题,对于学者而言,区域的功能是它必须尽可能精准地被绘制,然后以一种或另一种方式来完成。[2]

---

[1] Edward W. Said, "Secular Criticism", *The World, the Text, and the Critic*, Cambridge, Mass.: Harvard University Press, 1983, p. 29.

[2] Edward W. Said, "Islam, Philology, and French Culture", *The World, the Text, and the Critic*, Cambridge, Mass.: Harvard University Press, 1983, p. 284.

精准绘制文化差异以便克服这些差异的必要性，引入了对非强制性知识的界定。显然，赛义德既重视马西农对"将伊斯兰教和阿拉伯文化从属于基督教和欧洲文化"的摒弃，又重视这种非摩尼教的、非论争的、非论战的分析。在赛义德看来，马西农远远摆脱并超越了消极的、有局限的欧洲优越的意识形态，而这种欧洲优越的意识形态是典型的东方主义思想。他甚至似乎将他的方法建立在阿拉伯语语法和修辞中自我与他者之间的某种辩证关系之上：

> 语言既是一种"朝圣"，也是一种"精神移位"，因为我们只是详尽阐述语言，以便能够从我们自己走向另一个人，也可以唤起一个作为缺席者的他者，第三者，被阿拉伯语法学者称为 *al-Ghaîb*。我们这样做是为了相互发现并识别所有这些实体。[1]

马西农努力的每个方面——他的认识论、语言观、对阿拉伯文化的态度，甚至他对东方学者使命的看法——都渗透着一种"精神移位"，这种"移位"使他能够以后者的方式来理解阿拉伯人。这种不受他"本土"文化强大的意识形态力量束缚的开放而宽容的方式，使我相信赛义德所铭记的"非强制性知识"。因此，马西农是赛义德关于知识分子的最典型例子，这类知识分子设法克服"本土"强大意识形态的限制；其"精神移位"的能力象征着赛义德对"无家可归"的定位。

但是，事实上，如果没有多次跨越边界，没有对边界政治持续、敏锐的认识，"无家可归"便无法实现。这种意识渗透在马西农的著作与写作风格中，赛义德将这种风格描述为不连贯的、唐突

---

[1] Edward W. Said, "Islam, Philology, and French Culture", *The World, the Text, and the Critic*, Cambridge, Mass.: Harvard University Press, 1983, p. 286.

的,"仿佛它总是希望体现距离、在场与不在场的交替、同情与疏离的悖论,以及包容与排斥、荣与辱、避邪祈祷与怜悯之爱的主题"①。赛义德用一种空间术语恰切地描述了这种恒定的波动,就是说,它不仅是共同等价的,而且是反复发生的边界跨越。赛义德认为,作为一个主体,马西农在他的东道国文化和其他地方是相当舒适的;他不需要服从任何特定的民族或文化群体的思想束缚,完全是"在本土"的。"无家可归"这一悖论由以下表述很好地描述出来:赛义德认为,对马西农来说,阿拉伯语是"一个封闭的世界,内有若干的明星;进入这个世界,学者既在本土,又被他从自己的世界遣返。"② 在阿拉伯文化与欧洲文化之间的这场游戏中,这种张力中,马西农"处于本土"。在这里,赛义德通过将消极的决定,即局外人或被边缘化的边界知识分子的身份转变为积极的职业,通过挖掘这一场所的政治与知识财富,从而将边界转变为"作为家的无家可归"。

布鲁斯·罗宾斯(Bruce Robbins)简洁描述了这个悖论的一个方面:

> 赛义德表示,如果批评不能被归于家国利益,那么它本身只能处于混乱之中,处于"文化与制度之间"的不断变化之中,永远处于空无的空间。但他同时认为,如果批评不进入无害的与世隔绝,它必须接受尘世间位置的污染和约束,甚至可能在那里为自己谋求家园。要么无家可归,要么归入尘世?在它们之间,除了对批评性自我发现的积极研究,没有什么比选

---

① Edward W. Said, "Islam, Philology, and French Culture", *The World, the Text, and the Critic*, Cambridge, Mass.: Harvard University Press, 1983, p. 287.
② Edward W. Said, "Islam, Philology, and French Culture", *The World, the Text, and the Critic*, Cambridge, Mass.: Harvard University Press, 1983, p. 286.

择或矛盾冲突更令人满意的了。

除了他附加于尘世的消极内涵，和他认为尘世与无家可归之间的潜在对立之外，罗宾斯的描述通常是准确的。在我看来，"世俗的"和"宗教的"批评之间的对立意味着，赛义德把某种尘世视为摆脱了"污染与约束"，这种"污染与约束"是由于把"宗教"批评附加到特定世界的"狭隘"利益上所产生的。在赛义德的批评中，例如在他对马西农的分析中，尘世代表了批评家可以实现从忠诚、服从到特定意识形态、文化、制度和世界的自由。从这点看，尘世并不是无家可归的对立面，而是它的补充。"缺乏现实的尘世"和"作为家的无家可归"是不同的表述，这些表述特别贴切呈现了部分研究者的主体位置：镜像型边界知识分子的位置。

正如前面所表明的，边界是对认识论与社会政治方面差异的表达；事实上，边界是模拟差异的数字标点符号，也就是说，是无限的、连续的和异位的、差异的高定位的、程式化的和公式化的标点符号，这些差异填补了一个给定的连续统一体。与模拟差异形成对比，边界和对差异的数字化表达在连续统一体中引入分类差距（categorial gaps）。在一种社会政治的记录中，在"民族""文化""阶级""性别""种族"等群体之间明确表达或强制实行分类"差异"的边界，倾向于将模拟关系具体化为想象的同一性和对立。在这种引起强烈情感的差距语境中，融合型边界知识分子是那些以其著作填补差距的人，如填补两种文化之间差距的那些人。（我在这里特别想到了诸如索因卡、鲁西迪等作家的艺术作品，他们弥合了不同文化之间的差距。）相比之下，镜像型边界知识分子会创作出反映差距并阐明其性质与结构的著作。事实上，"缺乏现实的尘世与作为家的无家可归"，这种出现在赛义德文集中的悖论式表述，阐明了镜像型边界知识分子的任务与定位之间的关系。"缺乏现实的尘世"代表着一种复杂的政治意识,这种意识由社会的、文化的、阶级的、性别的定位所产生,然而,这种意识却并未屈服于政治。它代表着一种自由,或者至少是实现自由的一种努力,这种自由或努力来自于对想象的认同与反抗的政治,来自于对同一性与位置的合并,等等——简言之,来自于"本土"构建中起着重要作用的并且由"本土"构建所体现的这种多样而有力的缝合形式。尽管"缺乏现实的尘世"强调镜像型边界知识分子对他或她所涉群体之外位置的自觉意识,但"作为家的无家可归"强调一种享有,这种享有源自于短暂,源自于特权过程和忠于群体或忠于代表具体化关系对象的关系;它特别优待边界跨越和逾越。

七

这种表述的力量影响着赛义德的大部分著作,但他从未明确赋予边界知识分子的"同一性"或被边界知识分子所占据的场所特权,部分原因可能是因为这样做会有本质主义的风险。另一方面,或许根本不能一概而论,例如,认为边界知识分子的类型与边界上的个体一样多,可能会造成那种无限的一元特殊性的混乱。这不是一个尝试对边界知识分子进行囊括式全面界定的地方,这种界定将系统地造成本质主义与无限异质性的双重危险,或者这不是一个提供关于边界知识分子类型学的地方;但它可能有助于尝试对边界知识分子的境况作某种一般性的说明。赛义德显然不是唯一从边界出发创作的知识分子。虽然他的著作能激发人们对作为知识分子工作场所边界的认真思考,但其他知识分子,如 W. E. B. 杜波依斯、佐拉·尼尔·赫斯顿、理查德·赖特,也从这一主体位置进行创作,只是由于他们各种不同的历史、政治、阶级和性别因素决定着他们的表达不同而已。因此,虽然边界知识分子各自的聚焦内容和策略有很大差异,但他们所处的位置具有某些共同特征。

在某种程度上，群体——是否围绕文化、民族、阶级、性别或种族进行组织——倾向于通过将自己与他者相区分来界定他们的同一性，或"同质性"。并且，对差异的标记在一定程度上倾向于以一种或多或少的摩尼教方式来定位，陷于不同群体结构之中的边界知识分子通常被迫认同了摩尼教的二分法。如果一个群体像所有群体最终所做的那样，将自己界定为与那些被视为"低人一等"的他者所不同的"人"，那么处于该群体边界上的知识分子将在他或她对"人性"的渴望与被视为低人一等的人这种实际社会历史经验之间被撕裂，这类知识分子没有机会（或选择不利用）接近另一个群体——根据其自身作为"人"的替代定义，将充分且自信地给予他或她权力的群体。

对边界知识分子而言，主流文化所定位的理想或自我理想与现实社会贬值的经验之间的断裂，削减了主体性真正的中心。我们必须牢记，这种断裂不是某个已经形成的"个体"或主体造成的，而是牵涉到形成的过程。因此，作为人的自我与作为低人一等的他者的镜像不仅与二元对立相关，而且正是这种缝合"同质性"的过程；这一过程对该群体"同一性"的文化似乎至关重要，该过程同时也是边界主体断裂的过程：这一边界主体成为群体界定其同一性所处的场所。在这种困境的许多暗示中，我只能关涉一些更为突出的问题：

＊＊如果边界是个无限回归的场所，如果边界主体是群体界定其同一性所处的场所，那么该主体的断裂体便成为以倒置的形式书写群体同一性结构的文本——群体的内在结构被刻在边界主体的身上。愿意解读自身和他或她自己形成的边界知识分子，已经可以接触到所讨论群体的结构和价值观，以及替代个人与集体的主体形成的可能性。

＊＊如果边界主体是一个严重断裂的主体，那么考虑到其乌托邦式的冲动，思考该主体如何形成会导致清除所有摩尼教价值的渴

望,清除该群体在其形成中投射的所有负面标记的渴望。在其最激进的例子中,如理查德·赖特的愿望,解构被普遍认可的、摩尼教的主体性,成为其一项长期计划,这一研究计划反过来又构成了新的主体性开始凝聚的核心。陷于不接受他的白人种族主义社会和(出于复杂的原因)他所否认的黑人文化之间隙,赖特一生致力于研究两者之间的边界空间。在其分为两部分的全部作品中,他乌托邦式的、社群主义的强烈要求几乎完全归于他的新闻写作。相比之下,他的小说——探讨"黑人必须具备什么样的信念品质才能在否定他人性的国家里有尊严地活着、死去?"这一问题的各个方面——致力于挖掘黑人与白人之间由文化争斗所形成的个体主体性。赖特的每部小说都在不断地探索和揭示着在种族边界上,主体形成的政治、意识形态和文化方面的过程的更深层面。这样,赖特实际上成为他自己形成场所的考古学家,他用大部分精力去解构黑人主体的形成过程,围绕挖掘边界的计划,重塑了他自己作为一名作家的主体性。简言之,赖特的作品构成了其对边界主体的系统解读。

** 边界主体的场所显然是福柯所认为"异位"的一种模式,尽管他并不具备这种主体性。① 根据福柯的观点,乌托邦和异托邦(Heterotopias)是两个场所,它们"具有与所有其他场所相关的奇特性,但却用这样一种方式来怀疑、消除或倒置它们碰巧指定、反射或反映的关系"。这两个场所借助某种方式与所有他者相联,但主要是通过矛盾的关系。像"边界"一样,建立在"社会建立之初"的异托邦,是一种"对立场所"(counter-sites),其中所有其他可以在文化中发现的真实场所"同时被表征、质疑和倒置"。根据它们的功能,福柯随后对异托邦的镜像性质和原则做了详细阐述,虽然其内容

---

① Michel Foucault, "Of Other Spaces", *Diacritics*, 16, No. 1 (Spring 1986), pp. 22 – 27.

对作为异位场所的边界知识分子的深入研究非常具有启发性，但在这里却不能过多被涉及。然而，进行一下区分还是必要的。虽然福柯的异位场所都是社会的和制度的空间——墓地、集市、图书馆、监狱等等——正如我已界定的概念，但边界知识分子同时既是个"空间"又是个主体，实际上是作为空间的主体。与福柯内在的异位场所不同，他们始终被看作是一种潜在的异位场所的边界主体，其能否转变为一种实际的、异位的、镜像的边界知识分子，取决于他或她自己的力量：只能通过直接或间接把他或她自己解读为一种由社会所建构的异位边界，边界知识分子才能表达他或她的镜像可能性。赛义德和赖特以他们各自完全不同的方式研究了这一转变的场所。

＊＊如果边界知识分子对异位场所的积极挪用取决于对镜像的表达，那么人们就必须防范自发情感的各种各样的陷阱，其中最重要的是一种对"真实同一性"伪装的渴望，即便不是公开的，其在某种程度上被认为是超越了镜像政治的自我存在。相较于对社会文化结构化的不及物解释学，这是一种关注所有话语结构和主体位置的政治现象学，边界知识分子的自我反思很少给赛义德所谓的"开始"以及物探索特权。

＊＊在许多方面，镜像型边界知识分子与唐娜·哈洛威（Donna Haraway）所定义的赛伯格（Cyborg）是同源的。她认为："在赛伯格中没有产生总体理论的动力，但有一种对边界、它们的结构与解构的亲密体验。""赛伯格意象可以为我们解释我们的身体和我们的工具的二元论迷宫提供一条出路。这是一个梦，不是关于共同语言的，而是关于强大的异教徒的众声喧哗的。"[①] 赛义德对"从

[①] Donna Haraway, "A Manifesto for Cyborgs: Science, Technology, and Socialist Feminism in the 1980s", in *Coming to Terms: Feminism, Theory, Politics*, ed. Elizabeth Weed, New York: Roudedge, 1989, p.204.

属关系"高于"父子关系"的定位可以被解读为"异教徒的众声喧哗"形式。虽然约瑟夫·康拉德的生活（从他的边界跨越着手，赛义德"开始"自己的职业生涯）也代表着一种众声喧哗，但康拉德对边界知识分子困境的不满以及想要克服它的渴望标志着一种双重愿望：渴望属于一个精英群体，成为一名内部成员——"我们中的一员"——正如《吉姆老爷》（Lord Jim）中马洛所言，"忠诚"高于一切。与康拉德不同，像赛伯格一样，边界知识分子必须证实对文化、民族、群体、制度等不忠的价值，因为在某种程度上，这些文化、民族、群体、制度等都是以单一的、本质主义的术语被界定的。

**对于学界的边界知识分子来说，建立在其位置性上的政治现象学必然产生两大结果，今天这两个结构都很容易看到。首先，是产生了斯坦利·阿罗诺维兹（Stanley Aronowitz）和亨利·吉鲁（Henry A. Giroux）所说的"边界教育学"。"边界教育学"促使学生从"边界跨越者，像进入并走出围绕差异与权力坐标所构造的边界的人们"的位置审视知识。这种教学法鼓励学生"发展与他们自己的主体位置之间的非同一性关系，以及构成对权力、依赖性和可能性的既定界限的多重文化、政治和社会规范"[①]。

其次，是产生了大量的理论和档案工作，它在二十世纪六十年代和七十年代，由不得不对欧洲中心主义与父系文化标准的边界上工作的女性主义和少数族裔的知识分子开始，现在正凝聚着更大的势头。在这个领域内，对女权主义和少数族裔知识分子的位置存在着大量批评——例如，斯皮瓦克（Gayatri Spivak）和贝尔·胡克斯

[①] Stanley Aronowitz and Henry A. Giroux, *Postmodern Education: Politics, Culture and Social Criticism*, Minneapolis: University of Minnesota Press, 1991, pp. 199 – 200.

(bell hooks)对少数族裔或"第三世界"女性主义知识分子,以及哈罗德·克鲁斯(Harold Cruse)和康乃尔·韦斯特(Cornel West)对非洲裔美国知识分子——以各种方式探讨了这些知识分子边界身份中固有的权力和限制。最近一本关于奇卡诺文学和文化的选集《边界批评》(*Criticism in the Borderlands*),更侧重于边界跨越的政治。①

然而,对少数族裔和女权主义知识分子而言,对"无家可归"的、异位场所与异质性的定位带来了严重的问题,因为它要求对知识分子从中得到他或她力量的群体表达认同并支持,这一要求与愿望使问题变得复杂。

**这种复杂而不稳定的边界主体位置,若得以适当培养,像赛义德和赖特,会产生一种紧张的生产力,这种生产力能抵制固定的、本土同一性的稳定性与强制倾向。这种挪用可以将边界知识分子的困境转化为富有成效的、强有力的资产。

[阿卜杜·R. 简默罕默德(Abdul R. Jan Mohamed,1945—),美国加州大学伯克利分校外语系教授。译者王银辉,河南大学文艺学研究中心副教授。]

---

① Hector Calderon and José David Saldivar, eds., *Criticism in the Borderlands: Studies in Chicano Literature, Culture, and Ideology*, Durham: Duke University Press, 1991.

学林

谷曙光

家常细语、心灵景观与学人志业：日常生活史视域下的吴梅日记[*]

摘要：吴梅的《瞿安日记》十六卷，起于一九三一年十月十一日，止于一九三七年七月七日，正处于历史转折之大时代。其日记态度谨严，记录详尽，直陈心迹，不加掩饰，具有极高的史料和研究价值。从日常生活史的视角看，吴梅日记不单记录了一个老辈学人的衣食住行、教授生涯、日常酬应、曲家经历、藏书崖略等，更具有难得的历史视野、人文关怀，其中的家常细语和心灵景观，亦可映射出学人的微观史，还能据以考察私人史与社会、国家的宏观历史错综复杂的纠葛，观照个人小沧桑与时代大变局的关联。

关键词：吴梅；《瞿安日记》；日常生活史；文人心态

研究缘起：日常生活史的新视角

高明《南北曲小令谱序》称曲学大师吴梅"于藏弄、于镌刻、

---

[*] 本文系国家社科基金艺术学重大项目（批准号21ZD15）的阶段性成果。此文初始写作，曾得赵武倩（清华大学中文系博士）之大力襄助，谨致谢忱。

于考订、于制作、于歌唱、于吹奏、于搬演，几乎无一不精；于文辞、于音律、于家数、于源流、于掌故、于著录、于论评，又几乎无一不究。盖集众长于一身，怀绝学以终世，天下一人而已"。可谓叙事宏大，评价至高，几须仰视才见；但是，这也形成了某种"疏离感"，更有助推吴梅走上神坛之感。现实生活中的吴梅是怎样的？能否还原到历史语境中，看看真切鲜活的吴梅，观照其具体的生活细节，探知一些私人化的体验和感受？或许，吴梅日记在一定程度上能提供有益的答案或参考。

存世的《瞿安日记》十六卷，是曲学大师吴梅晚年在南京中央大学任教期间所写，今有河北教育出版社《吴梅全集·日记卷》之整理本。其"说明"，由王卫民撰写，介绍了吴梅日记的基本情况，可参阅。

《瞿安日记》十六卷，起于一九三一年十月十一日，止于一九三七年七月七日。这六七年的时间，既是吴梅人生的晚年，又值日本觊觎中华、国事窳败之时。吴梅高足卢前《奢摩他室逸话》云："近七年来，（吴）每日作《日记》，工楷细书，不稍苟。余每隔月余，见先生必读之。先生则曰：'此《日记》他日决不可印。'草稿在未写《日记》前，多用帐簿子。余辑《曲录》，尝见辛壬前旧簿子，多已残破矣。"观卢文，知日记先用旧簿子作草稿，后再誊录，可见态度谨严，一丝不苟。从内容看，日记记录详尽，血肉丰满，直陈心迹，不加掩饰，具有极高的史料和研究价值。从文笔看，用文言书写，文字雅洁，笔端摇曳，剪裁精当，可读性极强。从笔墨看，工楷细书，秀润朴茂，如欣赏上等的书法艺术品。故在同辈学人中，其日记是佼佼不群的。目前尚无专门研讨吴梅日记的文章。

日记是散文文体，记录日常生活，抒发私人感受；从日常生活史的角度考察吴梅日记，是为上佳的研究视角，且别有一番意趣。

许钧在"日常生活文化译丛"序中写到:

> 深入"私人生活空间",着眼于对"日常生活"的观察、想象和感觉的史料和文献非常少见。通过对这套丛书的译介,我们至少多了一分可能性,可以或多或少地看到被"大写的历史"或遮蔽、或过滤、或忽略、或排斥的"小写的历史"的某些真实侧面。①

其用意当然大好,对西方兴起的日常生活史的译介,也有他山之石的独特价值;然而,笔者要说,何必舍近求远!类似私人史、微观史学的文献材料,在中国似乎并不少见。特别是历代的存世日记,数量何其巨大!日记记录的,从某种程度上说,恰是日常生活史所强调的家常生活、休闲消费、个人隐私、心理状态、社会交往等。本文拟从日常生活史的视角,做近代学人日记——《瞿安日记》的个案研究,突出关键词"日常",注重吴梅作为具体的个人的生活体验和感受。按,《瞿安日记》不但是吴梅私人的一份珍贵的生活史、心灵史记录,而且与大时代、大历史紧密相关,是转折时代爱国知识分子感时忧国的一个典型标本。

感时忧国

易代之际的文人及其日记尤具研究价值。吴梅遗嘱言:"平生之志,五十以后,归田读史",又表示死后"棺不取厚,衣不取锦,死欲速朽"。② 凡此颇能看出一个读书人的宁静、纯粹和淡泊。然

---

① 许钧:《生命之轻与翻译之重》,文化艺术出版社2007年版,第95页。
② 吴梅:《百嘉堂遗嘱》,载《吴梅全集》日记卷下,河北教育出版社2002年版,第909页。

而,"盖当此时变,为千古所未有",转折时代,国运衰微,日寇入侵,生灵涂炭。作为学者的吴梅,处此"风雨如晦,鸡鸣不已"的大变局中,既忧国难、哀黎元,内心亦充盈着一种紧张感和恐惧感,其心态之敏感、复杂,真如"沧海月明珠有泪,蓝田日暖玉生烟",何其微妙,又何其敏锐。

吴梅虽然属于晚清过来的老辈学人,甚至可划入"遗老"范畴,但其识见并不迂腐,对于政局、时事、社会、知识分子等的看法,屡屡显示出通脱达观之态度和分析。在《瞿安日记》的卷首,吴梅自言:"今岁辛未,东北构兵,天未厌乱,不知所届,金陵弦诵之地,或有移国瓦解之虞。"① 开始记日记的日子,正在"九一八事变"之后,中国此后的局势,果如其言,真可谓目光如炬,预言之准,一语成谶。

总体看,吴梅继承了古代士人的品节操守,保持着清醒的头脑,绝不是那种在乱世中混沌度日或心肝全无的文人,他的爱憎分明,每每在日记中流露出碧血丹心般的情怀。他对日人吞并中华的野心,剖析极透彻:"殊不知今之亡国,与前代大异,务使人民俯首贴伏,几不知己身出自何地,……不及百年,可以灭种。今之亡人国者,并种族而歼之,尚何言哉!余发此言,老辈咸以为过虑,实则余非愤激语也。"(一九三一年农历九月八日) 激愤之情倾泻笔端,可谓目光犀利,特别是对亡国灭种的忧惧,洞察不可谓不深刻。中日交战,牵动老学人的心弦,一闻胜讯,喜不自胜;遇有败绩消息,则垂头丧气。譬如,一九三二年农历元月十五日,"吾军又大胜,闻之欣慰。归买各报,与家人言之,皆眉飞色舞。饮两

---

① 本文所引吴梅《瞿安日记》,据河北教育出版社《吴梅全集》(日记卷),2002年版,不一一出注。日记是用农历日期,整理本亦然,故今一仍其旧,不换算成公历,特此说明。

壶，送喜神，又斗牌四围睡"。买报、分享喜讯、饮酒、拜神、打牌，这一连串的家常行动，虽非杜甫《闻官军收河南河北》之狂喜，但欣喜也是溢于言表的。由吴梅一家即可探知老百姓是多么渴望和平安定！

针对伪满洲国的成立，吴梅在一九三一年农历十月七日记云："宣统复辟后，……愿受日人保护，各国不必干涉，此真甘为张邦昌、石敬塘矣。吾深为故君惜。彼郑孝胥身读万卷，位居师辅，不能畅发日军阴谋，竟以爱君者卖君，其愚陋可叹。"不但惜"故君"之愚蒙鄙陋，更怒郑孝胥之误国卖君，忧愤声口跃然纸上。"甘为张邦昌、石敬瑭"之譬喻，很能看出吴梅的政治识见。学人读史，端在以古鉴今，吴梅并非只知埋首故纸之学者，他不但关注时局，且有自己的思考。

随着黑龙江的失陷，吴梅的焦灼愈发深重，"黑省已失陷矣，为之不欢者竟日，勉强上课，不知所云，……与内子至唱经楼买水果，扃锁出门，既归，则中堂洋铅炉子已不翼而飞，而芮妈尚未知也。吾妇尚不能耐，与芮妈理论。呜呼！世界万事皆类破甑，铅炉之微，与齐齐哈尔孰重？吾至此亦渐悟道焉。"（一九三一年农历十月十一日）此则记日常琐事，先是忧虑战局而无心上课，接着与妻子上街买水果，之后是家中洋铅炉子失窃，妻子与家中仆人理论，纷纷扰扰，徒乱人意……但吴梅马上跳出是非圈，将丢炉子与齐齐哈尔的失陷相提并论，言出于此，义涉于彼，陡然有了哲思的味道，如镜鉴幽，令人慨叹不已。此时的吴梅，连晚上做梦也是边境、打仗，几乎如南宋陆游的化身了。

日本强敌入寇，固然令人忧惧，而国民党之治国无能，也让吴梅叹息不已，他说："自民国十七年后，所有政令，无非自杀之道，苛捐杂税，叠床架屋；剿匪筑路，杀人掘坟。最奇者党部开支，须学界捐赀以充之，计七年所耗，不知几百万矣。"（一九三五年农历六月五日）国事一团乱麻，祸起萧墙，吴梅如骨鲠在喉，不吐不快。吴梅毕竟读书万卷，懂得以史为鉴，他对时局看的深透，更对中华文明持有坚定信心。故他虽忧深虑广，对国民党政府深持不满，但对未来战争结局，仍抱着必胜之信念。只可惜吴梅一九三九年即去世，亦有"但悲不见九州同"之慨叹。

在日常生活中，吴梅自己虽时常焦炙，对未来紧张无已；但还经常表现出对乱世哀哀百姓的深切同情，如一九三二年农历元月十四日午后，与友人"同至车站，一观难民究竟，至则满站皆是，扶老携幼，不下千人。询其籍贯，皆江北如皋、盐城一带，先厄水灾，游食海上，复罹兵燹也。矣可怜矣"。苏北难民，先逢天灾，避难他乡，再遇兵火，无处躲藏，直痛不欲生……而吴梅之记宛如杜甫的"三吏三别"，哀民生之多艰，对百姓寄寓了深切的同情。类似记载，日记里所在多有，不遑枚举。

吴梅的研治词曲，既为谋生，也是兴趣，但在乱世中，特别是在日人觊觎中华的背景下，更增添了一番别样的情怀。他在曲社中宣称："独此词曲一道，日人治之不精，然而近日亦有研勘者。去今两年，如长泽规矩也、吉川幸次郎，曾向余请益，看吾藏弄各书，可知道其心之叵测矣。深望同人于度曲之余，再从事声律之学，勿令垂绝国粹，丧于吾手云云。"（一九三一年农历十一月十九日）这就有了在乱世保存国粹、接续中华文化的深刻意识，堪称难能可贵。日人长泽规矩也、吉川幸次郎学习中华文化是否居心叵测，可不具论；但吴梅惧怕"礼失而求诸野"，深恐"中人治中国学，他日须以日人为师"，则是确有见地的。陈寅恪既有名言"敦煌者，吾国学术之伤心史也"，又有名诗"群趋东邻受国史，神州士夫羞欲死"，流传众口。凡此皆属有风骨气节的学人的由衷之言。日记中还谈到盐谷温、青木正儿等日本汉学家或托人致意、或欲请教，可见当时的吴梅已经有了相当的国际知名度，其词曲研究也如王国维、陈寅恪的史学研究一样，为国家争得了学术尊严。

吴梅的日记，于一九三七年七月七日戛然而止，恐怕亦非偶然。此日卢沟桥事变起，而中国进入全面抗战时期。或是老书生为之愤而搁笔，不愿再记矣。

教授生涯

二十世纪三十年代，吴梅长期在南京的中央大学任职，同时在金陵大学兼课，主讲词学、曲学，亦乐于教授学生习曲（即拍曲歌唱）。吴梅颇有"大先生"的情怀和气概，对学生指授尽心竭力，不惮繁琐。特别是他与学生打成一片，交往从课堂延伸到了课外，他很欢迎学生到他家中请教，又与学生创立词社（潜社），在户外雅集中传授诸生填词之道，既得江山之助，又有美酒之欢，师生其乐融融。

从日记看，其词学、曲学名著课，选者都不甚多，有的学年仅"小猫三两只"，这让吴梅很是失望。但是不要小看这数量不多的选课学生，一方面显示吾道不孤，另一方面"星星之火，可以燎原"。当日座上诸生，如唐圭璋（二十年代东南大学学生）、沈祖棻（三十年代中央大学学生）等，日后都成为词曲研究方面的名家了。

唐圭璋一心向学，虽一九二八年即毕业，但师徒二人过从甚密。一九三五年农历五月十七日，圭璋持《全宋词》草目来看老师，其辑录甚得法，吴梅大为欣喜，不禁称赞"钩沉表微，以存一代文献。嗟乎唐生，可以不朽矣"。足见推许。一九三六年农历三月十七日，吴梅为圭璋作《全宋词》序言。从日记看，在诸多学生中，吴对圭璋最有好感；而圭璋后确未辜负老师期望，终成一代词宗。吴梅与沈祖棻亦洽，祖棻常来家中习曲。日记的记载很亲切，甚至有与祖棻"共饮茅台酒"的记录。吴梅嗜酒，酒量当不错，而年轻女词人的酒量如何？或许尚好吧。一九三五年春节，祖棻拜

337

年,送了汾酒等,可谓投师之好,而吴梅回赠了五册书。

对于晚清民国学人,今日动辄以大师称之。当然,吴梅名列曲学大师之列而无愧色。但是,作为学者的吴梅,自己也是有反思的,他在日记中谈了学者与时代的关系:"吾辈年少时,方盼一第,及身遭鼎革,忧生念乱,又奔走衣食,安得有成学之一日?念此不禁浩叹。"(一九三五年农历五月十日)吴梅这一代学人,赶上了鼎革时代,原先的科举梦完全破碎,只好辗转各地,陆续在幕府、家馆、小学、中学中谋生。后夤缘成为学者,又在大学中讨生活。作为老辈学人的吴梅,深盼身逢和平,以便专心学问、讲学授徒,而不至于颠沛流离。但学者的命运,实系于家国时代,吴梅叹息无法安静治学。平心而论,吴梅看到了"乱"对学者不利的一面,却也忽略了"乱"带给学者意想不到的另一面。须知,大时代、大变局,风云变幻,艰难困苦,给予学者特殊的磨炼,往往会孕育大学者;而承平时代,按部就班,衣食无忧,学者反多平庸而无思想者。孰得孰失,真一言难尽矣。

吴梅先后在北京大学、东南大学、中央大学等南北名校任教,有趣的是,他对于南北学生有着独特的看法,日记谈到:"余南北雍主讲,垂十六年,北大诸生,多驰逐声利之场,不知读书之道;中大诸生,间有束身自好,朝夕勤勉者……"(一九三二年农历五月二十七日)显然,他对北大的学生不以为然,而认为中央大学的学生相对好学。这是怎么回事呢?吴梅观点背后的缘由值得深思。从民初到北伐胜利,北京作为政治中心,政权迭经更替,而北大则是民主运动的"风暴眼",学生经常发起或参与各种运动,部分学生恐怕真是无暇读书、热衷政治,这是特殊时期大学的特殊风景。而南京在民初以来,相对安定,环境较适宜读书,更加上江南学子本就沉静好学……或许,吴梅恰好在北大碰到了几个整天"驰逐声利之场"、不读书的"热闹"学生,也未可知。还有一个旁证,就是二十年代吴梅在南京倡导成立的师生词酒雅集的潜社,何以用潜字?其弟子王季思《忆潜社》有云:"所以用这个名字,希望大家埋头学习,暂时不要牵入政治的漩涡。"

显而易见,吴梅自己对政治是疏远的,他亦不愿学生介入政治。一九三五年末,全国学生时有罢课、游行之举,学潮此起彼伏。而吴梅对中大学生"竭力劝导,且言愿留此身,为今之顾亭林、王船山、黄太冲,不愿诸同学为汉唐之清流,明东林、几、复之君子,平心力学,终有清明之一日也"。(一九三五年农历十二月初一日)综合分析,吴梅评价南北学生的话,是有一定历史语境的,需要以了解的同情去认识。清末以来,吴梅惯看"城头变幻大王旗",不免对政治产生浓重的虚无感和疏离感。他或许是以一种过来人的心态,劝说年轻人远离政治。

不必讳言,吴梅在学人中,是相对保守的。其日记曾评论汤显祖,颇值细味。他认为,汤氏人品纯粹,诗文亦戛戛独造,"独作曲则描写闺襜,几至淫亵"。汤显祖最著名的《牡丹亭》,吴梅以为"幽闲贞静之女,决无此显豁谑浪之语"(指汤笔下之杜丽娘),已落下乘。更有问题的是《紫箫记》:"无处无艳语,几成五彩秘戏,即云少作,何至如此。此等艳曲,使初开情窦者见之,安得不色飞魂荡。文人口孽,最为可惧,后人作曲,切忌。"(一九三四年农历八月二十四日)汤剧的"淫亵"令吴梅耿耿于怀。这种见解,固然有自己的判断,但也略显老辈学人之不知变通。他显然对所谓的"淫词艳曲"保持着高度的警惕,恪守"男女之大防",显示出性观念方面的保守。然而,食色性也,况且早入民国,照"吴夫子"之逻辑,《红楼梦》里的宝黛共看《西厢记》,岂不也成了坏人心术?

藏书家崖略

作为藏书家的吴梅,藏曲丰富,蔚为特色。他嗜古成癖,同时对书画、玉石等也颇感兴趣，但限于财力，无法多买，只是偶有冷摊觅宝之乐。早年的日记，虽然不存，但他晚年回忆："授徒北雍，见闻益广，琉璃厂、海王村、隆福寺街，几无日不游，游必满载后车"①，可知在京华时广事搜罗，亦是书痴。日记中除了记录大量的买书信息，还有筹划影书（《奢摩他室曲丛》）、刻书（《霜厓三剧》）之举，书人书事，很是丰富。

吴梅虽非穷书生，却也不是日掷万金的富豪。他买书，是有原则的，一般藏书家最为渴慕的宋元古椠，他始终未能染指。据其《百嘉堂遗嘱》："航海南归，插架益富，而宋元旧椠，仍不敢搜集。一则力不足，二则京兆贵官、沪滨大贾，室中必有一二种以昭风雅，无余暇与之争胜也。"财力固然不足，亦不愿意去赶浪头也。

遇到珍本、善本，吴梅常感囊中羞涩。如一九三一年农历十月十日记云："衡三来，持书六种，皆精本，爱不忍释，但价昂，不敢买，附记于此，以志眼福而已。"这种爱书人的苦恼，在日记中多有流露。因价昂而放弃好书的难舍经历，藏书家更是感同身受。其实，愿掷真金白银买书者，毕竟是少数，吴梅曾就买书与打牌发了一通感慨："苏人买书，不肯出价，宁可日事赌博，虽百金无吝色。若与讲学，则极名贵书，亦掉首不顾，终不如铜旗麻雀之有味也。真难矣哉！"（一九三二年农历十一月廿五日）买书与打牌，固然风马牛不相及，但吴梅周围必定有买书吝啬而打牌大方者，这一番风趣的议论，也属有感而发。

吴梅是真懂书的，书商固然精明，而吴梅慧眼识宝。一九三一年农历十二月十五日，聚文书店周鉴秋来，"手持虞伯生《杜律笺注》见示，云是元刻本。余缔阅之，则弘治白口本耳。卷端有荃孙

---

① 吴梅：《百嘉堂遗嘱》，载《吴梅全集》日记卷下，河北教育出版社2002年版，第908页。

及某君三印,皆是伪托,持实估价不过四、五十元之谱,而索价至二百元,近日书估真狮子大开口也。付之一笑"。以明本冒充元本,及印章作伪,都逃不过吴梅的"火眼金睛"。书商的狡狯,吴梅的"识货"、对行情的了然,都生动鲜活。

　　吴梅有时甚至可以占到书商的"便宜"。日记中屡屡出现一个叫丁水福的书商,就不甚内行,他经常给吴梅送书。一九三二年农历八月二十八日,丁"携汲古阁刻《左传》及《笺经室赋稿》《咸同间词》三、四种钞本,余酬以七元,丁喜去。实则止《笺经赋稿》亦须十元左右,况钞本三种,半皆未刊稿本,而《笺经赋稿》,为亡友曹君直(元忠)底本,岂非一瑰宝耶?小丁不识书,于此可见矣"。此日书缘大好,所获颇丰,且物美价廉,吴梅之得意,显露于字里行间。

　　那时的书店,是直接送书到主顾家中的,且年末结账,服务很人性化。一九三一年农历十二月七日,吴梅记:"昨赴各书店点查欠项:文学山房四十五元;集宝斋十元;来青阁九元;百双楼六十五元,尚不甚巨,今岁可无虞也。"盘点一年的买书账目,尚可应付,而不至于透支,心情顿觉轻松许多,年关好过矣。可见买书也要量力而行,吴梅庆幸这一年买得恰到好处。

　　藏书乃保存传承文化,而古今典籍聚散之大者,莫不与国事、政局有关。吴梅的"奢摩他室"藏曲丰富,卢前称"海内第一",因有珍稀曲选影印之举,于是将部分珍贵曲本暂存上海的商务印书馆。谁知因"一二八事变",意外碰到日军轰炸,商务印书馆惨遭劫难,"涵芬楼秘笈悉附祝融,吾恐《奢摩他室曲丛》各底本同遭此厄。二十年奔走南北,仅此数卷破书,苟付劫灰,吾心亦灰矣。归家即睡,不胜愤慨云。"(一九三一年农历十二月二十五日)多事之秋,连吴氏的私人藏书都惨遭厄运,令人痛心疾首!一开始,吴梅以为二十年节衣缩食苦心搜求的珍本,全部烈焰扬灰;后才知

341

不幸之中有小幸，曲本尚未"悉附祝融"。但到底损失了相当一部分（焚毁二十七种），连印好的《奢摩他室曲丛》三四集及存版都被炸毁，后来还涉及商务的赔偿问题。总之一波三折，而藏书家内心的煎熬痛苦等复杂情绪，在日记中反复流露。不过，吴梅没有仅惋惜一己之损失，而是在思痛之余上升到更高的层面："此次商务书馆之厄，为中国文化之浩劫。吾所失虽不多，然东方馆、涵芬楼之秘笈，已摧残殆尽，梁元江陵之变，亦不过如是焉。"（一九三二年农历四月三日）藏书家的"书运"与国家的"国运"是联系在一起的，吴梅的经历就体现出个人、单位的藏书小历史与国家层面的宏观大历史的密切关联。前文屡言感时忧国，吴梅由战争而导致的图书焚毁，进而忧心中华文化之存亡，既是学人卓见，亦显他念兹在兹的家国情怀。

吴梅有的观点很值得深思。今日，古代书画、古籍善本上如有乾隆的"三希堂""古稀天子""乾隆御览"等印章，必定身价倍增，可沽善价；如再有诗文题跋，更是如虎添翼，甚至可卖出天价。但吴梅恰恰"不想见乾隆"："高宗御题，随处皆有，诗既不佳，字亦庸劣，晚年尤甚，譬如美姬姿首，横加髡鬎，岂非可惜！"（一九三六年农历五月廿日）不啻一声棒喝，可为无审美品味却迷信老皇帝者戒！

吴梅一生爱书、藏书，甚至在遗嘱中还郑重写上一笔——"伏晒为第一要事"，殷殷嘱咐子孙在其身后为其晒书也；然而，对于百嘉堂图籍的归宿，主人也常感惶惑。某日他因事忽发感慨："吾爱书成癖，未免凄黯，因思一世搜罗，终难保守，高阁束置，徒饱蠹鱼，然则人又何乐藏弄耶？"（一九三二年农历八月十二日）吴梅没有答案，其实大多藏书家恐怕都没有答案。

"曲是吾家事"

作为曲学大师的吴梅，撰文作剧，著作等身，自是题中应有之义；更突出的是，他还能拍曲、授曲、制曲、谱曲，堪称最全面的"曲人"，而其日记里也确多曲人鸿爪。套一句杜甫的"诗是吾家事"，吴梅可谓"曲是吾家事"。

民国曲社史料相对稀见，而吴梅历年来参加了苏州、南京、上海等多地的曲社。日记中记录最多的，是苏州著名的道和曲社，他积极参与活动，而且是付社费的。日记提到的多个江南曲社，如幔亭和民立——都是有特色的女曲社，闺秀度曲，大家眷属，有一定的私密性。还有南京的公余联欢社、紫霞社、百雷曲社；上海的啸社、青社等，各有特色。其中公余联欢社有官方的背景，与褚民谊关系密切。紫霞社曲友一度欲推举吴梅作社长，但他力辞。从日记中点滴的片段，可拼接出民国南方曲社的大概运作和活动情况。交会费，日常拍曲，印曲谱，重要成员生日聚会并演出，甚至平时聚在一起打牌……江南曲家生涯，自有一番乐趣。特别是一九三六年农历七月七日，由上海啸社发起，在浙江嘉兴南湖搞了一次规模盛大的"嘉禾曲会"，汇聚沪、浙、苏两省一市的曲家，吴梅也躬逢其盛。日记记云："十时至嘉，以渡船至烟雨楼。楼四面皆水，旷望爽胸，新修才五年。奏曲在楼下，尽一日一夜，共唱曲四十四折，曲毕，天大明矣。"既有"白加黑"昼夜唱曲之乐，又有南湖船娘之趣，外加蟹粉鳗鱼之美食，真可谓是良辰美景、赏心乐事，斯游大快！这在昆曲史上，也算难得的韵事了。吴梅日记的记录，可谓第一手史材。

吴梅在曲社中，并不是如大多数曲友那样，喜唱主角，长篇大段，必欲自己过足瘾而后止；他时常为人作配搭，专司各种配角。各行当的零碎扫边角色，旁人或不能，或不愿，而他固优为之，既可知渊博，也显出淡泊。如此高格不争的曲家，想必是曲社最欢迎的。二十世纪三十年代，国事日非，但南方的业余昆曲活动却还略具规模。曲友们是否不管家国兴亡，只顾一心作乐？吴梅在日记中详记了一个老曲友的话:"处此时局,能从容雅歌,所谓黄连树下苦操琴也。但声音之道,与政相通,治世之音必和平雅正。今虽非治世,而保存国粹,留此治世之音,终有和平之一日。"(一九三一年农历十一月十九日)吴梅当深韪其言,才记录下来的。可见,当时的曲友,并非一味"大爷高乐",很多人在拍曲的同时仍不忘家国,更有人借曲抒愤、寄托遥深,可谓有良心矣。

吴梅除了自己拍曲,还按歌授曲,乐于教授学生、曲友,不但唐圭璋、沈祖棻、常任侠等学生跟他习曲,连程千帆也偶尔参加(后程、沈成为学林伉俪,名重一时)。甚至北昆名伶韩世昌、白云生等南来演剧,也要向他请益。俞平伯是吴梅早年在北大的学生,俞夫妇南来,亦有曲会欢聚。有趣的是,吴梅认为俞夫人所歌"较平伯为胜"。

吴梅日记还记录了与穆藕初、红豆馆主、甘贡三、张紫东、俞振飞等资深曲家的交往。三十年代中,旧王孙红豆馆主南下,定居南京,吴梅起初认为他"提倡古曲,恐不免政治臭味。辽沈不去,税驾江左,吾不知其何意"(一九三三年农历八月初七日),故有意疏远,不愿与"亡国士大夫周旋",心态颇为微妙。其实,吴梅未免敏感多虑,红豆馆主不去伪满洲国依附溥仪,已有足多者,又何必多费猜嫌?昆曲毕竟是最好的纽带,两人后渐接触,又因昆曲而再度熟络起来,还屡在曲社合作高歌,晤对甚欢。这是很珍贵的材料,若非吴梅日记披露,今人是难解其中阃奥的。日记中还有红豆与吴梅合唱《琴挑》的记载,吴唱旦,红豆唱生,也属珍闻。近年享大名之曲家张充和,三十年代还是妙龄少女,也出现在吴梅日记中。当然,充和是恭执弟子礼的,一九三七年农历五月二十八日,"女生张充和至,为书册页一副,改词二首"。吴梅为充和题写的,是他的自度曲《北双调·沉醉东风》,充和视如拱璧,列其集藏的《曲人鸿爪》第一位,二〇一〇年已影印出版。七十余年风尘溃洞，老曲家散如云烟，这是极难得的缘分。

吴梅观剧并不算多，但如在宁、沪碰到昆曲演出，还是乐于观看的。比如他就多次欣赏"传字辈"和韩世昌等的演出，青年会、仙霓社都曾"作壁上观"。日记还有对演出要言不烦的评价。值得注意的是，吴梅不懂京戏，看京戏绝少，嫌锣鼓喧闹。

关于吴梅与优伶的交往问题，情况较复杂。早年吴梅在北京，并不刻意回避伶人，坤伶也未拒之门外。但随着年龄增长，特别是到了晚年，吴一般不与优伶往来了，对坤伶尤存戒心，门禁愈严。不过，如系昆伶拜师请教，尚可通融。比如，他晚年就拒绝了京剧坤伶新艳秋、王熙春的请益之求。可是，禁不住熟人屡屡请托，到底还是为新艳秋填了首《金缕曲》，对王熙春"略指腔格"。其实，他深谙王熙春（乃秦淮歌妓出身）等的底细，打心底看不起，认为她们"名曰献技，实无异于妓也"，"举止言动，处处有市井下流雏妓气"，故绝不愿与之周旋。

吴梅日记中有的细节很重要。譬如，北昆名旦韩世昌标榜自己是吴梅的学生，恰好可以和《瞿安日记》的记载相印证。一九三一年农历九月二十九日记云："京师自乱弹盛行，昆调已成绝响。吾丁巳寓京，仅天乐园有高阳班，尚奉演南北曲，其旦名韩世昌，曾就余授曲数支也。"下笔极有分寸，当时仅是"授曲数支"而已。相比坤伶，吴梅对男伶还是忌讳少些。韩世昌与白云生一九三六年冬联袂南来，吴梅记韩"不见十余年，已非苕秀颖发时"，真是少年子弟江湖老，能无感慨！韩早已"入室"，而白趁机"叩头拜门，余亦不拒也"。至此，韩、白两大北昆名伶都成吴门弟子矣。这番南来，韩、白与吴梅见面极夥，吴或观韩、白演剧，或一起参加曲社活动，或韩、白至吴家讨教，师徒往来密迩，亦是一段佳话。

这次韩、白南来演剧，十分不巧，碰上了"西安事变"。农历十一月初一，弟子韩世昌来拜访老师，吴提醒韩"适值主席蒙难，恐难如愿"，指出事变可能会影响演出。但初六日，韩、白等还是在南京大戏院开演了。没演两天，初十日，政府即发公告，"各游戏场为介公蒙难，停业三天"。好在很快就有转机，十二日，"入晚闻街市爆竹声，各报皆发号外，知蒋公已脱险，与夫人、宋子文及张学良飞至洛阳矣。儿童走卒，无不欣喜欢呼，满城皆鞭炮声，人民爱戴之心，于此可见。"日记记录了韩世昌南京演出的波折，还反映出政局和南京市面的情况，更能看出蒋介石在当时人民的心目中是颇具威望的。这几天的记载很重要，国事、曲事、社会事，颇能体现日记的多重史料价值。

综合看，吴梅传统观念深厚，又是名教授、名曲家，不免自高身价，故不愿多与优伶来往，即便是教授伶人，也保持距离、很有分寸。从其与伶人的关系，还可见他对戏曲剧种的看法。他心目中，存有"花雅"的门户藩篱，与优伶交往也受此影响。对于雅部的昆曲，无疑高看一眼，而花部戏则根本不入其法眼。即便当时的京剧如日中天，他还是独赏昆曲。然而，吴梅并非一贯如此，早在一九〇四年，他作过一个时事京剧《袁大化杀贼》，民初时与坤伶也有往来。所以人是复杂的，也是会变化的。一九三七年初，梅兰芳来南京，余上沅邀吴参加欢迎宴席，吴刻意不去。这与民国时很多遗老遗少，争相与"伶界大王"梅兰芳交往，是大相径庭的。实则吴早年在北京时，与梅兰芳有过从。但此时，梅已贵为"伶界大王"，且访美、访苏大获成功，乃具国际知名度之大艺术家。然而，梅愈是大名鼎鼎，吴愈发不愿意去凑热闹、"轧闹猛"。这就是吴梅，他始终是淡淡的，保有学人的清高和品格。

师友往还，学林掌故

从日记看，吴梅与夏敬观、龙榆生、胡小石、汪东、卢冀野、唐圭璋、吴湖帆诸人的交往最为密切。吴梅三十年代在上海时，与一批文人墨客时常雅集，谈书论画，这对研究民国书画及收藏，颇有价值。日记记录了他与海上大家吴湖帆的多年交往。湖帆本名画家，经济较富裕，头脑亦灵活，国难之中，犹大收珍稀古书画，而吴梅屡为其藏品题跋。日记还有鲜活细节，如记湖帆之个性和日常行事，特别是在涉及经济利益时的狡黠，读来真切如见，颇有趣味。这也属"私人史"，秘辛细节，非日记不能见。

曾有学者认为，传记不如年谱，而年谱又不如日记。一个原因就在于日记很多时候是直抒胸臆、不加掩饰的。文人相轻或相尊，日记中略无隐讳，最为真切。因为既不涉及为尊者讳，也不需要为后辈留面子。这正是很多人关注日记、喜读日记的原因之一。具体到吴梅日记中的人物月旦，基本是直言不讳的，大多亦平情公允。他对老辈、同辈、晚辈学人的褒贬，时见于日记，冷不丁就来一笔。一九三五年农历十二月十七日吴梅忽记："余及门中，唐生圭璋之词，卢生冀野之曲，王生驾吾之文，皆可传世行后，得此亦足自豪矣。"评价恰如其分，而为师之乐，莫过于此。

吴梅与黄侃，关系向不恰，更两度失和。其实，他们是北大的老同事，两人还一起开过《中国文学》课。吴梅在日记中大谈黄侃之"种种劣迹"，但多借友人之口言之，如汪东、胡小石等，乐此不疲，可知吴之对黄，确深有意见。不过，日记里对黄之学术偶有佳评，绝非一味抵诃。日记记录了吴梅与黄侃的两度冲突，如与黄氏日记对读，认识当更全面。郑志良文《吴梅与黄侃失和事实考论》，可参。其实，吴梅自身亦大有问题，他喜饮酒，而酒后，时而使酒骂座，屡屡引人侧目。他在日记中曾有反思，自谓"酒德不佳"。吴梅酒后还曾莫名其妙地开罪红豆馆主，事后自责："此吾之大过，以后需痛改。"（一九三五年农历元月二十一日）总之，日记仅为各执一词之"一词"，从中可见人性之复杂、人事之纷纭。

很多事，都需要综合起来看，不宜简单分辨是非，更不能非此即彼断人曲直。黄侃亡故后，胡小石与吴梅谈到黄师章太炎送给黄的五十寿联："韦编三绝今知命，黄绢初裁好著书"，日记详细记述了小石的话，此联可谓不祥之兆。这是著名的文坛掌故，知者亦多，而日记的记载则可见此典故最初流传的情形。难得的是，日记还记录了当日汪东为黄侃"量守庐"落成而送的对联："此地宜有词仙，山鸟山花皆上客；何人解赋清景，一丘一壑也风流"。联虽工，而黄以"此地""何人"为不祥，竟未悬挂。此学林掌故由当事人口中说出，更觉有味，知者当不多。

吴梅对学生钱南扬颇有微词。钱氏著《南戏百一录》，吴云"所有材料，出自余藏者几半，而书中不提我一字，反请顾颉刚作序，盛道王国维，我亦置诸不复矣"。（一九三五年农历三月二十七日）此当事人之议论，或可考索，亦成民国学林公案矣。①

关于吴梅作"国歌"的事，甚少有人提及，而日记就属一手史料。他早年曾作北大校歌，那是有昆曲味儿的校歌，风韵独特。民国时的中央大学，地处首都南京，是跟国民党关系极其密切的大学。一九三六年秋，"党部"来函，让吴梅作"国歌"。其实，并不是单令吴一人作，而是有广泛征集的意味，但后来似皆未采纳，无疾而终，故知者不多。吴梅对作国歌是有看法的，认为词须有"中国根底"，而曲谱应有"中国气味"，持论甚正。吴梅日记记录了他和汪东两人各自创作的"国歌"，吴认为汪作"似不如余"。这是珍贵的史材，请看吴、汪二人之作：

---

① 钱南扬后来应该得知了老师吴梅对他的不满，故晚年作《回忆吴梅先生》，特别谈了老师对他的重要帮助，文云："先生藏书颇丰，我在他家时，他都倾箧而出，让我饱览。我编写《宋元南戏百一录》的材料，就是从先生所藏的曲籍中搜剔出来的。"

五岳四渎扬大风，中华立国雄。三民五权开大同，中山建国隆。天下为公。地货不弃惟兴农，盗窃不作惟兴工。干戈息，礼教崇。固边围，睦邻封。齐唱河清颂，中国万岁春融融。(吴梅)

中华立国，为世界先。包孕五族，宏启山川。革封建之旧制，创三民与五权。盛矣哉，绵我世泽，于亿万年。中华文明，为世界先。以仁覆物，以勇除残。值多难而兴邦，乃先民之遗言。赫矣哉，奋我威积，于亿万年。(汪东)

吴作总的风格是雄健壮阔，实属黄钟大吕之音，短短七八十字，包孕甚多，重点突出，雅俗共赏，看出花费了一番心血。汪作分两小段，亦用意经营之作，但似于抑扬顿挫之声韵，略有欠缺。不过，品评高下，本就见仁见智。吴梅的过人之处，在于词曲兼擅，可一人包办作词谱曲。他将国歌谱成工尺谱，又嘱其四子翻成五线谱，更显难能可贵。他的歌词，读起来更庄严高妙，且乐感更和谐，奥妙正在于此。这在国歌史上，不应被遗忘。

吴梅日记屡记文人雅集，迻录了大量的诗词文献，可谓有意留存东京梦华、吴门画舫，如诗钟雅集、陈石遗家之祝寿聚会等。吴梅还听陈石遗谈朱古微的临终词作，并录入日记，又记故友叶德辉之死等，都有掌故价值。

寻常百姓家的鲜活史料

吴梅日记记日常生活、家庭琐事、柴米油盐，不避细碎，可谓三十年代忠实的家常记忆。其中的物价，是当年鲜活的经济史料。如一九三一年农历九月十五日记："壬癸之间，每石米止七元余，今则十五元，肉每斤三百文左右，今则千文；鱼虾每两三四十文，今则百二三十文矣。最可笑者，唱经楼大街，有熟面铺一所，所谓鸡丝老面家也。壬癸间每碗定价八十文,今则二百六十文,味虽可口,言之痛心。即此十年间,民间生活,加增如此,将何以为继耶?"不但记录了十年间物价之上涨,数据可靠,还以一碗面条的价格今昔变化,忧民生之多艰,颇有杜甫民胞物与之良心。鸡丝老面,这是多么"接地气儿"的物价史料!日记中还记录了在松鹤楼、五芳斋、夫子庙等处用餐吃点心,看到今日犹存之老字号,令人颇觉亲切。

民国时教授的薪水,向是很多人感兴趣的话题,有人专门写过文章。那时的教授,薪金和生活品质应算是较好的。一九三四年十月初一,吴梅在南京有名的老万全饭馆请客,客九人,包括穆藕初、吴湖帆等名人,鱼翅席,花费十四元。这应该是非常高级的宴席了,彼时教授薪水的购买力还是相当不错的。但终究时局不靖,物价腾涌,还有各种"苛捐杂税",教授到手的薪水也不免缩水。而吴梅日记中每忧心薪水迟发、打折扣,甚至无着落——这毕竟关系到养家糊口。

从日记看,吴梅的经济多次显出捉襟见肘之窘况。一九三二年元月八日,吴梅才拿到上年"十月份俸,扣去所得税十二元二角,及水灾捐卅二元外,实收银元二百七十四枚。"这里的水灾捐,数额很大,恐怕未必是自愿。时值寒冬,吴梅拿到月俸后,马上带妻儿去买皮货,一气买了七件,令一家人皆感温暖,此薪水真可谓雪中送炭。名校教授尚且"等米下锅",乱世中的普通百姓,又当如何度过寒冬呢?不禁令人兴"寒衣处处催刀尺,白帝城高急暮砧"之感慨!之后的状况更窘,一九三二年春夏间,中央大学一度仅月支三成薪水,暂时避难沪上的吴梅大发感慨:"夫以月支三成生活费,而欲人奔走劳苦,以尽教授之责,天下有是理耶?"(一九三二年农历四月初二日)教授亦苦哉!

作为学者的吴梅,还有一宗稿费的进项。这对于考察吴梅的整体收入、研究民国学者的稿费标准，都是有价值的。譬如，一九三一年农历十二月十一日，"振新书社交来《曲选》版税八十四元，度岁可无虑矣"。足见在春节前拿到这笔稿费，如暗室逢灯，还是很管用的。而那时的中上之家，过一个春节，恐怕大几十元也就够了。一九三三年农历十一月二十五日，"取《辽金元文学》稿费，共找百七十五元"。一九三四年农历七月十三日，"得商务函，《曲选》出售有六十三部，《霜崖曲录》销售二百零七部，得版税四十一元，亦佳"。看来，吴梅对当时的稿费、版税还是满意的。

吴梅的家庭很和睦，从日记看，夫妻、父子相处融融。他时常为妻拍曲，夫唱妇随，几个儿子也会唱曲。有时家人在一起斗牌、小饮、唱曲，快乐非常。作为父亲，吴梅屡为儿子的成家立业事，辛勤筹划。吴梅的教子之道，颇为通脱，不望子女成龙成凤，惟希自立。他说："人海浮沉，位高则险，椽属卑秩，或可安居。好在余不望其做民国伟人，能守勤俭家风，便是吾家佳子弟也。"（一九三二年农历九月十六日）吴梅三岁丧父、十岁丧母，可谓悲怆。好在他读万卷书、行万里路，能自树立，更通达事理。他给子女的教育，是人贵自立、勤俭安居，而吴家父子确也是父慈子孝。

吴梅不是冬烘的老教授，尚有生活情趣。日记频频记打牌、饮酒、看电影等细节，富有浓厚的"烟火气"，宛在目前。那时的曲社中，也时常"雀戏"。社会上请客聚会，有时会招待酒女郎，而吴梅日记就记录了当时南京新的"侑酒风气"，这也是社会史的好材料。

吴梅的为人处世，用今之眼光看，也有酸腐的一面。曲友夏履平，妻子早卒，后将其妾扶正，遍邀道和曲友，登场彩觞，以示庆祝。这本是个人选择，况且此妾已随夏廿余年，"正位"也合乎情理。但受邀的吴梅大不以为然："如此伤风败俗之事，余未敢附和。"（一九三一年农历十一月二十八日）其实，人家将妾扶正，唱戏庆祝，"干卿底事"？吴梅抱着"惟女子与小人为难养也"的旧信条，或不免酸腐之讥。不过，站在吴梅的立场，他作为深受旧文化浸润的传统读书人，在伦理方面肯定有着更严格的操守。他反感的是，旧姬妾"窃正室之号，实则中冓秽浊"，故有此激烈之反对态度。

沉思翰藻，文笔精洁

吴梅日记记事、立意皆好，沉思翰藻，飞扬灵动，内容之实、文笔之佳、剪裁之妙，超过绝大多数同时代的日记。上面的一些引文，已可窥豹一斑、尝鼎一脔。卢前《奢摩他室逸话》赞云："先生之古文，别成一格，尝自谓以情致胜，盖深得桐城派摇曳虚神者。"日记俱在，文字班班可鉴，卢前评吴梅古文的话，用在其日记上，也是安安合适的。

吴梅在老辈学人中，堪称"六场通透"，不但擅长作诗、填词、作剧，古文、散曲、对联也极拿手。因为书画素养深厚，其题跋也负一时之誉。吴梅既有诗集（《霜厓诗录》），又有词集（《霜厓词录》），还有曲集（《霜厓曲录》）、剧作集（《霜厓三剧》），及专题性的《霜厓读画录》，在晚清民国学人中恐怕是独一份的。这其实不是偶然，而是与吴梅自身深厚的功底、刻苦的钻研密不可分。他少年时就"注全力于诗古文辞，文读望溪，诗宗选学"[1]，孜孜矻矻；后游历四方，"诗得散原老人，词得彊村遗民，曲得粟庐先生，从容谈䜩，所获良多"[2]，得诸多名家指授，旧学素养自然出类拔萃，文字更是斐然不凡。

---

[1] 吴梅：《百嘉堂遗嘱》，载《吴梅全集》日记卷下，河北教育出版社2002年版，第908页。

[2] 吴梅：《百嘉堂遗嘱》，载《吴梅全集》日记卷下，河北教育出版社2002年版，第908页。

家常细语、心灵景观与学人志业：日常生活史视域下的吴梅日记

吴梅对自己的旧学功底是极为自信的，他甚至可专以"墓碑寿文"等应用文字讨生活，而朋友、学生也常找他润色文字、代做应酬文等，如日记就屡次记为学生潘景郑改文章，而他代"棉纱大王"穆藕初作应酬文字颇多，藕初当是专门请托，要付酬的。

他的日记不时记录自己或师友的诗、词、曲、联作品，抒感慨，明心迹，存文献，这可算其日记的一大特色了。日记中甚至有一日作诗词十七首之记载，吴欣言"老笔虽秃，尚能着花，亦自喜也"（一九三二年农历七月十四日）。年近半百，才思还如此敏捷，足以自豪。

一九三一年农历十月十六日吴梅记云："日人将断绝宁、沪间交通，是其心直欲吞灭全国矣。闷闷归。改诸生卷。下午仍上课。余归后心思不定，若有重负未释者。因以媚幽阁文娱读之，亦不适；入晚小饮，添酒仍不醉，自笑仍不能忘情世虑焉。因口占一绝而睡。诗云：'鼠穴乘车得未曾，虫天说法孰师承？鬓丝禅榻茶烟里，怕再驱坚过五陵。'"几番忧国愁绪，愈转愈深，几无法排遣，睡前作绝句一首，其沉郁之思，顿挫之韵，足令人感慨。这样高品质的日常生活记录，置之第一流的日记之林而毫无愧色。

一九三一年农历十二月五日的日记，吴梅记录了早年旧作《金缕曲》："一叠凄凉调，是平生壮游万里，江山文藻。禾黍荒原金梁下，恨事千秋未了，但托意田园吟啸。忍死从军真豪语，梦沙场血溅红心草。秋塞外雪飞早。王师北定中原渺，问他年清明家祭，乃翁谁告？珠玉都收珊瑚网，依旧身栖江表，又引起夜猿哀叫。白雁来时风霜恶，有井中心史称同调。今古泪洒多少。"这是为朱锡梁《放翁诗选》所作，慷慨悲壮、清拔多气，洵佳作也。而在国事陵替之际，录早年词作，也是别有一番深意存焉。

吴梅日记曾记徐志摩之死，一九三一年农历十一月十五日又为穆藕初作联代挽："行路本来难，况上青天，孤注全身轻一掷。作

353

诗在通俗，雅近白傅，别裁伪体俶春秋。"吴"自觉颇工"。实则不但工，而且具巧思，上联委婉点出徐氏因飞机失事而亡，说得含蓄蕴藉；下联谈志摩的诗文，突出其特色成就。一九三二年农历四月九日，吴梅又代藕初作挽十九路军阵亡将士对联："听鼓鼙思将帅之臣，光我邦族；执干戈卫社稷以死，哀此国殇。"联亦工，词气雄壮，慷慨悲歌，当是吴梅发自肺腑者。

日记容易写成流水账，而文笔成为可读与否的一大关键。一九三一年农历十一月三十日吴梅记："日兵得锦州后，又欲入关，天津驻兵又有示威举动，国事至此，惟有浩叹而已。晚间，庶祖母唤广东消夜品八碟，红泥炉火，围坐消寒，小饮颇适，得乐且乐，自笑又复自叹也。""红泥炉火"云云，虽令人思及白居易的《问刘十九》；但其内在情怀，却是与杜甫《赠卫八处士》接近的，可谓苦中作乐。生活因战争而异化，而乱中家人团聚小饮，令人感到多么富有温情！再举一例，一九三二年农历除夕，"与家人团聚，祭祖拜神，依然旧时风景。荆楚岁时之记，东京梦华之录，不胜凄黯。饭后至观前街，赴桂舫小叙，至十二时归，几忘海上烽火矣。"读来澹澹有味，倾诉心曲，如尝橄榄。更重要的是，度岁之中不忘忧国，诚为学人本色。

日记中的游览文字，阅读和欣赏的价值甚高。如一九三四年农历二月二十九日，吴梅有扫叶楼之游。是日先雨后止，吴梅"呼马车往扫叶楼一游，而泥途滑滑，殊艰于行路。登楼纵眺，山濛湿雨，江涵宿雾，如大小米画幅，亦有奇观。"文字之精美，读后满口留香，甚至有苏东坡数十字小品之妙。又如一九三五年农历九月十日，有采石矶之行，当其登太白楼时，"倚窗四望，南则遥山拱黛，东则烟井万家，大江环其西，谢公山枕其北，云山供养，无怪青莲有终老之愿"。峻洁精奇，如明珠夜光，令人念及柳宗元的山水游记，摹景之妙，惹人恨不同游！日记中还有南京莫愁湖；滁州琅琊寺、醉翁亭之游等，都富诗意，值得细品。

战乱时的文人心态，是复杂微妙的。这方面的直接材料本不多，但在日记里往往有毫无掩饰的表达。一九三五年，"华北之大，已经安放不得一张平静的书桌了"！这句话迅速传遍全国。其实，覆巢之下，焉有完卵？在艰难时局下，全国的学者和学生，都难以安心读书和治学。吴梅自然也有类似的感慨。在更早的一九三二年中秋节，吴梅晨起就陷入了沉思："忽念中秋令节，又值仓皇风鹤之中。昨日南京日舰，方耀武扬威，胁吾人民；东北伪国，正将公告世界，此时正多事之秋。而余日坐书城中，不问世事，蟾宫桂窟，天上定无风浪，人至无可如何处，一作游仙之想，则心境皆空，百难俱释。对此佳节，又奚悲焉？"面对内忧外患，莫怪吴梅不够爱国，他其实是百忧骈臻的，却又无法排遣，在无可如何之际，只得故作游仙之思，希借天上广寒宫，暂时跳出纷纷扰扰的人世间，求得片刻的出尘之想。日记记录的中秋这天的心态，跌宕放旷，如悟道寓言，多么真切，又多么难得！

结语　转折时代知识分子的心灵史

通过日记考察吴梅的私人史，观察其过往研究中一些被忽略、被遮掩的"小历史"，还原一代学人五光十色的真实晚年，这是本文想努力实现的。转折时代中的知识分子，爱国者大有人在。但时代与知识分子的关系，表现在具体学人身上，又各不相同。上文的多重面向，已经反映出吴梅的人生去就，与同时代的学人兼同事如黄侃、胡小石、汪东、汪辟疆等，大不相同。凭借对日记的文本细读，看出了吴梅的个性和特殊性。这也是关注其人其日记的价值所在。

从日常生活史的视角看，吴梅日记不单记录了一个老辈学人的衣食住行、教授生涯、曲家经历、藏书崖略等，更具有难得的历史视野、人文关怀,从中可映射出大学、社会、国家的复杂境况,及个人在纷乱网状结构中的行事、作为甚至挣扎。散文文体的日记,往往有"碎片化"的问题,而吴梅日记却有着一以贯之的"主心骨",即感时忧国、学人风骨。其学术研究、藏书命运等种种人生细节,亦隐含着时代大势的投射。从吴梅晚年大量的日常生活细节,能基本还原其生活图景的主轴,其中的家常细语和心灵景观,展现出学人的微观史与时代、社会、国家的宏观历史错综复杂的纠葛和关联。

现存吴梅日记的时段,具有深刻的时代背景。他没想到,垂老光阴,神州陆沉。当老学人面对社会动荡、家国危局,是怎样的心境?如何去面对?从他的日常记录中,已经彰显出学人的凛凛风骨,所谓"处瓮天之中,卧漏舟之内","生无可乐,死无可悲",恨只恨执政者"事去则袖手,真全无心肝者",而政府"搜括无遗,一路皆哭……,令人灰心"。(一九三二年农历六月二十九日)吴梅的本意,不愿问政治,可是身处那个黯然感伤的时代,有良知的读书人,又怎能缄口不言?中国古代"士"的操守和品格,在清末民初的部分知识分子那里,得到承继;而吴梅的日常生活记录,具体而微地体现出"士"的精神在现代的传承和发扬。一九三八年,吴梅已经不记日记了,但从是年中秋所作诗①,仍可见出其伤时感事之忠忱。此时距离其逝世,仅有数月,足见其忧国恤民是一以贯之的。甚至可以说,从吴梅日记折射出中华传统文化之辉光。这是一份珍贵的转折时代知识分子的生活史、阅读史、心灵史,亦是日常生活史研究的绝佳材料。一言以蔽之,此史非彼史,吴梅的"小历史"里,有过去"大历史"或遮掩、或忽略、或排斥的某些

---

① 吴梅《戊寅中秋》诗云:"寒辉添半臂,清警撼孤城。相对望佳节,凭空起恶声。连宵耿无寐,举国事长征。谁似子龙胆,闻危镇不惊。"

侧面、角度，故其日记大有可观。

  曲终人散，掩卷遐思。吴梅既不是大人物，也不是小百姓，而是一代学人、曲学大师。他的学术标签，与胡适、黄侃、胡小石、陈寅恪、周作人等，又自不同。他的日记，除了普通学人的读书、教书、写文章，还记时局、罢课、担心薪水等富于"时代特色"的内容，更有拍曲、谱曲、藏书、刻书、教馆等个人独特视角，加以文笔坚凝飞动，情怀老而弥坚，因此显得既沉郁、又鲜活，成为近代学人日记中独特的"这一个"。或许吴梅日记中没有惊天动地、荡气回肠的大事件，但就是细枝末节的日常生活史的记录，恰可连缀组成相对宏大的画卷，探察个人小沧桑与时代大历史的关联。

        （谷曙光，中国人民大学国学院教授）

贾 涛

于安澜先生的学术人生*

摘要：于安澜的一生与河南大学结下了不解之缘，他成于斯、逝于斯，以我国现代史上为数不多的学术巨匠、艺术大师，成为河南大学永远的骄傲。遗憾的是，这样一位名师大家，在其有生之年及去世之后，除了专业领域的小圈子之外，一直鲜为人知。他是如何成就自己的？是哪些因素成就了这位大师的学术传奇？它的学术成就对我们有什么启示？等等问题都值得探讨。

关键词：慎择笃行；学术坚守；自我塑造；通会

从某种程度上讲，二十世纪是属于于安澜的世纪。于安澜原名于海晏，字安澜，后渐以字行，生于一九〇二年，一九九九年以九十八岁高龄辞世，几乎与世纪同龄。他是我国二十世纪近现代学术史上的一个奇迹，他的学术成就横跨语言学、音韵学、诗学、文学、书学和美术学等学科，并且还是实力派艺术大师，他的诗词、书法、篆刻以及绘画，都有很高的品位，尤其是他的篆书、篆刻艺术，成了今天人们争相收藏的珍品。

一九二四年，坐落于当时河南省府开封的中州大学建校，[①] 于

---

* 本文为 2017 年国家社科基金艺术学项目"于安澜与二十世纪上半叶中国画学研究"阶段性成果（项目批准号：17BF105）

① 此时的河南中州大学即河南大学的前身。

安澜成为了它的第一批学员，尽管是预科生。一九二七年，冯玉祥主豫期间，通过合并、扩建，将中州大学更名为河南大学，此时的于安澜已经是大二学生。一九三〇年于安澜修满学分大学毕业时，河南大学在中原地区已然站稳脚跟，成长为中原名校，令人仰慕，是许多名师、学子向往的地方。毕业以后的于安澜并没有彻底离开学校，他经常回母校修习自己关注的课程。比如当听说邵次公先生来河南大学教授语言学课程时，他像先前一样走进教室，虚心做起了学生。之后二人的交往十分融洽，于安澜在邵先生的指导下报考了燕京大学研究院，并于一九三二年顺利成为其中的一名研究生，从事语言文字研究，开启了他一生中学术研究的新篇章。抗战期间，西迁洛阳嵩县谭头镇办学的河南大学给这位昔日的高材生发出入职邀请，于安澜也十分兴奋，但是由于战乱和道路阻隔未能成行。一九四五年抗战胜利后，于安澜第一时间赶赴开封，正式成为回迁开封后河南大学的一名教员，从此扎下根来，不离不弃，相守终生。从进入河南大学就读，到执教于河南大学，再到在河南大学辞世，前后长达七十余年的不解之缘，使于安澜不仅成为河南大学办学历程的见证者，也使之成为典型的"铁塔牌"河大人。许多人心生疑问：这位世纪老人，这位著名学者，这位学术大家，这位默默无闻的艺术家，他是如何做到的？他是如何被塑造的？他的成功与成就对我们当前的高等教育、学术研究有什么样的启示？带着这些疑问，我们不妨巡查一下于安澜不平凡的人生历程，以及他是如何自我塑造、自我蜕变的。

几乎与二十世纪同龄的于安澜，终其一生可以总结为一句话：生于动荡，殁于安乐。一九〇二年于安澜生于豫北滑县牛屯镇一个偏远的农村，一九九九年逝世于河南大学南门外专家公寓。他之所以能获得这么大成就，与其良好的家庭环境、不懈的终身努力、学术大师的影响提携、对学习环境的利用营造以及专于一科、打通学科壁垒的能力和眼光等，有极大关系。此外，坎坷困境中的坚守与执着，平和、风趣与乐观以对的生活态度，也是促成于安澜长寿并学有所成的重要因素。

一　慎择笃行与学术突破

于安澜生于清末，一生经历了风雨飘摇的清朝末期，军阀混战的民国时期，日本侵华与抗日战争、解放战争和新中国成立等几个大的历史时期。他的生存环境十分险恶，国家多灾多难，个人多难多艰。在他出生的年代，中国政治、经济全面凋敝，民不聊生，列强欺凌，战乱频仍，可以说，社会并没有给于安澜营造一个良好的生活成长背景。幸运的是，于安澜出生在黄河中游北部一个偏远的农村（离黄河大约三十公里），他的家乡——滑县牛屯镇的鸭固集村，处于几个区县的边界地带，是各种军阀势力、外敌侵略者不易渗透的地方，尽管有乡匪横行，还算得上混乱大中国中比较安宁的地方。他的祖上并非豪富，也不是书香门第，在他之前，家里没有知识分子。于安澜的父亲只读过几年私塾，没有考过秀才，在农村搞各种小本经营，如信贷、开中药铺子等，临终时挣下三百多亩土地，在那个只有几十户人家的小村庄，相当富裕。但是于安澜的父亲注重知识，全力供应子女读书，使于安澜因此从小受到了良好教育。家中先是为他聘请私塾老师进行旧式教育，又聘请新式教员进行新式教育，进入中学时已经是民国之后，自然在新式学校就读。旧式私塾所教授的四书五经，让他对经史子集有了初步认知，为以后迅速进入语言学、文字学等专业研究，熟练掌握与运用各种文献资料打下了基础。而在新式学堂所受的熏陶，让他的思想境界超越了旧时代的局限，知彼知己知世界，能够放眼未来，寻找、选择自己钟爱的人生道路、学术道路。流行于二十世纪上半叶的豫北农村画扇风俗，让于安澜及早地接触到了绘画工艺，青少年时期他结识了一些画扇名家，对此行业兴趣盎然并用心习练，为他日后对美术专业的特别关注，以及随后持续展开的书画艺术创作与绘画文献整理研究，打下了坚实基础。这一经历，可谓是于安澜最初的艺术启蒙。

于安澜兄弟二人姊妹三人，行二，有一小妹，父亲去世后分家，于安澜分得一百多亩土地。但他喜读诗书，经营乏术，土地收成有限，加之日伪军、地方兵匪鱼肉乡里，家境日渐困窘，时或告贷度日。至一九三〇年从河南大学毕业，他旋即赴河南信阳省立三师就职，从事教学，挣钱养家；不久又转至沁阳第十三中学，以谋糊口之资。一九三二年考入燕京大学读研究生后，于安澜只得想方设法自养，还要兼顾小妹的学费。除有时到中学兼职教书外，他以优异成绩连年获得各种奖助学金以自给。至一九三六年、一九三七年自费出版《汉魏六朝韵谱》与《画论丛刊》两部著作，为此所借债务，至解放后方才还清。

这样的生活条件使于安澜虽出身富足而生活简朴，并懂得珍惜学习机会，争取上进。他有着学习上的天赋和潜质，在小学和中学阶段，积极主动，特别有自己的主见和追求，加之以前牢固的文字、文化基础，因此学习成绩十分优异。一九二〇年进入豫北名校——省立汲县中学后，四年八个学期的学习成绩他有七次获得全校第一，亦因此得以保送到当时河南最好的高校中州大学免费学习。在汲县中学，他机遇特好，师从范文澜先生学习国文，而后者尽管此时还是一位无名中学教员，之后却是蜚声中外的大文字学家。范文澜的国文课教学深入浅出，十分生动，甚至一个字的解读都能深孚学子之心。[①] 在学

[①] 比如有一次范文澜讲解"曝"字，让于安澜记忆深刻。他说："在一次课文中，讲解'风暴'的'暴'字，范师分析是'日出共米'晒干的意思，合四字会为一个意思，从此我才知道每个字都有它构造方法，这是我私塾中的秀才老师没讲过的，由此启发了我对文字的兴趣。"见《于安澜先生纪念集》，河南大学出版社2009年版，第2页。

习的起步阶段能够遇到如此高水平的大师是于安澜的幸运和机遇，也正是在这个时期，使他对文字学、语言学产生了浓厚兴趣，甚至产生了仰望大家、"攀援大师墙垣"的愿望。中学毕业，范文澜认定于安澜品学兼优，学术潜力巨大，亲笔写信向中州大学推荐。也正是出于范文澜老师对于安澜的赏识和提拔，才使得于安澜有机会入大学继续深造，走向学习研究的更高阶段。

河南大学的前身是在一九一二年成立的河南留学欧美预备学校，它的所在地开封，当时是河南省府，更是中原历史文化名城，有着深厚的文化艺术积淀。一九〇四、一九〇五年，由于受到八国联军侵略和义和团运动的影响，清朝最后两届科举考试移此举办，时称河南贡院，即学校所在地。许多国内文化名流为这所学校的创建和发展做出了重要贡献，也积累了深厚的学术涵养、教学经验。一九三七年更名为国立河南大学后，其教学体系、师资管理、学术结构、学科定位等，都不输国内其他名校。由于名望日增、地位日隆，之后河南大学又更名为"国立第五中山大学"，与广州中山大学、南京中山大学（主体即今东南大学）、北京清华大学、湖北武汉大学相并列，合称为"中山五院"，其学术实力与影响力可见一斑。在这所大学里受熏陶是于安澜的幸运，更是他学术腾飞的起点与归宿。

进入中州大学后，于安澜的中学老师范文澜不久也来此任教，师生之谊更深；于此，于安澜又与国学大师、时任中州大学文科主任的冯友兰结下深厚友谊。此时，众多国内名家学者纷纷前来应聘执教，除哲学兼文科主任冯友兰外，还有文学兼中文系主任李笠，文字学教授郭绍虞，诸子课教授嵇文甫，改文教授董作宾等，也有临时聘请执教的文字学家邵次公、画家陶冷月。名家大师的云集，使中州大学的办学水平登上一个新台阶，并使在此就读的大学生们受益匪浅，他们在学术起点上已经高出很多，成为日后有所成就的资本。一九二六年冬，直、奉军阀联手对抗国民革命军，在中原一带展开争夺，中州大学在财政、时局等压力下朝不保夕，时或停课停学，直到一九二七年十月合并重组，易名为河南中山大学。更易校名并没有使办学局面改善，主要是教员缺乏。至一九二八年夏，于安澜们才盼来几位有名望的教员：文字教师刘盼遂，诗词教师段凌辰、王志刚等，其中刘盼遂与段凌辰对日后于安澜的成长影响至深，并成为学术至交。断断续续的学业持续到一九三〇年末，于安澜才修满学分，成为河南大学早期的一名大学毕业生。

在河南大学学习的六年（含两年预科）当中，是于安澜学术境界、学术眼光和学术思维成长、成熟、定型的重要阶段。正是受到国内诸多著名国学大师、语言大师的学术吸引，于安澜才一步步坚定了走向这个专业领域的决心。这种影响，甚至还不只是学术上、知识上的，更有这些名家大师的人品、人格魅力。六年大学之后，于安澜在学术上要"攀援大师墙垣"的志向已然坚定不移。

一九三〇年，于安澜和其他同学一样，在经受了中原大战、军阀混战、学校停课复学等各种曲折之后，毕业离校，旋即任教于河南省立信阳第三师范。但是他的志向不是碌碌于讲台教鞭、养家糊口，而是继续攀援国学大师们的学术墙垣。因此他毕业不离校，经常到母校河南大学旁听选学某些课程。如上文所述，在课堂上结识邵次公之后，一九三二年于安澜负笈北上，一举考取了著名的燕京大学研究院，成为语言文字学专业的一名研究生。可以说，于安澜的这次进步与提升，是他成为学术大师的重要台阶，其中河南大学的平台作用功不可没。

当时的燕京大学名流云集、大师接踵，是旧中国学术的制高点。于安澜在三年的学习和研究阶段几乎悉数接触到了当时最著名的语言学人师——如钱玄同、容庚、刘凌沧、工力等等。燕京大学的学习氛围和文献条件优越，比之于河南大学，其学术境界、学术方式和学术眼光又有极大提升。由于之前的悉心积累，在研究生阶段于安澜就已着手学术研究，边学边创，学创结合，毕业时他已经成为一位名副其实的学者了。在这个阶段，在众多名师的指导下，于安澜积累了许多宝贵的学术资源，又利用他喜爱绘画的便利，将行箧中的画笔色碟灵活运用，"用一色勾勒一韵，一勾到底录之另册。俟全部勾出录毕，再观其与邻部混合之迹，又严格与宽泛之殊，则各部面目尽呈毕露矣。经数月又全部录出，各时期真相，判若列眉。"[①] 于安澜将绘画手法运用到古音韵研究上，创造性地解决了音韵学复杂无绪的谱系问题，获得成功。到他一九三五年研究生毕业时，他主攻的汉魏六朝韵研究论文已成书稿，为此校学术委员会还专门讨论过是否将此论文付印的问题。[②] 不久，中华印书局将之列入出版计划，开始排印，一九三六年五月《汉魏六朝韵谱》一书正式出版，引起国内语言学界的极大轰动。而此时他的研究生生涯刚刚结束，与此同时，又交付了另一部举世震惊的书稿《画论丛刊》，经过半年多的排印，于一九三七年七月正式出版。这部画论文献著作以它的严谨、经典、实用而为广大学者、美术爱好者们爱不释手，也以此使青年于安澜一举成为了名副其实的画学大师。

这两部著作都有划时代的历史意义。《汉魏六朝韵谱》填补了国内语言音韵学在这个时期的学术空白，是当时该专业领域里的大师们都望而生畏的一项巨大工程。《画论丛刊》一书的出版，是自黄宾虹、邓拓所编《美术丛书》和余绍宋所著《书画书录解题》之后的又一部中国画学巨著，较之前两部，更是站在了时代的前沿与艺术的制高点，其学术价值和使用价值都远远超越了前著，可以

[①]《于安澜先生纪念集》，河南大学出版社2009年版，第17页。
[②] 据《容庚北平日记》："（一九三五年）十一月八日，星期五，早授课。下午三时半往学校，讨论于海晏论文刷印事，议决不付印。"中华书局2019年版，第437页。

说用什么样的语言来赞美都不为过。①

由此可知,于安澜并没有良好的学习环境,甚至是在逆境、乱局中一步步走向了学术高地。他在学术起步阶段比较幸运,得遇不少大师,而动荡不安甚至黑暗凶险恶的社会环境,练就了他坚持、坚韧的性格,他以自己的刻苦和勤勉开始攀上"学术大师的墙垣"。

二 大师提携与自我塑造

以上已经论及,学术大师的提携、奖掖是于安澜学术成功的一大要素,尤其是在青年时期那个人生的最重要阶段。专著《汉魏六朝韵谱》的出版,对一个青年学者于安澜而言非比寻常。然而,再高的学术水准,如果没有大师的绍介举荐也会如泥牛入水,悄无声息。为了这本书,于安澜先后求教于刘盼遂、容庚、钱玄同、罗常培、段凌辰、张大千等业界或业外大师,他们为这位年轻学者做出的巨大成就惊叹不已,也不失时机地为之站台助威。其时,钱玄同亲书信函以为序文,洋洋千余言,全面评价,不吝赞美之辞。闻有这位著名的文字学大师一丝不苟地亲笔为之撰写序言,在总结概括其成就优点之后,说"凡斯之类,足以理旧说,启新知",予以很高评价。刘盼遂在序言中说:"安澜之思精力果,能利用科学方法之考证法,盖足起人惊异也。"② 还有时任清华大学语言学教授的王了一(后名王力),二人从未谋面,得观是书,欣然命笔,投书天津《大公报》,以数千余言予以详评,从得失两方面全面分析,称是书"瑕不掩玉,三期之分,尤见恰当,如能再加董理,将成传世之作"。恰如大师所言,于安澜这部著作至今仍为业界专业必读,

---

① 参见拙文《于安澜〈画论丛刊〉学术价值管窥》,《美术观察》2003年第8期。

② 于安澜:《汉魏六朝韵谱·刘盼遂序》,中华印书局1936年版,序言。

仍在学术界占一席之地。此后，于安澜与王力成了忘年之交，学术友谊存续到八十年代王力逝世。没有这些大家大师不遗余力的推介、重视，也许人们对该书学术价值的发现还是个问题。

比及其《画论丛刊》一书出版，同样有多位画学专家、学者、名公为其助力，其中就包括已经驰名中外的美术史家、画家黄宾虹，在美术界举足轻重的史论学家郑午昌，在书画与政商界同时闻名的余绍宋。他们都不遗余力地为年轻的学者于安澜写序言、做宣介，甚至连名重一时的国画大师齐白石也为该书题签，于安澜的至交、北平艺专资深国画教授萧愻（字谦中）更为该书的出版特别创作了《补韵图》一画。之后的情形也是如此，无论于安澜在哪个方面做出成就，都有一些在国内外学术界举足轻重的本行业专家、学者为其助力，哪怕仅仅是一个书名题写。这种宣传作用和影响力不可低估。一九六二年，当于安澜《画史丛书》一书出版时，为其题签者是著名画家李可染，这本身即是一种无声的支持。一九八二年，被誉为"画学三姊妹"的《画品丛书》出版时，题签者是画界名家刘海粟；一九九二年，九十岁高龄的于安澜出版了他的最后一部学术力作《诗学辑要》，而为这部书题签的是当代两位重量级人物：一位是著名的书法家赵朴初，一位是早已蜚声中外的语言学家王力。

此外，画家黄苗子、篆刻家方介堪等都在不同时期、不同场合助推于安澜。这些外在因素固然重要，但是它的前提却是自身确实有这样的能力和实力。大师们的出场不过是象征性的，真才实学才是根本。从另一角度看，大师名家们看重的是学术，是专业水平，是结果；他们的帮助，仅限于此。作为生活中的个体，甘苦自处。于安澜之后的岁月并没有那么幸运，两部名著出版之后随即爆发抗日战争，在战争面前一切学术几乎戛然而止，应有的收益都付诸东流，这两部书直到新中国成立后才被重新提起。一九四九年以后多次的政治运动，让于安澜备尝苦楚：在那个唯成分论、政治第一的年月，他的地主出身无疑是致命弱点，也为他的学术研究、学术生涯制造了太多麻烦。好在于安澜能准确地把握时代与自我，在无可选择的年代，他仍热衷于学术与学问，并有坚持、坚韧的决心。

抗战时期，于安澜选择退居故乡；抗战胜利后，他重新走出蛰居了七八年的豫北农村，重回母校河南大学任教。从一九四五年至一九四八年，在国民党政府管辖下的河南大学不能不受政治的左右，而这些又成了日后于安澜坎坷经历的又一个痛点。新中国成立之初，于安澜仍然执教于河南大学讲坛，但是一九五〇年以后，作为旧时代成长起来的知识分子不能不受到冲击。先是把他派驻到农村基层做农运工作，又在院校合并、拆分调整过程中往来奔波。不久，于安澜便成了一个被批判对象和被揪斗的对象。从五十年代中期一直到"文化大革命"结束，于安澜都不被允许登讲台、执教鞭，不能从事他热爱的教学事业。

但是，他对专业的坚守和执着却毫不动摇，并始终支撑着他继续在学术的领地里笔耕。从五十年代中期至"文化大革命"结束的二十多年中，作为"黑五类分子"，于安澜在人格上受屈辱，在精神上受摧残。他与其他老知识分子一样，虽然只是学术上的专家，却仍然成为人民群众、革命小将的专政对象，游街、批斗、戴高帽，还经常被关牛棚、下农场，甚至在单位打扫卫生、清理厕所。对于一位安心学术、修养深厚、慈善无欺的知识分子来说，只因为出身不好这种个人无法选择的问题，受此屈辱，其精神上的折磨与摧残是可以想见的，因此当时与他有同样情况而自寻短见的例子屡见不鲜。

然而，于安澜自有他的笃定与坚守。他抱有一颗平常之心、平静之心，以身正不怕影子斜的人生信条，默默承受着来自各方面的不公，他念念不忘的仍然是自己的学术、专业，相信总有一天社会风气会正过来，知识学问会重新被重视，回归它应有的价值。因此，他白天受批斗，晚上当夜深人静的时候则挑灯夜战，笔耕不辍。他会趁各种间隙、利用各种机会思考问题，悄悄整理自己的书稿，不舍得浪费任何时间。就这样，日复一日，在被批斗的悲苦与学术研究的快乐中坚持了十几年。正是这样的长期坚守和坚持，一九六二年，长达数百万字的重要美术文献《画史丛书》分五个分册由上海人民美术出版社出版。该书是三十年代中期那本轰动一时的名著《画论丛刊》的姊妹篇，辑录了历史上的画史类著作几十种，凡画史上重要的篇章尽收其内，这在那个资料文献相对匮乏的年代，无疑是学习研究中国古代绘画及绘画史论的得力之书、必读之书。"文化大革命"结束后不久，当学术价值重回人们的视野时，他先后拿出了三部令人瞩目的重量级书稿：《画品丛书》《诗学辑要》和《书法名著选》①。其中《画品丛书》是之前出版的《画论丛刊》《画史丛书》的又一姊妹篇，这三本著名构成了中国画学体系的基本框架，于安澜用系列文献著述的形式，构建起现代中国画学学科的基本学术体系，这是他对现代美术研究最了不起的学术贡献，具有划时代意义——尽管因年事过高《画品丛书》止于元代，并未续完。这些书稿合起来近千万字，虽然出版时间有先有后，可它们几乎全是动荡浩劫中积累起来的。于安澜的学术意识学术成果引起国内外专家学者、艺术爱好者的极大关注，社会反响强烈，其著作发行量巨大，包括之前出版的《汉魏六朝韵谱》、画论类著作一再再版或重印，并为香港、台湾地区及日本等外国出版商所重视，或影印或原版出版。

---

① 《画品丛书》一书1982年由上海人民美术出版社出版；《诗学辑要》一书1992年由四川人民出版社出版，曾得到中央宣传部前领导人胡乔木的关注与举荐；《书法名著选》初印为开封市书画函授大学自编教材，2009年由河南大学出版社正式出版。

显然，于安澜的学术成就确实与他的执着与坚守有极大关系。特别是文化大革命结束后，他认为浪费的时间太多了，还有许许多多的事情没有做或没有做完，因此特别珍惜时光，尽管已届耄耋，仍然只争朝夕，许多年轻人都很难做到。

以此观之，社会生活环境并没有给于安澜提供一个从事专业研究的理想场所，这些成就的取得不能不归之于他早年所受到的良好教育，尤其是他在河南大学、燕京大学求学时期的学术熏陶；那种浓厚的学术氛围，那种孜孜以求的为学精神，那种大师名流的高尚的胸怀，使学术研究的种子在他心上生根发芽，融入血脉，才让他在日后半个多世纪的风雨飘摇中，矢志不渝；无论环境条件怎么改变，都不能改变他做学术研究的决心与"攀援大师墙垣"的志向。

三　由"专一"到"通会"

通常，一个人一生能够在一个领域有所作为、有所贡献，能够成为专家学者，就是了不起的成就，就可以名标史册；而于安澜竟然在多个领域都做到了，成了几个领域里共同承认的大学者，这又是为什么？总结于安澜的学术生涯，我们认为在专业研究方面，极为重要的就是他能够打通各个不同学科，让这些相邻、相近、相关的学科领域相互支撑、为我所用，使一方面的成就波及、扩展到其他领域，以求丰富。用一句古代书论用语叫"通会"。唐代草书家孙过庭在《书谱》中说："至如初学分布，但求平正；既知平正，务追险绝；既能险绝，复归平正。初谓未及，中则过之，后乃通会。通会之际，人书俱老。"[①] 从中可知，"通会"是艺术的最高境界，用于学术、人生也不无贴切。于安澜对各专业的融会贯通，就可以用"通会"来形容。于安澜最早以音韵学、文字学著称，不久

[①] （唐）孙过庭：《书谱》，上海书画出版社1979年版，第129页。

又戴上了画论学家的名冠。其实，这两个学科有很多关涉：如中国古代画论几乎全是文言文，还有许多手抄本，版本低劣、传抄错误等问题十分常见，一字之差谬以万里，会给后世读者带来极大不便，所以版本学、目录学、文字校勘学在中国画论研究中是很重要的学术领域。恰恰于安澜对文字学、音韵学十分精通，因此他在辑录、编纂中国画论著作时，能得心应手，游刃有余。《画论丛刊》一书的校勘后记多达数万字，于安澜以强大的文字学功夫勘正了历史上很多谬误之处，有些甚至是流传数百年、习以为常的错误。没有深厚的文字学、语言学功底，这些问题很难发现，更奢谈纠正了。这类校勘、订正同时需要特别的专业知识，并不会因为语言文字功夫高强就可以做中国古代画论方面的文献研究；如果没有一定的绘画实践和专门的绘画理论知识，这些工作只能是纸上谈兵，不能做到深入、做到专业。我们也时常见到类似的著作，错误百出，不忍卒读。因此，这两方面都是相通的、相互支撑的，于安澜恰恰二者皆备。

再比如于安澜在诗学方面颇有建树，是一位地道的诗人，年轻时候诗情浩荡，年岁大了仍然诗意盎然。他在书法方面同样取得了不少成就，是二十世纪八九十代国内知名的书法家；他在印学方面独树一帜，是实力派篆刻家——如此等等，都跟其基本专业有关联：语言学、文字学是各学科的基础，语言学和文学和诗学是一家，诗学与音韵学难分彼此，诗词的格律、音韵、意境塑造，恰恰又是一个整体，所以当其音韵学、语言学功力高强时，作诗填词自然不在话下。同时，书法和绘画是姊妹艺术、兄弟艺术，相辅相成，古人早就有"书画同源""书画同体，用笔同法"等议论，诗、书、画、印是古代文人艺术家的基本修养，这几种才能集于一身的艺术大师并不少见，北宋苏轼、元代赵孟頫、明代董其昌等都是典型代表。再者，篆书、篆刻艺术与文字学渊源深厚，可谓唇齿相依，于安澜篆书与篆刻艺术的最大特点就是字体规范，没有或很少存在常人所犯的篆法或结构错误。

此外，中国画学与中国书学这两个学科之间有着更高的共通性与关联度，于安澜三十多岁即成为著名的画学文献研究专家，为他在书学理论方面的研究创造了很好条件，再加之他本人又是一位著名的书法家、篆刻家，经常为书法学员讲授书学理论，还曾多次参加全国书法篆刻展，是名副其实的书法家：实践与理论的结合，使得于安澜的书学思想和篆学审美认识都别具一格。作为学者型书法家，于安澜所追求的不是仅仅停留在技术表现的层面，他还要弄通弄懂，将之提升到学术高度。这种学科与学科之间的互通，理论与实践的结合，在于安澜这里变得非常自然，运用自如。

学科的打通其实就是学科交叉，它是现代学术创新发展的重要领域，因此，于安澜的各学科融会，一方面是传统艺术"通会"观念的当代呈现，另一方面还是现代学术思潮的前沿实践，于安澜的学术研究既有传统基础，又有现代意识，他不古板、有眼界、有魄力。打通学科壁垒说起来简单，做起来并不容易。每一个学科都有其深厚的传统积淀，都有它高深的专业基础，甚至是实践与理论的双重结构。如果只是一知半解、浅尝辄止，没有深入具体的专业研究，就很难提升到学术高度，与其他学科打通更是一句空话。学术"通会"最先具备的是本专业知识的精通，甚或本领域里的专家；其次是融会贯通的能力，以及学术的敏锐和境界，要明白自己的强项是什么，从哪些地方通联，在哪些地方突破，对哪个领域提炼；如此等等，都需要智慧和眼界，于安澜恰恰有这样的基础和能力。从他自小所受的教育以及后来所受名家大师的影响来看，深入其骨髓的就是要在文字学、音韵学领域有一番作为，在自己喜爱的语言学、美术学中寻找突破口，有立足之地。他的学术初衷不过是作学术研究的基础工作——文献的价值恰恰如此——方便自己，也方便他人。因此，于安澜从读大学开始，除语言学专业外，就计划在古典文献整理、编纂方面有所作为，认为这是最适合自己、最得心应手的一个领域。事实证明，这条路他选对了。

四　淡泊名利与安之若素

于安澜为什么如此选择？他也曾有青春岁月，有激情磅礴，有未来向往，也有晚年安详，但为什么他能够自始至终不改初心、将自己对文献整理一以贯之，并且做出不凡成就？为什么在他的青壮年时期，当抗战兴起，多少爱国志士投笔从戎、舍身报国之时，他选择退居家乡，而没有投身革命洪流，做更为惊天动地的事业？这恰恰因为他能够充分认识自己，能够量力而行，不凭一时冲动做事情。凡事于安澜有自己的分寸和把握，他知道自己的强项与弱点，认为自己不是那种醉卧沙场、披坚执锐、振臂一呼应者云集的人物，他做不了这样的英雄；他能做到的就是用文笔去为这个古老国家的文化事业做自己力所能及的事情。

可以说，于安澜的人生选择明智、坚定，他了解自己，了解自己的国家，了解社会现实，他从来没有把自己当作一个特殊的人，因此他才会用一颗平常心去对待自己平凡的人生，对待自己的学术成就，安之若素。于安澜从来不在乎那些阿谀之词，一生谦和、淡泊。据同事回忆，于安澜是一个"话匣子"，他和街坊、同事闲聊，一聊就是半天，一谈就是半夜。他健谈，正是因为他知识渊博，满腹经纶，有无尽的话题，有说不完的文化，又不高高在上。他在交流攀谈中获得了乐趣。如果病了、住医院了、没有了聊天，他就会觉得无趣。而他那种助人之心、成人之美、宽宏之量，更是传为佳话。[①]

[①] 文化大革命期间有一造反派头目对于安澜极尽折磨，文化大革命结束后的八十年代，于安澜篆书书法大进，求者甚众，于安澜有求必应，不取分文。那头目欲求无趣，托人代言。对此家人极力排斥，于安澜则坦然说：他也出于无奈，尽心写毕，转送。

于安澜认为自己就是生活中的一个凡人，所有别人认为存在于他身上的高尚品格，在他都认为理所应当。

今天，我们将于安澜誉之为大家、大师、大学者，如果他活着听到这些，会认为很可笑、很不安。于安澜甚至认为教授也只是工作上的称呼，不是荣誉。因此，在他学习、生活多年的河南大学中间流传着许多这样的误会或故事。比如说，他朴素的衣着，有人会把它当成了普通的工人。有一次别人问他在哪个单位工作，他说在河南大学，别人不假思索地说："哦，看大门还是很辛苦的。"他一笑了之。也有备受尊重的时候。八十年代中期，河南大学的标志性建筑大礼堂内，也是周末的电影院，教师、学生都会到固定窗口排队购票。有一次，于安澜也站在长长的队伍后边排队。一位他教过的学生在队伍前边，当回头看到于安澜时，便说："于先生，您到前边来吧。"两个队列的师生都回头看，听闻是于安澜教授都肃然起敬，很自觉地给他让开一条道。其时于安澜已经八十多岁，却摆摆手，用平静的家乡口音说："大家还是排队吧，还是排队吧，我不着急。"

既然持有一颗平常心，那么即使面临险境、身处苦难，他也会心如止水，处惊不变。生活中于安澜时常表现出普通人的乐观和豁达。"文化大革命"期间，有一次他和几位被定为牛鬼蛇神的老教授一起，被一群革命小将押送着去学校的乡下农场劳动改造，革命小将们坐了一辆卡车在前面开道，老教授们则坐在一个破旧的拖拉机拖斗里，颠簸不已。走到半路，拖斗在高低不平的乡间土路上颠翻了，几位老先生被扣在车斗下面。当众人把车子扶正后，老先生们纷纷从沙土地里爬起来，于安澜整整衣服，掸掸尘土，不无幽默地说："报告队长，行李完好无损，请放心。"还有一次，在被批斗的间歇，他和几位同被批斗的老同事交换心得。当时他们都带着纸糊的高帽，那是一种坏典型、牛鬼蛇神的特殊标志，除了醒目，其实还是一种人格侮辱。这种帽子还要被批判者自己做、自己糊，做不好会受更多惩罚。许多老教授的帽子由于尺寸太高支撑不起来，时不时折断弯曲。于安澜就给他们传授经验，说糊高帽子要"有骨"，即里边要先做一个龙骨架子，这样就支撑起来了。这些让人听来心酸的段子，恰恰体现了一个老学者那种平静和谦和，那种坦荡与胸怀。

结 语

于安澜的术业有成，健康长寿，人生圆满，除上述因素外，还得益于他广交朋友，尤其是广交学术界的朋友，并且一直保持着良好的交游关系。在于安澜的一生中，和他有书信来往的学者不下百余，平时来往频繁、交情深厚者亦有数十人。无论是外出开会、学习或参观，只要有机会，他都会去拜望这些老朋友、老同行，多走多谈，从中受益。即使他八、九十岁高龄，同样常出差、勤走动，堪比青壮年。他目的很单纯，就是在拜望交流中长知识，开眼界，增友谊。他的学术至交多数是国内名流，涵盖了语言学家、画家、书法家、诗人、学者，领域横跨语言文字学、文学、艺术学，其中包括李剑晨、萧乾中、魏紫熙、黄苗子、方介堪、王力、容庚、启功、冯友兰、周祖谟、李戏鱼、赵朴初等，年龄上有比他大的，更多的比他还小，甚至是学生辈。他们之间的书信往来成了后人珍贵的文献史料。无论给谁写信，于安澜一律用毛笔小字书写，或行或楷，端端正正，是文献也是艺术品。正是这众多友人相互支撑，才使他们在困苦时期克服种种艰难，安心学问，从而走向学术的顶端，并走向无尽的谦和。同时，于安澜还用同样的方式启发、点拨、激励后人。他曾经和一位家在河南省新乡市名叫王海的青年书法篆刻爱好者成为忘年之交，从从未谋面到交谊日笃，保持书信来往近二十年，帮助这位青年在艺术上一步步提升，终有所成，所留下的一百六十余封手书信札，成了珍贵的文化遗产和艺术珍品。可见，学术交往既是一种环境营造，也是一种学习路径，是人生的大学问，它不仅能增加知识，还能提振信心、增长见识。于安澜的学术交往不仅对他自己的成长成材有帮助，对别人同样也是一种珍贵的友谊，他们在交往互动中获得了无尽的启示与快乐。既使到了晚年行动不便，遇有机会，于安澜也会让学生弟子代为拜望，捎去问候与祝福。

可见，于安澜的学术成就不是一朝一夕、一两种因素造就的，铸成这样一位国内外著名的学术大师，既有内在因素，比如个人努力，天赋，智慧，勤奋，坚守；也有外在原因，比如时代，机遇，背景，长者提携，各种环境影响等。于安澜的学术成长经历给我们很多启示，它说明，个人的努力最核心、最关键，没有那份执着和坚守，没有对生活的期盼和向往，没有一颗善良而平常的生活心态，很难做到。同时，还要能够适应复杂环境变化，谨择笃行，安心学术，惠己及人。此外，无论做什么事情都要有一颗平常心，既不能妄自菲薄，也不必沾沾自喜，只有一瓶不满、半瓶逛荡的人才会夸夸其谈；真正有内涵、有学养、有成就的大家，只会淡泊名利，沉静而谦逊，平实而无华。

因此，从学术成就上看，说二十世纪是于安澜的世纪，一点都不为过。

（贾涛，河南大学美术学院教授）

札记

温奉桥

对话与交响：舞台剧《活动变人形》

《活动变人形》是王蒙最重要的小说，在一定意义上标志着中国当代小说的思想高度。但是，我没有想到《活动变人形》有一天会改编成舞台剧，在小说出版三十五年后的今天，再次以崭新的艺术形式带给观众新的感动和沉思。

接受美学家姚斯曾说过，一部文学作品不是一座孤独的"纪念碑"，它更像一部管弦乐，总是不断地在读者中间引发新的反响。《活动变人形》就是这样一部小说。倪吾诚与妻子姜静宜、岳母姜赵氏和姨姐姜静珍之间的故事，绝大多数观众早已耳熟能详，但三个小时的舞台剧却仍能够紧紧抓住观众的心，像谜一样地缠绕着你，撕裂着你，也燃烧着你，让你痛苦着他的痛苦，让你捶胸顿足，也让你欲哭无泪。一部创作于二十世纪八十年代的小说，为何今天以舞台剧的形式重新引发新的思考？共情、共鸣在何处？

我们当然可以从历史、文化、人性乃至女性的视角来分析这部小说和舞台剧。然而，历史的魅力有时恰在于其复杂性，倪吾诚的时代已经过去，但是倪吾诚留下的问题，却并未随着那个时代过去，反而显得更为复杂和缠绕，这正是舞台剧《活动变人形》的意义所在。

近代以来，现代性构成了中国最重要的民族主题、社会主题，也是当然的文学和艺术主题。对于现代性的焦虑与渴望,以及反思现代性过程中所付出的痛苦和代价——从精神到肉体的代价,构成了王蒙文学创作的一个重要主题。舞台剧《活动变人形》则以更加直观化的艺术形式,把这种"痛苦和代价"再一次呈现在了观众面前,在今天这样一个完全变化了的时代和文化语境中,提供了一次反顾中国社会现代性历史和进程的新契机、新可能。

这种"痛苦和代价"在主人公倪吾诚身上得到了淋漓尽致的演绎和体现。倪吾诚显然是当代话剧史上一个独特的舞台艺术形象。那么,倪吾诚究竟是谁?"外国六"?"非驴非马"?"多余的人"?现代"孔乙己"?一个充满悲剧感的理想主义者?当然都对,但是又太过简单。倪吾诚是一个历史的"笑料",还是一个背负着沉重悲剧感和绝望感的文学(舞台)形象?这仍然是需要认真思考和面对的问题。正视历史的代价和牺牲,是一种文化良知,更是一种文化责任。

舞台剧《活动变人形》以全新的艺术形式,体现了小说最本质的思想内涵,并在一定意义上完成了对小说的再阐释。众所周知,倪吾诚的原型是王蒙的父亲王锦第,无论是倪吾诚还是王锦第,他们都是生活在时代之外的人,他们的"原罪"是"脱离实际"。是的,就如静宜反复"控诉"的那样,倪吾诚"不顾家",他喜欢高谈阔论,喜欢讲英文、上饭馆,虽然他努力想做一个好丈夫、好父亲,然而无论是在妻子还是孩子眼里,他都是一个彻底的失败者。然而,又有谁真正怀着理解的同情甚至悲悯的尊重来认真地对待过他?任何一个合理的时代,难道不也应该允许某些哪怕卑微的"脱离实际"的人的存在吗?"脱离实际"就一定是大逆不道的吗?

从小说到舞台剧,并不仅仅是表现模式和艺术形态的转换,而是一种新的激活、对话与交响。改编是不同艺术元素的重构和创造性转换,更是思想的再发掘再激活过程。如何把握历史与当代之间的审美张力,并不是一个单纯的艺术问题,而是在与时代的对话中激活新思想的可能。小说创作于20世纪八十年代,写的是四十年代的故事,在剧中八十年代、四十年代和当下,构成了独特的多重对话甚至潜对话关系,改编的意义也许就在于,在这种对话中所体现出来的当代文化立场。

很显然,倪吾诚是一个文化理想主义和文化道德主义的牺牲品。作为一个文学(舞台)形象,倪吾诚的困境,并不是个体性的文化困境,而是二十世纪中国社会普遍性的文化困境。从鲁迅笔下的"假洋鬼子",到《活动变人形》"外国六"倪吾诚,再到莫言《丰乳肥臀》中的"杂种"上官金童,这些形象非常典型地反映了二十世纪中国的文化想象与文化焦虑。我们呼唤着德先生、赛先生的同时,也在排斥着、嘲弄着德先生、赛先生,对此,我们无法回避也不能回避。仅以《活动变人形》为例,最讲实际的静宜、姜赵氏和静珍生活的又怎样呢?看看静珍每天的"功课"——洗"大白脸"和恶毒的"骂誓",你就会明白,她们难道比倪吾诚更理想吗?

小说《活动变人形》其实还有另一个名字《报应》。究竟是谁的"报应"?难道仅仅是倪吾诚一个人的?所谓"报应",是无奈的认同更是认同的无奈。剧中有一细节:万念俱灰的倪吾诚,决定像他祖父那样了却此生——倪吾诚的祖父因参加"公车上书",后自缢身亡——倪吾诚与他祖父不同的是,他上吊的"绳子"突然断了,他没有死成。绳子断了,这是一个多么精彩的隐喻——历史终于走出了"报应"的怪圈!

温方伊是九〇后一代编剧的代表,《活动变人形》显示了她良好的艺术修养和才华,例如剧中有一细节:悲凉苍茫的沧州民谣"羊屘蛋,上脚搓……"在剧中反复出现三次,像黑色的幽灵,紧紧缠住了倪吾诚,也缠住了观众的心——而古老的民谣与倪吾诚的洋派行为之间，构成了绝妙的对话与间离效果，极大地增强了舞台的震撼力。

舞台剧《活动变人形》，既是一次与经典的对话，更是一次与历史和未来的对话与交响。

（温奉桥，中国海洋大学教授，王蒙文学研究所所长）

编后记

经过大半年的约稿组织和两个月的编辑，第七卷编就，共二十四篇。在总体上涵盖人文学科各领域、古今兼顾、中西兼顾、史料与理论研究并重的基础上，本卷有几个重点和亮点：一是新推出"思想史"栏目四篇重头文章。同时，在"人文"研究方面，有纵深开拓，如王一方《"人文牌"医学——我所见证、阐释的医学人文二十年》、施爱东《生肖属相的历史形成与时间节点》。二是推出"关键词研究"栏目。三是中西比较文学和哲学研究方面。四是现当代文学。当代文学期刊研究文章有新意；鲁迅研究两组文章，分量较重，从多个层面反映了鲁迅研究的新成果。另外，本期照例仍有重要史料的披露。

"思想史"栏目经过一年多的酝酿、准备、约稿，于本期与大家见面。思想史研究既有综合性，就有跨学科性质，因而，对"思想史"主体性的讨论，一直是一个重要问题。若干年前，葛兆光提出思想史研究的对象是知识、思想与信仰，并据此写成两卷本《中国思想史》。该书出版后引起学界较大反响，赞扬者有之，批评者也有之，主要是就书中所涉及的晚清部分来看，似乎不太成功，至少它没有给读者提供一个晚清思想史发展的清晰脉络。为什么思想史这一热门学科会显得杂乱无章呢？根据张宝明的观察，尽管其中的原因很多，但其根本原因还是一个理性自觉问题。究竟怎样处理或说划定思想史与其他学科领地的关系，成为从事这门专业学者的难点，而重点则在于独立性和主体性之学科体系的确立。张宝明《旧"问题"与新"论语"：关于中国近现代思想史学科主体性的思考》一文即围绕此论题展开。王锐《将"历史属性"与"思想属性"有机结合——关于推进中国近代思想史研究的思考》，探讨如何借助形成新思想之契机，不断提升中国近代思想史的"思想属性"，作者认为其理想状态或许是形成一种具有史实根基与思想深度的历史研究。此文史论结合，援引例证（如陈寅恪的研究），颇见力道。桓占伟《观念史方法与思想史研究的新趋向》主要论述三个方面的问题：学术对象从系统文本聚焦至观念语词，关注重心从精英思想转向为大众观念，研究资料从传统文献扩充至物质遗存，对主要的思想史学者的成果都有简要论列，包括侯外庐、晁福林、方金奇、葛兆光诸家。如果说前面三篇都大体属综论，在相对宏观层面探讨学科性质与发展，那么，陈明《启蒙的意义与局限——思想史视域里的李泽厚》则更多地有思想史个案研究的意义——其实此文仍带有宏观意义。李泽厚去世后很多人写文章，或抒情怀旧或借机吐槽，但真正有分量的几乎没有。不错，李泽厚首先是一个思想史上的人物，其次才是谁谁谁的老师、朋友，所以，最好的怀念"应该是把他的离开视为一个思想史事件，需要从思想史、从他与时代的关系去讨论他的思想"。尽管如此，由于李泽厚与陈明的特殊关系——二人既是师生同乡，陈又是李晚年重要的思想对话者之一，也由于陈明本人不同于李泽厚马克思主义者的儒家身份，因此，陈明的文章就有特殊的角度和价值。陈明认为，李泽厚的问题并非粗疏之失，而"属于方法论内伤，是启蒙叙事、西体中用之现代性视角和立场的先天缺陷"。"因为它预设了西方的普遍性，选取的是一种现代性的个体论视角，有意无意之间遮蔽抹杀了中华文明的整体独立性。"这些观点，值得学界讨论。

二〇二一年六月十七日，医学人文一级学科在教育部医学门类专家论证组中通过（最终还需国务院学位办公室认定），从此，中国医学以及医学教育的版图中将创造性地增添人文医学模块，这对于未来医学的平衡发展具有里程碑意义。王一方先生《"人文牌"医学——我所见证、阐释的医学人文二十年》一文，结合他自己二十年来与医学人文有关的大量工作，纵论医学人文二十年发展。其中有许多事情，令人感叹，许多思想，令人深思。他特别指出，医学人文运动有两个旨归，一是回归传统的仁慈、优雅，二是穿越时代的价值风洞，调适好技术与人文的张力，在技术化的医学飙升之时，凸显医学的人本特质，在诊疗活动中唤醒、打捞人性、人道、人伦。而文中所述近年来以人道关怀为核心的"叙事医学""医院人文"等，更是学界和医界最新成果。医学人文，值得我们所有人关注，因为生死之事，是每个人都要严肃面对的。

在中国文化走向世界的历程中，十二生肖大概是当代文化输出最成功的案例，当然更是与中国人日常生活密切相关的知识，最富有人文性。施爱东先生从北斗"建正"与十二支的关系，"年"与"岁"的区别等方面论述，阐明"生辰八字"与"节气历"的关系生肖属相以正月初一为界（《生肖属相的历史形成与时间节点》）。文章以丰富的文史材料为基础，运用中国历学、天文学知识和文献考证，真所谓论述饱满、证成新见。

中国古典文学研究是本刊每期必有的内容。迦陵先生（叶嘉莹先生）今年已九十九岁高龄，本卷所发先生的《略谈传统诗歌的赋、比、兴》一文，看似话题平常、篇幅很短，但平常中见不平常，会心者自会有所收获。

"关键词研究"是本刊新设栏目。钟少华先生研究概念史已有几十年，有专著多部行世。《"科学"概念在近代中国》文中所谈"科学"指我们现在所说的"自然科学"。但"人文"思想与"科学"思想密不可分。马克思曾说，"对人来说，最根本的就是人本

编后记

身"。人就是目的。把人当人,与把人作为客观事物来进行科学研究,恰恰是一回事,只是角度不同。人文精神与科学主义,在这里,正好是相通的,也是相成的。钟先生此文全面阐述"Science"如何以"赛先生"的新身份,在二十世纪前半叶的中国,进行了科学思想的普及,引述丰富,论证细密,可以使我们对"科学"在中国的旅程有一个新的认识,值得大家重视。学术综述一直是本刊关注重点。河南大学人文社科高等研究院思享学术评价团队撰写的《二〇二一年中国人文社科学术关键词分析报告》,聚焦二〇二一年中国人文社科学术关键词,采用文献计量的研究方法,整理二〇二一年度中文社会科学引文索引(CSSCI)、北京大学核心期刊目录、中国科学引文数据库(CSCD)所收录的相关研究论文,通过文献导入、信息单元抽取(关键词)、共现矩阵构建、利用相似度计算进行共词与聚类分析,挖掘文本数据,可视化解读学术研究热点词,包含马克思主义理论研究、法学研究、文学研究、哲学研究等十一个学科。此次刊发《二〇二一年中国人文社科学术关键词分析报告》中的部分内容,为当前学界提供参考。两文之后,本刊"关键词研究"栏目还会继续发表同类文章。

下面一组文章是美学方面的。张辉认为,莱辛《理性基督教》这个"断章",非但与莱辛晚年最重要作品之一《论人类的教育》在文体上具有高度的相似性,甚至还可以视为后者的一个简写本或大纲。他通过读解莱辛《理性基督教》这个似乎边缘的短小文本,给出了一个新鲜而有说服力的结论。(《最完美、诸完美与世界中的行动个体——莱辛〈理性基督教〉读解》)丁子江描述了杜威思想虽一度退隐,但后经实用主义分析哲学家罗蒂等推波助澜,再次回潮,并得以复兴的思想过程,探讨了杜威美学得到进一步发展的思想动因。(《对杜威美学思想复兴的再审思》)

当代文学一组四篇。其中有两篇与文学期刊有关,从期刊的角度探讨当代文学的发展。《当代》是重要的大型文学期刊，该刊一九八一年第一期原拟以谭元亨的《一个年代的末页》打头，这是原初的第一方案。不料屠岸主动审读《末页》为"中国的《悲惨世界》"，临时撤稿，补上古华的《芙蓉镇》，秦兆阳还提议《芙蓉镇》发头条。此为第二方案。另一主编孟伟哉更看好《疯狂的节日》，便将《疯狂的节日》发头条。这便是最终见刊的第三方案。李频的文章《〈当代〉一九八一年第一期的第三种可能——秦兆阳致谭元亨信释读》就是从最原始的文学期刊审稿单以及编辑秦兆阳给作家的通信入手，研究当代文学史的这一段历史。新闻报道中有"新闻""旧闻""不闻"的差异比较之说，以"旧闻""不闻"为镜鉴参照，才能更深刻地理解"新闻"。李文研究的就是这样一个文学出版案例，可以说角度新、材料深、论证扎实，发人之所未发，对当代文学研究非常有启示意义。李敏《新写实小说·现实主义冲击波·非虚构写作——文学期刊视野中的"写实"冲动及其可能》，从期刊研究的角度，梳理"非虚构"在中国文学中出现的历程，指出文学期刊在此过程中发挥的重要作用；呈现二十世纪八十年代以来，在"非虚构"出现之前"写实"冲动的两次爆发，以及文学期刊在其中的功能，分析它们出现的背景与得失；对期刊引导的当代文学"写实"传统进行反思。非虚构写作在近几年来已经成为一个研究热点，李文将是这方面最新的一篇有理论深度的论文。作文史研究的，都清楚一手材料的重要性。新材料的发现就意味着新成果、新开拓，甚至对作家的整体的重新认识。作为当代有重要影响的作家，姚雪垠一直被学界关注，但长期以来，关于姚雪垠的研究成果主要集中于长篇小说《李自成》，其一九四九年之前的文学创作尚未得到充分的关注与讨论。金传胜、刘文静两位学者披沙拣金，从上世纪三十年代天津《庸报》副刊《戏剧周刊》等原始报刊中发现了多篇姚氏散佚诗文与信，这些重要史料的发现，展示了民国时期姚雪垠在不同文体领域的探索，反映了他对戏剧、新诗、电影等多方面的兴趣。这些材料不仅可以为编纂出版《姚雪垠全集》提供可靠底本，而且有益于学界深化对姚雪垠文学创作、人生道路与文坛交游的认识与研究。《姚雪垠集外诗文略说》一文有较突出的史料价值，相信会为研究者重视。李雪莲《"复仇神"的正义与"复仇者"的悖论》一文，谈《日出》《原野》对希腊悲剧的化用，系国家社会科学基金项目"希腊人文主义与中国新文学的关系研究"的阶段性成果。文中不仅对曹禺《日出》《原野》两出名剧做了深入解读，还参照当年朱光潜的批评等材料，对希腊悲剧对曹禺影响的变化做了深入探讨。文章分析细致，颇有新见。

鲁迅研究是学界长期关注的热点，也是本刊关注重点之一。二〇二一年是鲁迅一百四十年诞辰，《阿Q正传》发表一百二十周年。鲁迅研究更是成为学界和读书界关注的热点，各方面的成果颇多。李林荣《〈阿Q正传〉的叙述者和叙述方式》篇幅不长，但问题集中，就是研究讲述阿Q故事的这个"我"到底是谁？作者认为，"他"是承载着现代思想、现代趣味和现代白话文学语态的新派小说的前台报幕员，同时，也是《新青年》同仁和新文化阵营的精英价值观诉诸社会大众的中间传话人。刘运峰在鲁迅研究界以史料搜集、考证、校勘著名。《月界旅行》是鲁迅翻译的第一部科学小说。这篇《关于鲁迅翻译小说〈月界旅行〉的校勘》对照一九三八年版《鲁迅全集》、一九五八年版《鲁迅译文集》等文本做了全面细致的重新校勘，相信会为不久的《鲁迅全集》修订提供学术支持。

二〇二二年是鲁迅东渡日本留学一百二十周年。鲁迅与外国文学的关系，也因《他山之石——鲁迅读过的百来篇外国作品》的出版更受关注。其实，早在一九八〇年，"南开大学中文系鲁迅研究室"就编过一本《鲁迅在文学创作上的继承革新》，就是以鲁迅继承中外文学为主题。姜异新作为《他山之石——鲁迅读过的百来篇外国作品》的编者之一（与陈漱渝合编，天津人民出版社 2021 年版），探讨了周树人多方面的文学阅读，留学日本时期的外国文学阅读活动，包括留日时期做剪报册，翻译小说，阅读文学教科书等，还有周树人任通俗教育研究会小说股主任和审核干事，阅读了大量时人小说，抄校古籍，做《古小说钩沉》，编《唐宋传奇集》，写作第一部中国小说史，都使得他有了大量的小说方面的阅读准备。而"再次阅读鲁迅留学时代阅读过的外国故事，置身于鲁迅当年置身的精神谱系之网当中"，我们对鲁迅，会有新的理解。（《留日生周树人的外国文学阅读活动》）刘春勇主张，对于鲁迅阅读史的研究，对于鲁迅，我们同样要"反省的继承"。（《"反省的继承"：鲁迅的阅读与阅读鲁迅》）一方面要看到鲁迅作为中国人在清末民初所受的社会历史影响，另一方面也要看到一些人如梁启超等的思想影响。宋声泉则认为，"周树人"和"鲁迅"之间，不是意想中的"等于"关系，而是"成为"的关系，他不是一个定义出来的"现实主义作家"那么简单。（《鲁迅不是一个定义出来的"现实主义作家"》）

一篇外国学者的长篇哲学论文，体现了本刊在人文研究方面对思想深度和国际视野的追求。阿卜杜 R. 简默罕默德《缺乏现实的尘世、作为家的无家可归——对镜像型边界知识分子的界定》，试图区分和界定融合型知识分子和镜像型知识分子。身份、认同、同一性及位置等问题，以及对这些内容的不同展现，是将边界知识分子区分为融合型与镜像型两种类型的重要标准。此文对他们各自的特色和困境做了分析和呈现，特别是对赛义德的创作进行了深入探讨——探讨的角度是文明的冲突与知识分子身位的选择，这对于我们研究东方主义以及后殖民主义不无启发意义。

"学林"是本刊特色栏目，意在记录学者事迹，传承学术精神。

编后记

谷曙光《家常细语、心灵景观与学人志业：日常生活史视域下的吴梅日记》是专门研究吴梅日记的文章。吴梅的《瞿安日记》十六卷，起于一九三一年十月十一日，止于一九三七年七月七日。吴梅用文言记日记，态度谨严，记录详尽，具有极高的史料价值。《瞿安日记》不但是吴梅私人的珍贵的生活记录，而且与大历史紧密相关，是转折时代一代爱国知识分子感时忧国的一个典型标本。此文是第一篇专门研讨吴梅日记的文章。于安澜（一九〇二年——一九九九年）先生是《汉魏六朝韵谱》《画论丛刊》《画史丛书》《画品丛书》的作者，他的学术成就横跨语言学、音韵学、诗学、文学、书学和美术学等学科，并且还是实力派艺术大师，他的诗词、书法、篆刻以及绘画，被称为"二十世纪近现代学术史上的一个奇迹"。贾涛《于安澜的学术人生》全面梳理于安澜一生，以及他与范文澜、刘盼遂、容庚、钱玄同、罗常培、闻宥等名家的交往，有相当学术内容。温奉桥的文章，评论《活动变人形》这部根据王蒙同名小说改编的舞台剧，认为此剧以全新的艺术形式，体现了王蒙这部最重要的小说最本质的思想内涵，并在一定意义上完成了对小说的再阐释。

好的文章，是像王一方、施爱东的文章一样，有现实关怀的。同样，好的生活，也需要有文学、艺术、科学、哲学等精神和文化方面的提升。《人文》所系，还是人，是人的生活，人的精神。希望我们的工作能对此有一点点作用。能为作者们和读者们服务，是我们做编辑的幸福。

祝晓风

2022 年 6 月 3 日（农历五月初五）之次日

《人文》"思想史"专栏诚约稿件

《人文》学术集刊由河南大学高等人文研究院编辑，中国社会科学出版社出版。《人文》集刊以"立足中原，放眼世界；把脉文化，观览全局；钻研学术，关注现实"为宗旨，注重理论创新与学科交叉，以探讨重大理论与现实命题为基础，推介知识领域的深度思考，展示中国人文学界的原生思想、原创理论与原创观点，为学界同仁提供优秀创新成果的发表平台，共同助力中国学术发展。

为展现思想史研究的前沿问题与原创成果，我刊特开设"思想史"专栏，内容包括：思想史学科建设、中国思想史、西方思想史、中西思想互鉴等。我们希望您的文章，具有鲜明的问题意识、重大的理论意义，不仅能体现该学科的学术水平，而且能反映该学科的研究重点；希望您的文章资料翔实、论述饱满、阐释明晰、证成新见，发人之所未发。文章为页下注，短栏目文章为文中注。正文中年代、数字为汉字，一般以5000字至12000字为宜。

投稿邮箱：renwenxuekan@163.com

优稿优酬。文章一经采用，即付稿酬。

我们希望通过学界朋友和我们的共同努力，使《人文》具有较高的学术思想和文化传承价值。感谢您的关注与支持！

河南大学高等人文研究院《人文》编辑部

《人文》学术集刊约稿启事

　　《人文》学术集刊由河南大学高等人文研究院主办,《人文》编辑部编辑,中国社会科学出版社出版。《人文》坚持正确舆论导向和办刊宗旨,坚持社会效益第一,注重内容建设和办刊品质。《人文》以人文关怀为中心,突出学术原创性与新知传播,注重实证研究,鼓励综合创新,力图融通各学科,探讨各种学术思想和历史文化问题,推介不同知识领域的深度思考,展示中国思想学术界新成果。《人文》学刊力争为学术界提供一个优质学术成果发表平台,与学界朋友共同为新时代中国学术的发展尽力。

　　人文关怀,学术品质;突出新见,文思兼美。这是我们的追求。一本严肃的、高品位的学术文化辑刊,是我们的目标。

　　我们希望您的文章,具有鲜明的问题意识,重大的理论意义,能体现该学科学术水平,反映该学科研究前沿和研究热点;希望您的文章材料结实,论述饱满,阐释明晰,证成新见,发人之所未发。

　　在主体文章之外,《人文》另设"对话""学林""札记""书札""史料""书评"等栏目,以求多形式、多层面地反映学者们的研究成果。《人文》文章以学术文章(论文)为主,也欢迎思想学术随笔及其他形式的学术文章。内容凡涉人文、思想、学术、文化等,有新意,文笔晓畅清新,写作认真的文章,编辑部都将认真阅读,及时反馈,择优刊用,优稿优酬。

　　请阁下不要一稿多投。大作自发至本邮箱 50 天后,未接到编辑部通知的，作者可自行处理。

接稿邮箱：renwenxuekan@163.com

稿件体例规范及审稿说明

1. 来稿请作者文责自负，来稿应为尚未正式出版的文本（包括未在重要网络公开发表）。

2. 凡被本学刊选用的文章，《人文》有权用于与《人文》其他相关学术传播，包括网络传播，即包括中国知网在内的机构以数字化方式复制、汇编、发行、传播本刊文章。本刊所付稿酬已包含著作权使用费。所有署名作者向本刊提交文章发表之行为，即视为同意上述声明，凡有不同意者请特别声明；如不注明，将视为同意。若因违反知网与本刊的版权协议而导致法律纠纷，其法律责任由个人自行承担。

3. 不以任何名义向作者收取费用，凡要求作者缴纳诸如审稿费、版面费的，均系假冒我刊的诈骗行为。

4. 来稿请用电子版。稿件文件名，请用"作者名+文章标题+日期"组合，如"文开喜：钱锺书的语言艺术，20190308"。

5. 本编辑部有权对稿件修改和删改。如不同意请明示。

6. 来稿请以中文写作。来稿中外国人名、地名，请一律以中文译名形式出现。因本学刊将与国际相关学术期刊互登目录，来稿请给出中英文标题、中英文摘要、中英文关键词。获得国家社科基金等资助的文章，可依次注明基金项目来源、名称、项目编号等基本要素。

7. 文章字数：一般文章以5000字至12000字为宜；短栏目（"札记""书札""书评"等）最短不限。

8. 正文中年代、数字请用汉字，如"一九一九年"，"三十本书"等。

9. 注释为页下脚注，注解数码为①②格式。短栏目文章为文中注。征引他人著作，请注明出处，包括：作者/编者/译者、出版年份、书名/论文题目、出版地、出版者，如是对原文直接引用则应注明页码。

10. 来稿应遵循学术规范，引文注释应清楚准确。专业术语及特殊术语应给出明确界定，或注明出处，如属翻译术语请用圆括号附原文。

11. 各类表、图等，请分别均用阿拉伯数字连续编号，后加冒号并注明图、表名称；图编号及名称置于图下端，表编号及名称置于表上端。图片需注明出处，如"数据来源：2003年统计年鉴、2008年统计年报"。使用他人图片需提供授权。

12. 《人文》按学界惯例，会将阁下文章提交相关专业专家，匿名外审。

13. 请附作者简介及相关信息。作者简介包括：姓名、单位、职务职称、电子邮箱地址，手机。作者信息包括：身份证号，银行户名，银行卡号，开户行（具体到支行）；通信地址、邮编。我们会及时给阁下奉寄稿费与样书。

赐稿《人文》的文章，即视为阁下同意上述约定。

感谢您的垂注与赐稿！

《人文》编辑部

《人文》编辑部
总编辑：张宝明
主　编：祝晓风
副主编：展　龙
编　辑：田志光　杨红玉　陈会亮　闵祥鹏
行政总监：陈世强